香港文學大系

導言集

陳國球　陳智德　等著

商務印書館

香港文學大系一九一九—一九四九・導言集

作　者　陳智德　樊善標　危令敦　謝曉虹
黃念欣　盧偉力　陳國球　林曼叔
程中山　黃仲鳴　霍玉英

責任編輯　洪子平
封面設計　張　毅

出　版　商務印書館（香港）有限公司
香港筲箕灣耀興道 3 號東滙廣場 8 樓
http://www.commercialpress.com.hk

發　行　香港聯合書刊物流有限公司
香港新界大埔汀麗路 36 號中華商務印刷大廈 3 字樓

印　刷　中華商務彩色印刷有限公司
香港新界大埔汀麗路 36 號中華商務印刷大廈

版　次　2016 年 7 月第 1 版第 1 次印刷

ISBN 978 962 07 4544 7

《香港文學大系一九一九—一九四九》人員名單

編輯委員會

總　主　編　陳國球

副總主編　陳智德

編輯委員　危令敦　陳國球　陳智德　黃子平　黃仲鳴　樊善標（按姓氏筆畫序）

顧　　問　王德威　李歐梵　許子東　陳平原　黃子平（按姓氏筆畫序）

各卷主編

1	新詩卷	陳智德
2	散文卷一	樊善標
3	散文卷二	危令敦
4	小説卷一	謝曉虹
5	小説卷二	黃念欣
6	戲劇卷	盧偉力
7	評論卷一	陳國球
8	評論卷二	林曼叔
9	舊體文學卷	程中山
10	通俗文學卷	黃仲鳴
11	兒童文學卷	霍玉英
12	文學史料卷	陳智德

目錄

前言

《香港文學大系一九一九——九四九》的籌劃階段，始於二〇〇九年；到二〇一四年七月陸續出版，二〇一六年三月全輯十二卷出齊；其間經歷七年的光陰。《大系》編纂過程之艱辛，不足為外人道。可以說明的是：編輯團隊中人，都抱持對歷史負責的態度，盡能力重拾我城已被遺忘的文化光影於破瓦頹垣之間。

有人說：香港是「記憶」無可存有的城市。這種「無可」，究竟是外來宰制力量使然，還是自行蔑棄擯斥所致，實在毋庸稽查檢覈。然而過去三十年來，已有前輩辛勤造磚鋪路，為重尋往昔打開通道。我們編纂《大系》也是在前輩先導的基礎上，再作接力，讓本屬香港人可以集體擁有的文化記憶的重要部分，回到我們身邊。

《香港文學大系》十二卷以體裁分類，包括：新詩一卷（主編陳智德）、散文兩卷（主編樊善標、危令敦）、小說兩卷（主編謝曉虹、黃念欣）、戲劇一卷（主編盧偉力）、評論兩卷（主編陳國球、林曼叔）、舊體文學一卷（主編程中山）、通俗文學一卷（主編黃仲鳴）、兒童文學一卷（主編霍玉英）、文學史料一卷（主編陳智德）。編輯條例訂明，各卷主編除了搜羅編選整理該體裁之文本成冊以外，並就觀察所得，撰寫本卷〈導言〉，析述香港文學的相關發展與特色。總主編又從比較寬闊的角度，交代《香港文學大系》的源起、編選理念，以至選輯範圍等。這個編輯框架和體式，主要參考一九三五年至三六年上海良友圖書公司出版，由趙家璧主編的《中國新文學大系》。我們認為《中國新文學大系》在一定程度上奠定了中國現代文學史的書寫基礎；我們也期待《香港文學大系》的編成，有助日後香港文學史的撰述。

《中國新文學大系》的〈總序〉和〈導言〉由蔡元培、胡適、鄭振鐸、魯迅、茅盾、鄭伯奇、朱自清、周作人、郁達夫、洪深等大家名家撰寫；至一九四〇年良友圖書公司再把各集〈導言〉合成《中國新文學大系導論集》出版，學界稱便。我們也仿照此例，請各卷主編就各卷〈導言〉修訂刊誤，加上適當標題，集合為《香港文學大系一九一九—一九四九・導言集》，仍由香港商務印書館出版。讀者手此一編，可以縱覽一九四九年以前香港文學在不同領域中的演化痕跡，又可以從各卷主編申述編輯宗旨與取捨之由，參酌香港文學史書寫種種可能與不能。至方家指瑕匡謬，多予教正，我們更是熱切期盼中。

陳國球　二〇一六年六月二十一日於八仙嶺下

香港？香港文學？

——《香港文學大系一九一九至一九四九》總序

陳國球

香港文學未有一本從本地觀點與角度撰寫的文學史，是說膩了的老話，也是一個事實。早期幾種境外出版的香港文學史，疏誤實在太多，香港文藝界乃有先整理組織有關香港文學的資料，然後再為香港文學修史的想法。由於上世紀三〇年代面世的《中國新文學大系》被認為是後來「新文學史」書寫的重要依據，於是主張編纂香港文學大系的聲音，從一九八〇年代開始不絕於耳。[1]這個構想在差不多三十年後，首度落實為十二卷的《香港文學大系一九一九—一九四九》。際此，有關「文學大系」如何牽動「文學史」的意義，值得我們回顧省思。

一、「文學大系」作為文體類型

在中國，以「大系」之名作書題，最早可能就是一九三五至一九三六年出版，由趙家璧主編，蔡元培總序，胡適、魯迅、茅盾、朱自清、周作人、郁達夫等任各集編輯的《中國新文學大系》。「大系」這個書業用語源自日本，指匯聚特定領域之相關文獻成編以為概覽的出版物：「大」指此一出版物之規模；「系」指以「時」聯系或以「體」聯系。[2] 趙家璧在《中國新文學大系》出版五十年後的回憶文章，就提到他以「大系」為題是師法日本；他以為這兩字：

既表示選稿範圍、出版規模、動員人力之「大」，而整套書的內容規劃，又是一個有「系統」的整體，是按一個具體的編輯意圖有意識地進行組稿而完成的，與一般把許多單行本雜湊在一起的叢書文庫等有顯著的區別。[3]

《中國新文學大系》出版以後，在不同時空的華文疆域都有類似的製作，並依循着近似的結構方式組織各種文學創作、評論以至相關史料等文本，漸漸被體認為一種具有國家或地域文學史意義的文體類型。[4] 資料顯示，在中國內地出版的繼作有：

- 丁景唐主編：《中國新文學大系一九二七—一九三七》(上海：上海文藝出版社，一九八四—一九八九)；
- 孫顒、江曾培等主編：《中國新文學大系一九三七—一九四九》(上海：上海文藝出版社，一九九〇)；
- 馮牧、王蒙等主編：《中國新文學大系一九四九—一九七六》(上海：上海文藝出版社，一九九七)；
- 王蒙、王元化總主編：《中國新文學大系一九七六—二〇〇〇》(上海：上海文藝出版社，二〇〇九)。

另外也有在香港出版的：

- 常君實、譚秀牧主編：《中國新文學大系續編一九二八—一九三八》（香港：香港文學研究社，一九六八）。

在臺灣則有：

- 余光中等主編：《中國現代文學大系》（一九五〇—一九七〇）（台北：巨人出版社，一九七二）；
- 司徒衛等主編：《當代中國新文學大系》（一九四九—一九七九）（台北：天視出版事業有限公司，一九七九—一九八一）；
- 余光中總編輯：《中華現代文學大系——臺灣一九七〇—一九八九》（台北：九歌出版社，一九八九）；
- 余光中總編輯：《中華現代文學大系（貳）——臺灣一九八九—二〇〇三》（台北：九歌出版社，二〇〇三）。

在新加坡和馬來西亞地區有：

- 方修編：《馬華新文學大系》（一九一九—一九四二）（新加坡：世界書局／香港：世界出版社，一九七〇—一九七二）；
- 方修編：《馬華新文學大系（戰後）》（一九四五—一九七六）（新加坡：世界書局，一九七九—一九八三）；
- 李廷輝等編：《新馬華文文學大系》（一九四五—一九六五）（新加坡：教育出版社，

一九七一）；

➤ 雲里風、戴小華總編輯：《馬華文學大系》（一九六五—一九九六）（新山：彩虹出版有限公司，二〇〇四）。

內地還陸續支持出版過：

➤ 方修編：《戰後新馬文學大系》（一九四五—一九七六）（北京：華藝出版社，一九九九—二〇〇一）；

➤ 新加坡文藝協會編：《新加坡當代華文文學大系》（北京：中國華僑出版公司，一九九一）；

➤ 于華、馬文蔚等主編：《臺港澳暨海外華文文學大系》（北京：中國友誼出版公司，一九九三）等。

其他以「大系」名目出版的各種主題的文學叢書，形形色色還有許多，當中編輯宗旨及結構模式不少已經偏離《中國新文學大系》的傳統，於此不必細論。

1 「文學大系」的原型

由於趙家璧主編的《中國新文學大系》正是「文學大系」編纂方式的原型，其構思如何自無而有，如何具體成形，以至其文化功能如何發揮，都值得我們追跡尋索，思考這類型的文化工程的意義。在時機上，我們今天進行追索比較有利，因為主要當事人趙家璧，在一九八〇年代陸續發表回顧編輯生涯的文章，尤其文長萬字的〈話說《中國新文學大系》〉，除了個人回憶，還多方徵引紀錄文獻和相關人物的記述，對《新文學大系》由編纂到出版的過程有相當清晰的敘述。[5] 後來不少研究者如劉禾、徐鵬緒及李廣等，討論《中國新文學大系》的編輯過程時，幾乎都不出《編輯憶舊》一書所載。[6] 在此我們不必再費詞重複，而只揭其重點。

首先我們注意到作為良友圖書公司一個年輕編輯，趙家璧有編「成套文學書」的事業理想；同時，身為商業機構的僱員，他當然要照顧出版社的成本效益、當時的版權法例，以至政治審查等種種限制。[7] 從政治及文化傾向而言，趙家璧比較支持左翼思想，對國民政府正在推行的「新生活運動」，以至提倡尊孔讀經、重印古書等，不以為然。因此，他想要編集「五四」以來的文學作品成叢書的想法，可說是在運動落潮以後，重新召喚歷史記憶及其反抗精神的嘗試。[8]

在趙家璧構思計劃的初始階段，有兩本書直接起了啟迪作用：阿英（錢杏邨）介紹給他的劉半農編《初期白話詩稿》，以及阿英以筆名「張若英」寫的《中國新文學運動史》。前者成了趙家璧「理想中的那本『五四』以來詩集的雛形」，後者引發他思考：「如果沒有『五四』新文學運動的理論建設，怎麼可能產生如此豐富的各類文學作品呢？」由是，趙家璧心中要鋪陳展現的不僅止是歷史上出現過的文學現象，他更要揭示其間的原因和結果；原來僅限作品採集的「『五四』以來文學名著百種」的想法，變成「請人編選各集，在集後附錄相關史料」的比較立體的構想，再進而落實為「一套包括理論、作品、史料」的「新文學大系」。《史料集》一卷的作用主要是為選入的作品佈置歷史定位的座標，提供敘事的語境；而「理論」部分，因為鄭振鐸的建議，擴充為《建設理論集》和《文學論爭集》。這兩集被列作《大系》的第一、二集，引領讀者走進一個文學史敘事體的閱讀框架：新文學好比這個敘事體中的英雄，其誕生、成長，以至抗衡、挑戰，甚而擊潰其他文學「惡」勢力（包括「舊體文學」、「鴛鴦蝴蝶文學」等）的故事輪廓就被勾勒出來。其餘各集的長篇〈導言〉，從不同角度作出點染着色，讓置身這個「歷史圖象」的各體文學作品，成為充實「寫真」的具體細部。

《中國新文學大系》的主體當然是其中的《小說集》、《散文集》、《新詩集》和《戲劇集》等七卷。劉禾對《大系》作了一個非常矚目的判斷；她認定它「是一個自我殖民的規劃」（"self-colonizing project"），證據之一是《大系》按照「小說、詩歌、戲劇、散文」的文類形式四分法（"four-way division of generic forms"）組織「所有文學作品」，而這四種文類形式是英語的 "fiction", "poetry", "drama", "familiar prose" 的對應翻譯，《大系》把這種西方文學形式的「『翻譯』的基準」（" 'translated' norms"）典律化，使自梁啟超以來顛覆古典文學之經典地位的想法得成具體（crystallized）；所謂「自我殖民化」的意思是，趙家璧的《中國新文學大系》視西方為「中國文學」意義最終解釋的根據地。[9] 衡之於當時的歷史狀況，劉禾這個論斷應該是一種非常過度的詮釋。首先西方的文學論述傳統似乎沒有以「小說、詩歌、戲劇、散文」的四分法來統領「所有文學作品」。[10] 而現代中國的「文學概論」式的文類四分法可說是一種糅合中西文學觀的混雜體；其構成基礎還是中國傳統的「詩文」分類，再加上受西方文學傳統影響而致「文學位階」得以提升的「小說」與「戲劇」，統合成文學的四種類型。這四種文體類型的傳播已久；翻查《民國時期總書目》，我們可以看到以這些文類概念作為編選範圍的現代文學選本，在《大系》出版以前或約略同時，就有不少，例如《新詩集》（一九二〇）、《近代戲劇集》（一九三〇）、《當代小説讀本》（一九三二）、《現代中國戲劇選》（一九三三）、《現代中國詩歌選》（一九三三）、《短篇小説選》（一九三四）等等。[11] 趙家璧的回憶文章提到，他當時考慮過的「文類」是：「長篇小説」、「短篇小説」、「散文」、「詩」、「戲劇」、「理論文章」，[12] 而不是四分文類的定型思考。因此，這種文類觀念的通行，不應該由趙家璧或《中國新文學大系》負責。事實上後來出現的「文學大系」亦沒有被趙家璧的先例所限囿，例如：《中國新文學大系一九二七—一九三七》增加了「報告文學」和「電影」；《中國新文學大系一九三七—一九四九》的小説類再細分「短篇」、「中篇」和「長篇」，又另闢「雜文」集；《中國新文學大系一九七六—二〇〇〇》的小説類除長、中、短篇以外，增設「微型」一項，又調整和增補了「紀實文學」、「兒童文學」、「影視文學」。可見「四分法」未能賅括所有中國現代文學的文類。

劉禾指《中國新文學大系》「自我殖民」——完全依照西方標準（而不是中國傳統文學的典範）來斷定「文學」的內涵——更是一種「污名化」的詮釋。如果採用同樣欠缺同情關懷的批判方式，我們也可以指摘那些拒絕參照西方知識架構的文化人為「自甘被舊傳統宰制的原教主義信徒」。無論是哪一種方向的「污名化」，都不值得鼓勵，尤其在已有一定歷史距離的今天作學術討論時。近代以來中國知識份子面對西潮無所不至的衝擊，其間危機感帶來的焦慮與徬徨，實在是前所未有。正如朱自清說當時學術界的趨勢，「往往以西方觀念為範圍去選擇中國的問題，姑無論將來是好是壞，這已經是不可避免的事實」；[13]在這個關頭，有責任感的知識份子都在思考中國文化「如何應變」、「自何自處」的問題。無論他們採用哪一種內向或者外向的調適策略，都有其歷史意義，需要我們同情地了解。

胡適、朱自清，以至茅盾、鄭振鐸、魯迅、周作人，或者鄭伯奇、阿英，這些《中國新文學大系》各卷的編者，各懷信仰，尤其對於中國未來的設想，取徑更千差萬別；但在進行編選工作時，其相同的思路還是明顯的——就是為歷史作證。從各集的〈導言〉可見，其關懷的歷史時段長短不一；有只駐目於關鍵的「新文學運動第一個十年」，如鄭振鐸的《文學論爭集・導言》，或者朱自清的《詩集・導言》；也有由今及古、上溯文體淵源，再探中西同異者，如郁達夫的《散文二集・導言》。[14]當然，其中歷史視野最為宏闊的是時任中央研究院院長的蔡元培所寫的〈總序〉。〈總序〉以「歐洲近代文化，都從復興時代演出」開篇，將「新文學運動」比附為歐洲的「文藝復興」運動；此時中國以白話取代文言為文學的工具，好比「復興時代」歐洲各民族以方言而非拉丁文創作文學。蔡元培在文章結束時說，「歐洲的復興」歷三百年，「我國的復興，自五四運動以來不過十五年」：

新文學的成績，當然不敢自詡為成熟。其影響於科學精神民治思想及表現個性的藝術，均尚在進行中。但是吾國歷史，現代環境，督促吾人，不得不有奔軼絕塵的猛進。吾人自期，至少應以十年的工作抵歐洲各國的百年。所以對於第一個十年先作一總審查，使吾人有以鑑既往而策將來，希望第二個十年與第三個十年時，有中國的拉飛爾與中國的莎士比亞等應運而生呵！[15]

我們知道自晚清到民國，歐洲歷史上的 "Renaissance" 是一個重要的象徵符號，是許多文化人的迷思；然而這個符號在中國的喻指卻是多變的。有比較重視歐洲在中世紀以後追慕希臘羅馬古典著述之「古學復興」的意義，認為偏重經籍整理的清代學術與之相似；也有注意到十字軍東征為歐洲帶來外地文化的影響，謂清中葉以後西學傳入開展了中國的「文藝復興」；又有從歐洲「文藝復興」時期出現以民族語言創作文學而產生輝煌的作品着眼，這就是自一九一七年開始的「文學革命」的宣傳重點。[16] 蔡元培的〈總序〉也是這種論述的呼應，但結合了他對中西文化發展的觀察，使得「新文學」與「尚在進行中」的「科學精神」、「民治思想」及「表現個性的藝術」等變革相互關聯，從而為閱讀《大系》中各個獨立文本的讀者提供了詮釋其間文化政治的指南針。[17]

《中國新文學大系》的結構模型——賦予文化史意義的「總序」、從理論與思潮搭建的框架、主要文類的文本選樣，經緯交織的導言，加上史料索引作為鋪墊——算不上緊密，但能互相扣連，又留有一定的詮釋空間，反而有可能勝過表面上更周密，純粹以敘述手段完成的傳統文學史書寫，更能彰顯歷史意義的深度。

2「新文學大系」的繼承

《中國新文學大系》面世以後，贏得許多的稱譽；[18]正如蔡元培和茅盾等的期待，趙家璧確有意續編第二、第三輯。[19]一九四五年抗戰接近尾聲時，趙家璧在重慶就開始着手組織「抗戰八年文學」的第三輯編輯工作，並邀約了梅林、老舍、李廣田、茅盾、郭沫若、葉紹鈞等編選各集。[20]但時局變幻，這個計劃並未能按預想實行。一九四九年以後，政治氣氛也不容許趙家璧進行續編的工作；即使已出版的第一輯《中國新文學大系》，亦不再流通。

直至一九六二年及一九七二年香港文學研究社先後兩次重印《中國新文學大系》；[21]香港文學研究社還在一九六八年出版了《中國新文學大系・續編》。這個《續編》同樣有十集，取消了《建設理論集》，補上新增的《電影集》。至於編輯概況，《續編・出版前言》故作神秘，說各集主編名字不適宜刊出，但都是「國內外知名人物」，「分在三地東京、星加坡、香港進行」編輯，以四年時間完成。事實上《續編》出版時間正逢大陸文化大革命如火如荼，文化人備受迫害；各種不幸的消息，相繼傳到香港，故此出版社多加掩蔽，是情有可原的。據現存的資訊顯示，編輯的主要工作由在大陸的常君實和香港文學研究社的譚秀牧擔當；[22]然而兩入之間並無直接聯繫，無法互相照應。另一方面，二人各因所處環境和視野的局限，所能採集的資料難以全面；在大陸政治運動頻仍，顧忌甚多；在香港則材料散落，張羅不易；再加上出版過程並不順利，即使在香港的譚秀牧亦不能親睹全書出版。[23]這樣得出來的成績，很難說得上完美。不過，我們要評價這個「文學大系」傳統的第一任繼承者，應該要考慮當時的各種限制。無論如何，在香港出版，其實頗能說明香港的文化空間的意義，其承載中華文化的方式與成效亦頗值得玩味。[24]

《中國新文學大系》的「正統」繼承，要等到中國的文化大革命正式落幕。從一九八〇年到一九八二年，上海文藝出版社徵得趙家璧同意，影印出版十集《中國新文學大系》，同時組織出版《中國新文學大系一九二七—一九三七》二十冊作為第二輯，由社長兼總編輯丁景唐主持，趙家璧作顧問，一九八四年至一九八九年陸續面世；隨後，趙家璧與丁景唐同任顧問的第三輯《中國新文學大系一九三七—一九四九》二十冊於一九九〇年出版，第四輯《中國新文學大系一九四九—一九七六》二十冊於一九九七年出版。二〇〇九年由王蒙、王元化總主編第五輯《中國新文學大系一九七六—二〇〇〇》三十冊，繼續由上海文藝出版社出版；二十世紀以前的「新文學」，好像都有了「大系」作為相照的汗青。這「第二輯」到「第五輯」的說法，顯然是繼承、延續之意。然而第一輯到第二輯之間，其政治實況是中國經歷從民國到共和國的政權轉換，在大陸地區社會文化曾經發生翻天覆地的劇變。「嫡傳」、「正宗」的想像，其實需要刻意忽略這些政治社會的裂縫。當然趙家璧的認可，被邀請作顧問，讓這個「嫡傳」的合法性增加一種言說上的力量。不過，這後四輯對其他「大系」卻未必有明顯的垂範作用；起碼從面世時間先後來說，比起海外各大系之承接「新文學」薪火，反而是後發的競逐者。

在這個看來「嫡傳」的譜系中，因為時移世易，各輯已有相當的變異或者發展。在內容選材上，最明顯的是文體類型的增補，可見文類觀念會因應時代需要而不斷調整；這一點上文已有交代。另一個顯而易見的形式變化是：第二、三、四輯都沒有總序，只有〈出版說明〉。《大系》原型的第一輯每集都有〈導言〉，即使是同一文類的分集，如「小說」三集分別有茅盾、魯迅、鄭伯奇的論述；「散文」兩集又有周作人和郁達夫兩種觀點。其優勢正在於論述交錯間的矛盾與縫隙，可以生發更繁富的意義。第二、三輯開始，同一文類只冠以一位名家序言，論述角度當然有統整齊一之效。再看第二、三兩輯的〈說明〉基本修辭都一樣，聲明編纂工作「以馬克思列寧主義，毛澤東思想為指針，堅持從新文學運動的實際出發」，前者以「反帝反封建的作品佔主導地位」，後者的主導則是「革命的、進步的作品」；毫不含糊地為文學史的政治敘事設定格局；這當然是第一輯以「新文學」為敘事英雄的激越發展；第二、三輯的理論集序文，大概有着指標的作用，據此可以推想：第二輯的主角是「左翼文藝運動」，第三輯是「文藝為政治（戰爭）服務」。

第四輯〈出版說明〉的文字格式與前兩輯不同，逗漏了又一種訊息。這一輯出版於一九九七年，形勢上無論出於外發還是內需，有必要營構一個廣納四方的空間：「對那些曾經遭受過錯誤批判和不公正對待，或者在『文革』中雖未能正式發表、出版，但在社會上廣泛流傳產生過較大影響的作品，都一視同仁地加以遴選」；「這一時期發表的臺灣、香港、澳門作家的新文學作品，一並列選。」於是少不了臺灣余光中的一縷鄉愁、瘂弦掛起的紅玉米；異品如馬朗寄居在香港的焚琴浪子，也得到收容。第五輯〈出版說明〉繼續保留「這一時期發表的臺灣、香港、澳門作家的新文學作品，一並列選」的句子，其為政治姿態，眾人皆見；尤其各卷編者似乎有很大的自由度決定他們對臺港澳的關切與否。因此我們實在不必介懷其所選所取是否「合理」、是否「得體」。

只不過若要衡度政治意義，則美國華裔學者夏志清、李歐梵和王德威之先後入選四、五兩輯，或者有需要為讀者釋疑，可惜兩輯的編者都未有任何說明。

第五輯回復有〈總序〉的傳統，共有兩篇。其中〈總序二〉是王元化生前在編輯會議上的發言；因此王蒙撰寫的一篇才是正式的〈總序〉。這一篇意在綜覽全局的序文，可與王蒙在第四輯寫的《小說卷．序》合觀；兩篇分別寫於一九九六年及二〇〇九年的文章，都表示要以正面、積極的態度去面對過去。王蒙在第四輯努力地討論「記憶」的意義，說「記憶實質是人類的一切思想情感文化文明的基礎和根源」，其目的是找到「歷史」與「現實」的通感類應。在第五輯〈總序〉王蒙則標舉「時間」；說時間是「慈母」，「偏愛已經被認真閱讀過並且仍然值得重讀或新讀的許多作品」；又說時間如「法官」：「無情地惦量着昨天」：

> 時間的法官同樣會有差池，但是更長的時間的回旋與淘洗常常能自行糾正自己的過失，時間的因素同樣能製造假象，但是更長的時間的反復與不舍晝夜的思量，定能使文學自行顯露真容。25

《中國新文學大系》發展到第五輯，其類型演化所創造出來的方向、習套和格式已經相當明晰。不過，我們還有一系列「教外別傳」的範例可以參看。

3「文學大系」的「教外別傳」

我們知道臺灣在一九七二年就有《中國現代文學大系》的編纂，由巨人出版社組織編輯委員會，余光中撰寫〈總序〉，編選一九五〇年到一九七〇年的小說、散文、詩三種文類作品，合成八輯。另外司徒衛等在一九七九年至一九八〇年編輯出版《當代中國新文學大系》十集，沿用《中國新文學大系》原型的體例，唯一變化是《建設理論集》改為《文學論評集》，而取材以一九四九年到一九七九年在臺灣發表之新文學作品為限。兩輯都明顯要繼承趙家璧主編《大系》的傳統，但又要作出某種區隔。司徒衛等編委以「當代」標明其時間以國民政府遷臺為起點，與止於一九二七年的趙編《大系》並非線性相連。余光中等的《大系》則以「現代文學」之名與「新文學」區辨。他撰寫的〈總序〉非常刻意的辨析臺灣新開展的「現代文學」與「五四早期新文學」之不同。相對來說，余光中比司徒衛更長於從文學發展的角度作分析；司徒衛的論調卻多有迎合官方意志之嫌。然而我們不能說《當代中國新文學大系》水準有所不如；事實上這個《當代大系》各集的編者大都具有文學史的眼光，取捨之間，極見功力；各集都有導言，觀點又起縱橫交錯的作用。其中瘂弦主編的《詩集》視野更及於臺灣以外的華文世界——從體例上可能與全書不合，但從概念上卻是當時的「中國」概念的一種詮釋；香港不少詩人如西西、蔡炎培、淮遠、羈魂、黃國彬的作品都被選入。余光中等編《現代文學大系》的選取範圍基本上只在臺灣，只是朱西甯在「小說輯」中收錄了張愛玲兩篇小說，另外（張）曉風編的「散文輯」又有思果三篇作品，但都沒有解釋說明；張愛玲是否「臺灣作家」是後來臺灣文學史一個爭論熱點；這些討論可以從此出發。論規模和完整格局，《當代中國新文學大系》實在比《中國現代文學大系》優勝，但後者的編輯團隊——余光中、朱西甯、洛夫、曉風——也是有份量的本色行家，所撰各體序文都能照應文體通變，又關聯到當時臺灣的文學生態。其中朱西甯序小說篇末，詳細交代《大系》的體例，其中一個論點很值得注意：

我們避免把「大系」作為「文選」，只圖個體的獨立表現，精選少數卓越的小說家作品中的菁華，而忽略了整體的發展意義。這可以用一句話來說，我們所選輯的是可成氣候的作品。如此「大系」也便含有了「索引」的作用，供後世據此而獲致從事某一小說家的專門研究資料蒐集的線索。[26]

朱西甯這個論點不必是《中國現代文學大系》各主編的共同認識，[27]但卻為「文學大系」的文類功能作出一個很有意義的詮釋。

「文學大系」的文類傳統在臺灣發展，余光中最有貢獻。在巨人出版社的《中國現代文學大系》以後，他繼續主持了兩次「大系」的編纂工作：由九歌出版社先後於一九八九年出版《中華現代文學大系——臺灣一九七〇—一九八九》，二〇〇三年出版《中華現代文學大系（貳）——臺灣一九八九—二〇〇三》。兩輯都增加了《戲劇卷》和《評論卷》；前者涵蓋二十年，共十五冊；後者十五年，十二冊。余光中也撰寫了各版《現代文學大系》的〈總序〉。在臺灣思考文學史或者文學傳統，難免要連繫到「中國」這個概念。在巨人版《大系‧總序》，余光中的重點是把一九四九年以後臺灣的「現代文學」與「五四」時期的「新文學」相提並論，也講到臺灣文學「與昨日脫節」——對三、四〇年代作家作品的陌生——帶來的影響：向更古老的中國古典傳統和西方學習。他又解釋以「大系」為名的意義：「除了精選各家的佳作之外，更企圖從而展示歷史的發展，和文風的演變，為二十年來的文學創作留下一筆頗為可觀的產業。」他更曲終奏雅，在〈總序〉的結尾說：

> 我尤其要提醒研究或翻譯中國現代文學的所有外國人：如果在泛政治主義的煙霧中，他們有意或無意地竟繞過了這部大系而去二十年來的大陸尋找文學，那真是避重就輕，一偏到底了。[28]

這是向「國際人士」呼籲，也可以作為「中國」二字放在書題的解釋：真正的「中國文學」在臺灣，而不在大陸；這是文學上的「正統」之爭。但從另一個角度來看，對臺灣許多知識份子而言，「中國」這個符號的意義，已經慢慢從政治信念變成文化想像，甚或虛擬幻設；我們知道，中華民國於一九七一年退出聯合國，一九七二年美國總統尼克遜訪問北京。在司徒衛等編成《當代中國新文學大系》之前不久，一九七八年十二月美國與中華民國斷絕外交關係。

所以，九歌版的兩輯「大系」，改題《中華現代文學大系》，並加註「臺灣」二字，是國際政治形勢使然。「中華」是民族文化身份的標誌，其指向就是「文化中國」的概念；「臺灣」則是具體的地理空間。余光中在《臺灣一九七〇—一九八九》的總序探討《中國現代文學大系》到《中華現代文學大系》前後四十年的變化，注意到一九八七年解除「戒嚴令」後兩岸交流帶來的文化衝擊，從而思考「臺灣文學」應如何定位的問題。「中國的文學史」與「中華民族的滾滾長流」，是當時余光中和他的同道企盼能找到答案的地方。到了《中華現代文學大系（貳）》，余光中卻有另一角度的思考，他說：

臺灣文學之多元多姿，成為中文世界的巍巍重鎮，端在其不讓土壤，不擇細流，有容乃大。如果把……非土生土長的作家與作品一概除去，留下的恐怕無此壯觀。[29]

他還是注意到臺灣文學在「中文世界」的地位，不過協商的對象，不再是外國研究者和翻譯家，而是島內另一種文學取向的評論家。

究之，余光中的終極關懷顯然就是「文學史」或者「歷史上的文學」。在他主持的三輯「文學大系」中，他試圖揭出與文學相關的「時間」與「變遷」，顯示文學如何「應對」與「抗衡」。「時間」是「文學大系」傳統的一個永恆母題。王蒙請「時間」來衡量他和編輯團隊（第五輯《中國新文學大系》）的成績：

我們深情地捧出了這三十卷近兩千萬言的《中國新文學大系》第五輯，請讀者明察，請時間的大河、請文學史考驗我們的編選。[30]

余光中在《中華現代文學大系（貳）‧總序》結束時說：

至於對選入的這兩百多位作家，這部世紀末的大系是否真成了永恆之門、不朽之階，則猶待歲月之考驗。新大系的十五位編輯和我，樂於將這些作品送到各位讀者的面前，並獻給漫漫的廿一世紀。原則上，這些作品恐怕都只能算是「備取」，至於未來，究竟其中的哪些能終於「正取」，就只有取決於悠悠的時光了。[31]

4「文學大系」的基本特徵

以上看過兩個系列的「文學大系」，大抵可以歸納出這種編纂傳統的一些基本特徵：

一、「文學大系」是對一個範圍的文學（一個時段、一個國家／地域）作系統的整理，以多冊的、「成套的」文本形式面世；

二、這多冊成套的文學書，要能自成結構；結構的方式和目的在於立體地呈現其指涉的文學史；「立體」的意義在於超越敘事體的文學史書寫和示例式的選本的局限和片面；

三、「時間」與「記憶」、「現實」與「歷史」是否能相互作用，是「文學大系」的關鍵績效指標；

四、「國家文學」或者「地域文學」的「劃界」與「越界」，恒常是「文學大系」的挑戰。

二、「香港的」文學大系：《香港文學大系一九一九——一九四九》

1「香港」是甚麼？誰是「香港人」？

葉靈鳳，一位因為戰禍而南下香港然後長居於此的文人，告訴我們：

> 香港本是新安縣屬的一個小海島，這座小島一向沒有名稱，至少是沒有一個固定的總名……。這一直到英國人向清朝官廳要求租借海中小島一座作為修船曬貨之用，並指名最好將「香港」島借給他們，這才在中國的輿圖上出現了「香港」二字。[32]

「命名」是事物認知的必經過程。事物可能早就存在於世，但未經「命名」，其存在意義是無法掌握的。正如「香港」，如果指南中國邊陲的一個海島，據史書大概在秦帝國設置南海郡時，就收在版圖之內。但在統治者眼中，帝國幅員遼闊，根本不需要一一計較領土內眾多無名的角落。用葉靈鳳的講法，香港島的命名因英國人的索求而得入清政府之耳目；[33]而「香港」涵蓋的範圍隨着清廷和英帝國的戰和關係而擴闊，再經歷民國和共和國的默認或不願確認，變成如今天香港政府公開發佈的描述：

> 香港是一個充滿活力的城市，也是通向中國內地的主要門戶城市。……香港是中華人民共和國成立的特別行政區。香港自一八四二年開始由英國統治，至一九九七年，中國政府按照「一國兩制」的原則對香港恢復行使主權。根據《基本法》規定，香港目前的政治制度將會維

> 持五十年不變，以公正的法治精神和獨立的司法機構維持香港市民的權利和自由。……香港位處中國的東南端，由香港島、大嶼山、九龍半島以及新界（包括二六二個離島）組成。[34]

「香港」由無名，到「香港村」、「香港島」，到「香港島、九龍半島、新界和離島」合稱，經歷了地理上和政治上不同界劃，經歷了一個自無而有，而變形放大的過程。更重要的是，**「香港」這個名稱底下要有「人」；有人在這個地理空間起居作息，有人在此地有種種喜樂與憂愁、言談與詠歌。有人，有生活，有恩怨愛恨，有器用文化，「地方」的意義才能完足。**

猜想自秦帝國及以前，地理上的香港可能已有居民，他們也許是越族峯民。李鄭屋古墓的出土，或許可以說明漢文化曾在此地流播。[35] 據說從唐末至宋代，元朗鄧氏、上水廖氏及侯氏、粉嶺文氏及彭氏五族開始南移到新界地區。許地山，從臺灣到中國內地再到香港直至長眠香港土地下的另一位文化人，告訴我們：

> 香港及其附近底居民，除新移入底歐洲民族及印度波斯諸國民族以外，中國人中大別有四種：一、本地；二、客家；三、福佬；四、蛋家。……本地人來得最早的是由湘江入蒼梧順西江下流底。稍後一點底是越大庾嶺由南雄順北江下流底。[36]

「本地」，不免是外來；香港這個流動不絕的空間，誰是土地上的真正主人呢？再追問下去的話，秦漢時居住在這個海島和半島上的，是「香港人」嗎？大概只能說是南海郡人或者番禺縣人；再晚來的，就是寶安縣人、新安縣人吧。因為當時的政治地理，還沒有「香港」這個名稱、這個概念。然而，**換上了不同政治地理名號的「人」，有甚麼不同的意義？「人」和「土地」的關係，就**

會有所改變嗎？

2 定義「香港文學」

「香港文學」過去大概有點像南中國的一個無名島，島民或漁或耕，帝力於我何有哉？自從上世紀八〇年代開始，「香港文學」才漸漸成為文化人和學界的議題。這當然和中英就香港前途問題進行談判，以至一九八四年簽訂中英聯合聲明，讓香港進入一個漫長的過渡期有關。「香港有沒有文學」、「甚麼是香港文學」等問題陸續浮現。前一個問題，大概出於與「香港文學」、或者所有「文學」都無甚關涉的人。香港以外地區有這種觀感的，可以理解；值得玩味的是在港內同樣想法的人並不是少數；責任何在？實在需要深思。至於後一個問題，則是一個定義的問題。

要定義「香港文學」，大概不必想到唐宋秦漢，因為相關文學成品（artifact）的流轉，大都在「香港」這個政治地理名稱出現以後。[37] 即便如此，還是困擾了不少人。一種定義方式，是以文本創製者為念：說文學是性靈的抒發，故「香港文學」應是「香港人所寫的文學」。這個定義帶來的問題首先是「誰是香港人」？另一種方式，從作品的內容着眼，因為文學反映生活，如果這生活的場景就是香港，當然就是「香港文學」。依着這個定義，則不涉及香港具體情貌的作品，是要排除在外了。再有一種，以文本創製工序的完成為論，所以「香港文學」是「在香港出版、面世的文學作品」。此外，與出版相關的是文學成品的受眾，所以這個定義可以改換成以「接受」的範圍和程度作準：「在香港出版，為香港人喜愛（最低限度是願意）閱讀的文學作品。」先不說定義中還是包含未有講明白的「香港人」一詞，而且「讀者在哪裏？」是不易說清楚的。事實上，由於歷史的原因，以香港為出版基地，但作者讀者都不在香港的情況不是沒有。[38]因為香港就是這麼奇妙的一個文學空間。[39]

從過去的議論見到，創作者是否「香港人」是一個基本問題；換句話說，很多討論是圍繞着「香港作家」的定義來展開。有一種可能會獲得官方支持的講法是：「持有香港身份證或居港七年以上，曾出版最少一冊文學作品或經常在報刊發表文學作品」；[40]這個定義的前半部分是以「政治」和「法律」論文學的一例，很難令人釋懷；[41]兼且「法律」是有時效的，這時不合法並不排除那時的「非違法」。我們認為：「文學」的身份和「文學」的有效性不必倚仗一時的統治法令去維持。至於「出版」與「報刊發表」當然是由創作到閱讀的「文學過程」中一個接近終點的環節，可以是一個有效的指標；而出版與發表的流通範圍，究竟應否再加界定？是可以進一步討論的。

3 劃界與越界

我們在歸納「文學大系」的編纂傳統時，第一點提到這是「對一個範圍的文學（一個時段、一個國家／地域）作系統的整理」；第四點又指出「國家文學」或者「地域文學」的「劃界」與「越界」，恆常是「文學大系」的挑戰；兩點都是有關「劃定範圍」的問題。上文的討論是比較概括地把「香港文學」的劃界方式「問題化」（problematize），目的在於啟動思考，還未到解決或解脫的階段。

以下我們從《香港文學大系》編輯構想的角度，再進一步討論相關問題。首先是時段的界劃。目前所見的幾本中國內地學者撰寫的「香港文學史」，除了謝常青的《香港新文學簡史》外，[42]其餘都是以一九四九或一九五〇年為正式敘事起始點。這時中國內地政情有重大變化，大陸和香港兩地的區隔愈加明顯；以此為文學史時段的上限無疑是方便的，也有一定的理據。然而，我們認為香港文學應該可以往上追溯。因為新文學運動以及相關聯的「五四運動」，是香港現代文化變遷的一個重要源頭。北京上海的波動傳到香港，無疑有一定的時間差距，但「五四」以還，直到一九四九年，香港文學的實績還是班班可考的。因此我們選擇「從頭講起」，擬定「一九一九年」和「一九四九年」兩個時間指標，作為《大系》第一輯工作上下限；希望把源頭梳理好，以後第二輯、第三輯……，可以順流而下，進行其他時段的考察。我們明白這兩個時間標誌源於「非文學」的事件，卻認為這些事件與文學的發展有密切的關聯。我們又同意這個時段範圍的界劃不是確切不能動搖的，尤其上限不必硬性定在一九一九年，可以隨實際掌握的材料往上下挪動。比方說「舊體文學卷」和「通俗文學」的發展應可以追溯到更早的年份；而「戲劇」文本的選輯年份可能要往下移。

第二個可能疑義更多的是「香港文學」範圍的界劃。我們在回顧《中國新文學大系》各輯的規模時，見識過邊界如何「彈性」地被挪移，以收納「臺港澳」的作家作品。這究竟是「越界」還是隨「非文學」的需要而「重劃邊界」？這些新吸納的部分，與原來的主體部分如何，或者是否可以，構成一個互為關聯的系統？我們又看過余光中領銜編纂的《大系》，把張愛玲、夏志清等編入其中。前者大概沒有在臺灣居停過多少天，所寫所思好像與臺灣的風景人情無甚關涉；後者出身上海北京，去國後主要在美國生活、研究和著述。[43] 他們之「越界」入選，又意味着甚麼樣的文學史觀？

《香港文學大系》編輯委員會參考了過去有關「香港文學」、「香港作家」的定義，認真討論以下幾個原則：

一、「香港文學」應與「在香港出現的文學」有所區別（比方說瘂弦的詩集《苦苓林的一夜》在香港出版，但此集不應算作香港文學）；

二、（在一段相當時期內）居住在香港的作者，在香港的出版平台（如報章、雜誌、單行本、合集等）發表的作品（例如侶倫、劉火子在香港發表的作品）；

三、（在一段相當時期內）居住在香港的作者，在香港以外地方發表的作品（例如謝晨光在上海等地發表的作品）；

四、受眾、讀者主要是在香港，而又對香港文學的發展造成影響的作品（如小平的「女飛賊黃鶯」系列小說；這一點還考慮到早期香港文學的一些現象：有些生平不可考，是否同屬一人執筆亦未可知，但在香港報刊上常見署以同一名字的作品）。

編委會各成員曾將各種可能備受質疑的地方都提出來討論。最直接意見的是認為「相當時期」

一語太含糊，但又考慮到很難有一個學術上可以確立的具體時間（七年以上？十年以上？）。各項原則應該從寬還是從嚴？內容寫香港與否該不該成為考慮因素？文學史意義以香港為限還是包括對整體中國文學的作用？這都是熱烈爭辯過的議題。大家都明白《大系》中有不同文類，個別文類的選輯要考慮該文類的習套、傳統和特性，例如「通俗文學」的流通空間主要是「省港澳」（廣州、香港、澳門），「新詩」的部分讀者可能在上海，「戲劇」會關心劇作與劇場的關係。各種考慮，林林總總，很難有非常一致的結論。最後，我們同意請各卷主編在採編時斟酌上列幾個原則，然後依自己負責的文類性質和所集材料作決定；如果有需要作出例外的選擇，則在該卷〈導言〉清楚交代。大家的默契是以「香港文學」為據，而不是歧義更多的「香港作家」概念，尤其後者更兼有作家「自認」與他人「承認」與否等更複雜的取義傾向。歷史告訴我們，「香港」的屬性，從來就是流動不居的。**在《大系》中，「香港」應該是一個文學和文化空間的概念：「香港文學」應該是與此一文化空間形成共構關係的文學。香港作為文化空間，足以容納某些可能在別一文化環境不能容許的文學內容（例如政治理念）或形式（例如前衛的試驗），或者促進文學觀念與文本的流轉和傳播（影響內地、臺灣、南洋、其他華語語系文學，甚至不同語種的文學，同時又接受這些不同領域文學的影響）。**我們希望《香港文學大系》可以揭示「香港」這個「文學／文化空間」的作用和成績。

4 「文學大系」而非「新文學大系」

《香港文學大系》的另一個重要構想是，不用「大系」傳統的「新文學」概念，而稱「文學大系」。這個選擇關係到我們對「香港文學」以至香港文化環境的理解。在中國內地，「新文學」以「文學革命」的姿態登場，其抗衡的對象是被理解為代表封建思想的「舊」文化與「舊」文學；為了突出「新文學」，於是「舊」的範圍和其負面程度不斷被放大。革命行動和歷史書寫從運動一開始就互相配合，「新文學」沒有耐心等待將來史冊評定它的功過，文學革命家如胡適從《留學日記》、〈文學改良芻議〉、〈建設的文學革命論〉，到《五十年來中國之文學》，都是一邊宣傳革命、實行革命，一邊修撰革命史。這個策略在當時中國的環境可能是最有效的，事實上與「國語運動」同時並舉的「新文學運動」非常成功，其影響由語言、文學，到文化、社會、政治，可謂無遠弗屆。[44] 十多年後趙家璧主編《中國新文學大系》，其目標不在經驗沈澱後重新評估過去的新舊對衡之意義，而在於「運動」之奮鬥記憶的重喚，再次肯定其間的反抗精神。

香港的文化環境與中國內地最大分別是香港華人要面對一個英語的殖民政府。為了帝國利益，港英政府由始至終都奉行重英輕中的政策。這個政策當然會造成社會上普遍以英語為尚的現象，但另一方面中國語言文化又反過來成為一種抗衡的力量，或者成為抵禦外族文化壓迫的最後堡壘。由於傳統學問的歷史比較悠久，積聚比較深厚，比較輕易贏得大眾的信任甚至尊崇。於是通曉儒經國學、能賦詩為文（古文、駢文），隱然另有一種非官方正式認可的社會地位。另一方面，來自內地——中華文化之來源地——的新文學和新文化運動，又是「先進」的象徵，當這些帶有開新和批判精神的新文學從內地傳到香港，對於年輕一代特別有吸引力。受「五四」文學新潮影響的學子，既有可能以其批判眼光審視殖民統治的不公，又有可能倒過來更加積極學習英語文學及文化，以吸收新知，來加強批判能力。至於「新文學」與「舊文學」之間，既有可能互相對抗，也有協成互補的機會。換句話説，英語代表的西方文化，與中國舊文學及新文學構成一個複雜多角的關係。如果簡單借用在中國內地也不無疑問的獨尊「新文學」觀點，就很難把「香港文學」的狀況表述清楚。

事實上，香港能寫舊體詩文的文化人，不在少數。報章副刊以至雜誌期刊，都常見佳作。這部分的文學書寫，自有承傳體系，亦是香港文學文化的一種重要表現。例如前清探花，翰林院編修，官至南書房行走、江寧提學使的陳伯陶，流落九龍半島二十年，編纂《勝朝粵東遺民錄》、《明東莞五忠傳》等，又研究宋史遺事，考證官富場（現在的官塘）、宋王臺、侯王廟等歷史遺跡；他的所為，和葉靈鳳捧着清朝嘉慶二十四年（一八一九）刊《新安縣志》珍本，辛勤考證香港的前世往跡有甚麼不同？**一個傳統的讀書人，離散於僻遠，如何從地誌之「文」，去建立「人」與「地」與「時」的關係？我們是否可以從陳伯陶與友儕在一九一六年共同製作的《宋臺秋唱》詩集中，見到那上下求索的靈魂在嘆息？他腳下的土地，眼前的巨石，能否安頓他的心靈？詩篇雖為舊體，但其中的文心，不是常新嗎？**[45] 可以説，「香港文學」如果缺去了這種能顯示文化傳統在當代承傳遞嬗的文學記錄，其結構就不能完整。[46]

再如擅寫舊體詩詞的黃天石，又與另一位舊體詩名家黃冷觀合編「通俗文學」的《雙聲》雜誌，發表鴛鴦蝴蝶派小說；後來又是「純文學」的推動者，創立國際筆會香港中國筆會，任會長十年；又曾辦《文學世界》，支持中國文學研究；影響更大的是以筆名「傑克」寫的流行小說。這樣多面向的文學人，我們希望在《香港文學大系》給予充分的尊重。這也是《香港文學大系》必須有《通俗文學卷》的原因之一。我們認為「通俗文學」在香港深入黎庶，讀者量可能比其他文學類型高得多。再說，香港的「通俗文學」貼近民情，而且語言運用更多大膽試驗，如「粵語入文」，或者「三及第化」，是香港文化以文字方式流播的重要樣本。當然，「通俗文學」主要是商業運作，產量多而水準不齊，資料搜羅固然不易，編選的尺度拿捏更難；如何澄沙汰礫，如何從文學史的角度與其他文類協商共容，都極具挑戰性。無論如何，過去《中國新文學大系》因為以「新文學」為主，把影響民眾生活極大的通俗文學棄置一旁，是非常可惜的。

《香港文學大系》又設有《兒童文學卷》。我們知道「兒童文學」的作品創製與其他文學類型最大的不同是，其擬想的讀者既隱喻作者的「過去」，也寄託他所構想的「未來」；當然作品中更免不了與作者「現在」的思慮相關聯。已成年的作者在進行創作時，不斷與自己童稚時期的經驗對話，時光的穿梭是一個必然的現象；在《大系》設定一九四九年以前的時段中，「兒童文學」在香港還有一種「空間」穿越的情況，因為不少兒童文學的作者都身不在香港；「空間」的幻設，有時要透過在香港的編輯協助完成。另一方面，這時段的兒童文學創製有不少與政治宣傳和思想培育有關。部分香港報章雜誌上的兒童文學副刊，是左翼文藝工作者進行思想鬥爭的重要陣地。依照成年人的政治理念去模塑未來，培養革命的下一代，又是這時期香港兒童文學的另一個現象。可以說，「兒童文學」以另一種形式宣明香港文學空間的流動性。

5 「文學大系」中的「基本」文體

「新詩」、「小說」、「散文」、「戲劇」、「文學評論」，這些「基本」的現代文學類型，也是《香港文學大系》的重要部分。這些文類原型的創發與「新文學運動」息息相關，是由中國而香港的「現代性」降臨的一個重要指標。[47]其中新詩的發展尤其值得注意。詩歌從來都是語言文字的實驗室；尤其在移走可以依傍的傳統詩詞的格律框架之後，主體的心靈思緒與載體語言之間的纏鬥更加激烈而無邊際。朱自清在《中國新文學大系‧詩集》的〈選詩雜記〉中提到他的編選觀點：「我們要看看我們啟蒙期詩人努力的痕跡。他們怎樣從舊鐐銬解放出來，怎樣學習新言語，怎樣尋找新世界。」香港的新詩起步比較遲，但若就其中傑出的作家作品來看，卻能達到非常高的水平。[48]這可能是因為香港的語言環境比較複雜，日常生活中的語言已不斷作語碼轉換，感情思想與語言載體互相作用的頻率特別高，實驗多自然成功機會也增加。相對來說，小說受到寫實主義思潮的引導，而香港的寫實卻又是中國內地小說的再模仿，其依違之間，使得「純文學」的小說家難以無障礙地完成構築虛擬的世界。例如理應展現香港城市風貌的小說場景，究竟是否上海十里洋場的複製，就需要推敲。與包袱比較輕的通俗小說作者相比，學習「新文學」的小說家的道路就比較艱難了，所留下繽紛多元的實績，很值得我們珍視。

散文體最常見的風格要求是明快、直捷，而這時期香港散文的材料主要寄存於報章副刊，編者重回「閱讀現場」的感覺會比較容易達成。《大系》的散文樣本，可以更清晰地指向這時段香港的世態人情，生活的憂戚與喜樂。由於香港的出版自由相對比中國大陸高，報章檢查沒有內地嚴苛，只要不觸碰殖民政府「當局」，成為全中國的「輿論中心」是有可能的。報章上的公共言論，有時會超脫香港本地的視野；香港報章轉成內地輿情的進出口。所以說，「香港」作為一個文化地理的空間，其功能和作用往往不限於本土。《大系》兩卷散文，少不免對此有所揭示。類似的情況又可見於我們的《戲劇卷》。中國現代劇運以動員群眾為目標，啟蒙與革命是主要的戲碼；這時期香港的劇運，不計由英國僑民帶領的英語劇場，可謂全國的附庸，也是政治運動的特遣。讀《香港文學大系》的戲劇選輯，很容易見到政治與文藝結合的前台演出。然而，當中或許有某些不求外揚的藝術探索，或者存在某種本土呼吸的氣息，有待我們細心尋繹。至於香港出現的「文學評論」，其來源也是多元的。越界而來的文藝指導在中國多難的時刻特別多；尤其抗日戰爭和國共內戰期間，政治宣傳和鬥爭往往以文藝論爭的方式出現；其論述的面向是全國而不是香港；這就是「全國輿論中心」的貢獻。[49]然而正因為資訊往來方便，中外的文化訊息在短時間內得以在本地流轉；由此也孕育出不少視野開闊的批評家，其關注面也廣及香港、全中國，以至國際文壇。這也是「香港」的一個重要意義。

三、結語

綜之，我們認為**「香港」是一個文學和文化的空間，「香港」可以有一種「文學的存在」；「香港文學」是一個文化結構的概念。我們看到「香港文學」是多元的而又多面向的**。我們以一九一九到一九四九為大略的年限，整理我們能搜羅到的各體文學資料，按照所知見的數量比例作安排，「散文」、「小説」、「評論」各分「一九一九—一九四一」及「一九四二—一九四九」兩卷；「新詩」、「戲劇」、「舊體文學」、「通俗文學」、「兒童文學」各一卷，加上「文學史料」一卷，全書共十二卷。每卷主編各撰寫本卷〈導言〉，説明選輯理念和原則，以及與整體凡例有差異的地方和差異的理據。編委會成員就全書方向和體例有充分的討論，與每卷主編亦多番往返溝通。我們不強求一致的觀點，但有共同的信念。我們不會假設各篇〈導言〉組成周密無漏的文學史敘述，所有選材拼合成一張無缺的文學版圖。我們相信虛心聆聽之後的堅持，更有力量；各種論見的交錯、覆疊，以至留白，更能抉發文學與文學史之間的「呈現」（representability）與「拒呈現」（non-representability）的幽微意義。我們期望這十二卷《香港文學大系一九一九—一九四九》能夠展示「香港文學」的繁富多姿。**我們更盼望時間會證明，十二卷《大系》中的「香港文學」，並沒有遠離香港，而且繼續與這塊土地上生活的人對話。**

二〇一四年八月三日修訂

註釋

1 例如當時《星島晚報・大會堂》就有一篇絢靜寫的〈香港文學大系〉，文中說：「在鄰近的大陸、臺灣，甚至星洲，早則半世紀前，遲至近二年，先後都有它們的『文學大系』由民間編成問世。香港，如今無論從哪一個角度看，都不比他們當年落後，何以獨不見自己的『文學大系』出現？」絢靜〈香港文學大系〉，《星島晚報》（大會堂），一九八四年五月十日。十多年後，也斯在《信報》副刊發表〈且不忙寫香港文學史〉說：「在編寫香港文學史之前，在目前階段，不妨先重印絕版作品、編選集、編輯研究資料，編新文學大系，為將來認真編寫文學史作準備。」見也斯〈且不忙寫香港文學史〉，《信報》第二十四版（副刊），二〇〇一年九月二十九日。

2 有關「大系」於日本書業意義之解說，蒙京都大學金文京教授之指正與提示，謹致謝忱。日本最早用「大系」名稱的成套書大概是一八九六年十一月出版的《國史大系》。日本有稱為「三大文學全集」的《新釋漢文大系》（明治書院）、《日本古典文學大系》（岩波書店）、《現代日本文學大系》（筑摩書房），都以「大系」為名，可見他們的傳統。

3 據趙家璧的講法，這個構思得到施蟄存和鄭伯奇的支持，也得良友圖書公司的經理支持，於是以此定名《中國新文學大系》。見趙家璧〈話說《中國新文學大系》〉，《新文學史料》第一期（一九八四年二月）；收入趙家璧《編輯憶舊》，二〇〇八年再版（北京：三聯書店，一九八四），頁一〇〇。

4 在此「文體類型」的概念是現代文論中"genre"一詞的廣義應用，指依循一定的結撰習套而形成書寫傳統的文本類型。作為一個文體類型的個別樣本，對外而言應該與同類型的其他樣本具有相同的特徵；對內而言則自成一個可以辨認的結構。中國文學傳統中也有「體」的觀念，其指向相當繁複，但也可以從這個寬廣的定義去理解。

5 〈話說《中國新文學大系》〉，以及〈魯迅怎樣編選《小說二集》〉等文，均收錄於趙家璧《編輯憶舊》。此外，趙家璧另有《編輯生涯憶魯迅》（北京：人民文學，一九八一）、《書比人長壽》（香港：三聯書店，一九八八）、《文壇故舊錄：編輯憶舊續集》（北京：三聯書店，一九九一）等著，亦有值得參看的記述。當然我們必須明白，這是多年後的補記；某些過程交代，難免摻有後見之明的解說。

6 Lydia H. Liu, "The Making of the 'Compendium of Modern Chinese Literature,'" in Liu, *Translingual Practice: Literature, National Culture, and Translated Modernity – China, 1900-1937* (Stanford University Press, 1995), pp. 214-238; 徐鵬緒、李廣《〈中國新文學大系〉研究》（北京：社會科學文獻出版社，二〇〇七）。

7 據國民政府一九二八年頒佈的《著作版權法》，已出版的單行本受到保護，而編採單篇文章以合成一集則沒有限制；又一九三四年六月國民黨中央宣傳部成立圖書雜誌審查會，所制定的《修正圖書雜誌審查辦法》第二條規定：社團或著作人所出版之圖書雜誌，應於付印前將稿本送審。第九條規定：凡已經取得審查證或免審證之圖書雜誌稿件，在出版時應將審查證或免審證號數刊印於封底，以資識別。均見劉哲民編《近現代出版社新聞法規匯編》（北京：學林出版社，一九九二），頁一六〇，二三二。

8 據趙家璧追述，阿英認為「這樣的一套書，在當前的政治鬥爭中具有現實意義，也還有久遠的歷史價值和學術價值」。趙家璧〈話說《中國新文學大系》〉，頁九八。

9 Liu, pp. 235.

10 自歌德以來，以三分法——抒情詩（lyric）、史詩（epic）、戲劇（drama）——作為所有文學的分類才是「共識」。西方固然有"familiar essay"作為文類形式的討論，但並沒有把它安置於一種四分的格局之中。事實上西方的「散文」（prose）是與「詩體」（poetry）相對的書寫載體，在層次上與現代中國文學的四分觀念並不吻合。現代中國文學習用的四分法，在理論上很難周備無漏，需要隨時修補。參考陳國球〈「抒情」的傳統：一個文學觀念的流轉〉，《淡江中文學報》第二十五期（二〇一一年十二月），頁一七三——一九八。

11 這些例子均見於北京圖書館編《民國時期總書目》（北京：書目文獻出版社，一九八六—一九九二）。

12 趙家璧〈話說《中國新文學大系》〉，頁九七。

13 朱自清〈評郭紹虞《中國文學批評史》上卷〉，《朱自清古典文學論文集》（上海：上海古籍出版社，一九八一），頁五四一。

14 觀乎郁達夫和周作人兩集散文的〈導言〉，可以見到當中所包含自覺與反省的意識，不能簡單地稱之為「自我殖民」。

15 蔡元培〈總序〉，趙家璧主編《中國新文學大系》（上海：良友圖書，一九三五），頁一一。又趙家璧為《大系》撰寫的〈前言〉亦徵用「文藝復興」的比喻，說中國新文學運動「所結的果實，也許不及歐洲文藝復興時代般的豐盛美滿，可是這一群先驅者們開闢荒蕪的精神，至今還可以當做我們年青人的模範，而他們所產生的一點珍貴的作品，更是新文化史上的瑰寶。」趙家璧主編《中國新文學大系》，頁一。

16 參考羅志田〈中國文藝復興之夢：從清季的「古學復興」到民國的「新潮」〉，《裂變中的傳承——二十世紀前期的中國文化與學術》（北京：中華書局，二〇〇三），頁五三—九〇；李長林〈歐洲文藝復興在中國的傳播〉，載鄭大華、鄒小站編《西方思想在近代中國》（北京：社會科學文獻出版社，二〇〇五），頁一—四八。

17 蔡元培有關「文藝復興」的論述，起碼有三篇文章值得注意：一、〈中國的文藝中興〉（一九二四）；二、〈吾國文化運動之過去與將來〉（一九三四）；三、《中國新文學大系・總序》（一九三五）。幾篇文章對「文藝復興」或者「文藝中興」的論述和判斷頗有些差異，第一篇演講所論的「文藝中興」始於晚清；但二、三兩篇則專以「新文學／新文化運動」為「復興」時代；又頗借助胡適的「國語的文學，文學的國語」的論述。然而胡適個人的「文藝復興」論亦不止一種：有時也指清代學術，見胡適《中國哲學史大綱（卷上）》，一九八七年影印本（北京：商務印書館，一九一九），頁九—一〇；有時具體指新文學／新文化運動，見胡適一九二六年的演講："The Renaissance in China," 收錄於周質平主編《胡適英文文存》（台北：遠流，一九九五），頁二〇—三七。他曾認為 Renaissance 中譯應改作「再生時代」；後來又把這用語的涵義擴大，上推到唐以來中國歷史上幾次大規模的文化變革。有關胡適的「文藝復興」觀與他領導的「新文學運動」的關係，參考陳國球《文學史書寫形態與文化政治》（北京：北京大學出版社，二〇〇四），頁六七—一〇六。

18 姚琪〈最近的兩大工程〉，《文學》第五卷六期（一九三五年七月），頁二二八—二三二；畢樹棠〈書評：《中國新文學大系》〉，《宇宙風》第八期（一九三六），頁四〇六—四〇九。都非常正面；又趙家璧指出《大系》銷量非常好，見〈話説《中國新文學大系》〉，頁一二八—一二九。

19 茅盾回憶錄中提到他把《大系》稱作第一輯，「是寄希望於第二輯、第三輯的繼續出版」；轉引自趙家璧《書比人長壽——編輯憶舊集外集》（北京：中華書局，二〇〇八），頁一八九。

20 趙家璧〈話説《中國新文學大系》〉，頁一三〇—一三六。

21 李輝英〈重印緣起〉，《中國新文學大系・續編》，一九七二年再版（香港：香港文學研究社，一九六八），頁二；〈再版小言〉，無頁碼。

22 常君實，內地資深編輯，一九五八年被中國新聞社招攬，擔任專為海外華僑子弟編寫文化教材和課外讀物的工作，主要在香港的上海書局和香港進修出版社出版。譚秀牧，曾任《明報》副刊編輯、《南洋文藝》主編、香港文學研究社編輯等。

23 參考譚秀牧〈我與《中國新文學大系・續編》〉，《譚秀牧散文小説選集》（香港：天地圖書公司，一九九〇），頁二六二—二七五。譚秀牧在二〇一一年十二月到二〇一二年五月的個人網誌中，再交代《續編》的出版過程，以及回應常君實對《續編》編務的責難。見 http://tamsaumokgblog.blogspot.hk/2012/02/blog_post.html（檢索日期：二〇一四年五月三十一日）

24 羅孚〈香港文學初見里程碑〉一文談到《中國新文學大系續編》說：「《續編》十集，五六百萬字，實在是一個浩大的工程，在那個時時要對知識分子批判，觸及肉體直到靈魂的日子，主編這樣一部完全可以能被認為是替封、資、修『樹碑立傳』的書，該有多大的難度，需要多大的膽識！真叫人不敢想像。誰也沒有想到，這樣一個偉大的工程竟然在默默中完成了，而香港擔負了重要的角色，這實在是香港在中國新文學運動史上一個重要的貢獻，應該受到表揚。不管這《續編》有多大缺點或不足，都應該得到肯定和表揚。」載絲韋（羅孚）《絲韋隨筆》（香港：天地圖書公司，一九九七），頁一〇一。又參考羅寧〈《中國文學大系續編》簡介〉，《開卷月刊》第二卷八期（一九八〇年三月），頁二九。此外，大約在香港文學研究社籌劃《大系續編》的時候，在香港中文大學任教的李輝英和李棪，也正在進行另一個《中國新文學大系》的續編計劃，由中大撥款支持；看來構思已相當成熟，可惜最後沒有完成。見李棪、李輝英〈《中國新文學大系・續編》的編選計劃〉，《純文學》第三卷第三期（一九六八年三月），頁一五八—一七〇；（香港版：第十三期（一九六八年四月），頁一〇四—一一六；）徐復觀〈略評「中國新文學大系續編編選計劃」〉，《華僑日報》一九六八年三月三十一日。

25 王蒙〈總序〉，收入王蒙、王元化總主編：《中國新文學大系一九七六—二〇〇〇》（上海：上海文藝出版社，二〇〇九）《中國新文學大系》，頁一一。

26 朱西甯〈序〉，收入朱西甯編《中國現代文學大系・小說第一輯》（台北：巨人出版社，一九七二），頁一九。

27 曉風的序「散文」從開篇就講選本的意義，視自己的工作為編輯選本，明顯與朱西甯的說法不同調，見曉風〈序〉，收入曉風編《中國現代文學大系・散文第一輯》（台北：巨人出版社，一九七二），頁一—四。

28 余光中〈總序〉，《中國現代文學大系》，頁一一。

29 余光中〈總序〉，余光中總編輯《中華現代文學大系（貳）——臺灣一九八九—二〇〇三》（台北：九歌出版社，二〇〇三），頁一三。

30 王蒙、王元化總主編《中國新文學大系一九七六—二〇〇〇》（上海：上海文藝出版社，二〇〇九），頁五。

31 余光中〈總序〉，《中華現代文學大系（貳）——臺灣一九八九—二〇〇三》，頁一四。

32 葉靈鳳〈香港村和香港的由來〉，《香島滄桑錄》（香港：中華書局，二〇一一），頁四。現在我們知道「香港」之名初見於明朝萬曆年間郭棐所著的《粵大記》，但不是指現稱香港島的島嶼，而是今日的黃竹坑一帶。見〈廣東沿海圖〉，載郭棐撰，黃國聲、鄧貴忠點校《粵大記》（廣州：中山大學出版社，一九九八），頁九一七。

33 又參考馬金科主編《早期香港研究資料選輯》（香港：三聯書店，一九九八），頁四三—四六。葉靈鳳又提醒我們，根據英國倫敦一八四四年出版的《納米昔斯號航程及作戰史》（*Narrative of the Voyages and Services of the Nemesis*），早在一八一六年「英國人的筆下便已經出現『香港』這個名稱了」。見葉靈鳳《香港的失落》（香港：中華書局，二〇一一），頁一七五。

34 香港特區政府網站：http://www.gov.hk/tc/about/abouthk/facts.htm（檢索日期：二〇一四年六月一日）

35 參考屈志仁（J. C. Y. Watt）《李鄭屋漢墓》（香港：市政局，一九七〇）；香港歷史博物館編：《李鄭屋漢墓》（香港：香港歷史博物館，二〇〇五）。

36 許地山《國粹與國學》（長沙：嶽麓書社，二〇一一），頁六九—七〇。

37 《新安縣志》中的《藝文志》載有明代新安文士歌詠杯渡山（屯門青山）、官富（官塘）之作。我們今天應如何理解這些作品，是值得用心思量的。請參考程中山〈導言〉，程中山主編《香港文學大系・舊體文學卷》，（香港：商務出版社，二〇一四）。

38 例如不少內地劇作家的劇本要避過國民政府的審查，而選擇在香港出版，但演出還是在內地。

39 上世紀八〇年代以來，為「香港文學」下定義的文章不少，以下略舉數例：黃維樑〈香港文學研究〉（一九八三），《香港文學初探》，一九八八年第二版（香港：華漢文化事業公司，一九八五），頁一六—一八；鄭樹森《聯合文學・香港文學專號・前言》（一九九二），刪節後改題〈香港文學的界定〉，收入黃繼持、盧瑋鑾、鄭樹森《追跡香港文學》（香港：牛津大學出版社，一九九八），頁三五—五五；黃康顯〈香港文學的分期〉（一九九五），《香港文學的發展與評價》（香港：秋海棠文化企業出版社，一九九六），頁八；劉以鬯〈前言〉，收於劉以鬯編《香港文學作家傳略》（香港：市政局公共圖書館，一九九六），頁iii；許子東〈香港短篇小說選一九九六—一九九七・序〉，《香港短篇小說初探》（香港：天地圖書公司，二〇〇五），頁二〇—二二。

40 劉以鬯〈前言〉，《香港文學作家傳略》，頁iii。

41 在香港回歸以前，任何人士在香港合法居住七年後，可申請歸化成為英國屬土公民並成為香港永久居民；香港主權移交後，改由持有效旅行證件進入香港、連續七年或以上通常居於香港並以香港為永久居住地的條件，可成為永久性居民。參考香港特區政府網站：http://www.gov.hk/tc/residents/immigration/idcard/roa/verifyeligible.htm（檢索日期：二〇一四年六月一日）。

42 謝常青《香港新文學簡史》（廣州：暨南大學出版社，一九九〇）。

43 夏志清長期在臺灣發表中文著作，但他個人未嘗在臺灣長期居留。又《中華現代文學大系（貳）——臺灣一九八九—二〇〇三》由馬森主編的小說卷，也收入香港的西西、黃碧雲、董啟章等香港小說家。

44 參考陳國球《文學史書寫形態與文化政治》，頁六七—一〇六。

45 參考高嘉謙〈刻在石上的遺民史：《宋臺秋唱》與香港遺民地景〉，《臺大中文學報》，第四十一期（二〇一三年六月），頁二七七—三一六。

46 羅孚曾評論鄭樹森等編《香港文學大事年表》（一九九六）不記載傳統文學的事件，鄭樹森的回應是：「雖然有人認為《年表》可以選收舊體詩詞，但是，恐怕這並不是整理一般廿世紀中國文學發展的慣例。」《年表》後來再版，題目的「文學」二字改換成「新文學」。分見絲韋《絲韋隨筆》，頁一〇〇；鄭樹森、黃繼持、盧瑋鑾編《香港新文學年表（一九五〇—一九六九）》（香港：天地圖書公司，二〇〇〇），頁五。

47 英國統治帶來的政制與社會建設，也是香港進入「現代性」境況的另一關鍵因素。

48 鄭樹森等在討論香港早期的新文學發展時，認為「詩歌的成就最高」，柳木下和鷗外鷗是「這時期的兩大詩人」。見鄭樹森、黃繼持、盧瑋鑾編《早期香港新文學作品選》（香港：天地圖書公司，一九九八），頁三一—四二。

49 參考侯桂新《文壇生態的演變與現代文學的轉折——論中國作家的香港書寫》（北京：人民出版社，二〇一一）。

時代思潮與早期香港新詩
——《新詩卷》導言

陳智德

一

一種新文體的出現，基於時代思潮的影響和文學體制本身的演化，其中前者往往更為關鍵。朱自清在《中國新文學大系・詩集》的導言中，把中國新詩的出現溯源於晚清詩界革命、五四白話文運動和外國文學的影響，提出時代思潮之於中國新詩的作用。朱自清編訂《中國新文學大系・詩集》，本出於一種歷史意識的醒悟，如他在〈選詩雜記〉所說：「我們要看看我們啟蒙期詩人努力的痕跡。他們怎樣從舊鐐銬裏解放出來，怎樣學習新語言，怎樣尋找新世界。」[1]《香港文學大系・新詩卷》之編訂，除了選出經得起時代考驗的佳作，更期望透過具體作品，勾勒香港新詩從最早至一九四九年間的歷史輪廓，使讀者透過一種新文體的發展，獲得一種歷史意識，進而反思新舊時代不同變化的軌跡。

香港新文學可溯源於五四運動，一九一九年五月四日北京爆發學生運動後一段時間，香港多份中文報紙都曾發表反日言論作為聲援，五月下旬香港市面再有多宗抵制日貨、衝擊日本商店的事件。[2]一九一九年在香港讀書的陳謙在回憶中談及五四運動對香港的影響，除了事件性的描述，他也提到文化上的衝擊：五四運動後，位於香港荷李活道的萃文書坊因售賣新文化書籍，曾遭警察查究干涉，並沒收不少書籍，但依然深受讀者歡迎。陳謙指當時的情況是：「新書一到，讀者聞風而動搶購一空」。[3]陳謙所指的萃文書坊，三十年代參與創辦島上社的侶倫在《向水屋筆語》也有提及，他更指出香港讀者可以接觸到「當時最流行的新文學組織（如創造社、太陽社、拓荒社之類）的出版物。」[4]

新文化運動對香港的影響最主要見於語文上。晚清時期，香港已出版過文藝小說期刊《小說世界》和《新小說叢》兩種。五四運動後一段時期，香港報刊仍以文言文為主，但亦間中刊登白話文之作，如一九二二年出版的《香港晚報》刊登過白話散文，一九二三年《大光報》有白話小說陳雁聲〈多子的家庭〉及有關勞工法案的評論。一九二四年由香港英華書院出版的學生刊物《英華青年》，亦刊登白話文小說。一九二五年，《小說星期刊》由十一期起在刊載舊詩的「詩選」、「藝苑」欄目以外，在「補白」一欄中開始刊登新詩，作者有L.Y、許夢留、陳關暢、余夢蝶、陳俳柘等。除了新詩作品，《小說星期刊》更刊出了目前所見最早的新詩評論。

二十年代中期在《小說星期刊》發表的新詩，都帶有早期五四白話新詩的「新文藝腔」，部分如胡適的《嘗試集》帶一點舊詩詞的調子，作者L.Y、許夢留、陳關暢、余夢蝶、陳俳柘等都未能確知其身份，他們當中可能有的是往來於廣州和香港之間的文人。[5]《小說星期刊》與其他二十年代初至中期的香港文藝期刊如《雙聲》、《文學研究錄》等，俱屬舊派文藝期刊，以刊登舊體文學為主，《小說星期刊》則於一九二五年起改版，每期以補白形式刊登白話新詩，是反映香港文學新舊交替階段的重要刊物。該刊由香港世界編譯廣告公司出版，黃守一任總編輯及督印人和司理，他在第一期撰文〈我對於本刊之願望〉提到：「小說星期刊之出版。文字則撰自名人。記聞則撮登重要。」[6]他所說的名人，包括黃天石、黃崑崙、何恭第、孫受匡、吳灞陵、何筱仙等，都是當時香港報界、教育界著名的文人。

《小說星期刊》之引入新文學，發端於第二年第一期刊出的許夢留〈新詩的地位〉一文，許夢留首先回顧古典詩歌自漢唐以來歷次的形式變革，論點針對舊文學對新詩的反感，最後提出「詩的意義本來沒有新舊的區分……新詩是打破一定的字句，打破平仄、不見對偶，不要押韻的，用現代的言語——國語來表現的，有韻無韻不成問題的，一種自由詩體。」[7]最後在文章的總結部分更論及當時多種新詩結集：「據我已經看過的詩集，有嘗試集、草兒、冬夜、繁星、將來之花園，舊夢、女神、雪朝，這幾種創作，雖然未有甚麼可驚的偉大傑作，但其中作品，我認為也有些滿意的成功」。以上許夢留所提及的詩集，作者依次是胡適、康白情、俞平伯、冰心、徐玉諾、劉大白和郭沫若，最後一本《雪朝》則是由文學研究會出版的多位詩人合集。這些詩集由一九二〇至二三年間出版，作者大部分是文學研究會成員。從〈新詩的地位〉可見，許夢留對五四時期新詩已相當熟悉，他對新文學運動的評價顯然是正面的，卻策略性地指出新詩屬於中國古典詩歌歷次變革中的一種，沒有否定舊詩的價值。

許夢留〈新詩的地位〉發表後，本以文言文形式為主的《小說星期刊》於一九二五年後，幾乎每期都以補白形式發表新詩，數量且有愈往後愈多的趨勢，初時發表最多的作者署名「L.Y」，與其後的許夢留、陳關暢、余夢蝶、陳俳柘等作者所發表的新詩都帶有早期五四白話新詩的「新文藝腔」。

這類受五四初期白話詩影響的作品，尚見於二〇年代末、三〇年代初的《伴侶》、《鐵馬》、《激流》、《英華青年》等刊物中。但就在三〇年代初，逐漸出現格律化的嘗試，如四句一節，隔句押韻的詩，接近於新月派的詩風。一九三二年間，李心若發表於《南強日報・鐵塔》的詩〈說古〉、〈禮物〉、〈野玫瑰〉等多首詩作，全都是四句一節，隔句押韻，其他在《南強日報・鐵塔》發表詩的作者亦陸續有類似的嘗試。香港新詩起源於二〇年代中新舊對立的氣氛中，在三〇年代初，已逐漸擺脱初期白話詩的影子，嘗試新月派格律詩的寫法，再發展出多種詩類，當中的發展，或與香港作者接觸新文學的途徑相關。

在二〇年代中期，五四新文學運動的重心已由北京移轉至上海。三〇年代初的上海文壇多元而複雜，既有左聯及中國詩歌會等左翼文藝團體的成立，也有《現代》雜誌創辦以及被稱為「現代派」的詩歌，它們都對三〇年代的香港新詩帶來深遠影響。自五四新文學運動開展以來，香港透過與廣州、上海等地的貿易連繫，除了主要的一般商品轉運，也從內地輸入不少新文學書刊，香港讀者可以在書店購得內地出版的文學書刊，其中特別以上海的刊物最受青年讀者歡迎，李育中在一次訪問中，特別提到他們那一輩青年，如何接受上海文學書刊的影響：

我早年受上海文學影響，像創造社、文學研究會的主張。一九二七、一九二八年我讀了魯迅的《熱風》和創造社作家作品，還有文學研究會作家在《小說月報》的小說。那時丁玲、沈從文、巴金剛發表小說，我是充分接受其影響的。我比較喜歡沈從文的作品，而巴金的小說則只喜歡他最早的《滅亡》。新詩方面，我欣賞戴望舒、艾青、臧克家的詩。當時《現代》雜誌是介紹現代詩最重要的雜誌，不少廣東的文學青年也有投稿。最初我寫的是散文，大約1929年，投到《大光報》的新文學副刊。在一九二七、一九二八年，新文學對青年來說是很大的鬥爭，新文學代表了新思想、新習慣和新的奮鬥。即使在工具使用上也是很大的分界。當時港澳的文學比廣州落後很多，仍使用文言文，青年人能用白話文寫作仍是不容易的。我走上文學的道路自然也是追求新的文化、思想。當時新文化新思想與新政治是聯繫著的，主要也是指國民黨、共產黨了。[8]

李育中一九一一年在香港出生，分別在澳門和香港接受小學和中學教育，三〇年代在港參與創辦《詩頁》、《今日詩歌》等刊物，他在訪問中提到的文學書籍，都是在上海出版，再運到香港銷售。其中對三〇年代香港新詩來說特別重要的刊物，是《現代》雜誌，不少香港以至廣東一帶的青年作者，都慕其名而投稿，包括李心若、林英強、鷗外鷗、柳木下、陳江帆、侯汝華等。這批作者在《現代》停刊後，部分人再投稿到由卞之琳、梁宗岱等人合編的《新詩》，以至蘇州的《詩志》、南京的《詩帆》、武漢的《詩座》等以現代派詩歌為主的詩刊物，參與三〇年代中國現代派詩歌的發展。

香港新詩沒有在五四新文學的發展當中真正空白，經過五四新文學運動的洗禮，二〇年代的香港延續了當中的論爭，對不同的論點有所回應有所補充，在創作上也嘗試過白話詩帶來的「詩體解放」，再轉而尋求其他形式。隨著五四新文學由文學革命走向革命文學，中國新詩分別走向藝術形式的探求和大眾化、回應社會訴求的路，三〇年代香港新詩也就當中的不同傾向作出回應、討論、支援和補充。

二

香港新文學的萌芽和發展，處於省港大罷工前後至魯迅來港演說的二〇年代中後期。一九二五年《小說星期刊》刊登許夢留〈新詩的地位〉及多位作者的新詩，那時《小說星期刊》出版至第二年，同年六月正值大罷工爆發，《小說星期刊》的停頓可能與此有關。[9]省港大罷工結束後，在魯迅來港演說的一九二七年間，多份報紙的副刊陸續增設刊登新文學作品的版面，接受作者投稿。

從一九二七年《大光報》、《天光報》等報刊開始，報紙文藝副刊一直是香港新詩的重要園地，三〇年代中侶倫主編的《南華日報・勁草》、抗戰期間路易士（紀弦）主編的《國民日報・文萃》、十月詩社主編的《國民日報・詩刊》、戴望舒主編的《星島日報・星座》、葉靈鳳主編的《立報‧言林》等報紙副刊都刊登大量詩作和詩歌評論。報紙副刊無疑是早期香港作者接觸文學的重要途徑，此外，從內地進口的書刊也擴闊了他們的視野。據侶倫的回憶，前文提及的萃文書坊，據說由曾經參加同盟會革命活動的人所開辦，除了一般課本和文具之外，還兼售新文化書籍和雜誌，香港的文藝青年可以在那裏接觸到內地最新的文藝刊物，[10]一九三二年創刊的《現代》雜誌對香港作者的影響尤深。

三〇年代的香港詩人一方面接受來自上海的新文化薰陶，接觸《現代》雜誌中的都市詩，另一方面亦開始思考自己所身處的環境，借鑒現代派的技法或汲取都市詩表達理念的寫法，用於香港印象的觀察，寫作香港的都市詩。透過他們的詩作不但可略窺見早期香港的城市外觀，也可知早期詩人對都市的觀感，例如鷗外鷗一首副題為「香港的照相冊」的〈禮拜日〉：

株守在莊士敦道，軒尼詩道的歧路中央
青空上樹起了十字架的一所禮拜寺
嗚響著鐘聲！

電車的軌道，
從禮拜寺的V字形的體旁流過
一船一船的「滿座」的電車的兔。

一邊是往游泳場的，
一邊是往「跑馬地」的。

坐在車上的人耳的背後聽著那
鏗鳴著的禮拜寺的鐘聲，
今天是禮拜日呵！

感謝上帝！
我們沒有甚麼禱告了，神父。

本詩寫及電車，表面上看是用以襯托詩中的「禮拜寺」，實質上電車才是真正焦點。詩中所寫的「禮拜寺」，正是香港灣仔軒尼詩道與莊士敦道交界的循道衛理聯合教會香港堂，該堂於一九三六年落成，從此成為灣仔區的重要地標。〈禮拜日〉寫一座禮拜堂，但不是寫它的莊嚴和寧靜，而是突顯它的地理位置：「歧路中央」，把它安排在繁雜的都市中，兩旁是不息的電車，車上的人聽到禮拜寺的鐘聲，卻沒有改變他們既定的路程。

禮拜堂不是單純的建築物，它可以負載無數觀念層次上的意念，但這意念在本詩中卻被都市的交通蓋過，作者把觀看禮拜堂的目光集中在它的地理位置，為要突出禮拜堂與外在都市疏離的對比。「鏗鳴著的禮拜寺的鐘聲，／今天是禮拜日呵！」首句是來自禮拜堂的呼喚，次句是乘客的反應，結尾「感謝上帝！／我們沒有甚麼禱告了，神父。」再發展這反應，突顯該呼喚的徒然。詩中的乘客沒有回應教堂鐘聲的呼喚而下車去參加禮拜，但作者的用意不是反宗教，倒是寫出都市「非神性」的一面。本詩寫禮拜堂的呼喚沒有在都市的過路人中發揮效用，但不是否定禮拜堂背後的觀念，因這首詩表面上以禮拜堂為焦點，實質上是指向都市背後觀念層次上的思考。

另一例子是李育中，他在〈維多利亞市北角〉一詩，透過觀察的角度表達對都市的態度。〈維多利亞市北角〉寫位於香港島東北，開拓中的北角區，焦點從海岸碼頭、天空、遠山再返回電車路上的運煤車和工人，形成一邊是自然一邊是人工的對比，但作者在寫自然的部分，沒有浪漫化地讚美，詩中的天空被形容為「撕剩了的棉絮／好像也舊了不十分白」，遠山則「禿得怕人」，在另一邊，電車路上的運煤車寫成為一種建設同時也是破壞的力量：「雄偉的馬達吼得不停／要輾碎一切似地／把煤煙石屑潰散開去」，在這自然與人工的對比中，前者破舊，後者雄偉，作者認同的是後者，接著詩的結句「十一月的晴空下那麼好／游泳棚卻早已凋殘了」又從一個「雄偉」的景像回到有如起首的調子：一個凋殘的景像。結句時作者的態度好像變得不明確，但細看結句所寫的十一月游泳棚，實把中段的意涵進一步發展和明確化：「游泳棚卻早已凋殘了」指向的不單是景觀的描述，而是更包含了時間上的推移，即一個夏天時人滿的游泳棚，因季節轉移而熱鬧不再。把結句的時間推移意義連接中段的對比，可見出作者把自然景觀的改變，也比為一個因季節轉移而熱鬧不再的游泳棚，也可見作者對都市文明在景觀上的認同以外，另有時間上的認同。

鷗外鷗〈禮拜日〉和李育中〈維多利亞市北角〉二詩，以現代派詩歌對都市不太負面或至少是中性的描述態度來寫香港，而陳殘雲則代表比較接近左翼詩歌對都市持批判和負面描述的態度。陳殘雲於三、四〇年代前後居住香港約有十年，但與不少從內地來港的作者一般，在有關香港的詩作當中，每多負面描寫，本卷所選錄的〈海濱散曲〉和〈都會流行症〉二詩所寫的都是香港，作者的態度不僅負面，且帶著厭惡、不屑和憎恨，在他的筆下，香港作為一個都市，狡猾、無恥、醜惡而且有病。

在陳殘雲〈都會流行症〉一詩當中，描繪的是一個形容為有病的都市：「都會是狡猾與無恥／哭泣，歡笑，飢餓與徬徨／呵呵！都會的流行症／長期的都會流行症」，都市在發展過程中自有不少負面的問題，陳殘雲把當中的問題形容為一種「流行症」，都市男女的享樂生活則是病態的表現，然而這有病的描繪主要還不是都市本身問題，關鍵實在於作者的選擇角度：「白日看不見太陽／夜裏也看不見月亮／人永遠在黑暗中／都會永遠在黑暗中」，都市在作者眼中本是一個異化的地方，但他選取「白日看不見太陽／夜裏也看不見月亮」這樣的觀察，突出不健康的、日夜也無光的觀感，實是一種「再異化」的處理，即把一個看來負面的現象進一步突顯，從而加深負面的程度。〈都會流行症〉對一個病態的都市有不少寫實描述，但本詩最令人著目的反倒不是那都市現象的寫實描述，而是作者在觀念上對都市的強烈厭惡和徹底否定的感情。這感情在另一首寫於一九四一年的〈海濱散曲〉中有更明確的呈現。

陳殘雲於〈海濱散曲〉詩末署「一九四一年初秋於香港」，之前他到桂林工作約一年，寫這首詩時剛從桂林再到香港，陳殘雲雖由三〇年代已間歇地在香港生活過，但始終沒有認同感。香港這都市在作者筆下，不但「狡猾」、「無恥」、「醜惡」而且有病，更甚的是，在〈海濱散曲〉詩中，該病已由一種流行病演變成「勢利的病態」，以至更具有厭惡和詛咒意味的「梅毒」：「而你醜陋的充滿梅毒的島／你島上的不要臉的狗」，作者的描寫不單負面，而且正如第一組詩的首句「吐一口憎恨的唾沫」和第三組的結句「我憎恨地望著／暗啞的海岸的燈」，作者對都市厭惡、不屑、憎恨之情更清晰可見。

陳殘雲對都市的負面批判，其實亦可見諸其他三、四〇年代的左翼詩歌當中，如黃雨〈蕭頓球場的黃昏〉、〈上海街〉、沙鷗〈菜場〉等等。他們對都市的否定，不單純是否定它的外觀或基於現實層次上的不滿，而是更從意識形態上否定都市背後所代表的資本主義文明。

三〇年代的香港新詩，有現代派風格，也有寫實主義取向，對都市的描述有認同、反諷，也有批判。本卷所選錄的鷗外鷗〈禮拜日〉、〈和平的礎石〉、李育中〈維多利亞市北角〉、陳殘雲〈海濱散曲〉，以至劉火子〈都市的午景〉、袁水拍〈梯形的石屎山街〉、〈後街〉、何涅江〈都市的夜〉、黃雨〈蕭頓球場的黃昏〉、〈上海街〉、沙鷗〈菜場〉等詩作，除了記錄已消逝的三、四〇年代香港都市風景，留下歷史見證以外，更看到詩人如何以都市作為理念的載體；讀者從不同角度閱讀，將有不同的發現。

三

一九三七年抗戰爆發，上海、武漢、廣州等地先後失守，大量人口播遷大後方的重慶等地，一九三八至四一年間的香港也聚集了大批文人作家，繼續以香港為抗戰文學的根據地。原在上海的《大公報》、《立報》和《申報》，一九三八年相繼在港復刊，同年香港《星島日報》和《國民日報》創刊，這些報刊都成為抗戰詩歌在香港的重要園地。

除上述報紙外，《大眾日報》、《華商報》、《中國詩壇》、《文藝陣地》亦發表了不少抗戰詩和相關的評論，這時期先後從華北、華中等地南下的作家，聯同本地作家分別成立了香港中華藝術協進會、中華全國文藝界抗敵協會香港分會（文協香港分會）和中國文化協進會等作家組織，[11] 除了興辦刊物、發表抗戰詩和詩論之外，也舉辦過一些響應抗戰的詩朗誦活動，直至一九四一年十二月香港被日軍攻佔後，部分作家再由香港轉移至桂林等地。其間，不論是本土作家或南來作家，都以詩歌響應抗戰，如徐遲〈大平洋序詩——動員起來，香港！〉、袁水拍〈勇敢的，都走了〉、黃魯〈遠方謠〉、亮暉〈難民營風景〉、楊剛〈寄防空洞裏的囚徒〉、淵魚〈保衛這寶石！〉，更為抗戰時期的香港以至一九四一年十二月間受日軍轟炸初期情況，留下不可磨滅的記錄。

戰後，一九四六至四九年間，由於國共內戰，再有大批作家南下香港，當中有許多都是逃避國民黨迫害和追捕的左翼詩人，包括臧克家、黃藥眠、鄒荻帆、樓棲、薛汕、戈陽、黃雨、陳殘雲、黃寧嬰、呂劍等等，他們一方面在遷港出版的《中國詩壇》、《文藝生活》、《新詩歌》等刊物上發表詩論和詩創作，另方面亦經常在《華商報》、《文匯報》副刊發表作品，促成四〇年代香港左翼詩歌的勃興。

戰後香港詩歌延續了抗戰以來的政治性取向，並在整體上與內地的左翼詩歌密切相關。茅盾在一篇回顧左翼文藝的文章中，亦把香港納入國統區的範圍討論，認為當時香港的文藝取向與國統區左翼文藝一致地以「打破五四傳統為模範」，一方面追求「民族形式與大眾化」，另一方面接受解放區作品影響，創作方言詩，打破「小資產階級知識份子的趣味」[12]。

戰後左翼文人來港、延續在內地被禁的刊物和文藝取向，戰後香港左翼詩歌的範式，無疑來自內地，然而其影響也返回內地，如茅盾所說：「一部分到了香港的文藝工作者在反帝、反封建、反官僚資本主義的總目標下進行工作，所起的影響不僅限於海外各地的華僑，而且還滲透了國民黨反動派封鎖而到達國統區的人民大眾中間」[13]。

戰後香港左翼詩歌的獨特之處，是它同時具有國統區和解放區詩歌的特點，既有「翻身詩歌」、方言詩，也有城市諷刺詩。「翻身詩歌」以農村現實為題材，方言詩則吸收龍舟詞等廣東民間曲詞，方向與解放區的新民歌取向類近。黃雨、馬凡陀（袁水拍）同樣都寫過國統區流行的城市諷刺詩，其中馬凡陀的諷刺詩同時在香港與上海受歡迎，用於羣眾運動當中。然而左翼詩歌特別是戰後的左翼詩歌，並不僅是一種形式，而是具有強烈的政治色彩，與戰前香港的寫實主義詩歌比較，如劉火子〈都市的午景〉、袁水拍〈梯形的石屎山街〉、何涅江〈在某機器鋸木廠裏〉等詩作，是以反映現實為基本目的；而戰後香港左翼詩歌同樣重視寫實主義的淑世精神，卻不以寫實為滿足。呂劍指戰後詩歌的主題，在諷刺和抒情以外，提出以「鬥爭」為新的主題，[14]這「鬥爭」就是一種政治性的目標，也是這時期左翼詩歌的最終目標。如果寫實、諷刺和抒情還具有一點文學性的要求，「鬥爭」則離文學更遠，正由於此，戰後香港左翼詩歌比三〇年代的寫實主義詩和抗戰詩更不重視文學性的表達，而是以「鬥爭」為最終指向。

在劉火子、袁水拍、何涅江寫於戰前的寫實主義詩作當中，由於反映現實的對象包括香港的工人、基層市民和城市現象，雖然作者在意識形態上未必認同香港，但其詩作還可略見一些本土性的特色。在這方面，即地方性的本土關懷上，戰後香港左翼詩歌的表現又如何？在形式和題材上，香港左翼詩歌有不少本土的面貌，如方言詩在形式上即運用大量廣東方言、俚語入詩，但其題材是以廣東農村為主。如呂劍所說，「方言文藝首先是為工農兵而作」「一方面是寫給農民看，為農民寫，一方面是寫給城市的讀者，反映農村的鬥爭」[15]，真正描寫香港的不多，而且以政治掛帥、功能性為主要取向，方言僅作為手段，並未真正關注地方文化。城市諷刺詩則為爭取工人認同，在「鬥爭」為最終指向中，香港城市作為批判對象，作者本人及其引導羣眾目光所指向的，是內地的即將解放的時空，而視香港為臨時和過渡性質的地方。

以上是戰後香港左翼詩歌的基本特色，歸結是一種具有強烈政治取向的詩歌，正如茅盾所說，它的影響力不限於香港本土，並且「滲透了國民黨反動派封鎖而到達國統區的人民大眾中間」，這可能也正是它的真正目標。戰後香港左翼詩歌可說完成了它政治功能上的「任務」，它們的文學可讀性或許不高，但放諸戰後整個中國新詩的發展中，實具特殊的歷史意義。

四

以上簡述一九二〇年代至四〇年代末的香港新詩發展輪廓，乃讀者閱讀本卷時必須了解的，本卷編選時亦盡量選入能代表不同時期的重要作品。《香港文學大系·新詩卷》旨在以大系的規格，選錄一九四九年以前在香港發表的新詩，根據目前所見的文獻資料，本卷實際選錄一九二五年至一九四九年的作品，橫跨戰前時期、抗戰時期與戰後初期的不同階段，編選原則是兼容不同時期的各種流派和風格，藝術價值與文獻價值並重。

香港文學資料，特別一九四九年以前的新詩史料長年缺乏整理，搜集不易，前人整理研究的成果，特別值得珍惜。二十世紀九〇年代末以來，黃繼持、盧瑋鑾、鄭樹森三位學者編成《早期香港新文學作品選》、《早期香港新文學資料選》、《國共內戰時期香港本地與南來文人作品選》、《國共內戰時期香港本地與南來文人資料選》等書，有系統地輯錄早期香港文學作品和史料；黃康顯《香港文學的發展與評價》（香港：秋海棠文化企業，一九九六）、葉輝《書寫浮城：香港文學評論集》（香港：青文書屋，二〇〇一）二書亦對早期香港新詩作出了開創性的論述。此外，編者本人二〇〇三至二〇〇四年所編的《三、四〇年代香港詩選》和《三四〇年代香港新詩論集》都是建基於以上前人學者的研究成果。

編選《香港文學大系·新詩卷》時，編者根據目前已知的線索，重新檢閱大量早期報紙副刊、文藝雜誌和詩集單行本，有感於香港新詩的文學和歷史價值，遠比我們所想像的還要豐富許多，其意義關乎香港本土，亦超乎香港本土，作品收錄於本卷的作者，雖然大部分在現存大多數的現代文學史上名不經傳，但他們都可說從香港的角度，參與大範圍下的中國新詩或稱「現代漢詩」的發展，只是欠缺相關的史料整理和論述，致使其作品長期湮沒無聞。本卷限於篇幅，仍有許多作品未及選錄，難以全無遺漏，期盼一般讀者透過本書，可認識早期香港新詩的發展輪廓，而有心鑽研的學者，亦可根據線索作進一步研究。

二〇一四年五月

註釋

1 朱自清〈選詩雜記〉，《中國新文學大系・詩集》（上海：良友圖書，一九三五），頁一五。

2 參沙東迅《五四運動在廣東》（北京：中國經濟出版社，一九八九），頁一六八－一七〇。

3 陳謙〈「五四」運動在香港的回憶〉，《廣東文史資料》第二十四輯（廣州：廣東人民出版社，一九七九），頁四五。

4 侶倫〈香港新文化滋長期瑣憶〉，侶倫《向水屋筆語》（香港：三聯書店，一九八五），頁六。

5 L.Y在《小說星期刊》第十四期發表白話散文〈夜行堅道中迷途〉，文中提到從半山往下望，見到海灣、電燈和屋宇，推斷作者至少曾居於香港。許夢留則在《小說星期刊》第二年第一期發表的〈新詩的地位〉一文，提及本身是粵籍。

6 黃守一〈我對於本刊之願望〉，《小說星期刊》第一期，一九二四年九月。

7 許夢留〈新詩的地位〉，《小說星期刊》第二年第一期，一九二五年三月。

8 梁秉鈞訪問、黃靜記錄〈李育中訪談錄〉，收錄陳智德編《三四〇年代香港新詩論集》（香港：嶺南大學人文學科研究中心，二〇〇四），頁一三七—一四二。

9 有關《小說星期刊》及許夢留〈新詩的地位〉，可參陳智德〈五四新文學與香港新詩〉，見陳智德編《三四〇年代香港新詩論集》（香港：嶺南大學人文學科研究中心，二〇〇四），頁一四六—一五七。

10 侶倫〈香港新文化滋長期瑣憶〉，侶倫《向水屋筆語》（香港：三聯書店，一九八五）頁六。

11 相關討論詳見盧瑋鑾《香港文縱》（香港：華漢文化公司，一九八七），頁五三—一〇七。

12 茅盾〈在反動派壓迫下鬥爭和發展的革命文藝〉李何林等著《中國新文學研究》（北京：新建設雜誌社，一九五一），頁一三七。

13 茅盾〈在反動派壓迫下鬥爭和發展的革命文藝〉，《中國新文學史研究》頁一三五。

14 呂劍《詩與鬥爭》（香港：新民主出版社，一九四七），頁五七—六一。

15 黃繩〈方言文藝運動幾個論點的回顧〉，中華全國文藝協會香港分會方言文學研究會編《方言文學》第一輯（香港：新民主出版社，一九四九），頁三〇。

香港散文的生產與變遷：一九二〇年代至一九四一

——《散文卷一》導言

樊善標

一

在所謂的新文學四大文類中，散文的身份向來曖昧。新詩、小說、戲劇都算是「純文學」，散文卻因為「不純」而有點遜色，像朱自清《背影・序》所抱歉的：「我所寫的大抵還是散文多。既不能運用純文學的那些規律，而又不免有話要說，便只好隨便一點說着」。[1]幸而他後來大大擴展了文學的界域，不但兼包美文、小品，連帶雜文、通訊、特寫等，也都可以帶有「文學意味」，要不然本卷的選擇範圍就極為有限了。[2]

這種朱自清命名為「文學報章化」的現象，並非指作者或作品向「純文學」的本質靠近，而是研究者追蹤着不斷冒現的新作品，努力論證它們具備新的文學品質——既說這些作品和以前的不一樣，卻又肯定兩者同是文學，未免有些弔詭。朱自清借用胡適「至大無外」的文學定義：「達意達得妙，表情表得好」，[3]又稍稍改易胡氏用來解釋「妙」和「好」的「明白」、「動人」，以求新舊品質表面殊異而內裏相通，其苦心可以理解。但「報章化」的文學一定「明白」、「動人」嗎？

如果「報章化」的文學比以往的文學更「明白」、「動人」，原因在哪裏呢？「文學報章化」最基本的意思，是報紙成為文學作品主要的發表場所，這一媒體或載體的特性主導了作品的特性，以至並非在報紙上刊登的作品也多少受到影響。在香港的散文寫作上——最少在本卷的時限裏——，報紙副刊正擔當這種角色。因此要了解香港散文有沒有、有哪些特點，也不妨從媒體、載體入手。自然副刊不是孤立的，它從屬於報紙，報紙又連結在更大的商業、政治、社會關係網絡中，而在這些關係網絡上活動的是人。所以媒體結構即或決定了基本的性質，個人意志有時也能闖出新路。

二

早期的香港文學資料散佚嚴重，目前掌握材料最豐富，研究成果最豐碩的，當推盧瑋鑾、黃繼持、鄭樹森、黃康顯四位學者，但他們也不免要部分借助於親歷者的陳述和回顧。[4]綜合現存資料及學界意見，香港報刊登載白話作品始見於二十年代初。一九二一、二二年左右的《妙諦小說》、《雙聲》已有少量白話文，幾年後的《小說星期刊》除了白話散文、小說，還有新詩。[5]在同一時期的《英華青年季刊》上，也可以看到英華書院學生的白話文和新詩，可見白話文學創作逐漸在香港青年中流行。[6]本卷從《小說星期刊》中選了靈芬女士的〈女子教育問題〉，作為全書第一篇。這雖然並非美文，可是筆調流暢，條理清晰，頗有胡適議論文的風格。但正如吳灞陵所說，這些書刊上的文藝是「新舊混合」的，[7]純粹的新文學期刊要待一九二八年八月創刊、張稚廬主編的《伴侶》。而據侶倫回憶，這時候的報紙副刊如《大光報・大光文藝》、《循環日報・燈塔》、《大同日報・大同世界》、《南強日報・過渡》，也開始接受白話作品，[8]可惜這些副刊絕大部分沒有保存下來。

《伴侶》維持了不到一年就因銷量不佳而停止，但在該刊上發表的年輕作者如侶倫、張吻冰沒有氣餒。他們在一九二九年與謝晨光、岑卓雲、陳靈谷等組織了「香港第一個新文藝團體」的「島上社」，[9]創辦了同仁刊物《鐵馬》（一九二九年）、《島上》（一九三〇年）。儘管這些刊物都很短命，[10]但島上社同仁和他們後來交往的文友，包括林英強、李育中、劉火子、戴隱郎、張任濤、易椿年、魯衡等，在當時的文壇頗為活躍。一九三二至一九三七年創辦的多份期刊，如《繽紛集》（一九三二年）、《小齒輪》（一九三三年，魯衡主持編務）、《紅豆》（一九三三年，梁之盤主編）、《時代風景》（一九三五年，侶倫、易椿年主編）、《南風》（一九三七年，李育中主編），都有他們的作品，甚至由他們主持編務，因此黃康顯認為「島上的一羣」是這一時期最有影響力的香港青年作者。[11]本卷從中選入了謝晨光、魯衡和其他作者的幾篇文章。從侶倫個人散文集《紅茶》選入的作品，有些本來也發表於上述刊物。

島上社組成時，謝晨光已在上海創造社的周邊刊物《幻洲》發表過作品，雖然只有二十多歲，卻儼然是社員中的前輩。[12]〈薹獻〉原是謝晨光短篇小說集〈貞彌〉的序，但情調浪漫感傷，頗類葉靈鳳一九二五、二六年間在創造社嫡系刊物《洪水》半月刊上的〈白葉雜記〉。同樣表現青年對青春短暫的悽然，還有侶倫的〈向水屋〉、〈夜聲〉。這些作品似乎代表了二十年代末香港文藝青年的寫作心情和模倣對象。[13]其實不僅文風，不少文藝刊物整體上都有前期創造社或中期創造社「小夥計」的影子，如侶倫曾說《鐵馬》的裝幀設計受《幻洲》影響，《伴侶》上也有葉靈鳳風格的插畫。[14]黃繼持認為，「香港新文學的發端，似乎沒有濃厚的意識形態色彩。最初不過是以文藝青年朦朧的文藝理想作開端」，又說：「香港最早的文學創作，未必與魯迅來港直接相關，它更多接近五四時期個人意識、青春覺醒等主題」，是很敏銳的觀察。[15]

黃康顯統計在一九三一年「一二・八」至一九三七年「七・七」期間創辦的文藝刊物約有十五種，除一種外都用白話文，由此推論白話文學「已完全控制大局」。[16]就期刊而言當然是正確的，但這些文藝期刊多是同人出版物，或依賴有心人贊助。靠廣告和銷量支撐的報紙，則是另一種情況，首要的考慮是吸引讀者，如率先支持白話文學的《大光報・大光文藝》，在一九三二年的〈徵稿簡例〉提出：「凡本地風光，殊方禮俗，社會趣聞，名人軼事，短評，諧談，及一切富有趣味之小品文字・無論文言語體，均所歡迎」。[17]《香港工商日報・市聲》的〈編者啟事〉更聲明「本欄〔引者案：指「市聲」版〕非純文藝刊，所有新詩，小說，戲劇等稿，均不登載」，並說「本欄文體不拘，語體文及文言文並行採用」。[18]難怪在報紙副刊上發表的白話作品，往往未能達到新文學追求者的期望。[19]但如果不以「純文學」為限，香港散文的主要發表場地其實是副刊，而報紙的商業性質也塑造了這一時期散文的基本形態。[20]

為了吸引一般讀者，副刊散文多為千字以下的短稿，行文務須淺白易懂、題材力求有趣輕鬆，編者也會因時制宜，徵求某些話題或文章類型。[21]天健〈爛漫的江濱〉選自《大光報‧大眾》的「海濱之夏號」，這篇寫景散文現在看來平平無奇，但從所刊登的專號看來，顯然有為讀者提供消遣娛樂的用意。諷世、刺時的作品向來有吸引力，也可以說具有娛樂效果。雖然為安全計，一般編者不允許政治太敏感或易涉及官非的內容，但為爭取讀者而冒險試探底線的還是大有人在。甫衣〈為狗官獸兵解嘲〉、甫公〈可謂志同道合〉、華胥〈屠殺的進化〉等篇的政治諷刺指向內地，大抵仍屬安全，而最後者雜引中外史事諷刺隨着時代進化，「中國也一定會跟着進化的，不消說屠殺也是會跟着進化的」，技巧似乎取法自魯迅或周作人早年的雜文。宋綠漪〈從「⋯⋯」到「□□□□」和「XXX」〉嘲笑政府審查報刊，同時針對大陸和香港，雖然出之以滑稽腔調，此文能夠刊登，恐怕仍因為時局還未算嚴峻。

不過並非所有副刊都全力圖利，像羅雲顏主編《南強日報‧鐵塔》時，即宣稱其任務是「在落後的香港文壇，給予嚴厲的刺激」。[22]「鐵塔」以小說、新詩為主，並願意接受無名作者的長篇作品。蝶衣〈送死的程序〉描寫出殯的情景，文如其題，感情深藏不露，這種含蓄的寫法大抵出於創新的意圖，或許只有在這樣的副刊才能夠發表，在本卷中也是獨一無二。此外，有些副刊由報館以外的文社承包，選稿較自由，如《南強日報》的「繁星」和「青年問題」由白文藝社主編，但出色的作品似不多見。

三

一九三二年「一・二八」事件後，有財力的上海居民陸續移居香港，但文化界到來的無多，反而不少香港青年回國參加抗日。[23]在此以前，香港本地的副刊和雜誌上已出現具有強烈民族、社會意識的言論，如《南強日報・鐵塔》編者呼籲：「轉，轉，我們以往的態度，把牠轉變過來・〔……〕為了我們個人對于國家，社會的責任，我們必得這樣子轉・文藝的作者們，我們放棄自己的個人底生活描寫吧・把描寫的對象，轉移到現在國家和社會吧・我們個人的享樂的生活，在現在是不適了，我們不是在願意做亡國的詩人或沒有祖國的文藝家了・」[24]《紅豆》主編梁之盤的長篇特寫〈工作間零拾〉，批判資本主義剝削工人，雖然只陳述了浮光掠影的印象，未能深入剖析問題，卻也體現了從個人到社會的轉向。[25]

真正重大的改變在一九三七年七月抗戰爆發後。內地戰區和淪陷區居民紛紛南移——來自上海的尤多，其中包括大批文化人。他們帶來了資金、知識和生活作風，改變了香港社會的面貌。內地著名報紙如《大公報》、《立報》、《申報》，以及多種原來在上海出版的雜誌畫報，在香港設立分版，或乾脆遷到香港復版。外來和本地報刊紛紛羅致南下的著名文化人主理報政、負責編務或撰寫文稿，如《大公報》之於蕭乾、楊剛，《立報》之於薩空了、茅盾，《星報》之於喬木、姚蘇鳳，《星島日報》之於金仲華、戴望舒、葉靈鳳。此外還有為數眾多的名記者、演員、畫人等，一時香港竟有繼上海成為新的文化中心的勢頭。[26]儘管很多人來去匆促，念茲在茲的是全國形勢或家鄉劫難，未見對本地有多少歸屬感，顯然不具備日後所謂的香港身份認同。但他們的寫作和發表畢竟是此地的文學事件，像一九四〇年初來港的蕭紅，在養病和埋頭寫作小說之餘，只參與了少數文學活動，筆下鮮見香港事物，[27]卻在「九一八」紀念日後兩天於《大公報・文藝》發表了散文〈九一八致弟弟書〉。同日該版還有一篇辛代的〈短簡——紀念第十一個九一八〉，可見作者和編者都有藉文學支持抗日的用心。本卷選入蕭文以見時代風氣之一斑。

南來文化人中傾向左派的，多由周恩來有計劃地安排到港，目的是建立共產黨的宣傳基地。[28]他們憑着在內地的名氣和人脈，迅速佔據了報刊的上層位置，變更了副刊的面貌，使得香港文壇直接成為內地文壇的延伸，負起以文學抗戰的使命。[29]其中最著名的自然是茅盾，在此期間他擔任「文協香港分會」理事，主編《立報・言林》、《文藝陣地》、《筆談》等園地，發表了不少創作和評論，可說是全方位地介入香港的文學、文化活動。[30]本卷選錄了茅盾在《立報・言林》上的兩篇文章，〈從「戲」說起〉是典型的借古刺時之作，〈懷念行方未明的友人〉表達對幾位文學界朋友在廣州淪陷之後失去聯絡的憂慮，其實也有傳播抗戰消息的用意。即使並非南來左翼文化人主持的副刊，也在注重趣味之餘積極回應戰時形勢，如《香港工商日報・市聲》宣布以「重酬」徵集下列稿件：「戰時常識（須精簡而通俗，並能切於實用者更佳）」；「民族解放戰爭的故事（須以趣味為中心，以引起讀者的興趣。例如某次戰役中被壓迫民族的慷慨赴戰，或作光榮的犧牲，或獲得最後勝利的情形。）」；「關於在敵人蹂躪下的平，津，淞滬等地的名勝，沿革，古跡，文化機關……的小品」；「其他對於非常時期有所裨益之文章」。[31]經常在「市聲」和其他副刊發表譯作及世界奇聞軼事短文的苗秀，在「七七事變」後，也寫了像〈騎兵〉這樣的文章，以調整取材聲援抗戰。

文學以怎樣的內容和形式來支持抗戰，是這一時期全國熱烈討論的話題，香港文壇也不例外。[32]正如內地其他地區，大量單一主題、類似寫法的作品湧現，惹來了「抗戰八股」的批評；反駁者則把「抗戰文藝」和「藝術至上」說成不能兩立，而「藝術至上」又容易沾上與汪精衛派「和平救國文藝」連結的惡名。[33]在這情勢下，任何藝術討論都無法避免政治的質問，不過體現在創作上的藝術追求終究沒有絕跡，本卷選文也盡量考慮事過境遷仍值得一讀的作品，而不僅僅保存某一時期的歷史面貌，例如沙威〈雪梨葡萄也變了〉寫戰爭中的日常生活，袁水拍〈西班牙抗戰兩年了！〉談西班牙的抗戰以鼓勵中國士氣，馬御風（柳木下）〈明暗——閉戶隨筆之一〉從知識性的內容引伸到戰爭，都和車載斗量的「樣板」文章迥別。張春風的內地回憶、葉靈鳳的書話，雖然不算獨一無二的題材，但寫來各有情味。更有意思的是梨青〈兩個不寂寞的人〉，寫兩個人的友愛，像兄妹、夫妻、同病相憐者，但又不完全是那樣，那是戰時環境造就的特殊人際關係。此文的抗日主題非常明顯，卻探索了一種新鮮的感情。

抗日的對立面是汪派的「和平文藝」，此派在香港的作者不多，集中於《南華日報》前後相接的兩個副刊「一週文藝」、「半週文藝」。本卷選入了蕭明、李漢人、娜馬合共四篇文章。蕭明〈談回憶〉寫童年、母親、孩子、冰心的作品，歸結到戰爭的可惡，其實是反對抗日；李漢人〈我所知道的西貢——南行漫憶之二〉、〈死年——燈下書感之四〉，前一篇借記遊宣傳「東亞民族大聯盟」的主張，後一篇寫戲劇家洪深全家服毒自殺，以此否定抗戰；娜馬是《南華日報》上文藝評論的主力，〈夜感〉旨在反擊葉靈鳳對他及和平文藝的批評，略見雜文筆調。這幾篇文章的政治動機呼之欲出。

然而寫不寫抗戰題材與作者是否愛國，原無必然關係，把書寫非抗戰題材的作者一概打入反抗戰陣營，實在是粗暴的行徑，其理甚明，毋庸贅説。[34]這裏想提出的是，在戰爭時期不是每個人每一刻的思想感情都離不開戰爭，特別是在頗長日子裏保持繁榮安定的香港。響應民族精神感召，與自我的實踐或追求，時而相合，時而相違，時而並行不悖，這本是常情。抗戰之初從上海南下的現代派詩人徐遲，在香港發表了著名的〈抒情的放逐〉，宣示因為戰爭緣故而放棄個人主義、投入左翼革命陣營以圖改造世界的決心。[35]可是選入本卷的幾篇文章，雖然寫作日期在〈抒情的放逐〉以後，卻都沒有表現出「革命」的昂揚，特別是〈最後的玫瑰〉對舊世界、現代派文學戀戀不捨，在理念與感情間猶豫低迴，抒情意味濃厚。事實上，如果日軍沒有在一九四一年底攻陷香港，徐遲很可能不會離開這個讓他「能夠常常看到這些歐美實驗派（Experimentalism）的作品」，[36]以及接觸各種西洋藝術的地方。此外，徐遲署以筆名余犀的香港郊外遊記，除了可見與戰事無關的生活面向外，特別有趣的是發表於報紙的「娛樂版」。研究者一般不會到這種園地蒐集資料，因此可能錯過了當時文學創作的特殊面貌。

四

香港自十九世紀以來，人口流動為其常態。絕大部分香港華人或其祖、父輩，由廣東一帶遷來，但往往只視香港為暫居地，逢年過節常回鄉探望親人，也多存落葉歸根、告老還鄉的打算，因此一般認為在一九四九年前香港並無本地的文化和身份認同。[37]不過也有歷史學者指出，香港華人依賴殖民地相對穩定的環境而賺得財富，中國動盪的政局令他們對香港逐漸產生歸屬感，尤其經歷了一九二五至一九二六年的省港大罷工，更是如此。[38]及至抗戰爆發前後，從廣東以外南來的文化人，以「排山倒海的姿態」主導了香港的新文學文壇，[39]根基薄弱的本地新文化界，在全國精英雲集之際，自然難以競爭，有論者認為當時「香港文學在發展中的主體性忽被中止」，「驟然回歸中國文學的母體」。[40]然而正如上文所說，香港身份認同在不同層面、範疇有不一致的表現，賴以自我界定的他者也有所不同。[41]在梳理清楚相關的脉絡前，談論香港文學的主體性或會陷入定義「本質」的循環。[42]這裏無法詳細分析，可以簡單交代的是，本卷並不企圖通過篩選作品建構任何一貫的香港特色。唯一預設了要排除的只有一類作品，即雖然在香港發表，但在發表前作者不曾在香港居住過，內容也不涉及香港的作品。[43]

如要重建「歷史現場」，這唯一的排除原則也許仍是有問題的，因為有些著名發表園地如《大公報・文藝》，的確以這樣的面貌出現。[44]不過作為選本，必須劃定界線才能免於浮濫。剔除了上述作品後，剩下來的數量還有不少，仍要面對去取的問題。文學價值和歷史價值是任何大系式選本都力求達到的目標，入選作品自需具備相當的文學性；同時，那些作品也要在主題、題材、體式、表達手法等方面，有一定的時代和地域代表性。不用說文學性和代表性都是很主觀的，充斥着選文者的偏見。但既是偏見，就更需要說出來，一來是自我反省，二來則是讓讀者知所迎拒。

文學性方面，本卷採用朱自清後期的看法，納入小品、美文以外的類型，如雜文、特寫、速寫、通訊等，也認同朱氏所說的，界域擴大源於報紙媒體成為主要發表場地。報紙需要吸引一般讀者，自以趣味為先，但甚麼是吸引讀者的有趣題材和寫法，在不同時期每有變化；而在某些情況下，報紙不以圖利或大眾為目標，副刊對作品的限制又會有所改變。所以不宜限定只有採用某些表達手法、追求某些效果，才算文學性的散文，而不妨以未必前後一致的標準來嘗試測繪文學散文的界線。

地景描寫在一定程度上可以表現在地特色，但要注意同是描寫地方，問鵑〈外省人的香港印象記〉以單一意象概括整個香港，筠萍〈彌敦道夜〉、華胥〈九龍塘邊的花市〉則寫個人在某一地區的生活經歷，地景在作品中的意義並不一樣。但這也不一定是外來者和本地人的分別，如棱磨暫時過境，〈沙灣的傍晚〉卻不採用問鵑的寫法。更多的作品甚至沒有地景描寫，如與〈沙灣的傍晚〉同樣刊於《南華日報・勁草》的禾金〈長衫〉、羅洪〈扁豆〉、維娜〈烟〉，也都如此，似乎沒有具體時空背景是該版流行的寫法，故選入一些細節較豐富的作品，以存其體。反過來，本卷也特意收進一些居於香港，或曾居於香港作者的外地題材作品，如落璣〈乘腳踏車遊深圳記〉，以作為當日文人跨地域流動的例證。[45]

本地話題是另一種表現地方特色的要素。本卷選入了薩空了〈關於保育兒童〉等短文。作者是《立報・小茶館》的編輯，這些短文出自他在該版的專欄，用來回應當天所登的讀者來稿，以社會時事——不一定和政治有關——為題材，主動了解香港的內部問題，而不急於從意識形態的高度來批判，表現了該版的社會參與。此外，有些報刊特別徵求與香港歷史、社會、生活有關的稿件，可見這些內容對讀者有其吸引力。[46]然而儘管讀者歡迎地方口味的作品，抗戰開始後香港本地新文學作者卻被擠到文壇邊緣，那只能解釋為新文學從來只是小眾的愛好，大量的本地讀者在通俗文學裏已得到滿足，他們的文學消費沒有為本地新文學作者提供支持。[47]

在地景描寫和本地話題兩種和香港直接相關的元素外，泛覽這一時期的報刊，當然還可以看到更多的其他題材，例如感情、時局、書話、抗戰等。事實上，香港作為英國殖民地及戰爭時交通樞紐，國內外人士、訊息蝟聚，非本地題材之繁多，也許才是本地最特別之處。[48]至於主題、體式、表達手法等，前文在敘述發展過程時已略作介紹，此處不再重複。總體而言，這一時限裏的香港散文，與同期的內地相比，其成就還有一段距離，很少作者能與冰心、朱自清、郁達夫、梁遇春、林語堂、何其芳等一較高下，更不用說魯迅、周作人了。然而考慮到文化根基和知識人口的弱點，本卷作品的價值不全在於文學水平，而是香港這一地方的歷史文化印記。

最後需要交代三點：一是本卷的限制。本卷主要在香港出版的文藝期刊和報紙副刊選取作品，另參考了少量在此段期間出版的單行本。[49]因資源所限，本地及鄰近地區保存的舊書刊遠遠未能全數蒐集，也沒有在外地的出版物搜羅材料。更毋庸多說的是選者文學修養的淺薄，歷史和理論知識的貧乏。希望種種缺失在日後能夠逐漸補苴訂正。二是校對問題。早年不少報刊校對並不精細，印刷技術又未如人意，拍成微縮膠卷後，效果更不理想，本卷作品的底本常有錯字、倒字、漏字，以及漫漶不清之處。但錯、倒、漏字和作者的特殊行文習慣，有時無法分辨。為盡量保存作品面貌，除非有十足把握，不作輕率改動。字跡模糊至不能推測，則以符號表示，以俟識者。三是篇幅所限，部分選篇無法全文收錄，以存目方式列出，選篇出處列於正文後之〈存目作品出處〉，以備讀者參考。

＊本卷篇目承許定銘先生、吳萱人先生過目，導言初稿獲編委會同仁惠示高見，另李卓賢、姚君華、趙曉彤三位同學協助收集整理選文資料，李豐宸、邱嘉耀、馮凱稔、楊彪、另一位趙曉彤、鄧瑋堯、黎小玲七位同學協助初校及收集作者資料，並此申謝。

註釋

1 梁仁選編《朱自清散文》（杭州：浙江文藝出版社，一九九九），頁三〇—三一。本文撰於一九二六年七月三十一日，除作為朱自清散文集《背影》（一九二八年初版）的序，又以〈論現代中國的小品散文〉為題刊於《文學周報》第三四五期（一九二九）。

2 朱自清〈甚麼是文學？〉：「雜文固然是雜文學，其他如報紙上的通訊，特寫，現在也多數用語體而帶有文學意味了，書信有些也如此。甚至宣言，有些也注重文學意味了。這種情形一方面見出一般人要求着文學意味，一方面又意味著文學在報章化。〔……〕這裏的文學意味就是『好』，就是『妙』，也就是『美』；卻決不是賣關子，而正是胡〔適〕先生說的『明白』『動人』。報章化要的是來去分明不躲躲閃閃的。雜文和小品文的不同處就在它的明快，不大繞彎兒，甚至簡直不繞彎兒。具體倒不一定。敘事寫景要具體，不錯。說理呢，舉例子固然要得，但是要言不煩，或簡截了當也就是乾脆，也能夠動人。使人威固然是動人，使人信也未嘗不是動人。」見朱自清《標準與尺度》（桂林：廣西師範大學出版社，二〇〇四），頁四五。文末注明原刊「北平新生報，三十五年」，即一九四六年。本文又見於《新教育雜誌》第一卷第一期（一九四七年五月十五日），引文中兩處「報章化」都作「新聞化」，「使人威」作「使人感」，「威」似是誤字。

3 胡適〈甚麼是文學——答錢玄同〉：「語言文字都是人類達意表情的工具；達意達的好，表情表的妙，便是文學。」姜義華主編《胡適學術文集•新文學運動》（北京：中華書局，一九九八），頁八七。據姜義華，本文撰於一九二〇年十至十二月，見上書頁八七。

4 四位學者與本卷有關的著作主要有：盧瑋鑾編《香港的憂鬱——文人筆下的香港（一九二五—一九四一）》（香港：華風書局，一九八三），盧瑋鑾《香港文縱——內地作家南來及其文化活動》（香港：華漢文化事業公司，一九八七），盧瑋鑾、黃繼持合編《茅盾香港文輯（一九三八——一九四一）》（香港：華風書局，一九八四），鄭樹森、黃繼持、盧瑋鑾編《早期香港新學作品選（一九二七——一九四一）》（香港：天地圖書有限公司，一九九八）、《早期香港新文學資料選（一九二七——一九四一）》（同上），黃康顯《香港文學的發展與評價》（香港：秋海棠文化企業，一九九六）。吳灞陵、貝茜、簡又文等在當時曾撰文討論香港的文壇狀況，這些文章已收於鄭樹森等編《早期香港新文學資料選》（簡稱《資料選》）。侶倫在七、八十年代之交撰寫了一些文學回憶，結集為《向水屋筆語》（香港：三聯書店香港分店，一九八五），也是重要的參考資料。

5 黃康顯《香港文學的發展與評價》（簡稱《評價》），頁二一—二四。

6 《英華青年季刊》第一卷第一期（一九二四年七月）。

7 吳灞陵〈香港的文藝〉，鄭樹森等編《資料選》頁一〇，原載《墨花》第五期（一九二八年十月）。

8 侶倫〈香港新文化滋長期瑣憶〉頁九。

9 侶倫〈香港新文化滋長期瑣憶〉、〈島上的一羣〉，《向水屋筆語》頁一四—一七、三二—三四。

10 《鐵馬》出了一期、《島上》似乎只出了兩期，參盧瑋鑾〈香港早期新文學發展初探〉，《香港文縱》頁一三。

11 黃康顯《評價》頁二七—二九、四七。

12 侶倫〈島上的一羣〉，《向水屋筆語》頁三二。

13 平可（岑卓雲）〈誤闖文壇述憶（二）〉說他當時記喜歡讀《創造週報》、《幻洲》和創造社作者的作品。載《香港文學》第二期（一九八五年二月五日），頁九九。但也有人不認同葉靈鳳等人的風格，如《伴侶》第九期（一九二九年一月十五日）〈伴侶通信〉龍實秀說：「『文言化真是本港許多作者的常病。他們的文章只曉得要求詞藻美麗，但內裏情緒空虛得沒有半點意義。本來詞藻美麗是可以用機械的工夫來取得的，而結果的成績表就成為了一種新四六的詞章罷了。我以為這是學幻洲派的葉靈鳳藤剛等所致的流弊，這里許多青年愛好他們的文章。葉靈鳳輩的作品已經算是纖小了，他們壞得更壞呢。先生看出這是毛病，我很同情。』」（頁五〇）龍實秀在一九三〇年代中期為《天光報》總編，並曾兼理《香港公商日報・市聲》。

14 侶倫〈香港新文化滋長期瑣憶〉：「《鐵馬》是卅二開本的小型雜誌，一百頁，文字橫排，毛邊；形式和風格多少是受着當時上海出版的《幻洲》雜誌的影響。」（頁一六）《伴侶》第一期（一九二八年八月十五日）雲枝的新詩〈鵑啼夜〉配以黃潮寬的畫（頁一二），頗有日本女插畫家蕗谷虹兒的風味，而葉靈鳳為創造社刊物所繪的插畫，正以模倣蕗谷虹兒和比亞茲萊稱著。前期創造社以郭沫若、郁達夫為核心，崇尚「自我的表現」，中期創造社加入了葉靈鳳、周全平等，自稱為「小夥計」，承擔了創造社刊物的實際編輯出版工作，但其時郭、郁等前期作者的文學主張已經轉變，反而「小夥計」的文學追求更接近前期創造社。參陳青生、陳永志著《創造社記程》（上海：上海社會科學院出版社，一九八九）。

15 鄭樹森、黃繼持、盧瑋鑾〈早期香港新文學作品三人談〉，《早期香港新學作品選》（簡稱《作品選》）頁一一、一四。據平可（岑卓雲）〈誤闖文壇述憶（四）〉，魯迅一九二七年在香港的兩次演講，本地社會並無反應。載《香港文學》第四期（一九八五年四月五日），頁九九。

16 黃康顯《評價》頁一〇。

17 《大光報》一九三二年三月二十一日。又如一九三三年十一月九日《大光報・大觀園》〈園例〉：「本園歡迎一切短潔清雋之小品文字無論文言白話壹律加新標點」。

18 《香港工商日報》一九三四年四月十三日。

19 如侶倫反對把白話文等同「新文藝」，他認為「目前在報紙上流行着的連載小說，有部分簡直是『隨意所之』地寫下來又寫下去的作品」，侶倫〈香港新文化滋長期瑣憶〉，《向水屋筆語》頁一〇。引文中的「目前」指寫作該文的一九六六年，但當也是侶倫一向的想法。

20 辛旦〈關於香港的文壇小話〉：「在香港這樣的地方，刊物零落得淒涼，文藝的代表應該在報紙的副刊身上的了。」載《激流》創刊號（一九三一年六月二十七日）「香港文壇小話」欄，頁二七。

21 《香港工商日報・市聲》編者〈本欄今後〉對文稿去取原則有非常坦率的交代：「從今天起，本欄擴篇幅，增加字行密度；文稿內容，側重趣味，附加插圖，務求充實。〔……〕（一）本欄以前所載文字，持論嚴肅，稍嫌枯燥；今後趨重趣味短稿，即所謂軟性文章，每篇在千字左右者，以符小品副刊之條件。

讀者倘能以幽默的態度，輕鬆的辭藻，談人生，談社會，筆而為文，惠寄本欄，不勝歡迎之至。（二）本欄選稿，亦有『不成文』之戒條，惟不便宣佈。來稿如涉及團體及個人之私德，或省港環境所不許可發表者，只有藏諸名山。又長篇鉅作，亦不適用，幸勿惠寄。其在千五字至二千字間，尚有發刊價值者，則須俟機分日發刊，請勿來函催促責難。（三）本刊特別徵求下列稿件：（甲）省港風光之素描，附有清晰圖片者。不論名勝，古蹟，社會生活，學校生活，均所歡迎。（乙）幽默文章，雋穎小品，以不襲前人，不流庸俗者為合。記敘須正確，描寫不妨生動，能適乎中庸，謔而不虐，斯為上乘。（丙）國內外名山大川，都市城鎮，其間景物宜人，風土殊異，有足記載者，均可實錄之以投本欄。（丁）應時小品。（四）本欄改版後，本報各週刊亦略有變更，由本星期起，停止讀書週刊，電影週刊改為半週刊。其日期分配如下：（星期一）體育週刊。（星期二）文藝週刊。（星期三）電影半週刊。（星期四）婦女週刊。（星期五）國際週刊。（星期六）電影半週刊。（星期日）圖書週刊。惟篇幅及隔週發刊關係，不能多容文稿，列位作者最好多賜『市聲』小品。」（一九三四年四月一日）

22 《南強日報・鐵塔》編者自白（無篇名），一九三二年十一月十一日。值得一提的是，本版沒有稿酬。

23 平可〈誤闖文壇述憶（五）〉第五期（一九八五年五月五日），頁九七。

24 《南強日報》「鐵塔」，一九三二年十一月二十六日。又，《南強日報・繁星》編者〈今後的「繁星」〉：「我對于今後的繁星，意見是：（一）關于內容方面，要增加社會理論和文學介紹與批評的文字，因為使大家都知道社會的內幕並要知目前的環境〔，〕尋其解決方法，引起一般人注意。」（一九三三年五月二十五日）《南強日報》可能有點特殊，但最少表示某些人有此轉向。另參黃康顯《評價》頁五二。

25 除了社會、民族意識，自由戀愛和其他美式思想、觀念也通過荷里活電影輸入，在青年間蔚然成風，參平可〈誤闖文壇述憶（四）〉頁九九。

26 平可〈誤闖文壇述憶（五）〉頁九七、九九。另參本卷所收了了（薩空了）〈建立新文化中心〉。

27 蕭紅在香港參加過「紀念三八勞軍遊藝會」籌備委員會在堅道養中女子中學舉行的座談會、「文協香港分會」等合辦的魯迅六十歲誕辰紀念等活動等，並發表《呼蘭河傳》、《馬伯樂》等重要作品。參考盧瑋鑾〈十里山花寂寞紅——蕭紅在香港〉，《香港文縱》頁一六二—一六七。

28 鄭樹森等〈早期香港新文學作品三人談〉，《作品選》頁二一。

29 如適夷〈今後的工作〉代表各報副刊主持人宣布，以後「直接接受重慶全國文藝協會總會的領導」，跟從前一年總會在武漢全國大會中提出的口號「一切的寫作為了抗戰」。載《星島日報・星座》，一九三九年三月十九日。

30 參考盧瑋鑾〈茅盾在香港的活動（一九三八——一九四二）〉，《香港文縱》頁一四三—一六一。

31 一九三七年十一月十三日〈徵稿啟事〉。

32 重要的文章收於鄭樹森等編《資料選》。

33 例如文俞〈兩種批評〉，《星島日報・星座》，一九三九年七月四日，甘震〈文藝的生命談〉《文藝青年》第二期（一九四〇年十月一日），頁八—九，都這樣立論。

34 即使反對抗戰，是否必然代表不愛國，近年史學界也有不同意見，參蔡榮芳〈「愛國史學」迷思及「民族主義」之曖昧複雜性與危險性〉，《香港人之香港史一八四一——一九四五》（香港：牛津大學出版社，二〇〇一），頁二七五—二九五，以及余英時為汪精衛著、汪夢川注釋《雙照樓詩詞藁》（香港：天地圖書有限公司，二〇一二）所撰的〈序〉，見該書頁六—三〇。

35 先後刊於《星島日報・星座》一九三九年五月十三日，《頂點》第一期（一九三九年七月十日），頁五〇—五一。此文迅速引起胡風、陳殘雲、穆旦等的反對，參陳國球〈論徐遲的放逐抒情——「抒情精神」與香港文學初探之一〉，載王德威、陳思和、許子東主編《一九四九以後》（香港：牛津大學出版社，二〇一〇），頁二九〇—三〇〇，以及陳國球〈放逐抒情：從徐遲說起〉，陳國球《抒情中國論》（香港：三聯書店（香港）有限公司，二〇一三），頁一九三—二三二。

36 引自〈最後的玫瑰〉。

37 鄭宏泰、黃紹倫《香港身份證透視》（香港：三聯書店（香港）有限公司，二〇〇四），頁一四〇。又，根據香港政府的統計，在一九六一年前，非本地出生華人一直較本地出生華人為多，同上書頁一二一—一二二。

38 高馬可（John M. Carroll）著、林立偉譯《香港簡史——從殖民地至特別行政區》（香港：中華書局，二〇一三），頁一一八。

39 盧瑋鑾〈香港早期新文學發展初探〉，《香港文縱》頁一五。

40 鄭樹森等〈早期香港新文學作品三人談〉指出，早年在香港活動的新文學主力作者，到了這時期基本上沒有立足之地，部分變成了通俗作家，南來文化人則寧可培養一些與香港文壇完全沒有關係的青年，「香港文學在發展中的主體性忽被中止」，「香港的主體性被中國主體性取代了」。鄭樹森等編《作品選》頁二二一—二二七，引文見頁二二四。黃康顯也說：「國內名作家的湧至，迫使香港作家，驟然回歸中國文學的母體，在母體內，這個新生嬰兒還在成長階段，當然無權參與正常事務的操作」。見黃康顯《評價》頁三九。

41 如高馬可討論的是香港和內地的區別，抗戰爆發後則出現廣東和外省生活文化的衝突。

42 參黃子平〈香港文學史：從何說起〉，《害怕寫作》（香港：天地圖書有限公司，二〇〇五），頁五二—五九。

43 但有相當數量的作者未能考得其生平，只能從作品內容推斷。

44 《大公報·文藝》刊登了很多內地前線、後方的來稿，包括朱自清、冰心、馮沅君、沈從文、陸蠡等沒有在香港居住過的作者。《星島日報·星座》、《立報·言林》也都有此傾向。

45 順帶一提，本卷選入了施蟄存〈薄鳧林雜記〉之四〈兒童讀物〉，薄鳧林即現在的香港島薄扶林，此文並無地景描寫，大抵只表示寫作的所在。

46 如《立報·小茶館》可可〈香港的人生〉：「希望大家各就所知，作忠實生動的紀錄」。（一九三八年九月二十一日）可可似乎是接替了了主持該版，故公開呼籲投稿。又如《國民日報·新壘》徵求「談香港地理、風俗、人文沿革的掌故文章」，同日又開始連載胡春冰以香港社會為題材的長篇小說。（一九四一年十月一日）

47 平可〈誤闖文壇述憶（五）〉：「當時〔一九三九年〕一切報刊所努力爭取的讀者正是人數眾多的典型香港市民。外來的作者並非故意不理會讀者，也非不知典型香港市民是重要對象，但有許多困難是他們不易克服的。有些作者自視為『過客』，無意在香港久居，〔……〕其他的作者雖有久居意，也願同化，但居港期間畢不長，對香港社會的實況和傳統所知有限，〔……〕所用的題材仍不能不以過去的見聞和經驗為根據，因為〔而〕不易博得典型香港市民的親切感。」載《香港文學》第六期（一九八五年六月五日），頁九十九。原文說的是小說，但似乎也適用於一般的寫作。當時最受歡迎的作者是寫通俗小說的傑克（黃天石）、平可、望雲（張吻冰），他們本來都是新文學作者。另參鄭樹森等〈早期香港新文學資料三人談〉，《資料選》頁一〇。

48 蕭乾〈門前雪總得掃掃——給旅港的文藝朋友們〉：「我們有優裕的物質條件，我們有便暢的交通，而且我們是住在一個國際的『接觸點』上，難道我們不能在那些愉快的節目外，再來點別的嗎？」載《大公報·文藝》一九三九年七月三日。當然，蕭乾表達的是不滿「旅港文藝朋友」未有「盡全力裁制猖獗在我們身邊的漢奸的言論」，及「用筆幫國家爭取點國際的了解」，但他對香港優勢的判斷，與當時一般文化人相同。另參黃友秋〈文藝工作的開展〉：「香港是國際『航程』的一個出口，是南洋各國和華南內地的一個中站。」又：「國際宣傳，我們分明要負起這個責任。」載《大公報‧文協》一九三九年五月二日。

49 包括潘範菴《範菴雜文》（香港：大眾書局，一九三三年十二月初版，一九五四年十月增補重排再版）、侶倫《紅茶》（香港：島上社，一九三五）、葉靈鳳《忘憂草》（香港：西南圖書印刷公司，一九四〇）。本卷所選兩篇潘文，原刊處一篇不可考，另一篇未能閱覽，侶文及葉文大部分原刊處可考，但單行本字句和原刊略有不同，當為入集時作者所修訂，故以單行本為準，在文末注明初刊處。

戰爭與流離：一九四二至一九四九

——《散文卷二》導言

危令敦

一

本卷涵蓋的歷史時期為一九四二至一九四九年，而這個時期又以一九四五年九月為界，再分為「日據」與「戰後」兩個階段。

劃分的依據是對香港民生與文化產生直接衝擊和影響的三個重要軍事與政治事件：（一）一九四一年十二月八日，日本偷襲珍珠港，正式向美、英兩國宣戰，同時入侵菲律賓、馬來亞以及香港等地，引發太平洋戰爭。駐港英軍不敵日軍，港督楊慕琦（Mark Young）於十二月二十五日向日軍投降，香港遂淪為日軍「占領地」。（二）一九四五年八月六日與九日，美軍分別在廣島與長崎兩地投下原子彈，促使日本於十五日宣佈無條件投降。九月十六日，英軍夏慤海軍少將（Rear Admiral H. J. Harcourt）代表英國政府和中國戰區最高統帥蔣介石，在港督府接受據港日軍投降。[1]至此，三年零八個月的日據階段結束，香港步入戰後復原時期。（三）一九四九年十月一日，中華人民共和國成立。在此之前，香港政府為管理境內迅速增加的人口，於同年八月十七日通過《人口登記條例》，登記居民資料並為居民簽發身分證。一九五〇年，香港政府為限制中國難民入境，舒緩人口壓力，封鎖中港邊境關卡。一九五一年初，中國政府限制人口流向廣東，以減少南下香港的人數，並封鎖邊境。此後兩地民眾不能自由往來。[2]

二

對於二十世紀中國報業與文學，香港這塊「飛地」[3]曾發揮微妙而重要的作用，不僅被稱為「文化中心」，[4]更被譽為「輿論中心」，[5]甚至被比喻為言論的「天堂」。[6]由於微妙的地緣政治與複雜的歷史因素使然，香港成為中國現代報業發源地之一，也是中國政黨組織各種活動，並通過報刊宣揚政見，向北方喊話的重要場域。自一八七四年王韜與黃勝在港創辦《循環日報》開始，康有為、梁啟超的改革派以及孫中山的革命黨均在港辦報宣傳，此為香港的「黨派報業」時期。及至三〇與四〇年代，中日兩國交戰，加上國共兩黨內鬥，意識形態的戰火蔓延至香港報業，以一九四一年、一九四六至四九年間最為激烈。[7]早期香港華文報刊在報道新聞、評說時事之餘，不忘文學。[8]爾後大批文人因時局動盪或政治工作需要，[9]分別於三〇年代及四〇年代下半葉南來，在報刊上抒發政見，亦發表文學創作與文學評論。他們的寫作興旺了此地的報刊文化，也促進了中國新文學的發展，[10]一部分文人的文學評論更深刻的影響了日後中國文藝的方向。[11]

論者研究二十世紀前半葉香港報業或文學，都留意到中國因素的支配性影響。此時的香港報業與內地報業幾乎「融為一體」，所關注的焦點是中國，而不是香港。此地的報道與輿論轉向本土是一個漸進過程，隨著「社經報業」在戰後逐步取代「黨派報業」才日趨顯著。[12]至於香港本土的新文學，從二〇年代至四〇年代雖有人才與陣地，但與內地文人兩度以「排山倒海」之姿南來香港的盛況相比，聲勢未免微弱。[13]換句話說，在二十世紀上半葉，香港文學的主體性尚未明朗，此地報刊上湧現的新文學大體是中國文學的延伸，被研究者稱為「香港的文學」，意即「在香港出現的文學」或「『在香港』的文學」。[14]後來報業轉而關注本土社會民生，與香港人口持續增長，生活改善，人心轉向，凝聚力趨強有關。一九四九年以前的香港華人社會基本上由移民組成，他們抱著「過客」心態居留，身分認同的主要對象是中國，不是香港。進入五〇年代，不斷湧至的華人移民與難民因不願北返而安身香港，成為永久居民，此後出生的華人亦視香港為家，以此地的社會、經濟、文化發展為榮，本土意識方才得以滋長。[15]香港文學須待二十世紀下半葉方才逐漸浮現。[16]

日軍襲港前，香港報業之盛可用「霞蔚雲蒸」來形容。[17]據統計，三〇年代香港出版三十七種報刊，其中三十六份是華文，只有一份是英文。[18]日軍占港後，所有報刊均歸占領地總督部報道部監管。香港失守初期，刊行的華文報紙不少於十二種。[19]一九四二年六月一日，日本占領當局強迫尚在經營的報紙合併，使香港只剩下《香港日報》、《南華日報》、《華僑日報》、《香島日報》、《東亞晚報》五家大報。[20]日據時期，較重要的華文期刊還有由日軍報道部主導的《新東亞》、《大同畫報》和《大同》三份雜誌；華人經營的雜誌有《大眾周報》、《亞洲商報》[21]以及《香島月報》。

根據目前所見資料，《香港日報》、《南華日報》、《華僑日報》和《香島日報》均設文藝副刊，《大眾周報》亦具文學色彩。《新東亞》重政經與軍事知識的介紹，《香島月報》是綜合性雜誌，兩者都刊載文藝作品。

日本投降後，香港華文報業迅速恢復昔日繁榮面貌。《香島日報》易名為《星島日報》，與《華僑日報》繼續經營，《工商日報》、《成報》與《華商報》復刊，《大公報》與《文匯報》遷港出版。此外，新報亦陸續創刊。據統計，一九四五至一九四九年間創刊的報刊至少有三十二份。[22]其中經營時間較長的華文報刊為《新聞天地》、《正報》、《光明報》、《新生日報》、《新生晚報》、《國民日報》、《願望》、《人民報》、《經濟導報》、《羣眾》、《南洋報》、《紅綠日報》、《民生評論》、《香港時報》等。[23]根據目前得見資料，《星島日報》、《華僑日報》、《工商日報》、《華商報》、《新生日報》、《新生晚報》、《大公報》、《文匯報》都設有文藝副刊。此外，目前還能看到的戰後文學期刊有《野草》、《青年知識》、《文藝生活》、《小說》、《中國詩壇》、《文藝叢刊》、《海燕文藝叢刊》、《新文化叢刊》、《大眾文藝叢刊》，以及為兒童而辦的《新兒童》雜誌。[24]

三

本卷的編輯方針以香港為立足點，從本地出版的報刊與單行本選收本地作家的散文與具備本土特色的文章，但考慮到此一時期香港在新文學領域裏與中國緊密非常的互動關係，從內地來港積極參與文學與各種活動的知名作家的作品亦予以選錄。前者接近嚴謹定義下的香港文學，後者屬於定義比較寬鬆的「香港的文學」。兩者並重，主要目的是為了讓讀者在瞭解本土早期散文風貌的同時，觀察四〇年代本地報刊的散文生態，進而思考當年香港這個「飛地」作為「文化中心」的歷史特色。選文兼顧文學成績與時代寫照，除了知名作家的文章，一般作者的佳作與呈現香港地景、歷史與語言特點的文章亦酌情收錄。

本卷收錄散文一共八十六篇，主要選自本地報紙副刊與期刊原文，輔以少量未見於報刊的單行本文章。[25]入選的副刊與期刊文章分別為五十五篇及二十四篇，文集文章只有七篇。各種報章之中，以《華僑日報》入選文章居冠，《星島日報》次之，《工商日報》位列第三，其餘文章來自《新生晚報》、《新生日報》、《南華日報》、《香港日報》、《香島日報》、《文匯報》。入選作品數量最多的期刊是《野草》、《新東亞》、《青年知識》與《新兒童》，其次為《大眾周報》與《文藝生活》，最少為《文藝叢刊》與《海燕文藝叢刊》。舒巷城的〈冬天的故事〉寫於一九四九年，晚至一九七五年才發表於《海洋文藝》。由於此文所記為本土作家戰後心境，亦有助於瞭解當年文風，故此破例予以收錄。其餘七篇文集文章分別選自黃藥眠的《抒情小品》、望雲的《星下談》和聶紺弩的《二鴉文集》。

八十六篇文章之中，日據時期有十八篇，戰後時期為六十八篇。入選作者共四十一人，其中日據時期六人，戰後三十三人，入選作品橫跨兩個時期的作者有兩人。日據時期作家以葉靈鳳和戴望舒的產量最多，兩人不僅長期居港，而且積極參與本地文學活動，堪稱此一時期的代表。[26]

陳君葆為香港知名文人，詩人黃魯則來往粵港之間，兩人在日本投降前後發表的文章均有入選。這四位作家的文章共十六篇，占全卷文章總數近兩成。其餘四名日據時期作者的生平均不可考，除了玄圃筆耕頗勤，[27]常在報刊露面，陶惠、易玲和學子未見其他作品。他們的文筆流暢，文章保存了當時的歷史與精神面貌，值得一讀。[28]

戰後的作者陣容可謂鼎盛，知名者計有十八人，包括三蘇、施蟄存[29]、夏果、黃秋耘[30]、黃藥眠[31]、聶紺弩[32]、鷗外鷗[33]、夏衍[34]、侶倫、黃蒙田、林默涵[35]、秦牧[36]、司馬文森[37]、巴波、樓適夷[38]、望雲、馮式、舒巷城。十八位作者之中，除了施蟄存和巴波，其餘十六位都與香港或與此地的文學活動有著非常密切的關係，若不是土生土長就是居港寫作時間較長的作家。這十六位作家共入選四十三篇文章，數量為全卷文章總數的一半。施蟄存曾兩次來港，前後勾留數月。巴波在本地報刊上發表的文章數量雖不在施氏之下，但暫時未能確定曾否來港。兩人各收一篇，以為當年香港與內地文人的緊密關係再留兩個例證。此外，本卷還收錄了四〇年代進身文壇的戈雲，他曾在達德學院讀書，是司馬文森「心目中最有寫作前途的門生之一」。[39]

餘下十四名作者的生平均難考證，他們入選的文章一共十九篇。穆何之、艾迪、吳盂、宋光、澹生五人勤於寫作，常在報上發表文章，具備一定的代表性，故此入選。自強是香港青年，文章記述他北上參軍的體驗，在當時報上並不多見。[40]佚名和紅鷹是《工商日報》於一九四六年舉辦的「戰時的驚險遭遇」徵文比賽得獎者。前者是軍人，後者是平民，兩人以平易近人的文字，分別為南京和香港二地的劫難留下獨特的文學見證。[41]李綉、蘇海、易水、海兵、高岱、文值等人發表的作品不多，入選的都是描寫香港風貌與社會特色的文章。

四

根據散文思路的特點，大體可將散文歸類為分析、記述、描繪與抒懷四種。[42]分析文章側重客觀事實與理性思辨，抒懷作品依賴主觀想像與感情激蕩；記述與描繪則在主觀與客觀之間保持平衡，但亦會隨作者的性情或因事物的性質而擺向任何一端。本卷將分析性的散文稱為「説理」文，舉凡學術文章體例之外的説理、議論文章，不管所載是正道或「歪理」（例如三蘇的「怪論」），均歸此類。抒懷散文則分為「抒情」與「表意」兩項：前者以情感抒發為主，後者要表現的是妙趣、品味或哲思。記述文章則按「敘事」與「記人」分工；「事」指經歷或見聞，「人」指具體的個人或抽象的類型。描繪性質的文章則按狀摹對象分為「寫景」與「狀物」兩種：所謂「景」，不僅是狹義的風景、傳統的山水，而且是廣義的景觀、現代都會的繽紛面貌；所謂「物」，既指生物，譬如傳統的花鳥蟲魚，亦指死物，例如現代的飛機或電話。誠然，思路不會畫地自限，文章越界自是常態，只不過重點有別而已。敘事之際抒情，寓議論於表意，不應以為怪。

據此考察，本卷所錄文章以記述為最多，其中大部分屬於敘事，少數記人。記述如此重要，顯然與中日戰爭以及太平洋戰爭的直接衝擊有關；在漫長的戰鬥、遷徙與流亡的過程裏，作家、民眾、軍人都有説不完的見聞與經歷。佚名的〈南京屠殺漏網記〉記敘南京失守後日軍誘殺便裝國軍之事，讀來驚心動魄。〈龍陵雨〉的作者自強是香港青年，因投身遠征軍而參加了滇西龍陵戰役，當地連綿不絕的滂沱大雨，使邊境的浴血肉搏增添不少魔幻色彩。要細數戰時的驚險遭遇，又怎能少了樓適夷的〈遇盜的故事〉？

黃蒙田的記敘文充滿人道主義色彩，筆調沉鬱荒涼。他關懷的小人物除了蜀道苦力、涪江縴夫，還包括戰死異鄉無葬身處的農村壯丁——也就是那些找不著路，回不了家的「陰兵」。〈鬼魂〉幾乎就是一闋慰靈曲。在漫長的戰爭年代裏，普通人歷經劫難而不死，若再遇上非常事物，難免要胡猜亂想。秦牧的〈野獸〉將這種疑懼心態刻劃得入木三分。遷徙或流亡，少不了要投宿荒村野店，黃藥眠在〈野店〉一文裏將這個平凡的題材寫得妙趣橫生。吳盂關心的是醇厚民風與怪異規矩，〈茅店的風情〉讀來令人感到人世間的善良，亦因此倍覺唏噓。〈婁山關買鳥記〉的語調介於敦厚與滑稽之間，鳥與人的故事便顯得可憫可笑，帶著無奈與悲哀。在各種記載流離經驗的文章之中，以司馬文森的〈香豬〉和〈田裏的魚〉最為別緻。他談苗鄉食物如道家常，口吻安詳平和，令人頓時遺忘了山外的槍林彈雨。從北方南來粵港兩地謀生的穆何之就沒有這麼幸運，身邊幾乎都是使他「毛骨悚然」的南方老饕，他們吃貓，吃狗，吃蛇，吃蟲，好像無所不吃。他在〈談吃蛇貓之類〉裏說，最難忘的一件事當屬同事吸食活蛇鮮血進補時，他聽到的一句話：「小心，不要吮出尿來！」

戰火延至香港，有人皇軍國軍不辨，惶然欲改弦親日；陶惠的夫子自道，於〈去年今日——香港攻略戰親歷記〉裏述之甚詳。亦有人耳聞目睹「獸兵」暴行，而感到刻骨銘心的羞恥、恐懼與痛苦，一如侶倫〈舊地〉所記。更多的人被日軍強迫離境，[43]紅鷹在〈「強制歸鄉」歷險記〉裏追憶自己被流放到大嶼山的驚惶，相信也是不少難民經歷過的噩夢：「那處沒有人跡，四周都是荒地，間有些枯骨」；「有認識路徑的，就逃亡去了，不識路的，就坐在岸上號咷大哭；而我又甚麼都不會，驚慌得只是發抖，冷汗不絕流著」。然而，亂世又豈無豪傑？在黃魯筆下，來自智利的中西混血兒杜文常在陰森長夜裏如幽靈來去；他熱愛音樂，揮金如土，不時自掏腰包請大家喝酒吃鹵味啃燒肉。他精通幾種語言和中國方言，討厭日語，不學日語。他把長話短說：「總之提到日本就令人掃興的。」無人知道杜文的真正身分，直到他犧牲的那一天。〈一個人的紀念〉為戰時香港留下了諜影，殊不多見。戰事方歇，天災又來。海兵的〈風災〉寫颶風襲擊長洲情狀，文字饒富香港色彩；戈雲的〈周求落魄記〉亦帶鮮明的嶺南情調，這兩篇文章刊出時都被歸類為「報告」（文學）。

愛書人在戰火離亂中叨念的是書籍、信件、文稿和藏書票，即便委屈求全，亦不忘借中外典故以曲筆明志。葉靈鳳在《新東亞》創刊號上發表的〈吞旃隨筆〉，赫然就讓蘇武、屈原和「自打嘴巴」的伽利略在太陽旗底下登場。[44]日據時期逃離香港的侶倫亦是愛書之人，他在沒有書店的異鄉過著「死的生活」，怎能不懷念家中僅存的一箱書呢？〈書與我〉發表於戰後，既悼念自己的「靈魂避難所」（書室），也為倖存的人與書祝福。對照之下，戴望舒多年以前逛瑪德里書市的事，幾乎就是天方夜譚了。那個時候，他還有閒情，常特意到華多尼大叔的書店，只為了看望「張大了青色憂鬱的眼睛望著遠方的雲樹的，他的美麗的孫女兒」。

有人為了自家性命與自由而棄書，也有人為了保存別人的書籍而犧牲自己。巴波的〈書〉記的是人，西康的小明。他在山洪爆發的時候，為了搶救一本《整風文獻》而丟了性命。這個故事由書主在康藏高原的寒冷雨季裏娓娓道來，宛然有沈從文筆下的氛圍。小明一心投奔「北方」，故此捨生成仁；他的事跡，與黃藥眠在〈沉思〉裏書寫的左翼革命情懷可以互相映照。宋光所記的藏書家則別有寄托，常因心疼文學名著而緊張至面色蒼白。他惜書晒書，就是不讀書。

戰亂之中購藥不易，尤其在窮鄉僻野，侶倫的〈人參〉講述的就是一則內地山區漏夜求藥的故事。戰時缺乏醫生，求醫又何嘗容易？望雲寫〈殘生〉，追憶一個感情與事業雙失的香港中年醫生遠赴疫症流行的北方戰區行醫遇難的事跡，語調又是那麼的荒涼。據說這個才智兼備的頹廢派，彌留之際猶呼喊一個女人的名字。聶紺弩不是醫生，也「不曾留心過」「別人的生活和健康」，但毛澤東在延安時代的疲態還是給他留下了非常深刻的印象。他在〈毛澤東先生與魚肝油丸〉裏記道：「但對於毛先生，卻不但當時，就是以後偶然聽見提到他的名字，也不絕彷彿看見了那有些虛胖的笑臉，同時還聽見了那輕微的乾咳嗽聲，而不舒服起來，雖然我願意他的咳嗽只是一時的現象。」聶氏關心的人正是《論持久戰》的作者。

鷗外鷗身經兩次大戰，認為國與國間，人與人間，男與女間，必須正心誠意的和平相處，方為正道。〈與北園克衛的友誼〉紀念他與日本超現實主義詩人的友情，〈愛我的夏娃（們）〉追憶他十歲時所愛的伊朗女孩，〈一個人的成長〉和〈當我寫作的時候〉則講述個人生命體驗。這些文章為兒童而寫，風格簡樸率真，鷗外鷗之「獨一無二」可見一斑。[45]

五

本卷的說理文章不少，排第二位。此類文章向以嚴肅者多，戲筆者少，撒野者更難得一見。聶紺弩是繼魯迅之後的「雜文」大家，長於議論，曾被譽為當年「香港最紅的作家」。[46]〈怎樣做母親〉乃傳統家庭陰暗寫照，有五四遺風。〈論時局〉則別出心裁，在敘事與寓言之間說理，頗為抽象。相較之下，司馬文森在〈「山上人」和「山下人」〉所用的寓言手法就顯得太露了。夏衍的說理文章重科學與邏輯，屬新文化傳統之一脈；然而〈超負荷論〉與〈坐電車跑野馬〉議論綿密，條理分明，又自成一家之言。黃秋耘與林默涵為文，關注焦點是意識形態正確與否；黃氏談「青年生活諸問題」的三篇說理文以及林氏夾敘夾議的〈獅和龍〉，展示的正是典型的左翼立場與文風。陳君葆的議論，筆調近乎閒談；〈談女人〉、〈上下〉、〈詹言〉、〈閒空〉都有深入淺出、平易近人的特點。馮式秋夜談蟲，〈蚯蚓的文學情調〉讀來宛如奇趣錄。[47]歪打正著的議論，當向三蘇充滿諧趣的「三及第」時事「怪論」裏尋。「三及第」指文言、白話、粵語三語混雜的書面文體，曾風行於四〇與五〇年代的香港，三蘇乃此中能手。他針砭時弊，依賴的是淺近文言，輔以白話與粵語，有基本教育程度的讀者不難明白。從〈直版論〉、〈實迫處此論〉、〈恭喜平安論〉、〈雞變鴨論〉四篇短文，可領略這種蹊徑另闢的本土通俗文風。[48]對粵語感興趣的作者，當然不止三蘇一人。日據時期，戴望舒曾以「達士」為筆名，在《大眾周報》上發表了一系列的廣東俗語「考據」文章，語調亦莊亦痞，既說理，也撒野，在正經與「鹹濕」之間來回耍雜。入選的〈鹽倉土地〉性質溫和，料想不至於使讀者「投出太息一般的眼光」。

寫景狀物的文章數量接近說理文，位居第三。其中寫景占了絕大多數，狀物只有施蟄存的〈栗與柿〉一篇。本卷寫景文章以香港城市景觀為主。〈香港．船的城〉為夏果所作，手法新穎。穆何之在〈衝鋒章〉裏描摹乘坐公共交通之難，儘管語氣誇張，六十多年後讀來依然可信。文中以「香港仔」、「香港女」稱呼乘客，可見香港身分意識早在一九四六年已露端倪。夏果的〈香港風情畫〉、蘇海的〈電車社會〉、高岱的〈香港二樓社會〉與文值的〈秋風裏的蕭頓球場〉四篇，文字平實，是昔日香港景色與生活面貌的紀錄。易玲的〈香港新年雜景〉、李綉的〈職業太太〉、〈緊急疏散——香港學校風光〉以及易水的〈木屋旅行記〉[49]雖旨在記事，將之視為本地景觀亦無不可。左翼文人睥睨香港，不免要抨擊資本主義社會的罪惡，進而批判此地的意識形態。〈沒有眼淚的城市〉裏的黃藥眠，一如〈香港的憂鬱〉裏的樓適夷，在這個華美的城裏看到的都是平庸、不義與悲哀，因而感到非常的惆悵與寂寞。[50]黃秋耘則行動起來，以〈「香港頭」的改造〉一文批判殖民地生活與教育，並號召香港的年輕人一起來改造猶如「香港腳」的「香港頭」。

當年報上憶述內地風物的文章汗牛充棟，本卷只挑風情各異的四篇，以見移民與難民的思鄉之情。在〈華北的黃塵〉裏，澹生將北方的萬丈黃塵寫得充滿文化氣息，聲稱「雨少塵大的北平」「有一種令人難捨難分的文學韻味」。居港的江南文人看了，恐怕要生「同是天涯淪落人」之嘆。〈北平的胡同〉和〈故都的酒肆〉出自穆何之手筆，古都文化氣息猶在，但少了風沙，添了野趣。酒肆楹聯「四座了無塵事在，八窗都為酒人開」，見證的確是亂世中難得的安閒與福氣。馮式為文追憶烽火中的貴陽，固然因為那裏的南明河最具江南情調，令人懷念，也因為貴陽地處「湘桂大撤退」路上，屬於戰時難民集體回憶的焦點之一，容易引起共鳴。當然，更重要的原因是〈南明河之憂鬱〉發表時，人民解放軍已逼近貴陽，且同時抵達中港邊界。[51]香港局勢正處於千鈞一髮之際，那是一九四九年冬。

六

表意文章數量不多，排第四位，以葉靈鳳和黃魯兩人產量最豐。不論讀書，還是懷鄉，葉靈鳳筆下的中國情懷總是濃得化不開。〈秋鐙夜讀抄〉乃一佳例。難怪他來港三年，還是萬般不習慣，連花開蟲鳴也覺得擾人心神。他在〈憶江南〉裏慨嘆：「香港的蟲，似乎同香港的花一樣，不分季節的亂開著，也不分季節的亂叫著。」在他眼裏，即便潑皮人物，香港的也毫無格調可言：「揚州也有著名的『青皮』，但若像香港的『浪仔』那樣，蝗蟲一樣的將整座樓房拆得一塊板不剩，甚至連人家門前的電燈線電燈泡也要偷，揚州的青皮是絕對不幹的。」據說，揚州雖然衰落了，但「那裏的人物總還保持著一種舒徐的風度。這種無論甚麼時候悠然不慌張迫切的氣概，大約只有北平人可與相比。」北平人的風度，學子觀察入微，都記在〈關於北京人的種種〉裏。他說，北平人有文化，「就是在困苦的時節也不會失去這種風度，比方說，倒斃在路旁的人，其中有的居然在手中還緊握著他的鳥籠。」又比如，洋車夫打劫女乘客，一般只取現鈔的三分之一，餘款退回。更有風度者則悉數全收，然後安慰乘客道：「太太你還要到哪兒去？這些地方不大安靜，我陪著你，再拉你回去好了！下一次晚上真不要一個人出門！」

黃魯的小品，既是對生命的感嘆，亦具冥想性質，〈門〉、〈斷想五則〉、〈死的默想〉都是現成例子。望雲的〈無心之失〉是對生活小事的反省。玄囿的〈夜談與散文〉、望雲的〈給我一隻好浴盆〉、〈黃金的好日子〉、侶倫的〈燈火〉，娓娓道來的都是生活與文化的情趣，或令人安心的瑣碎事物。表意文章也偶有充滿創意之作，例如夏果於戰後發表的〈喜悅的尋覓〉和艾迪的〈沒有了燈的房間〉，兩篇都不按常理出牌，令人耳目一新。

抒情文所占篇幅最少。寫下〈沒有眼淚的城市〉的黃藥眠，也不是沒有感情澎湃，需要抒懷的時候。一如〈海的懷念〉所述，在這種時刻，他會夜探淺水灣，到麗都浴場的紅綢小燈下，聆聽樂師半頹的演奏、如幻的人魚夜歌，還有「遠方海岸上思婦們為著遙遠的愛而歎息的聲音」。淺水灘頭的夜色，大概很動人，是極難抗拒的：「正如我要去會一個情人，所以我是一個人悄悄地去的。」戴望舒則比較落寞，他除了觀海，便是看山，或者凝望行雲，那種感覺道來既像哀愁，又像安慰，曖昧非常。這種「夢也無聊、醒也無聊」的心境，〈山居雜綴〉和〈寄友人〉都有非常傳神的摹狀。玄囿漂泊香港，過年時節尤感孤寂，在〈新歲感〉裏遂有「畸零人」之嘆。戴望舒雖有「乘風歸去」之意，語氣卻不比葉靈鳳來得決絕。葉靈鳳「走在擠滿了人可是又寂寞的街上，對著始終是陌生的不斷開著花的香港春天」，浮上心頭的卻是「模糊黯淡的家鄉景像」。其實他對故鄉的印象何止「模糊黯淡」呢？南京不僅「沒有春天」，而且「路旁的麥田裏，仆臥著不少屍體」

——且不提他的母親罹病早逝的事。儘管如此，〈鄉愁〉還是要說：「存在我的記憶中的就是這些陰鬱灰黯，可是卻又使我十分珍惜難忘的印象」。何以如此？是落葉歸根的願望使然：「屈原所說的『狐死必首丘』，正是這同樣的意義。」

既然提起抒情，又說到回家，豈能少了同樣思鄉的舒巷城？〈冬天的故事〉所記，是一個來自亞熱帶島城的少年在戰爭期間流落北方的雪泥鴻爪。他千辛萬苦，經歷「湘桂大撤退」，在貴陽遭遇平生第一場雪；後來，還在東北的風雪寒夜裏迷路，差點兒回不了家。他說：「雪往往使我想起不愉快的冬天和不愉快的故事，因為在我的記憶中，我曾見過飢寒交迫的人們，在嚴寒的冬天裏找不到溫暖的燈光與爐火。」北漂的日子裏，只有家書帶來溫暖；有人問歸期，他便想起春天——亞熱帶的春天：「陽光和溫暖⋯⋯畢竟是可愛的，我以前說過，現在也是這樣說。」

舒巷城寫這篇文章時，已回到香港，時維一九四九年。

七

囿於編者學識所限，以及資料不全與時間倉促等客觀因素的影響，本卷的選編缺漏在所難免，希望日後還有機會調節增補。敬祈專家讀者，不吝賜正，是所至幸。

註釋

1 蔡榮芳《香港人之香港史（一八四一—一九四五）》（香港：牛津大學出版社，二〇〇一），頁三，二三二—二七三；區志堅、彭淑敏、蔡思行〈香港重回英國的統治——駐港日軍投降書〉，《改變香港歷史的六十篇文獻》（香港：中華書局，二〇一一），頁一八四—一八七。

2 區志堅、彭淑敏、蔡思行〈香港身份證簽發之始——《人口登記條例》〉，《改變香港歷史的六十篇文獻》，頁二〇〇—二〇八；葛量洪著，曾景安譯《葛量洪回憶錄》（香港：廣角鏡出版社，一九八四），頁一八二、一九一、一九九；John M. Carroll, *A Concise History of Hong Kong* (Hong Kong: Hong Kong University Press, 2007), pp. 116-140。

3 袁小倫〈戰後初期中共利用香港的策略運作〉，《近代史研究》二〇〇二第六期，頁一二七。

4 文學史家王瑤、藍海認為，三〇年代以後的香港是個「文化中心」；見盧瑋鑾〈漫漫長路上求索者的報告（代序）〉，《香港文蹤——內地作家南來及其文化活動》（香港：華漢文化事業公司，一九八七），頁二。周而復稱四〇年代末的香港為「臨時文化中心」，見周而復〈往事回首錄〉，《新文學史料》一九九二第二期，頁一一一。

5 一九三〇年創刊的《超然報》在〈創刊宣言〉裏宣稱，香港是「國外輿論之中心，與國內輿論中心之上海」「形成對峙之形勢」，見楊國雄〈毛澤東訂閱的香港報紙《超然報》〉，《香港戰前報業》（香港：三聯書店（香港）有限公司，二〇一三），頁二三五—二三六。鄭樹森視香港為當年重要的「言論空間」，見鄭樹森、黃繼持、盧瑋鑾〈國共內戰時期（一九四五—一九四九）香港文學資料三人談〉，鄭樹森、黃繼持、盧瑋鑾編《國共內戰時期香港文學資料選（一九四五—一九四九）》（香港：天地圖書有限公司，一九九九），頁二二。

6 關於戰後香港的報業盛況，可參考李谷城《香港報業百年滄桑》（香港：明報出版社，二〇〇〇），頁一八〇；鍾紫〈戰後香港新聞傳播業概況〉，鍾紫主編《香港報業春秋》（廣州：廣東人民出版社，一九九一），頁一五四—一五六。茅盾將四〇年代末的香港喻為言論天堂：「一九四八年的香港，在我們這些政治流亡客的眼，又是個小小的自由天地。在報刊上，只要不反對香港當局，不干涉香港事務，你甚麼都能講……這樣便利的條件，對於我們這些握了半輩子筆桿卻始終不能想寫甚麼就寫甚麼的人來說，真像升入了天堂。」茅盾〈訪問蘇聯，迎接新中國——回憶錄（三十三）〉，《新文學史料》一九八六第六期，頁二八—二九。周健強談到聶氏的香港時期有如下評語：「在香港這一段時光，是聶紺弩最愜意的」，原因在於香港有「說話的自由，發表文章的自由也是國統區從來未有過的。」周健強《聶紺弩傳》（成都：四川人民出版社，一九八七），頁一九七—一九八。不少文人回憶戰後的香港，都說香港政府取消新聞檢查，輿論自由。事實上，當時百廢待興，香港政府缺乏人力與資源，對於華文報紙的新聞檢查一時未能按照戰前方式執行，故此產生此種印象。關於香港報業事前送檢的制度，可參考陸丹林〈續談香港〉，鄭樹森、黃繼持、盧瑋鑾編《早期香港新文學資料選（一九二七—一九四一）》（香港：天地圖書公司，一九九八），頁四五—五〇；張釗貽〈蕭乾《坐船犯罪記》與香港中文報章檢查制度〉，《中國現代文學研究叢刊》二〇一一第八期，頁二〇〇—二〇五。

7 李少南〈香港的中西報業〉，王賡武編《香港史新編》（香港：三聯書店，一九九七），下冊，頁四九三—五三三。關於二〇及三〇年代國民黨與共產黨在港辦報情況，可參考楊國雄《香港戰前報業》第三部分的文章。至於汪精衛集團在港創辦的《南華日報》在三〇年代的文宣活動，參考 Lawrence M. W. Chiu, "*The South China Daily News* and Wang Jingwei's Peace Movement, 1939 — 1941," *Journal of the Royal Asiatic Society of Hong Kong Branch*, vol. 50 (2010), pp. 343-369。

8 「中國近代報刊刊載具有文學性質的作品，始於《察世俗每月統記傳》，但這類作品往往與其它文章混編在一起，沒有固定的版面或欄目。而《遐邇貫珍》卻為這些作品開闢專欄，且位置固定在論說與新聞報道兩大內容之間，這是前所未有的，這一專欄，實為我國報刊副刊之濫觴。」黃瑚〈《遐邇貫珍》介紹〉，鍾紫主編《香港報業春秋》，頁一二。亦可參考郭武羣關於中國近代報業與文學的討論：〈第一章：文學與報紙聯姻〉，《打開歷史的塵封——民國報紙文藝副刊研究》（天津：百花文藝出版社，二〇〇七），頁一一一二。

9. 早在一九三七年九月，中共中央政治局已明白香港在中日戰爭中所處的重要特殊地位，決定到香港設立八路軍辦事處。周恩來還特別提醒駐港工作人員，香港將因時移勢易而「由商業城市逐步轉變成文化城市」。詳見陳敦德《八路軍駐香港辦事處紀實》（香港：中華書局，二〇一二），頁一〇一一二五、一五六一一八〇。日本投降前夕，中共中央更決定以香港為中心，建立城市工作據點，並派出骨幹文人到香港等大城市籌辦或復辦報刊，以占領文化陣地。袁小倫〈戰後初期中共利用香港的策略運作〉，頁一三〇、一三九。關於四〇年代後期中共在香港的「文化搭台，政治唱戲」活動，見葉漢明、蔡寶瓊〈殖民地與革命文化霸權：香港與四十年代後期的中國共產主義運動〉，《中國文化研究所學報》新第十期（二〇〇一），頁一九一一二二五。

10. 且舉幾個例子：蕭紅、茅盾、端木蕻良、夏衍、郭沫若、胡風、葉靈鳳、戴望舒、歐陽予倩、司馬文森、黃藥眠等作家均在香港發表不少作品，詳見盧瑋鑾以下五篇文章的討論：〈香港早期新文學發展初探〉、〈十里山花寂寞紅——蕭紅在香港〉、〈災難的里程碑——戴望舒在香港的日子〉，收錄於《香港文蹤——內地作家南來及其文化活動》，頁一五一一六、一六二一一七〇、一七六一二一一；〈蕭紅在香港發表的文章——《蕭紅已出版著作目次年表》補遺〉，《抖擻》總第四十期（一九八〇年九月），頁四五；〈茅盾在香港報刊（一九三八一一九四一）上發表的著作〉，《抖擻》總第四十四期（一九八一年五月），頁四一一四六。另一個突出例子是聶紺弩，周健強評道：「在香港的近三年，是紺弩創作的全盛時期。他除寫雜文、散文、詩歌、小說之外，還寫了不少政治性較強的社論、專欄以及短論等等，曾被稱為香港最紅的作家。」周健強《聶紺弩傳》，頁二〇四。黃繼持對這個時期香港在文化領域的特殊性有如下評語：「到了一九四一年皖南事變前後，中國整體新文學的布局，文化城市中，香港與桂林、重慶、延安，同等重要。香港以這樣的空間，在殖民地的特殊弔詭式形勢下，竟然可以延續中國抗戰時期文脈一線。這是香港對整個中國新文學發展的貢獻。」鄭樹森、黃繼持、盧瑋鑾〈早期香港新文學作品三人談〉，鄭樹森、黃繼持、盧瑋鑾編《早期香港新文學作品選（一九二七—一九四一）》，頁三九。

11 例如一九四八至一九四九年間在香港出版的《大眾文藝叢刊》，主要投稿人都是日後中共掌管文藝領域的重要領導人或文壇領袖。這個刊物上發表的文章顯示了中共在奪取政權之前，已提前向文藝界宣示其領導中國文藝的權威地位。詳見錢理羣《一九四八：天地玄黃》（濟南：山東教育出版社，二〇〇六），頁二一—四七；吳福輝《插圖本中國現代文學發展史》（北京：北京大學出版社，二〇一〇），頁四六二—四七六。

12 李少南〈香港的中西報業〉，頁五一三。

13 黃康顯〈從文學期刊看戰前的香港文學〉、〈抗戰前夕的香港文藝期刊〉、〈戰後初期香港的文藝期刊與文藝路線〉，《香港文學的發展與評價》（香港：秋海棠文化企業，一九九六），頁六—四二、四三—六〇、六一—六九。關於三〇年代大批內地文人南來對香港本土文學創作的影響，見盧瑋鑾〈香港早期新文學發展初探〉，頁一五—一六；鄭樹森、黃繼持、盧瑋鑾〈早期香港新文學作品三人談〉，頁二二—二七。至於第二次內地文人南來的盛況與影響，可參考以下文章：鄭樹森、黃繼持、盧瑋鑾〈國共內戰時期（一九四五—一九四九）香港本地與南來文人作品三人談〉，鄭樹森、黃繼持、盧瑋鑾編《國共內戰時期香港本地與南來文人作品選（一九四五—一九四九）》（香港：天地圖書公司，一九九九），上冊，頁三—三七；周而復：〈往事回首錄〉，頁一一一—一一九；茅盾〈訪問蘇聯，迎接新中國——回憶錄（三十三）〉頁二八—三四。此外，亦可參考黃萬華〈戰時香港文學：「中原心態」與本地化進程的糾結〉，《中國現代文學研究叢刊》二〇〇三第一期，頁八七—一〇二。

14 此說根據的是黃康顯與黃繼持的意見，見黃康顯〈從難民文學到香港文學〉《香港文學的發展與評價》，頁七〇；鄭樹森、黃繼持、盧瑋鑾〈國共內戰時期（一九四五—一九四九）香港文學資料三人談〉，頁八—九。

15 John M. Carroll, *A Concise History of Hong Kong*, pp. 167-189。一八四二年割讓香港時，全島人口僅

一萬二千三百六十一人；到了一九五〇年底，香港境內人口已達二百三十六萬人，其中大部分人口來自內地。王宏志〈第一章：（非）政治論述：香港與中國現代文學史〉，《歷史的偶然：從香港看中國現代文學史》（香港：牛津大學出版社，一九九七），頁三。換句話説，「從人口組成的角度看，今天的香港，開始於 九四九年」。詳見陸鴻基〈香港歷史與香港文化〉，冼玉儀編《香港文化與社會》（香港：香港大學亞洲研究中心，一九九五），頁六四—七九。

16 黃康顯認為，一九五〇年以後，香港文學才獨立發展；至七〇年代香港的文學新生代出現以後，才有香港文學。關於香港文學的定義與分期，見黃康顯〈香港文學的分期〉，《香港文學的發展與評價》，頁八；黃康顯〈從難民文學到香港文學〉，頁七〇。關於香港文學的界説，也可參考鄭樹森〈香港文學的界定〉；黃繼持〈香港文學主體性的發展〉；這兩篇文章收錄在黃繼持、盧瑋鑾、鄭樹森《追跡香港文學》（香港：牛津大學出版社，一九九八），頁五三—五五、九一—一〇二。

17 此為《超然報》〈創刊宣言〉用語，引自楊國雄〈毛澤東訂閱的香港報紙《超然報》〉，頁二三五。

18 Lai-bing Kan and Grace H. L. Chu, *Newspapers of Hong Kong: 1841—1979* (Hong Kong: University Library System, The Chinese University of Hong Kong, 1981), pp. 166-167, 187.

19 李少南和李谷城的數據是十一種，見李少南〈香港的中西報業〉，頁五一九；李谷城《香港報業百年滄桑》，頁一七四。本文依據的是簡麗冰和朱陳慶蓮的報告，見 Lai-bing Kan and Grace H. L. Chu, "Introduction," *Newspapers of Hong Kong: 1841—1979*, pp. v。

20 李少南〈香港的中西報業〉，頁五一九。謝永光還提及《大成報》和《中國人報》等小報，前者創刊於一九四三年，後者資料不詳。謝永光〈第十三章：日據時期的香港傳媒體〉，《三年零八個月的苦難》（香港：明報出版社，一九九四），頁二三二。這兩份小報在簡麗冰和朱陳慶蓮的報告裏均未提及。根據鍾紫的資料，當時坊間還流傳東江縱隊的《前進報》和港九游擊隊的油印報《地下火》。鍾紫〈抗日戰爭時期香港新聞傳播業概況〉，鍾紫主編《香港報業春秋》，頁二三二。

21 李谷城《香港報業百年滄桑》，頁一七六；謝永光〈第十三章：日據時期的香港傳媒體〉，頁二三五。

22 Lai-bing Kan and Grace H. L. Chu, *Newspapers of Hong Kong: 1841—1979*, pp. 167-168.

23 李谷城《香港報業百年滄桑》，頁一八〇—一八四。

24 關於戰後香港文藝期刊的情況，見黃康顯〈戰後初期香港的文藝期刊與文藝路線〉，頁六一—六九。

25 玄囿的〈夜談與散文〉和葉靈鳳的〈憶江南〉原來在報上分兩天刊載，現將上下兩篇合一，各視為一篇計算。

26 葉靈鳳一九三九年來香港，定居至一九七五年去世。絲韋〈葉靈鳳生平簡述〉，絲韋編《葉靈鳳卷》（香港：三聯書店（香港）有限公司，一九九五），頁三〇七。戴望舒一九三八年五月來香港，擔任《星島日報》「星座」副刊編輯，籌辦中華全國文藝界抗敵協會香港分會。一九四一年底日軍攻陷香港，戴望舒因宣傳抗日罪被日軍逮捕入獄，後為葉靈鳳設法保釋出獄。居港期間，他曾與葉靈鳳主編《大眾周報》、《華僑日報》「文藝週刊」、《香島日報》「日曜文藝」，亦曾為《新生日報》主編「新語」副刊。一九四六年三月返回上海，一九四八年五月再來香港，一九四九年三月返回北京。王文彬〈戴望舒年表〉，《雨巷中走出的詩人——戴望舒評傳》（北京：商務印書館，二〇〇六），頁三六一—三八四。葉、戴兩人於日據時期在香港發表的作品，已選錄於盧瑋鑾、鄭樹森主編、熊志琴編校《淪陷時期香港文學作品選：葉靈鳳、戴望舒合集》（香港：天地圖書公司，二〇一三）。

27 玄囿的原名估計是羅玄囿，他曾在《新東亞》撰文，討論如何在日本的「大東亞戰爭」取得勝利之際，發展中日文化交流、提高東亞文化水平以及促成東亞文藝復興。羅玄囿〈發展東亞文藝復興運動〉，《新東亞》第一卷第一期（一九四二年八月），頁八二—八四。他也有發表新詩，可參看新詩卷收錄的兩篇作品。

28 學子的文章內容雖與香港並無直接關係，卻分別在日據和戰後時期在本地報紙兩次刊載，可見當時副刊編輯與讀者的閱讀趣味。此文於戰後再刊時只改動作者姓名與篇名，內容不變。慕陽〈籠城小品〉，《星島日報》《星座》版，一九四九年一月十三日。

29 一九三八年夏，施蟄存從昆明回滬探親，繞道香港，停留兩周，並在戴望舒主編的《星島日報》文藝副刊《星座》上發表〈路南遊蹤〉等作品。一九四〇年三月，他再次從昆明返滬，又經香港，居留約六個月。應國靖〈施蟄存年表〉，《施蟄存》（香港：三聯書店（香港）有限公司，一九八八），頁三一一—三二八。

30 香港出生，曾就讀華仁書院，一九三五年同時考上香港大學、倫敦大學、清華大學、燕京大學和中山大學，後來決定入讀清華大學，一九三六年加入中國共產黨。黃秋耘《黃秋耘自選集》（廣州：花城出版社，一九八六），頁一；黃秋耘《風雨年華》（北京：人民文學出版社，一九八三），頁三；黃偉經《文學路上六十年——老作家黃秋耘訪談錄》（廣州：廣東教育出版社，一九九九），頁一一。

31 一九二八年加入中國共產黨。一九四一年來港，日本占領香港後，返回內地。一九四六年重返香港，參與創辦達德學院，任文哲系主任，並主編《光明報》，一九四九年返回內地。黃藥眠口述，蔡徹撰寫《黃藥眠口述自傳》（北京：中國社會科學出版社，二〇〇三），頁七四—七七、四三六—四六〇、五三六—五四五；劉智鵬《香港達德學院：中國知識份子的追求與命運》（香港：中華書局，二〇一一），頁八九；〈黃藥眠同志生平〉，北京師範大學中文系編《紀念黃藥眠》（北京：羣言出版社，一九九二），頁二三五—二三八。

32 一九三四年加入中國共產黨。一九四八年三月來港，為《文匯報》撰寫社論、為《大公報》每日寫一短文，同時給一九四六年在港復刊的《野草》投稿。一九四九年六月返回內地。一九四九年底第二次來港，為《文匯報》寫社論，翌年出任《文匯報》總主筆，一九五一年三月赴北京。周健強《聶紺弩傳》，頁一九六—二〇四。

33 祖籍廣東東莞虎門，出生地不詳。童年時曾隨家人於一九一八年來港，就讀育才書院，一九二二年返回廣州。一九三八年廣州淪陷前夕再來香港，主編《中學知識》月刊，在香江中學任教，後任國際印刷廠總經理。日軍據港後，於一九四二年逃往桂林。陳衡、袁廣達主編《廣東當代作家傳略》（廣州：中山大學出版社，一九九一），頁二七三—二七四；〈重讀鷗外鷗：編者按〉，《八方文藝叢刊》第五輯（一九八七年四月），頁七二—七四。

34 一九二七年加入中國共產黨。一九四一年一月來港，在廖承志領導下，與鄒韜奮、喬冠華等創辦《華商報》，任編委，並分管文藝副刊。一九四二年一月底離港赴桂林。一九四六年十月經香港去新加坡，同年八月被新加坡當局「禮送出境」，返港擔任中共華南分局委員、香港工委委員（後任書記），負責統戰工作，並出任《華商報》編委，編輯副刊「熱風」（後改名「茶亭」），亦為《羣眾》撰稿。一九四九年四月接中共中央電示，赴北京，準備接管上海文教工作。夏衍《夏衍自傳》（南京：江蘇文藝出版社，一九九六），頁一三八—一四二、一九二—一九六；會林、紹武〈夏衍生平年表（初稿）〉，《夏衍研究資料》（北京：中國戲劇出版社，一九八三），上冊，頁二九三—三二二；顧家熙〈憶《華商報》的《熱風》和《茶亭》——一九四七年十一月—一九四九年五月〉，《夏衍研究資料》，下冊，頁七七三—七八二。

35 一九三八年加入中國共產黨。一九三六年夏來港，任鄒韜奮創辦的《生活日報》副刊編輯，不久即返回上海。一九四六年十月再次來港，與章漢夫負責《羣眾》周刊的編輯工作。《羣眾》是公開出版的中共刊物，公開登載新華社的評論和中共領導人的署名文章，向海內外發行。章漢夫是香港工委書記，主管統戰、工商等工作。林默涵是香港工委報委書記，兼任《華商報》社論委員。兩人於一九四九年九月返回北京。陸華整理〈林默涵自述〉，《新文學史料》二〇〇六第三期，頁五五—七〇；王曉吟〈林默涵一九四六—一九四九年在香港〉，《新文化史料》一九九六第一期，頁三九—四〇、二六；〈林默涵同志逝世〉，《文藝理論與批評》二〇〇八第一期，頁一〇六。

36 生於香港，成長於新馬，一九三一年返回中國。一九三六年夏來港升讀高中，一九三八年三月返回內地；一九四〇年春來港，到母校華僑中學任教，同年夏天返回內地。一九四六年秋再次來港，從事寫作，居留至一九四九年八月。一九六三年加入中國共產黨。秦牧〈自傳〉，《中國當代作家自傳》第二輯（澳門：中國現代文學研究中心，一九七九），頁二〇〇—二〇四；艾治平、翁光宇、黃卓才《秦牧評傳》（廣州：花城出版，一九八九），頁一、一八、二五、三三、四九—五三；劉以鬯編《香港文學家傳略》（香港：市政局公共圖書館，一九九六），頁六六。

37 一九三三年加入中國共產黨。一九四六年一月，《文藝生活》（光復版）在廣州復刊，由司馬文森和陳殘雲主編。同年六月被國民政府通緝，逃亡香港，任香港文委委員。一九四七年出任達德學院文學教授和香港文協常務理事。一九五一年一月被香港政府逮捕，獲釋後被遞解出境，返回廣州。楊益羣、司馬小莘〈司馬文森生平與文學活動年表〉，楊益羣、司馬小莘、陳乃剛編《司馬文森研究資料》（北京：北京十月文藝出版社，一九九八），頁一二—八一；劉智鵬《香港達德學院：中國知識份子的追求與命運》，頁七〇。

38 一九二六年加入中國共產黨。一九三八年十月來港，協助茅盾編輯《文藝陣地》，並繼茅盾之後，從一九三九年一月十六日起代理主編。一九三九年六月離港。一九四七年十一月再次來港，與周而復共同創辦《小說》月刊。一九四九年六月返回北京。樓適夷〈自傳〉，《中國當代作家自傳》第二輯，二三三—二三四。孔海珠〈樓適夷編輯生活的重要台階——樓適夷與《文藝陣地》〉，黃煒〈樓適夷革命生涯——樓適夷編年〉；這兩篇文章收錄於上海魯迅紀念館、人民文學出版社編《樓適夷同志紀念集》（北京：人民文學出版社，二〇〇五），頁二三五—二六五、三七九—三八〇。

39 戈雲〈風雨搏擊五十年——歷盡坎坷的文學之旅（代總序）〉，《文壇是非多》（香港：香江出版有限公司，一九九七），頁一一—一二。戈雲原名卓戈雲，廣西人，因戰亂於一九四六來港，一九四九年返回內地，一九八一年赴美定居。曾發表小說、散文、文藝評論、政論、兒童小說、報告文學。張超主編《台港澳及海外華人作家辭典》（南京：南京大學出版社，一九九四），頁一一二—一一三。

40 據《新生日報》編者按，自強「本是香港青年，參加我遠征軍任少校繙譯官，隨軍征戰滇西各地」。自強

41 〈龍陵雨〉，《新生日報》「生趣」版，一九四六年一月三十日。他的另一篇文章是〈五月渡瀘〉，刊於《新生日報》「生趣」版，一九四六年一月十六日。

「佚名」本具姓名，但因報紙漫漶至無法辨認，不得已以「佚名」代之。佚名在這次徵文比賽裏獲第二名。第一名是李士，其文為〈黔桂路上殺敵記〉，分上下兩篇刊於《工商日報》一九四六年七月六日與七日。鐵魂以〈瓊花恨〉得第三名，文章分上下兩篇刊於《工商日報》一九四六年七月九日及十日。這三篇記敘戰爭經驗的文章，以佚名的一篇最為樸實可信，故此入選。紅鷹的文章得第四名，寫香港普通百姓的遭遇，亦予選錄。

42 余光中根據廣義散文的功能，將之分為抒情、說理、表意、敘事、寫景、狀物六類。余光中〈不老的繆思——《提燈者序》〉，盧瑋鑾編《不老的繆思——中國現當代散文理論》（香港：天地圖書公司，一九九三），頁四二—四八。本文對散文的分類與命名均得益於余文。

43 日軍在一九四二年一月宣佈，沒有居住地址或職業的難民都要離開香港，立即執行。香港人口在一年之內減少了五十萬，到日本投降之日，香港人口已降到不足六十萬。John M. Carroll, *A Concise History of Hong Kong*, pp. 123.

44 盧瑋鑾〈《吞旃隨筆》是「物證」之一〉，黃繼持、盧瑋鑾、鄭樹森《追跡香港文學》，頁一三七—一三八；參考張詠梅〈「信非吾罪而棄逐兮。何日夜而忘之。」〉，《作家》二〇〇五年七月，頁一七—二二；亦可參考盧維鑾、鄭樹森主編、熊志琴編校《淪陷時期香港文學作品選：葉靈鳳、戴望舒合集》所錄資料，頁二九八—三三二。

45 此語出自鄭樹森：「鷗外鷗的成就在中國現代詩的發展上是獨一無二的」，「他在整個二十世紀中國文學中有其獨特的位置」。鄭樹森、黃繼持、盧瑋鑾〈早期香港新文學作品三人談〉，頁四一。

46 周健強《聶紺弩傳》，頁二〇四。

47 此文收入文集時，增添了一段文字。見馮明之《歷史的奇趣》（香港：上海書局，一九六一），頁一〇一一一二。

48 關於「三及第」文體的界說以及三蘇的創作，見黃仲鳴《香港三及第文體流變史》（香港：香港作家協會，二〇〇二），頁四一一六、一〇三一一一二。

49 此文後來出現另一版本，行文較為簡略。戴維〈木屋之旅〉，《華商報》，一九四七年四月二十三日；收入鄭樹森、黃繼持、盧瑋鑾編《國共內戰時期香港本地與南來文人作品選（一九四五—一九四九年）》，上冊，頁八四—八六。

50 樓適夷的文章發表於一九三八年，收錄於盧瑋鑾編《香港的憂鬱——文人筆下的香港（一九二五—一九四一）》（香港：華風書局，一九八三），頁一二五—一二六。

51 John M. Carroll, *A Concise History of Hong Kong*, pp. 136.

時間游民：一九一九至一九四一的香港小說

——《小說卷一》導言

謝曉虹

你要拿那些在時間中沒有自己位置的事件怎麼辦呢？那些事件來得太遲，當它們抵達時，時間已經被分配出去、大卸八塊、分贓完畢。現在那些事件被人丟下，凌亂地散在某處，懸在空中，像是個無家可歸、無所適從的游民。

——布魯諾．舒茲《沙漏下的療養院》[1]

一

本卷收入的華文小說，[2]選自一九一九到一九四一年之間。兩個時間刻度，便於故事的啟動與收結。前者暗示北京爆發的五四運動，在文化上激起的波紋，足以延綿彼時的香港，引發文學的新局面；後者召喚戰爭的記憶：一九四一年十二月二十五日的黑色聖誕，日軍壓境，當時的港督楊慕琦被迫簽下降書，文化氣候亦為之變天。然而，我們或也不妨視這些時間標記為複合時空體的兩個側影、返回歷史現場的兩個臨時入口。

我把這個選本理解為某種「歷史」的入口，並非視小說為時代的「記錄」。甚麼是寫作？羅蘭・巴特（Roland Barthes）說，語言（langue）是一道邊界，而寫作——言語（parole）活動是一種逾越，是一種可能性的期待和確定，是一種「行動」。[3]寫作並不被動地記錄，這種介於個人與社會之間的行動，不單波動着語言的界線，它同時是情感、想像與事件的交會處。寫作的痕跡因而重新賦予歷史一種動態——相對於延綿線性的歷史敘述，我想像一個時代的文學選本，呈現的是一種多孔的狀態：那些已經逝去的，互相競逐的聲音，仍然企圖在歷史那張反覆被塗得扁平的臉上，噴湧出來。

然而，四十年代以前的香港文學，是幾乎已經湮沒了的聲音。如果不是有心者的保存與勘探，[4]它們大概會在亞熱帶悶熱潮濕的氣候裏，隨發霉的舊報刊，被永久遺忘。事實上，面對倖存的報刊殘頁，消失與沉默的聲音，比遺留下來的更巨大。記憶是選擇性的，文學歷史的記憶因而也是一種集體念記／遺忘的過程。在我來說，這個選本的目標，即是與被遺忘的對抗；而我也是如此理解這裏指涉的「香港」文學。

在徵用「香港」此一意符來理解文學發展時，我們不得不同時意識到它的危險性。「香港文學」之成為一個研究的範疇，浮起於城市主權轉易之際，因而彌漫着被消失的陰霾。[5]這個與政治現實緊密相連的課題，誘使研究者追索一個足以抗衡中原論述的香港主體。然而，香港文學雖與這座城市的命運休戚相關，它作為一種邊緣的存在，它的被消失，人們對它的視而不見，未必不是這座城市的常態。二十年代的文學雜誌以「伴侶」命名，希望在摩托車與商店招牌之間覓得相濡以沫的同路人；[6]又有文人組織「島上社」，以文學出版來抵抗這座「無聲之島」，[7]都說明了文學生命與這個商埠的緊張關係。

能夠召喚身份認同的「香港」意識，畢竟只有相當短的歷史。若我們把目光投向一九一九年，「香港」此一意符不免頓時變得模糊失焦。歷史學家高馬可（John Carroll）認為，最早的香港身份認同，可以追溯到英國殖民時代早期的華人買辦，[8]然而，這種身份想像畢竟只限於在殖民地裏如魚得水的「高級華人」。一九五〇年以前，大陸與香港的關卡並未封鎖。羅永生懷疑，當時殖民統治下的香港和中國其他租界的處境其實相去不遠，根本談不上「本土意識」。[9]從一九二一到一九三九年，香港人口由六十多萬上升到二百萬。[10]在大幅變動的人口結構之中，生活於此間的所謂「香港人」，愈來愈佔多數的，其實是那些為了避難、尋找機會而來的新移民，甚或流民。

可以想見，二、三十年代活躍於香港的文人，土生土長的，同樣並不在多數。[11]最早在香港主編文學刊物的黃天石、張稚廬，便皆在二十年代南下，於香港延續他們從內地開始的文化與創作活動，並在四十年代中後期，才定居於香港。至於活躍於二十年代末三十年代初，在香港成長的謝晨光，大部分作品卻於上海發表。也就是說，即使在一九三七年盧溝橋事變，大陸作家大舉南下，香港文壇被某些內地的成名作者及有影響力的文藝團體主導以前，[12]所謂的「香港文學」，其實一直以不同的方式，與內地文學保持着密切的聯繫。

從另一方面來說，我們也不必想當然地認為，二、三十年代在香港創作或出版的作品，與今天我們所理解的「香港文學」有着直接的血緣關係。香港的地域文化，它的開放與流動性，它作為一個商埠的經濟結構，對這裏的文學創作有着持續的影響。然而，我們也不應忘記，在這個選本裏出現的作者，由於種種原因，他們的創作生命，不少只是曇花一現。那些沒有被保存下來的作品，後來的香港作者甚至至今無緣一睹，遑論薪傳？只是，沒有一段延綿的故事可說，無法確認「主體」，「香港」文學又從何說起？

歷史最先臨到我們的樣態，總已經是被敘述施予魔咒的幻相。《香港文學大系》的構想，源自《中國新文學大系》的傳統，然而不再以「新/舊」劃界，已經表明了一種截然不同的歷史角度。在此一語境下提出的「香港文學」，本就是一個質詢的概念，帶有強烈的文學史書寫的後設意識。問題的出發點，或許應回到文學史的體制本身。

香港文學雖然有着無法與內地文學割切的因緣，但它的存在，自始便在中國大陸的文學記憶裏缺席。只有在八十年代中期以後，以政治收編為前提，大陸視野的香港文學論述才得以誕生，並異常迅速地被寫進中國現代文學史裏。這些姿態惡劣、急就章的文學史書寫，不單暴露其粗野的政治意圖，在更深層次上說，呈現的是一種敘述能力的動脈硬化。正如陳順馨所指出的，在五十至七十年代，一些南來文人在香港編寫政治立場上不認同共產政權，或立意打破政治偏見的文學史，它們在體制和內容上，卻和內地的文學史相去不遠。也因為受制於某種「中心」和「主流」的意識，香港文學一直被他們判定為邊緣、不典型、薄弱，無法納入研究的視野。[13]事實上，正是後來收編「香港文學」的行動，突出了中國現代文學史論述的許多困境。陳國球的比喻直指核心——為要包容香港這一截短小不入體系的歷史，使得大陸原來說得流暢的現代文學故事，頓然口吃起來，其潛在的破壞力，直如「盲腸」。[14]

對香港文學的歷史想像使我們重新觸及一個不協和之音，因此倒似乎是一個反向質詢的契機，一道裂縫的起點。在回頭追溯香港文學時，我無法不把它理解為二十世紀「中國」文學史的一種「補充」——借用德里達（Jacques Derrida）關於「補充」（supplement）的觀點，「補充」並非可有可無的附加物，也並非居於次要的位置，它的存在正好顯明了本體在根本上的虛空與匱缺。[15]

本文開首使用「入口」的說法，借自黃子平對香港文學史的狂想：如果不把歷史理解為一種「黑格爾式的時空完美同一體」或「本雅明所說的勝利者的貢品」，以致那些無法被納入系統的，終於淪為歷史的渣滓；有沒有可能寫出一部非線性、無故事、不計較源起與高潮的文學史，而是充滿了不同入口、不同敘述線索的空間地圖？[16]作為其中一位最早在內地提出「二十世紀中國文學」概念，掀起重寫文學史思潮的學者來說，「不純」的香港文學傳統，似乎正是一片充滿可能性的處女地，足以顛覆大陸文學史想像的異托邦。

對「香港」早期小說的編選，是一次重新出發的旅行。沿飄零的作品、迥異的題材與風格，文學歷史某些被遺忘的入口、潛在的通道，或許會因此重新被發現？我們對「現代」文學一些既定的期待；審視題材、內容與美學的價值標準與想像框架或有了移位、重設的機會？

選在這集子裏的不少作家，其名字不見經傳，身份背景也無從考究；倒是於一九四〇年避難來港，在尖沙嘴樂道完成《呼蘭河傳》、《馬伯樂》及〈後花園〉，並病逝於此的蕭紅；或是自一九三五年起，把生命最後六年貢獻於香港教育，在這期間寫下〈鯉魚底鰓〉與《玉官》的許地山——這些在中國文學的星圖上早已佔有席位之作者及其作品——並不在入選之列。

十七世紀開始出現於英文的「anthology」，來自希臘語「anthologia」，本有採集鮮花之意。它的出現，意味着一種重視編者眼光，試圖對文學進行經典化的選集，開始取代看重讀者趣味的「miscellany」。本選集無意並無力建立典範。在一片巨大的沉默面前，編者的力量何其微小？最大的任務，大概只在於盡可能發掘那些形態各異的花卉、紋理參差的聲音，獻給有心的讀者追尋，或質詢的痕跡。

二

《香港文學大系》既有「舊體」與「通俗」兩卷，這裏收入的小說，大概當在這兩個範疇以外。然而，舊體新體、通俗嚴肅，界限殊不容易釐清。二十世紀初，活在亡國陰影下的新文學推動者，以新興的天演論來理解自身的文化處境。他們不單通過借鑑西方的語言及文學技法，與「舊體」詩文劃清界線，來確認自己的進步，也以強國之目的，來自限「新文學」的內容。在這種目光下，殖民地香港的文化不免處處顯得可疑。一九二七年，魯迅來港演說三天，所得印象，恍若時光倒流。在〈略談香港〉裏，魯迅先是抱怨香港社會的落後，居然對其七八年前的老生常談，如臨大敵；又引金文泰在香港大學的演說，來指證香港學界的思想，仍停留在光緒年間。[17]

魯迅一氣，說是對香港的印象淡薄，香港文學史卻記住了他的匆匆行程。若以新文學運動的時間觀來測量香港的文學發展，魯迅來港雖不算得受歡迎，卻終於把香港文學的時鐘撥快了一些。一九二八年創刊於香港的文學雜誌《伴侶》，也順理成章，可以被詮釋為新文學遲到的迴響，標誌着香港新文學的開端。[18]然而，故事當然有另外的說法。

早期英國殖民者提倡傳統中國文化，以便統治，香港這片被割切的流離之地，確實容納了不少「流連山海，弔古感懷」的晚清遺老。[19]然而，這裏也少不了革命份子、不同政治陣營的異見者、難民；更別說這個受英國保護的地區，自十九世紀末以來，一直是一個多元民族匯聚的國際城市。[20]香港的文藝風氣受新文學運動影響，反應遲緩，然而地方上的文藝創作自有其獨特的繁華面相。向國民傳播改造國家的憧憬，是中國近代小說革新之原動力。我們不難想像，二十世紀之交，香港作為重要的革命基地之一，小說創作曾經如何熱鬧。許翼心甚至認為，早於梁啟超《新中國未來記》發表以前，香港已出現了不少可視為新小說的創作。事實上，香港報業的發展，一直走在中國的最前端。[21]文藝創作之刊於報章，香港亦是開風氣之先。[22]

中國近現代小說的革新以啟蒙為務，並不以蔑視大眾的先鋒自居；香港作為重要的商埠，文藝創作與市場有着互相依存的關係，報刊文藝的趣味，更難以不向大眾傾斜。一九〇五年由鄭貫公創刊，曾一紙風行的革命派小報《有所謂報》，所附諧部，刊載以廣東方言寫成的粵謳、南音、白欖、木魚、班本等等民間說唱文學，同時也有詩詞、小說、散文，頗能說明一個時期裏，廣東地區「副刊」的特色。諧部不乏市井趣味，然而包容性甚強。一九二四年創辦的《小說星期刊》，形式頗近於諧部，在文言小說外，還收入笑話、粵謳，甚至談催眠之術，正是在這樣的刊物裏，香港出現了最早的新詩評論以及創作，同時也誕生了一些較具現代感的白話小說。二十年代末，《華僑日報》聯營的《南中報・晚刊》「說部」，以「俠情」、「哀情」、「歷史」、「砭世」、「軼事」、「冒險」、「社會」等等類分小說，其中不乏鴛鴦蝴蝶派作品，然而亦發表翻譯文學、新文學創作。[23]這些空間，與其說是「舊文學」的天下，不若說是語言混雜、時空錯亂，充滿活力的文藝競技場域。

黃天石，也即後來成為暢銷流行小說家的傑克，可視為這個混沌時空的代表人物之一。李育中與侶倫都曾提及黃天石二十年代後期，在香港報章上發表，較接近「新文藝」的作品，[24]可惜我始終未能親睹。如今可見的，是一九二一年，黃天石在上海出版的白話短篇小說集。[25]同年，他與黃崑崙主編《大光報》附屬的《雙聲》雜誌，兩手並用，既寫了好些徘徊於文言白話的小說，亦寫詩詞。文友替他打廣告，說他「宜今宜古／可莊可諧／無論文言白話／信手揮來」，大概並無過譽。及至在後來《伴侶》出版，黃天石也粉墨登場，但在這個以白話為主的文藝場域裏，他發表的卻是舊體詩詞。本卷收入黃天石於二十年代初發表於《雙聲》的小說兩篇，其中含混難以歸類處，或能讓我們重新追索那些早被新文學史所刻意遺忘和淘汰的思想痕跡。

〈一箇孩童的新年〉是黃天石在新年專號上應景寫成的短篇。小說發表時，正好是民國十一年，男主角十一歲，名為民，其中隱喻，呼之欲出。在這個國族寓言裏，小孩失去雙親，寄人籬下，受到不少欺淩。不過，小孩想望擺脱自身處境，所依憑的，倒不是自強反抗，而是女孩阿娟的綿綿情意。甚至於小說對未來世界的想望，也寄託於女兒心聲，希望以一片象徵嫁期的紅，取代不同國旗的色彩。相對於藉爭取戀愛自由的主人公離家出走、私奔等儀式化行動，把「愛情」上升為對抗封建體制的符號，[26]〈新年〉視情為普遍的人性基礎，渴望超越狹隘的民族國家想像。這樣兒女情長的新世界想像，以及充滿了抒情細節的書寫風格，讀來迥異於五四的「愛情」公式，或更有晚明以來的尚情之風。

另一篇風格迥異的小說〈雙死〉，鋪排妻子層層揭破丈夫的假面，言情與懸疑兼而有之，頗能預示黃天石成為流行小說家的能力。除了情節上的趣味以外，小說把夫妻情人置於私密而又公共的火車車廂、一牆之隔的旅店房間，甚或大雨深山的荒野世界，身份為之錯置，情感亦隨空間變易，從欲語還休到原形畢露，可以看到黃氏處理人物情感之於不同空間的細緻之處。〈雙死〉以三角愛情人物的論辯，張揚男女平權，縷析公義之所在，其根源卻仍在於人性人情。小說裏的法律學者事事訴諸算計與辯論之術，讓溫婉的妻子最終陷入瘋狂，結局未免誇張，卻多少吐露了作者對於現代理性精神的懷疑。

內地新文學作家於三十年代中後期大量湧入香港，主導文化界，迫使早期香港的文藝青年，轉戰通俗市場，幾乎已是香港文學研究者的常識之一。黃天石改以傑克之名寫流行小說，便常被視為令人惋惜的例證。[27]只是，黃早年的小說，從根本上便與五四主流的意識形態分道揚鑣。而他那些於四十年代開始走紅，被盜印成風的通俗小說，或諷刺政治家陳義過高的虛偽姿態，或借男女關係的離合取捨，寄託對理想社會的盼望，事實上未必不與他早年的創作風格一脈相承。

中國新文學運動誕生於一股亡國的悲情，並且從一開始便具有強烈的戰鬥意味，文人結黨組社，讓意識形態指導文學創作，頹廢與遊戲，甚至溫婉柔情，皆被歸為舊世界的剩餘，必須除之而後快。香港新文學的追隨者，雖然傾慕內地的成名作者，對於「文學」的理解卻未必盡同。香港報刊依賴通俗文學保持銷量，作家中亦有不少靠賣文為生。岑卓雲（平可）最初在章刊連載長篇小說，對於遷就香港讀者大眾的口味，便似乎感到相當順理成章，心理上不見得有很大的拒抗。[28]

三十年代以後，內地「文學」之意義日漸收窄，「第三種人」亦再難有立足之地。文人避居香港，多抱含委屈，然而黃天石寫流行小說名利雙收之餘，尚能創辦出版社保障自身利益，尚能按自己心意成立書院、組織筆會，推廣新聞教育與文學，從二十世紀芸芸潦倒淒涼的文人下場中，實屬少見。事實上，黃天石在五十年代所寫的小說，掣肘與其說來自大眾口味，更多的或者是綠背的資金來源。[29]即使如此，在二十世紀中國各種黨派鬥爭與生存壓力之中，香港這個由英國人統治的商埠所能允諾作家的自由，仍難保不已經是最寬容的一種。

三

創刊於一九二八年的《伴侶》雜誌封面上，反覆勾畫着那麼一張女性的臉——媚眼、紅唇、描開了細細的柳葉眉。是這樣一個時尚的女性「伴侶」，標誌了香港文學另一種「現代」的轉向。

據侶倫回憶，在一九二七年前後，香港報紙已紛紛開闢以白話創作為主的新文藝副刊，[30]緊接着便出現了《伴侶》這本文藝雜誌。《伴侶》如果是新文學運動的產物，它繼承的卻不是劍拔弩張的革命姿態，而是對帝國主義物質文明又愛又恨的新鮮感覺。從封面到命名，《伴侶》都令人聯想到一九二六年創刊於上海的《良友畫報》。作為第一印象，這個雜誌的「現代」感，主要來自一種對都市文明生活的想像。雜誌以大量的圖文指導家居室內設計、女性服飾配搭，同時報導運動及藝術的消息，展現出一種中產階級的時尚品味。浮現在這種現代生活氛圍裏的文學想像，則往往是年青男女的浪漫愛情。在雜誌短短兩年的壽命裏，情書專號與初吻徵文比賽相繼出場，都可以看到雜誌的編者和它的作者羣如何理解「現代」。

一九二九年，張吻冰在《伴侶》上發表的〈重逢〉流露出對潛意識世界的好奇。小說讓已婚男子走進舊情人的香閨，並緩緩展示他如何被那頭理性無法駕馭的情欲之獸所擊倒。事實上，早在〈重逢〉發表的兩年前，謝晨光已經以香港作者的身份，在上海《幻洲》發表〈劇場裏〉（後改名〈La Bohème〉）。[31]小說場景設定在香港皇后大道中的皇后戲院，男女主角觀看的則是最新的美國影片《波希米亞人》（La bohème）。[32]不過，當所有人的目光聚焦於大銀幕上莉蓮．吉許（Lillian Gish）的表演時，小說卻把讀者引入男子的無意識世界——由電影女星以及身旁女伴所挑起的連串情欲幻想。

二、三十年代香港的新文學追隨者，不時把這座現代化城市給予他們的迷惑，與摩登女郎的誘惑性印象結合起來。侶倫寫於二十年代末的作品〈Piano Day〉以夜景展開，隨即在脂粉的香味和溫柔裏暗示一種潛伏的危機——作品中的女性就像夜裏的城市景觀，被切割成顏色和光影的局部，使小說的敘述者，以及他的朋友們感到神經難以負荷的刺激。

在〈Piano Day〉裏，侶倫還嘗試捕捉一種充滿頹廢感的文人生活情狀。知識青年在社會裏的邊緣位置是香港早期文學作品反覆出現的題材。龍實秀〈清晨的和諧〉描畫文藝青年在陽光下「很和諧的笑容」是反諷式的，其背後充滿了自卑與負疚的情緒；華胥〈找不到歸宿的夜〉以舒緩的筆觸寫出了一個與都市疏離的漫遊者形像。不過，對於二十年代末，香港那些剛開始寫作的年輕作者來說，他們筆下頹廢的文人形像，大概更多的是一種理想化的自我，一種自戀式的認同。《伴侶》停刊後，失去發表場地的文藝青年出版《鐵馬》，創刊號上一篇文章便特別提到貧窮、愛情失意，三十二歲時酗酒致死的英國「薄命詩人」歐內斯特．道生（Ernest Dowson）所給予作者的觸動。

在謝晨光那些具有自傳色彩的小說裏，自戀自溺的文藝青年形像亦具有浪蕩子（dandy）的特徵——追隨傅柯（Michel Foucault），彭小妍認為「雌雄同體」的浪蕩子是現代主義的精髓。[33]在彭小妍進行的跨文化浪蕩子研究中，三十年代的上海作家是其中典範。然而，若我們把謝晨光的小說納入視野，便能發現浪蕩子的美學譜系同樣延伸到香港。

謝晨光〈加藤洋食店〉裏病態的「他」是小說最重要的美學對象。讀者可以在這個少男臉上同時看到「雄俊的山脈」以及「細嫩的口唇」——「鮮紅的色彩已褪成淡灰色了，如凋殘了的玫瑰。」〈跳舞〉裏的少年美男子「我」對舞場上的暮年女子，由厭惡到邀請對方共舞，同樣源於一種自戀的心理——正是在審視女子小心保全的最後一點青春痕跡，「我」意識到在時尚勢利的目光裏，青春總是明日黃花，自己的命運終將和老去的女人並無兩樣。

在香港早期的小說作者中，謝晨光可說最着力於捕捉香港的都市特質。然而，都市香港或者不過是突顯浪蕩子現代形像必不可少的舞台背景。〈加藤洋食店〉最早亮相於上海《幻洲》，作品煞有介事地開始於一大段有關「H埠」與「V城」的描寫：

> H埠是E國在數十年前用武力強搶來的一個小島，當時蕪荒的孤島，經了E國竭力的經營，此刻已成了東亞第一大商場了。H埠的正中，是V城，是商場最繁盛的地方，舉凡一切最偉大的建築物，珍珠寶石商店，博物院，影戲場，……都萃會在橫貫H埠的D道和Q道。[34]

從結構上來說，這段文字與小說的情節內容並無直接的關連，大概作者也意識到這一點，於是在後來結集出版時，把之刪去。[35]然而，當初這段序幕文字刊於上海，對一個來自香港的作者來說，恐怕卻有着宣言式的作用。就像篇名〈加藤洋食店〉所提示的，這些故事發生的空間極為重要，因為只有以舞廳、劇場、洋食店作為背景，謝晨光才能突顯出香港這個「東亞第一大商場」的異國情調與都市氣息，一個可以與上海媲美的現代舞台，容許他筆下的浪蕩子上場表演。在這個舞台上，摩登女郎理應放浪形骸。這正是為甚麼，在〈勝利的悲哀〉裏，謝晨光借男主角佘曉霜，對H地女性過份的柔弱，「衹會聽命於男子」發出怨言，其潛台辭是：為甚麼這裏的女子不比上海的摩登女郎更懂得摩登的戀愛？更懂得玩弄男人？

二十年代末的香港作家不單追慕上海文化，並且早已意識到兩者的鏡像關係。或者正是臨水自照的一種浮華想像，這裏的文學最早浮現出它的「香港」意識。

四

「一七七公里的路程，衹需一七七分鐘的時間」（參考本卷插圖）——從這則三十年代的火車廣告看來，由香港到「省城」廣州，比現在得多花一個小時；當時兩地在文學上的互動，卻可能比現在親密得多。

成立於一九二七年，香港最早的新文學出版社「（粵港）受匡出版部」，便是在廣州市的昌興街先行掛牌成立，後來雖以香港為出版總部，發行地址仍在廣州，主要的出版物之一是廣州文學會叢書。而據歐陽山（羅西）回憶，廣州文學會的一些成員，因為到香港讀書或謀生，亦經常往返兩地。[36]這套叢書，其中像《仙宮》、《嬰屍》，不單情色想像大膽，而且風格頹廢，作者之一羅西因為這些出版，在廣州的文化圈子裏似乎頗受壓力；[37]它們能在香港出版，反過來頗能說明此地文化的開放之處。

文學雜誌《字紙簏》的變遷也頗能說明香港與廣州在文化上的重影關係。我們可以從《字紙簏》的中文以及其法文名字「Le Péle-Méle」(亂七八糟) 大約把握到它的文學立場。這本雜誌與《伴侶》同期出現,以香港作為出版總部,作者羣卻以廣州為主。他們用水與火的矛盾組合,拼成新字「氼」作為他們的標記。迥異於《伴侶》十足的中產情調,《字紙簏》刊物的封面設計以抽象藝術為主,創作奉行的是文學上的無政府主義。像達達主義者那樣,這羣作者主要的修辭策略是站在高雅文學藝術的反面,對權威進行各種挑釁性的冒犯。[38]《字紙簏》風格特異,可惜所刊小說,正如他們在一九三二年更名「食睡社」所暗示的,實在是散漫未成形狀者居多。「氼」社同仁中,有些曾到香港學習英文,於一九二九年,又集體遷移到香港,並終於植根於此。

本卷收兩篇與廣州有密切關係的作品,頗能看到它們的前衛風格與實驗精神。其一是廣州文學會成員昶超的〈ZERO〉。據歐陽山回憶,昶超與香港有較多的聯繫,亦是受匡出版部與廣州文學會之間的橋樑。[39]〈ZERO〉全篇着眼於活潑的「圓圈」意象(「洋樓的窗子是圓的,車子的輪是圓的,站在街內執短棍的,左胸的白東西也是圓的」),以幾何線條來把握香港的城市經驗之餘,還滲入了自由聯想的跳躍筆法,來捕捉少年內心的浮想,並以科幻小說式的想像,來營造一種存在的虛幻感。

其二是刊於《字紙簏》上,釵舯的〈亂蘼〉。全篇彷彿一堆雜音,正如作者篇末的按語,似是一個機關隨意錄下的聲音,不具任何意義。然而細讀之下,由機關裏的人聽到雨聲潺潺、看到綠葉上一片初秋意境,漸引入鎗聲、桃色緋聞、財政困境、反日運動之亂蘼,寫來自有法度。雜音的寫法,突顯了詩意境界的消失,並在混亂中傳達出現代生活一種強烈的焦慮感。

五

一九三一年，九一八事變以後，東北淪陷，隨着日軍加緊對中國的侵略，以及愈多左翼文人的南來，不少徵兆讓我們注意到三十年代初香港文學一種政治與社會的轉向。[40]這種轉向一方面體現為更強烈的民族主義情懷：一九三五年，署名華的小說〈青年高步律之日曜〉模仿洋派青年的日記，以反諷的筆觸寫高步律（Cold Blood）的頹廢生活，視之為消磨國民意志的毒藥，很可以說明當時文學風氣的變化；它同時也體現為一種左翼思想的文藝風，像雁子〈快要咆哮的手車輪〉以車夫王福一天的遭遇，描畫社會的解剖圖，延續了茅盾小說在人物及結構上的「科學精神」，來暗示勞動者層層受壓的位置，以及反抗的出路。

然而，在這些明顯的意識形態轉向以外，本卷更關注的是，在這個早被視為國際化城市的香港，匯聚了如此多背景迥異的陌生者，三十年代的小說以關懷他者作為起點，同時也開拓出題材和風格更廣闊的光譜。

這裏收入遊子的〈細雨〉。小說寫絕望的娼妓生涯，語言卻像文章的標題一樣輕淡。女學生碧雲被母親誘騙成娼，帶着性病仍得和客人翻雲覆雨。只是，漸漸培養出「食好住好」欲望來的碧雲，對自身的生活，在疲乏與恐懼中其實也帶着依戀，壓迫者與被壓迫者的位置根本難以說得清楚——小說啟首甚至以她的角度審視熟睡如死豬的恩客，可憐他還未知道自己的身體如何被性（病）反向佔有。丁辛的〈小黑馬〉刻意迴避簡化人物的社會標記。小說以人物內部的極端飢餓，並由餓而生的恨意來定義來歷不明的小黑馬，重新賦予這個社會底層的小人物以力量。

活躍於三十年代的殘廢作家魯衡筆下，同樣時時透現出絕望的力。[41]他那些帶有自傳色彩的小說（像〈殘廢者〉、〈報復〉），其中神經纖弱而敏感的主人翁，可以由郁達夫一直追溯到俄國貴族傳統的零餘者形像，然而他們卻缺少了文化上的自矜——〈報復〉中的男主角所能自矜的恰恰是他的絕境，因而再無恐懼。〈求生〉以富家女孩作為敘述者，講述一場孩童買賣，其中反諷的語調，令人聯想到吳組緗〈官官的補品〉。然而〈求生〉其實不那麼在意於對有閑階級的反諷，倒是試圖通過他者的目光，來確認下層女人那種強烈的「痛苦和意志」。像〈媒〉這樣的作品，其飛揚的力可說體現於其中的烏托邦衝動。小說由一場難以收拾的三角戀開始，竟以一種近乎超現實的共產主義式想像，讓重遇舊情人的多情妻子，得以把自己多餘的丈夫，重新分配給喪夫的女傭。

同樣寫底層人物的生活，卻不必然出諸悲憫或批判。鐵鳴的〈偷大豆〉便是一首描寫田野小偷的輕快抒情曲。農人的窮苦生活完全不是小說的焦點——隨着那幾個以白吃和偷竊過活的閑散者，讀者的目光很快被轉移到農人結實好看的胸膊，以及田野上綠色的波浪。騰仁〈飄泊的片斷〉以散文化的筆觸所勾勒的，是另一種久被我們遺忘的「香港」生活。在那個遠離了社會監控的島嶼與海洋世界，既潛伏了「火船客」（海盜）、「土佬」的勢力，也容納了蛋家艇戶、以女性為主要勞動力的另一種生活形態，甚或像主角炳東這樣的飄泊者。

香港自十九世紀開始，已經有不少外籍人口，卻不一定是此地的特權階級。例如伴隨英國殖民者來到香港的，便有為數不少的印度士兵；而直至一九二七年，香港警察仍以印度外勞為主。

不同於殖民者，他們雖有較優於華人的待遇，但服務年期有限，既無法躋身上層的管治階級，卻又難以融入華人社羣。[42]李育中〈異邦人〉投入外藉警察的視角，試圖探索異鄉人的客居心態，頗為難得。李氏另一篇小說〈司機生〉，則以已婚女接線生的視點，寫生之切面。小說關心她在家庭、工作中的恆常樂趣與焦慮；在麻雀耍樂、關顧兒子，以及應付惡作劇式調情電話的日常裏，浮海的丈夫退成女子生命中一抹淡淡的影子。李育中以翻譯家及詩人的身份為人所知，寫過的小說不多。然而，就我所能僅見，兩篇寫於三十年代的作品，題材與角度的選取，皆顯出作者對香港這個多元社會的敏銳觸覺。

六

一些二、三十年代，因緣際會，在香港留下創作痕跡的作家，風格異色，不一定與香港文化有直接的關係。比如說，都市感、青春浪漫的氣息，這些形容詞與張稚廬皆沾不上邊；張氏的小說寫來沉鬱內斂，頗具古韻，恐怕也難以滿足華南市民對奇情曲折故事的偏好。作為《伴侶》的主編，張稚廬與刊物的主要作者羣（及後成立「島上社」的侶倫、張吻冰、岑卓雲等），看來沒有密切的往來，刊物停辦後，他便離港。一九四五年，張氏定居香港，卻似乎再無小說創作，只在報刊寫文史典故維生；住在中環一個沒有窗的板間房，為的是能便捷地遞送稿件。[43]

張氏的文學口味或許能從他傾慕的沈從文與廢名窺得一二，然而他所擅寫的情欲題材，視野獨特，卻令人難以聯想到類同者。這裏收入的短篇〈晚餐之前〉是二十世紀初中國文學裏鮮見的恐怖愛欲故事。作品開始於窮酸文人典賣妻子首飾的俗套情節，然而讀者很快會發現，作品關心的並非文人的淒涼處境。接着上演的是一齣家庭鬧劇：妻子讓家貓抓破丈夫的一套《世界史綱》洩憤，丈夫則把妻子的貓兒砸得頭顱破碎作為報復。不過，血跡斑斑的貓屍被當成垃圾丟棄的情節，並非故事最可怖的一幕。悲傷的妻子在晚餐之前便和丈夫重拾舊好，肉體的歡愉使貓兒和《世界史綱》都被拋於腦後。故事平靜和諧地收結——「他們初入了薔薇色之夢，在這個快適而又聖潔的晚餐之前。」

中篇〈床頭幽事〉受澳門所見的迎送生涯所啟發，後來完稿於香港。作品以鏡像的結構，道出了兩段偷情的故事。當中兩個已婚女子倫子與姚璧，多少因為迫於生計，而陷入婚外的情欲糾纏。表面上，倫子的失身，緣於舊情人易生金錢上的誘迫，但小說的複雜性在於，生計不過是欲望陷阱之一端。久處在婚姻之中的倫子，夫妻性生活愈趨苦悶，在舊情人的懷抱中，卻隱隱獲得了「神乎其神的歡快」，後來倫子回家，起初羞慚，繼而向丈夫演示與自己失身的細節，竟也成為另一種樂趣。

在二、三十年代的華文寫作之中，張氏對情欲世界獨特的洞察力，在於他既未把「性」浪漫化為一種解放的力量，但也並未以道德傳統來審視它的正當性。在他幽微婉轉的筆下，危險與快感乃情欲世界的一體兩面。小說以姚璧「離家出走」作結，讀來就像五四「新女性」的變奏，只是女子必須擺脱的並非封建家庭，而是禁室之中，金錢與情欲的雙重誘惑。

杜格靈於三十年代活躍於香港文壇。平可回憶，杜格靈在來到香港以前，曾在廣州大力推廣新文藝。[44]根據資料，他也很可能曾在廣州出版小說結集，如何來港後卻甚少着述留下，藏書家許定銘也甚感疑惑。[45]從一九三〇年出版的散文集《秋之草紙》看來，杜格靈對中外文學涉獵甚廣，其中最突出的信念，以他簡明的語言來說，即拒絕「文藝只是時代與人生的記錄」[46]；在〈文藝的霸術〉裏，他直接把文學描述為「魔鬼」與「苦人間的救主」，是「超越的、夢境的、誑妄之唯美的」。[47]此卷選入杜格靈於香港發表的兩篇小說，是我所僅見，卻都帶有相當的神秘色彩，瘋狂熾熱，如兩枚小炸彈。

〈鄉間韵事〉設定「鄉間」為故事發生的場景，卻並沒有追隨五四文學的慣性想像，指向文化落後的舊世界。小說真正感興趣的，是理性所未能統攝的領域。故事由夫婦的日常對話開始，然而終被丈夫的盛怒燃成熊熊大火，並以他暴烈地懲處疑有外遇的妻子告終，一切猝不及防，確就像一場突如其來的夢。〈火奴魯魯的藍天使〉把小說場景推到更遙遠的異域，並以孤自一人的旅行，把主角拋入遠離日常的體驗。火奴魯魯的巧格立色肌膚女子與水族店裏的藍天使魚重疊起來，彷佛既冷冽又熾熱的幻像，使「我」無所適從。然而，危險甚至於死亡的誘惑，在杜格靈筆下，倒才是生命力的所在，遠勝於沉悶的日常，令人迷失忘返。

七

中國現代文學史上，好些傳奇的女作家都到香港來過。一九三九年，第二次世界大戰爆發，張愛玲與倫敦大學錯身，退而其次，來到香港大學。在淪陷時期，她便在香港的街道上找過霜淇淋和嘴唇膏；戰後又在「大學堂臨時醫院」當過女看護，觀察傷者如何溫柔注視他們新生的肉。[48]半生流離的蕭紅卻沒有那麼幸運，一九四〇年來到香港後，她便再也沒法回到國內。病中多番被日軍驅離醫院的她，終病逝於聖士提反女校的臨時救護站；如今，還有當年被端木蕻良親手埋下的部分骨灰，羈留在聖士提反女子中學的後坡。

至於二、三十年代活躍於香港的女性作家？我們似乎難以想起半個名字。在早期香港文壇，以「女士」之名發表創作，其實並不罕見。[49]只是，就如今可見的資料看來，可考的名字卻幾乎是一片空白。二十世紀初，男性作者冒「女士」之名發表作品，乃尋常之事。本卷所收署名「某某女士」的作品，作者真身無法考證，性別亦只能存疑。

李育中曾提及侶倫之姐哀倫（原文為「倫」，疑為「淪」）是早期香港文學的投稿者之一。[50]哀淪很可能出版過短篇小說集《婉梨死後》，[51]可惜未嘗得見。這裏收入的，乃哀淪發表於《島上》的小說〈心痕〉。二十世紀初，以書信、日記體直抒情感，乃一時潮流。這種體式向內探索，綿綿傾吐之餘，每觸及個體「我」與社會的緊張關係。〈心痕〉以日記體披露綠眉女士徘徊於三個男性之間的內心掙扎；在戀愛的權力遊戲之中，男／女的角色扮演亦一再被重新定位。

二十世紀初的香港曾是妓女、妹仔、妾侍、童養媳等等的大賣場與「豬花」的轉口港，[52]很難想像女性對自身命運的選擇，能有多少的自由。而試圖擺脱傳統角色，追求情欲自主的女性，在男性視點的小説創作裏，卻總是被再現為城市罪惡與誘惑的化身。《南華日報》三十年代一則「虎標頭痛粉」的廣告把「新式女子」描述為「出入於跳舞之廳，闊步於交際之場，出言聲大，笑則哄堂，眼眸靈活，柳腰擺動，衣服裹緊身體，屁股顯出曲線，視丈夫如奴隸，動輒提出離婚，淫靡奢侈，不可究詰」（參考本卷插圖），亦頗能看到香港大眾對新女性的想像。這個時期，一些嘗試從女性角度切入，以主體的位置表述女性之欲求，或重塑「女性」定義的作品，無論出自男女手筆，皆值得格外珍視。

岑卓雲寫於二十年代末的〈夜〉，聚焦於已婚婦人在夜裏等待與情人幽會的內心波瀾，字裏行間觸及媳婦、情人的角色責任及欲求，亦嘗試以女性的角度想像、形塑理想的男性伴侶，就題材的選擇來説，在當時「島上社」男性作家羣中並不常見。勉己的〈失眠〉勾勒了某種「新式女子」的剪影。影霞小姐拋開作為妻子的社會角色，沉醉於情欲享樂，難得作品並未以道德代言人的角度，對人物進行審判。

女性氣質的私密視點，每能突破時代的宏大論述，照見被忽視的生命微塵。芸女士〈無名氏的女嬰〉寫貧賤妻子生育所面臨之困境，其批判視點，固然突出美國來的西醫師偽善可笑的形像；其動人處，卻在於從產婦同情共感的角度，寫出女性切身之痛苦經歷。「青春」是中國新文學革命最重要的修辭之一，並總是被提升至象徵的層次，成為對抗傳統、振興中華的符咒。盈女士的〈春三與秋九〉卻以女性最古老、被觀看的他者位置，來詮譯「青春」。正是在這種被看的目光裏，我們意識到所謂「青春」並不平等，女人總是更迅速的老去。中產家庭的幸福妻子由是有了更深的頓悟：解救生命、賦予自由的並非愛情，尤其並非依賴男性目光的短暫愛情。

八

活在二十世紀初的中國，大概很難過上平靜安穩的日子。長期戰爭對於內地文學的影響，如錢理羣所説，促進了一種對誇張而樂觀的鬥爭情節以及英雄人物的渴望。讀者期待「一個體現時代本質，能夠主宰矛盾的發展，掌握人物命運，決定情節方向的人物」。這也是為甚麼忽視「人生飛揚的一面」，着眼於「安穩」與「和諧」的張愛玲，顯得與時代聲音格格不入。[53]對照起來，在一九四一年淪陷以前，香港仍算得上安定的樂土。從辛亥革命到三十年代初，香港的定居社羣亦似乎漸漸形成。[54]我們確實可以看到，不少三十年代的香港作品裏，浮現出對瑣碎「日常」的關注與感悟。

這裏收入兩篇以夫妻生活為題材的小説：湘文的短篇〈消耗〉以破碗的意象、反諷的視角，側面寫一對生活無憂的夫婦恆常的家庭鬧劇，彷彿生命只是奢侈而無聊的消耗。侶倫的〈絨線衫〉細寫平凡夫婦因毛球小事而起的相互猜忌，其中緩慢鋪展丈夫微妙的心理變化，幸福的幻象浮沉起跌，令人驚覺平凡世界也可以是一念之地獄。

二十年代末，只有十五、六歲的侶倫開始發表作品，直到八十年代逝世以前，仍持續寫作，是早期香港文學史上最持久的寫作者之一。李育中形容他「從不介入政治」，[55]或正因此，侶倫的文章得以遍布不同陣營的報刊。在侶倫早期的作品中，浪漫而富於異國情調的男女戀情是常見的題材（如名篇〈黑麗拉〉），〈絨線衫〉讀來或不算典型。然而，侶倫雖習慣被視為嚴肅作家，其小說的情節鋪排，卻不免常有流行文學奇情俗套的傾向，倒是一貫細緻的筆法，在他最好的作品裏，透露出一種平淡的真實感，並不易得。侶倫於三十年代，把二十年代末的作品〈Piano Day〉改寫為〈超吻甘〉。其中的敘述者，由頹廢青年，變成受妻子監視的住家男人，也多少暗示了作家心態上的變化。[56]

平凡人的日常，當然無法完全逃離近在咫尺的戰事，以及苦難。這裏另外收入侶倫作品中，題材較少見的〈安安〉與〈夜之梢〉，或能補充我們對作家及時代的理解。〈安安〉以孩童夢幻之視點，追憶空襲警報期間之恐怖。安安與母親從內地逃到香港，但安眠的片刻仍不易得。倖存者的記憶裏滿布失去親人後無法填滿的空洞；獨力持家的母親，溫柔失落，籠罩在日常生活裏，是吹之不散的戰爭陰影。值得注意的是，侶倫在戰後把〈安安〉後改寫成〈輝輝〉——戰爭朦朧的恐怖被角色化的大兵所取代；戰事中血腥的場景也被刪去。[57]

〈夜之梢〉所寫，可能是作家被搜查與拘禁的親身經歷，然而卡夫卡式的荒誕處境、詭異的意象，讀來竟比虛構的小說，更接近異域。在隱晦的文字間，曲折流露了文人在高壓統治下，充滿壓抑的筆墨生涯。侶倫多產，翻看三、四十年代的報刊，卻發現其作品有更改篇名、筆名重複發表的情況，不免想到，可是迫於為五斗米計之窘境？[58]

一九三七年，隨着內地重要城市紛紛淪陷，文化名人大舉南遷，香港可說成了一個全國性的臨時文化中心。[59]二、三十年代，內地作家南下香港與南洋等地進行黨派宣傳的現象不斷，只是不曾有如此規模與組織，學界愈來愈關注到它對中國現當代文學的「轉折意義」。[60]以許子東簡明的話來說：「一九四九年以後『中國當代文學』的種種意識形態策略和技巧，發軔於延安，實驗於香港，後來才推廣於全國——這種文學生產體制，幾經演變，至今仍然存在」。[61]也就是說，這段發生於香港的歷史，實際是內地主流文學現象的一種表現，也是其發展的一個重要組成部分。

早有學者注意到，這段時期香港作家被南來文人邊緣化的現象，陳順馨則從兩地文學發展的長遠趨勢，看到香港文化與這股南來潮流之根本矛盾：

香港在中國現當代文學史格局中的「缺席」或「邊緣化」的原因，其一九四九年後在政治制度和意識形態上與中國大陸分道揚鑣只是原因之一，更重要的原因是左翼文人在四〇年代香港所倡議的文藝主張沒有在香港紮根，也與香港文學的性質在五〇年代以後變得越來越多元而無法認同一種規範有關。[62]

這當然不是說，香港文學沒有受到這次南來浪潮的影響，早期活躍於香港文壇的劉火子和李育中在三十年代後期漸漸把文化生活的重心，轉移到內地，即可視為一種迴響。然而，作家文人對於不同生活空間的選擇，也正好暗示了地域文化的差異。

這段南來文人的歷史，對內地與香港的文學發展，皆有着重要的意義。然而，正如本文啟首所說，內地強勢的新文學潮流，一直佔據文學史記憶的中心舞台，此時期內地名家於香港發表的作品，不在本卷選收的範圍之內。

隨着局勢的緊張，三十年代末的香港報刊成了不同黨派進行宣傳的陣地，浮面的有抗日與和平的對峙，暗裏也充滿左右派的角力。雖然發表場地大增，不少原來刊載小說的空間，卻讓位給能更直接回應時局的雜文與政論。另外，無論立場，不少作品以宣傳為目的，不免有刻板的意識形態印記。這裏收入路汀的小說〈歸來了〉，以日記體講述放棄抗戰，避居香港者的心路歷程。路汀是一九四〇年汪派報章《南華日報》「一週文藝」（後改為「半週文藝」）的主要作者之一。他以多篇小說鼓吹「和平救國」，形式力圖多變，可惜內容不外突出政府機關的貪污腐敗、對軍人的剝削，或描寫參戰的悲慘下場。理念單一，人物善惡形像難免簡陋對比，這些作品誇張惹笑處頗類漫畫，但更多的時候，令人慘不忍讀。這裏僅收一短篇，作為參考。

關於戰爭，這裏另外收入了劉火子的兩篇：〈鄧專員的悲劇〉與〈兩個半俘虜〉。劉火子三十年代發表於香港的小說，[63]我只讀到〈唐北辰的瘋症〉一篇的殘章。故事大約講述生活困窘的學校教員如何以小說創作，覓尋經濟與心理上的出路。這裏存目以供讀者參考。劉火子曾任戰地記者，本卷所選兩篇大概介於散文與報告文學之間，並不算嚴格意義上的小說。弔詭的是，紀實的筆法，不求小說情節上的圓滿，反而保留了現實的曖昧矛盾，比此時許多刻意以戰爭為題材的小說，更具「文學性」。

〈鄧專員的悲劇〉記專員糊塗死去的事蹟，幸好並未把它美化成戰爭英雄的一場壯烈犧牲。正是養尊處優，悉心保護「Sunkist」和「太古」方糖的細節，令鄧專員的死充滿了人性化的悲劇感。〈兩個半俘虜〉寫捉拿日軍的任務，全篇以「牠」稱敵，談論生死間，語調輕鬆，彷彿已抹去戰爭中人性化的情感。不過，原文偏偏不乏「牠」、「他」錯用之處。日人能夠操標準廣東話，落入陷阱之時還會說句：「丢那媽！」不知廣東將領聽見作何感想？文章結尾劉火子還是禁不住抒情，心痛的卻只能是被日人虐待無辜慘死的母豬。

九

歷史的端倪總是通過後見之明被發現的。入口之處可以成為出口；太平洋戰爭既是被炸斷的故事尾巴，卻也潛伏了故事的開端。如此，舒巷城和易文這兩個成名於五十年代香港的文人，便無法不成為上場的主角。收在本卷中，舒巷城的兩篇試筆之作，以及易文從上海投到香港的作品，也就成了指向未來，蛇舌分岔的暗示。

一九四一年，日軍向香港開火前不久，舒巷城的父親過世，遺下妻兒以及筲箕灣一家小小的「汽水店」。當時二十歲的舒巷城已經開始創作，以王烙的筆名在報刊上投稿，和較年長的友人出版過詩集《三人集》，並在此時因為日軍抵境而迫於自行燒毀。本卷收入發表於一九三九年的兩篇〈朱先生〉及〈歌聲〉，正如舒巷城自言，頗受到一些南來文人的影響。這兩篇作品鼓吹抗日，大概在舒巷城燒毀的文稿之列。不久以後，舒巷城不欲久處皇軍統治的淪陷區，隻身到內地工作，飄泊流轉，一九四八年才重返香港。年近三十的流浪者帶着雙重的視域，繼續把這座城市低下層的生活寫進他的小說，然而記憶錯置，對於香港，陌生熟悉之感，或如〈鯉魚門的霧〉裏梁大貴之於鯉魚門：「我是剛來的……」。[64]

沿易文，我們可以追縱到另外一個完全不同的故事軌跡。一九四〇年，二十一歲，出身世家的易文（當時仍以本名楊彥岐發表作品），剛從上海聖約翰大學畢業，然而在好友穆時英、劉吶鷗相繼被暗殺後，不得不避難乘船到香港。因為早前於香港《大風》的投稿，易文受主篇陸丹林賞識，來港時得到特別的照顧。[65]就像張愛玲，那時以上海人自居的易文，多少認為香港不過上海的劣質翻版。到港半年，他寫的文章裏充滿了對香港文化的揶揄。不過，香港緊貼世界電影的脈搏，易文倒認為是上海所比不上的。[66]一九四〇年他來港以前，發表於《大風》的一篇小說〈午夜十二時〉，以蒙太奇的手法，向香港的讀者剪影上海不同階層的都市生活。當時易文大概還沒有意識到，自己將於一九四九年定居香港，以易文之名，續寫都市小說，並成為五、六十年代香港最重要的導演之一。在他的電影中，總是有那麼一個載歌載舞的女子，青春燦爛，自由獨立，彷彿新生活就在眼前。

＊　＊　＊

本卷所選小說來源，主要為《香港文學大系》工作組所建資料庫、本地大學所藏部分香港報刊、單行本及數種期刊數據庫。目前所見香港早期報刊版本，缺漏甚多，字跡模糊至不可讀者亦不少；另外，尚有許多本地、外地所藏的舊書刊未及蒐集，皆本卷局限。二、三十年代刊行的作品，不少字體與標點用法與今日不同，印刷上的錯漏也較多。《大系》以盡量保留原文風貌為原則，進行了若干校訂統一，亦請讀者留意。《小說卷一》囿於我個人視野與學識，錯漏處，望專家讀者指正，也盼望日後能有更多被遺忘的作者、作品能被重新發現。

感謝《香港文學大系》編委的信任，邀請我參與這次計劃，並予以編選上極大的自由度；導言初稿，獲多位指正，並給予寶貴意見，亦在此致謝。編委當中，好幾位是本人大學及研究院時期的老師，開闊了我對（香港）文學的眼界，令我受益至今，也希望在此表示謝意。在我加入《大系》編選工作時，工作小組已整理、掃描多份重要報刊及單行本材料，大大減少了編選的困難；李卓賢慷慨借出珍藏書籍；編選時許多繁瑣問題，常得賴宇曼協助解決；選編作品，得何杏園協助初校，葉寶儀多次到香港大學圖書館幫忙打字，皆在此衷心致謝。最後，我得感謝前人留下繁花似錦的小說，它們帶給我許多美好的時光。

註釋

1 布魯諾・舒茲著，林蔚昀譯〈天才的時代〉，《沙漏下的療養院》（臺灣：聯合文學，二〇一四），頁二十七。

2 指明「華文」小說，因為不忘尚有其他在香港以不同語言書寫的作品。《香港文學大系》關注的，僅限於華文創作。

3 Roland Barthes, Annette Lavers and Colin Smith trans. "What is Writing?" *Writing Degree Zero* (New York: Hill and Wang, 1968), 9.

4 盧瑋鑾從七十年代開始保存、整理及研究香港文學的資料。以這些資料為基礎，黃繼持、盧瑋鑾、鄭樹森於一九九八年出版《早期香港新文學作品選》及《早期香港新文學資料選》，乃目前二十至四十年代香港文學最重要的研究資料之一。

5 關於最早有意識的「香港文學」研究，不少學者會提及一九七二年《中國學生周報》所發起的討論，以及一九七五年香港大學文社舉辦的「香港四十年文學史」學習班（後編印成《香港四十年文學史學習班資料彙編》）。然而，大規模的研究與書寫，則須於中英簽署聯合聲明，確定香港前途的八十年代才開始。可參考羅貴祥〈「後設」香港文學史〉，羅貴祥編《觀景窗》（香港：青文書屋，一九九八），頁一五九至一六一；盧瑋鑾〈香港文學研究的幾個問題〉，黃繼持，盧瑋鑾，鄭樹森《追跡香港文學》（香港：牛津大學出版社，一九九八），頁五十七至七十五；陳滅〈文化、政治和「國家需要」——香港文學研討會的非文學牽連〉，《Magpaper》第二十八期（一九九八年五月）。

6 同人〈賜見〉，《伴侶》第一期（一九二八年八月十五日）。

7 編者〈Adieu——並說幾句關於本刊的話〉，《鐵馬》第一期（一九二九年九月十五日）。

8 John Carroll, *Edge of Empires: Chinese Elites and British Colonials in Hong Kong* (Cambridge, Mass.: Harvard University Press, 2005).

9 羅永生〈香港本土意識的前世今生〉，《思想》第二十六期《香港：本土與左右》（臺北：聯經，二〇一四年十月），頁一一三至一五一。

10 Norman Miners, "The History of Hong Kong, 1911 to 1941," *Hong Kong under Imperial Rule, 1912-1941* (Hong Kong, Oxford, New York: Oxford University Press, 1987), 4-27.

11 侶倫〈島上的一羣〉，《向水屋筆語》（香港：三聯，一九八五），頁三十二；葉輝〈三十年代港滬現代詩的疾病隱喻〉，《書寫浮城：香港文學評論集》（香港：青文書屋，二〇〇一），頁三〇八。

12 盧瑋鑾《香港文縱：內地作家南來及其文化活動》（香港：華漢，一九八七）。

13 陳順馨〈香港與四〇至五〇年代中國的文化轉折〉，梁秉鈞，陳智德，鄭政恆編《香港文學的傳承與轉化》（香港：匯智出版有限公司，二〇一一），頁五十七至七十八。原題〈香港與四〇—五〇年代的文化轉折〉，刊於陳平原編《現代中國》第六輯（北京：北京大學出版社，二〇〇五年十月），頁一七六至一九六。

14 陳國球〈收編香港——中國文學史裏的香港文學〉，《感傷的旅程：在香港讀文學》（臺北：臺灣學生書局，二〇〇三），頁二〇七至二四一。

15 Jacques Derrida, trans. Gayatri Chakravorty Spivak, *Of Grammatology* (Baltimore: Johns Hopkins University Press, 1976), 145.

16 黃子平〈香港文學史：從何說起〉，《害怕寫作》（香港：天地圖書有限公司，二〇〇五），頁五十八。

17 魯迅〈略談香港〉，原刊於《語絲》週刊第一四四期（一九二七年八月十三日）；《魯迅全集》第三卷（北京：人民文學出版社，二〇〇五），頁四四六至四五六。

18 如劉登翰主編的《香港文學史》，即持這種看法。參考劉登翰主編《香港文學史》（北京：人民文學，一九九九），頁七十一至七十三。

19 黃康顯〈從文學期刊看戰前的香港文學〉，《香港文學的發展與評價》（香港：秋海棠文化企業，一九九六），頁十八至四十二。

20 根據香港的人口普查，一八九一年，香港人口約二十二萬，外籍人口約一萬；一九三一年香港人口約八十五萬，外籍人口約二萬八千，來自四十八個國家。資料轉引自丁新豹、盧淑櫻〈序：多元民族建構的香港社會〉，《非我族裔：戰前香港的外籍族羣》（香港：商務印書館，二〇一五）。

21 袁昶超認為香港出版的《遐邇貫珍》（一八五三至一八五六），內容兼及中英，但以中文為主，可算是中國最早的民辦報刊之一；也是香港最早的中文新聞刊物。所謂民辦，指的是由民間編纂，同時內容不同於清朝半官方的「京報」（消息多來自官方）。袁昶超認為中國的民辦報紙，主要源起於外國教士傳播教義，以及革命志士宣傳革命之目，《遐邇貫珍》的主編即為英國傳教士麥度斯（Walter Henry Medhurst）。一八七三年，王韜與友人購下《遐邇貫珍》的印刷設備，於一八七四年創辦《循環日報》，是華人辦報獲得成功的最早一家。至於中國人主編的《中外新報》（英文《孖剌報》的附刊，據卓南生考據，約創刊於一八七三年），袁昶超形容為「中國現代新聞報紙的第一種」。參考袁昶超，《中國報業小史》（香港：新聞天地社，一九五七），頁二十一至二十七；李谷城《香港報業百年滄桑》（香港：明報出版社有限公司，二〇〇〇），頁五十六至六十四。

22 許翼心〈辛亥革命與香港的文界革命〉，《活潑紛繁的香港文學：一九九九年香港文學國際研討會論文集（上冊）》（香港：香港中文大學新亞書院：中文大學出版社，二〇〇〇），頁八十。

23 如冰心〈離家的一年〉，《南中報．晚刊》（連載於一九二七年二月十六日至二月廿四日期間）。

24 李育中〈我與香港——說說三十年代的一些情況〉，《活潑紛繁的香港文學：一九九九年香港文學國際研討會論文集（上冊）》，頁一三二至一三三。侶倫〈寂寞地來去的人〉，《向水屋筆語》（香港：三聯，一九八五），頁三十。

25 黃天石《新說部叢刊・第二集・白話短篇小說》（上海清華書局，一九二二）。

26 Haiyan Lee, *Revolution of the Heart: a Genealogy of Love in China, 1900-1950*. Stanford, Calif.: Stanford University Press, 2007), 200.

27 李育中〈我與香港——說說三十年代的一些情況〉，頁一三二至一三三。黃繼持、盧瑋鑾、鄭樹森《早期香港新文學作品選，一九二七至一九四一年》（香港：天地，一九九八），頁二十二至二十四。

28 據平可回憶，一九三九年，當龍實秀邀請他替《工商日報》「市聲」撰寫連載小說時，對自己的創作態度，有這樣的反省：「我從事創作時老是有意無意地以『自己』為中心，所寫的是自己喜歡的東西，而自評優劣時也以自己的喜惡為標準。但我逐漸察覺：這個態度只適宜於撰寫留供自己欣賞的文章；如果文章是準備發表的，那就不能不理會讀者。至於迎合讀者到甚麼程度，那是另一個問題。」為要寫出為一般市民所喜讀的連載小說，平可還表示「我天天讀傑克的小說，自問獲益不淺。」參考平可〈誤闖文壇憶述（六）〉《香港文學》第六期（一九八五年六月五日）頁九十八至九十九；〈誤闖文壇憶述（續完）〉《香港文學》第七期（一九八五年七月五日），頁九十四至九十九。

29 關於黃天石生平的詳盡評述，參考楊國雄〈傑克：擅寫言情小說的報人〉，《文學評論》第十一期（二〇一〇年十二月），頁五十四至六十二。

30 據侶倫回憶，在一九二七年前後，香港報紙已紛紛開闢以白話創作為主的新文藝副刊，參考侶倫〈香港新文化滋長期瑣憶〉，《向水屋筆語》，頁九至十。

31 作品原題「劇場裏」，發表於《幻洲》第一卷十二期（一九二七年九月），作品收入小說集《貞彌》時，改題為「La bohème」。

32 一九二六年由美國導演金・維多（King Vidor）所拍攝的默片La bohème，據普契尼（Giacomo Puccini）歌劇 *La bohème* 改編。

33 彭小妍認為，不同於隨波逐流的摩登男女，浪蕩子通過對「當下的諧擬英雄化」，來達到創造和轉化，因而表現出雌雄同體的特徵。至於他們追求的摩登女郎，不過是他們不完全的她我。彭小妍〈浪蕩子美學：跨文化現代性的真髓〉，《浪蕩子美學與跨文化現代性：一九三〇年代上海、東京及巴黎的浪蕩子、漫遊者與譯者》（臺北：聯經，二〇一二），頁二十至五十二。

34 謝晨光〈加藤洋食店〉，《幻州》第一卷第十一期（一九二七年五月一日）。

35 謝晨光〈加藤洋食店〉，《貞彌》（香港：受匡出版部，一九二九），頁三十三至四十六。

36 吳錫河〈同根相連的鮮花——訪歐陽山談香港文學〉，《香港文學》第九十八期（一九九三年，二月），頁六十四至六十六。

37 羅西〈序〉，廣州文學會編《嬰屍》（香港：受匡出版部，一九二八年四月），頁一至二。

38 這點除了可以從雜誌文章風格看出來，他們惹火的舉措，還包括揭發《伴侶》一篇抄襲的文章。《伴侶》第一期刊出了雁遊〈天心〉一文，被發現襲自《小說月報》十一卷十一號的〈一元紙幣〉（署名Anries Williams著，毅天譯）。《字紙簏》嘲諷指證之餘，在第一卷第五號，把〈天心〉一文置於雜誌之首，全文刊出，並附以《小說月報》的原譯以供對照。

39 訪問所記為「袁昶球」，疑為「袁昶超」之誤。見吳錫河〈同根相連的鮮花——訪歐陽山談香港文學〉，頁六十四至六十六。

40 據李育中的回憶，一九三二到一九三三年，香港文學開始出現了較強的政治意識與社會關懷。參考李育中〈我與香港——說說三十年代的一些情況〉。黃康顯亦認為，一九三二年的一二八事件是香港文學界民族意識的觸發點，參考黃康顯〈抗戰前夕的香港文藝期刊〉，《香港文學的發展與評價》，頁五十至六十。

41 據侶倫的回憶，魯衡年輕時因在美國從事苦工，患上嚴重風濕，終至雙腳癱瘓，回港後從寄情文藝創作。參考〈香港新文化滋長期瑣憶〉，頁二十。

42 二次世界大戰以前，印度泛指今所說的南亞。有關香港早期南亞裔人的歷史，參考〈南亞裔：警察與商人〉，《非我族裔：戰前香港的外籍族羣》，頁一四五至一六三。

43 張初〈張稚廬的〈夫妻〉〉，二〇〇三年三月《香港文學》總二一九期，頁七十七至七十八。

44 平可〈誤闖文壇憶述（六）〉，頁九十八至九十九。

45 許定銘〈杜格靈和他的《秋之草紙》〉，《大公報》（二〇〇七年二月二十五）。

46 杜格靈〈時代的反叛者〉，《秋之草紙》（廣州：金鵲書店，一九三〇），頁八。

47 杜格靈〈文藝的霸術〉，《秋之草紙》，頁三十七至四十。

48 張愛玲〈燼餘錄〉，《流言》（北京：北京十月文藝出版社），頁四十八至五十九。

49 參考李育中〈小說家羽衣女士是誰？〉，《新晚報》（一九七九年八月二十六日）。據張稚廬所說，《伴侶》雜誌上以「女士」之名發表的作品，卻非偽冒，甚至有不少譯者，故意隱去其女性身份。稚子〈碎話三則〉，《伴侶》第八期（一九二九年一月一日），頁三十一。

50 參考李育中〈我與香港——說說三十年代的一些情況〉，頁一二六。

51 據許定銘所記，侶倫《紅茶》（一九三五年版）一書內頁有「島上社叢書」六本，其中一本為哀淪女士的短篇小說集《婉梨死後》，當時尚未出版。參考許定銘〈杜格靈和他的《秋之草紙》〉。

52 葉漢明〈香港婦女與文化傳統及其變遷〉，《主體的追尋：中國婦女史研究析論》（香港：香港教育圖書公司，一九九九），頁一一七至一五九。

53 錢理羣〈漫話四十年代小說思潮〉，《對話與漫游：四十年代小說研讀》（上海：上海文藝，一九九九），頁十至二十五。

54 根據一九一一年的香港人口調查，當時男女比例接近三比一。可以想像，辛亥革命前後，社會裏匯聚了大批沒有或未帶家眷的單身男子。到了一九三一年，男女比例大幅拉近，黃康顯認為，香港當時已形成了一個定居的社羣。參考黃康顯〈香港情懷與文學情結——論詩人劉火子〉，劉麗北編《紋身的牆——劉火子詩歌賞評》（香港：天地圖書有限公司，二〇一〇），頁二十八至二十九。

55 李育中〈我與香港——說說三十年代的一些情況〉，頁一三〇。

56 侶倫〈超吻甘〉（CHEWING GUM），北京《圖畫周刊》第十二卷第十七期（一九三三年十二月十七日）開始連載（雜誌資料不全）；後收入侶倫《伉儷》（香港：萬國書社，一九五一），頁一至三十。

57 作品改寫後，曾題名〈輝輝的夢〉，刊於侶倫等著《輝輝的新年》（香港：學生文叢社，一九四九），頁十一至十五；後改題為〈輝輝〉，見侶倫《伉儷》（香港：萬國書社，一九五一），頁八十六至九十三。

58 例如曾連載於《伴侶》第六至九期（一九二八年十一月至一九二九年一月）的〈殿薇〉，經修改後，改題為「朱莉莎的煩惱」，以立凡之筆名，發表於《華僑日報》（一九四一年三月二十三日至三月二十八日）。一九三〇年八月期間發表於《大光報・大光文藝》（目前所見報章不全）的〈愛的巡禮〉，經修改後，以胡旋之筆名，於一九三九年十月三十日至十一月十九日期間，連載於《華僑日報》。

59 關於這段歷史的研究，可參考盧瑋鑾《香港文縱：內地作家南來及其文化活動》；侯桂新《文壇生態的演變與現代文學的轉折：論中國現代作家的香港書寫，1939-1949》（北京：人民出版社，二〇一一）。

60 參考陳順馨〈香港與四〇至五〇年代中國的文化轉折〉；侯桂新《文壇生態的演變與現代文學的轉折：論中國現代作家的香港書寫，1939-1949》。

61 許子東〈序言〉，侯桂新《文壇生態的演變與現代文學的轉折：論中國現代作家的香港書寫，1939-1949》，頁一至二。

62 陳順馨〈香港與四〇至五〇年代中國的文化轉折〉，頁七十三。

63 劉火子二、三十年代在香港發表的小說，最少還包括一九三三年九月於《天南日報》連載的小說〈絕望〉，詳見〈劉火子生平及文學創作簡歷〉，《紋身的牆——劉火子詩歌賞評》，頁二七三至二八五。

64 本篇寫於一九五〇年，參考舒巷城著，秋明編《舒巷城卷》（香港：三聯，一九八九），頁一〇六至一一二。

65 易文著，藍天雲編《有生之年：易文年記》（香港：香港電影資料館，二〇〇九），頁五十四。

66 楊彥岐〈香港半年〉，《宇宙風．乙刊》第四十四期（一九四一年），頁三十至三十二。

香港文學風景論：一九四二至一九四九
——《小說卷二》導言

黃念欣

執筆之時，正值香港動盪時刻，動盪時刻，難免會問「文學何為？」本小說卷所呈現之一九四二至一九四九年的香港，較諸今天，不是一個加倍困頓和艱險的時刻嗎？然而文學沒有須臾離開見證的責任，今人回看，更應仔細追認這些作品回應目下香港之可能。《香港文學大系》既以十二卷「大系」為系統，復以一九一九年新文化運動與一九四九年新中國成立為起訖，當中為「香港文學」溯源、正名，甚至定義自身文化特質等文學史意圖，實在毋庸迴避。在小說中追跡香港文學起源，是編選《香港文學大系・小說卷二》（一九四二——一九四九）的基本問題之一，這起碼是我個人的理解。

然而所謂香港的關鍵時刻，一八四二、一九六七、一九八四、一九九七，以至二〇一四，選擇甚多，各有背後理據。那麼一九四二至一九四九於香港有何代表性？一個有代表性的時代是否又等於一個能產生有代表性的小說的時代？關於第一個問題，曾有英國歷史學者分別撰文論述一九四二至一九四五及一九四五至一九四九兩個時期，如何成為確立香港身份的關鍵階段（critical phrase）。前者以淪陷期英國與日本對香港管治權的交涉為研究對象，[1]後者以戰後英國與國共兩黨周旋為分析重心。[2]這些政治上的波譎雲詭能否反映在文學作品裏？而反映了如此「身不由己」的香港時刻是否就是具代表性的香港文學作品？正是本選集要回應的第二層問題。

一九四二至一九四九年的香港，前半為日據淪陷時期，因報禁與言論自由的審查，此時文學作品一直評價不高；後半為國共內戰時期，延續抗戰期間南來文人以香港為宣傳陣地的「過客論」與「平台論」，若以本土價值為宗，此時期文學的代表性自然亦不高。[3]不過，檢視一國或一地的文學起源，往往不一定在文學名正言順、大有可為的時代發生。在文學存在的基礎受到質疑和限制之時，也可以是該地文學定義其自身的抵抗力或包容力的時刻。一九四二至一九四九即使不是香港文學發展中不辯自明的關鍵時機，通過詳細的辨析與呈現，也能在表面上不堪回首的亂離歲月中，發現可堪記取的面貌和意義。

在介紹本卷小說的編選特色前，我希望簡單交代作品的來源和範圍。盧瑋鑾教授曾在《國共內戰時期香港本地與南來文人作品選（一九四五—一九四九）》的〈編選報告〉中提及編選過程中遇到的六大困難，包括出版物眾多且名稱混亂、刊物出版匆忙而期號錯漏、編者背景及緣起交代不明、書刊印數不多因而能見不全、作者筆名眾多、報紙材料尤其不齊備。[4]這些問題在本卷編選過程中自然仍須面對，惟感激大系的編輯團隊在二〇一二年中開始上載原始報章雜誌及單行本材料於電腦雲端硬碟供各卷編者閱讀，當中包括七十九部單行本、[5]二十六份報章[6]及五十份雜誌[7]的全文掃瞄。在此基礎上，編者可以因應需要而加入上載資料範圍以外的作品，在指定年份中取捨個人認為具閱讀價值、藝術價值或歷史價值的篇目。本卷工作由二〇一二年開始，至二〇一五年初才告完成，除了編者個人工作效率問題外，期間與編委會來回溝通所引起的省思，亦為稍漫長的編選過程帶來一些有關香港文學起源論與主體性的啟示。

陳國球教授在大系總序中提及兩個編選的關鍵，要言之即「香港／非香港」的身份探尋，與「文學史／非文學史」的源流呈現，當中涉及的香港文學定義、「南來作家」歸屬，與香港文學主體性的思考，前人亦有精闢論述。[8]本導言希望在這些討論成果之上，加入日本學者柄谷行人於《日本現代文學的起源》提出的兩個概念，即「風景之發現」和「顛倒之視覺」，分析《小說卷二》所見的香港文學「起源」現象。所謂「風景」，柄谷指出那是一種「認識的裝置」，與一國或一地文學之興起及面貌密切相關，由主觀的心象所建構，但一旦形成即如同長久客觀存在的外在特質，並且可以在相反的潮流中找到自身的根據：

> 風景一旦成為可視的，便彷彿從一開始就存在於外部似的。人們由此開始摹寫風景。如果將此稱為寫實主義，這寫實主義實在是產生於浪漫派式的顛倒之中。現代文學的寫實主義很明顯是在風景中確立起來的。因為寫實主義所描寫的雖然是風景以及作為風景的平凡的人，但這樣的風景並不是一開始就存在於外部的，而須通過對「作為與人類疏遠化了的風景之風景」的發現才得以存在。[9]

以上引文容或有理論化之嫌，但放諸一九四二至一九四九年之「香港文學風景」，也許可以讓我們反思，實不宜輕易把一套「四十年代香港小說」的標準先驗地加諸作品之上，例如淪陷期文學空間緊縮而凋零、國共內戰期間政治宣傳性淩駕於文學性，以及南來北往作家所帶來的「不純正」

或「非本土」的焦慮等。多留意作品中呈現的反向力量，即如文言創作、非本地作家、非本地發表或內容非關香港的作品，對定義香港文學可產生積極作用。正如引文中的例子，在浪漫派的顛倒視覺中發現寫實主義的形成，並通過抽離而獨立的閱讀，確立一時一地的文學風景。

例如平可（岑卓雲）於一九三九年在《工商日報》連載的長篇小說《山長水遠》，[10] 基本上符合一九四二年淪陷前的小說公式：通俗長篇連載、章回鉤連明顯、摩登男女交往、都市職場較勁，部分內容甚至可視作五十年代「經紀拉」小說的先聲，也有接近書生式人物作觀察者混雜其中。加上作者身兼編輯與報人的工作，更見創作與文學生產之複雜關係。要檢視「四十年代香港小說風景」，這種先設的參照框架十分重要，但柄谷「風景論」之啟示在於，風景之發現往往不在「常態」景物中得之，它包含觀賞者視覺之變化，也包含客觀景物之變化，幾經淬練、命名、反覆觀賞而確立，亦即所謂「顛倒之視覺」之產生。一九四二至一九四九之香港故事，景致蒼茫、雜味紛陳，所得之風景危峨恬淡、純樸嶙峋，實在不一而足。

風景論之一：「山城雨景」之意在言外

本卷首篇小說為〈山城雨景〉，小說內容講述一名假洋鬼子香港士紳在殖民地腐朽生活之荒唐及沒落，文筆直敘而近俗，著者羅拔高可謂不見經傳，乍看平平無奇。然而，這篇寫於一九四二年，復收錄於一九四四年同名小說集《山城雨景》的作品，卻得到兩位在淪陷期文望甚高的作家之品題與「拱照」——由香港華僑日報社出版的《山城雨景》先有葉靈鳳的〈葉序〉，復有戴望舒的〈戴跋〉。[11]查羅拔高何以得到葉、戴之「厚待」？先見方寬烈〈淪陷時期一些留港文人的作品〉一文，提及羅拔高本名盧夢殊，「香港日陷時，在歷史悠久的《華僑日報》擔任採訪主任，一九四二年曾代表香港報界到日本東京參加『大東亞新聞工作會議』。」[12]此外盧夢殊亦為一九四五年僅出版兩期的《香島月報》總編輯，[13]兩期月報中均載有戴望舒及葉靈鳳之文章。[14]筆者曾向盧瑋鑾教授請教有關盧、戴、葉之間的關係，盧教授指出盧夢殊在出席東京「大東亞新聞工作會議」之後，任日治時期《華僑日報．僑樂村》及《香島月報》的編輯，儼然戴、葉兩位的上司。上司出版小說集，自然容易得到〈葉序〉和〈戴跋〉的幫襯。何以說「幫襯」？且看兩位作家「言不及義」的序跋即可知。

約九百字的〈葉序〉先花上五百多字敘述香港山城的惱人雨天使人狼狽不堪，然後話鋒一轉，「那麼，今年的山城雨景，該沒有甚麼值得令人欣賞的了。其實不然，有很多東西點綴着這雨景，使人值得欣賞。這些新點綴品之一便是這《山城雨景》中所描寫的鄔先生之流。」所謂鄔先生之流，是靠鬻爵而來的英式士紳，在日治時期正要開始的一九四二年香港，自然落魄非常。在風雨飄搖的英、日政權交替，葉靈鳳索性點明「我相信《山城雨景》的作者和我一樣，在雨中特別注意鄔先生之流，並不是幸災樂禍，而是欣喜這些渣滓正在被淘汰，正如點綴這雨景之一的塌屋，可是祇有舊的殘破的才要坍，一座基礎穩固的新屋是從不受風雨威脅的。」舊統治者敗走，新統治者基礎穩固一如新屋，而序言的作者與小說的作者皆暫且托身山城，聊避風雨，正好借題發揮，遂把選集中另外的小說都冷落了。〈戴跋〉更妙，以大半篇幅介紹二十年前（一九二〇年代）盧夢殊在上海文壇中的「健談」之名，及「羅拔高」之稱號與盧氏獨好點心蘿蔔糕一味之原因，以此介紹一位小說作家，可謂「乏善足陳」。不得已談到盧夢殊的小說，戴望舒表示「人到中年，是往往深悔少作了。我自己就有着這種感想，而認為那些膚淺的詩句至今還留在世間是一件遺憾。而這種遺憾，夢殊卻並沒有。他現在所出版的，卻是他的成熟的作品：《山城雨景》。」二十年前盧夢殊在上海文壇的確小有文名，[15]但到底其小說是真正成熟了而無悔少作之憾，還是只是無悔少作之恥呢？在戴跋中沒有寫到小說具體如何，只在篇末說「世人啊，在《山城雨景》之中鑑照一下你們自己的影子吧。」攬鏡自照，戴氏彷彿如此說。

並讀兩篇序跋，大致可得出俗諺所謂「水鬼升城隍」而文人只得無奈品題的故事大綱。然再讀羅拔高《山城雨景》〈自序〉及其小說，這本印上「香港佔領地總督部報導部許可濟」的作品，序言中第一句就是「人在那時似乎另外多了一張臉孔」，有淚痕有苦笑，而作者自言寫小說也不過是「換衣、換食」，「人還是那樣地走向衰弱的一條路去」，謹借序言「誌我遺憾」，並不覺其意氣風發。

本小說卷以〈山城雨景〉為首篇，除了因為發表年期最早，亦因為這篇小說裏裏外外均體現淪陷時期香港文學的曖昧態度。小說寫英治時期的鄙先奢侈淫逸之風，及時移勢易則人財兩空、流落街頭，頗快人心。在日治時期發表有關英治時期香港之不足，自然是十分「正確」的題材，然而這時勢的更迭，又有沒有前景之預言性？如何側面抒發日治下的悲傷？往往亦是這一時期小說中憂安參半的特徵。

同樣發表於日治時期的小說還有黃藥眠〈淡紫色的夜〉。此篇同樣把批判的矛頭指向「西歐」的水兵，寫良善的舞女露絲在打算與情人離港往上海前夕，被兩個西班牙水兵蹂躪以至謀殺的慘狀，筆法比〈山城雨景〉更具寫實力度，階級的對立與戲劇性亦見黃藥眠的左翼色彩。值得留意是小說中殘暴的水兵仍是來自西方，並不能反映出一九四四年「當下」的狀況。關於日治時期香港市面情況，都要在一九四五後出版的作品如侶倫回港後發表之《無盡的愛》，或一九四七年傑克（黃天石）的《一曲秋心》，才有比較直接的描寫。

風景論之二：「南荒泣天」之古／今對照

承上文所及，淪陷時期發表的香港小說若從「太平盛世」的文學角度觀之，大可以從現實性、技巧性、實驗性或作家個性方面論述其不足，亦有言之成理的地方。然而若從「風景論」觀之，即發現柄谷行人所謂「在怎麼看都不愉快且超出了想像力之界限的對象中，通過主觀能動性來發現其合目的性所獲得的一種快感」。[16]此一時期的小說的別有懷抱、意在言外，未始不是香港文學歷程中一個值得記取的階段性精神面貌。這種面貌往往借助歷史的距離，製造語言或語境的詮釋空間。簡單者如疑雲生在《大眾周報》發表的一系列文言文短篇小說，像〈千金扇〉、〈美容有術〉、〈張冠李戴〉，這些千字左右的短篇具有博君一粲的諧部趣味，更重要的是文言文所附帶的脫離現實感，從而有比較抽象或安全的解讀空間。如〈千金扇〉寫動盪時期人情流徙轉瞬即逝，有筆記小說古風，亦製造與當下政治環境的距離，淡化時事色彩。

惟另一種距離則由歷史小說體裁而產生，即葉靈鳳在《香島月報》連載的〈南荒泣天錄〉。故事以錢謙益、柳如是、鄭森的故事，敘寫明清之際的遺民狀況。此小說連載兩期後即因日本戰敗後《香島月報》停刊而告終，讀者無法完整得知葉靈鳳對錢謙益的最終態度。但錢氏既為南京降清的「貳臣」，同為反清復明運動的樞杻，聯結遺民義士，如此「複雜」的身世與立場，不難在淪陷期的香港找到可堪比附的例子。曾寫《吞旃隨筆》的葉靈鳳可有在最後的淪陷歲月中借古喻今？答案幾乎是肯定的。至於戴望舒的小說創作則另選一路，與昔日在上海帶着「丁香般的哀怨」和「初戀之味」的女主人公異地重遇，然而一轉眼「矜貴的花枝」變成「腳伕般的老闆」的點綴，人只能在疲倦的喘息中越加瘋狂。此一短篇固然可以是漂零女子的寫實悲歌，但也不妨看作戴氏對精緻的上海現代派之悼念。這些文言短篇、歷史小說或具上海風貌的作品，或許沒有與香港直接相關的具體情節，但通過「顛倒之視覺」，又可發現它們與與淪陷期香港的政治與出版環境之間的必然關係。

風景論之三：「還鄉記」之離／散異境

所謂國共內戰時期，是從香港光復至中華人民共和國立國前後，即一九四五年八月至一九四九年年底。踏入此一時期，大批文化人因局勢動盪南來香港，形成了一九四七至一九四九年在港文藝活動突然蓬勃。惟期間許多文學作品帶有濃厚的政治色彩，因為國共雙方均在利用香港作為活動基地。[17]人口的頻繁遷徙造就了許多與離鄉、返鄉或移居有關的題材，即今天學界所謂「離散」（diaspora）文學，在四十年代的香港比比皆是。

陳殘雲的〈還鄉記〉寫於一九四六年，記述羅閏田父女由馬來亞經新加坡及香港返故鄉廣州，「回去看看勝利的祖國，看看八年來被傷害的家鄉」。小說寫到過境香港時檢查員要收取加快行李檢查的過路費，惹來「亡國奴！亡國奴！」之嘆，令人聯想到一九二七年魯迅〈再談香港〉中「英屬同胞」查關的臉色。不過魯迅謂香港檢查員的臉色是青色的，但到廣州那邊的，「臉上是有血色的」。[18]然而，二十年過去，陳殘雲〈還鄉記〉中的國家勝利了卻比十年前還紛亂，廣州的檢查員比香港的更凶，還有更幻滅的是昔日親友伯庭叔、新貴李鄉長、覬覦自己女兒的丁連長等待歸鄉的華僑。小說透過南洋歸僑夢想之破滅，展示光復後國民黨治下廣州的黑暗，故鄉頓成冷酷異境，待要返回南洋卻又有不能捨棄的老父老母。當中對戰後國民政府的控訴，自有不能忽略的政治訊息。值得留意是，離散題材的重點，往往不在人的「離」與「散」，卻在離與散的「族羣」之間的聯繫與凝聚的可能。

本卷另有一篇節錄自一九四九年司馬文森《南洋淘金記》的作品。同是離散題材，背景轉到一九二八年廈門至菲島輪船上的「過番」青年，即帶有不同的報告文學性質，把焦點拉遠至戰前中國人往南洋發展的辛酸史。《南洋淘金記》以章回體寫成，如本卷節錄之首二回「苦難多唐山難過淘金去遠渡南洋」及「見面禮打踢罵關 弱國人血淚暗吞」，細緻記述中國沿海城市青年過番的手續，亦有前述〈還鄉記〉中「弱國人」在入境時所受的欺侮。這些苦難在不同的時空環境下出現，除了見證中國積弱歷史的漫長，亦可從「顛倒之視覺」照見四十年代的香港，如何在這些離散的題材中，寄托左翼作家結束漂泊，結束腐敗政府，蘊釀投入新中國的渴求和願望。

風景論之四：「一曲秋心」照見之內面／自白

文學作品所呈現的作家內心，包括內在自我、個人心理等自白，一向是現代文學發展的重要指標，體現「純文學」和「嚴肅文學」的發展趨勢。柄谷行人在《日本現代文學的起源》中更直言「可以說日本的『現代文學』是與自白形式一起誕生的。」[19]綜觀四十年代的香港文學，透視內心，以第一人稱寫就的小說並不發達，與戰前受新文學與現代派影響的時期比較更是明顯遜色。循着前述淪陷期文學與國共內戰時期文學的理解方向，可以歸因於政治安全需要及寫實宣傳需要兩端，而得出四十年代文學作品以通俗連載與反映現實為主的結論。事實上，在編選本卷過程中的確讀到較多先連載後單行出版的長篇小說，而報刊連載的節奏亦強化了小說的通俗傾向——情節延宕、悲喜參半、巧合偶遇的長篇發展。連載長篇小說佔去四十年代報刊文藝版的不少篇幅，亦佔據了不少作者與讀者的精力和時間，這種情況在本卷中亦希望有所反映。

本大系設有「通俗文學」一卷，其中黃天石（傑克）的作品不可或缺，但本卷仍節選黃氏的

《一曲秋心》，乃因當中具備獨特的文人小說意義。黃天石身兼報人、教育家、小說家、詩人的身份，[20]與小說主角秦季子背景十分相近。故事發生於三十年代末的香港，結束於香港淪陷期間。大學文學系主任秦季子與出污泥而不染的舞場女子張雪艷相戀，惟到談婚論嫁之時秦季子重病一場，二人終告分離。未幾香港淪陷，張雪艷返回上海，秦季子攜前妻之女往廣州，思憶半生所結識紅顏知己，遂作〈秋心曲並序〉一篇，結語「秋心如海，夢裏留春春宛在。莫問春秋，秋去春來總是愁。/春殘酒醒，明波盪漾桃花影。惜取餘春，心上溫存夢裏人。」全書散發鴛鴦蝴蝶氣息，才子佳人，好事多磨，戰火不斷，寥落平生。張雪艷一段似是無疾而終，二人之間偶然的齟齬亦時見拖沓。不過《一曲秋心》事實上對舞場環境及生活細節仍是相當寫實，記錄了當時文人與舞女關係中相對正常與真誠的一面。然而更重要的是，秦季子的背景與黃天石的相似程度之高，令這部言情小說罕見地帶有言志抒懷的色彩。例如書中寫秦季子有育有二女，為元配妻子所生，第二任妻子則無子嗣。後又寫及喪女之痛，與次女相依為命。[21]此外黃天石雅好古典詩文、能通日語，曾到日本考察，亦與書中秦季子經歷相同。[22]於是書中多次寫到秦季子推卻替日人擔任文化傀儡的情節，直可見作者心跡，但對於眼前局面之無奈，又見書生百無一用之嘆，例如秦季子被迫與幾個日本商人見面後心中思忖：

> 自己是一個書生，空自杞人憂天，至今還一事做不出來；那些鬧昏了頭的政治販子，卻無緣無故的把自己看做眼中釘，今天封你一個漢字號，明天加你一頂紅帽子，定要將你逼上梁山，雖然腳根站得定，但想施展抱負可就難了〔……〕我只好學信陵君的醇酒婦人，度此

這種自我感嘆，為《一曲秋心》中的舞場賦予紀實以外的意義。同樣在大專任教、寫作流行小說、辦報、為文化界知名人士、婉拒日人招攬、復經歷喪子與亂離之痛的秦季子與黃天石，都在說明，舞場確是三、四十年代文人進退維谷，惟有自比信陵君的寄情之處。戰火中的愛情與家國之義，往往亦互為表裏，此番意義，可超越一般流行小說只滿足讀者消費公式情節和人物的用心。

同樣帶有通俗意味的是黃谷柳於一九四七年起在《華商報》連載的長篇《蝦球傳・春風秋雨》及〈劉半仙遇險記〉。《蝦球傳》被茅盾稱為「在華南最受讀者歡迎的小說」，曾改編電影及電視劇，此中人物情節的典型性亦有多番討論，可說是四十年代最為一般讀者所認識的香港小說。《蝦球傳》有〈春風秋雨〉、〈白雲珠海〉和〈山長水遠〉三章，最為論者所注意的是〈春風秋雨〉。此章背景集中於香港，起首即以紅磡船塢一帶，少年蝦球賣果醬麵包謀生而展開一部頑童歷險式的故事。小說敘述蝦球與同黨王狗仔到鯉魚門接收戰艦上水兵的貨物，得蜑家女亞娣關懷照顧，跟走私頭子鱷魚頭當跑腿。後認識「身在香港，心在祖國」的新界自衛隊丁大哥，埋下後來蝦球離開香港返內地尋找丁大哥並加入游擊戰的伏線。之後蝦球在鱷魚頭家被捕入獄，出獄後曾短暫到兒童福利會投靠，最後還是流落街頭當扒手。可是一次扒手經歷令蝦球大受震動，與友伴牛仔說「我不再留在香港現世了，我即刻就要走回中國去」，遂翻過獅子山，走回祖國，開始下一部「白雲珠海」的廣東歷險記。

〈春風秋雨〉中記錄了香港「偏門」小人物的地下世界，尖沙咀、觀塘、屯門、新界等各區地貌亦一一呈現，使《蝦球傳》的本土性在四十年代的香港文學作品中非常凸出。另外「頑童歷險」的模式亦進一步加強了小說解讀上的本土性——孑然一身的少年在鱷魚潭一般的香港謀生，結果路路不通，最後決定翻過山頭，回到祖國——如此心態不只是街頭少年蝦球的心態，也是一眾在香港打滾的中國人的映照。小說中描述粵港兩地流通之便捷，亦見當時所謂香港本土身份未必如今天清晰。相對進入廣東地區後以內地為主要背景的〈白雲珠海〉和〈山長水遠〉，就明顯沒有香港的〈春風秋雨〉受歡迎。在日後香港文學正典化的過程中，《蝦球傳》一再被談論，亦開展了重視描寫香港地標或香港人心態的作品。黃谷柳的價值，某程度上與尖沙咀到獅子山這一帶的香港地貌合而為一。

本卷另收錄黃氏同期創作的中篇〈劉半仙遇險記〉首三章，此作在歷險情節與趣味均不遜《蝦球傳》，小說寫廣東鳳凰崗上一個算命師父被聰明的游擊隊利用的故事，但背景一旦離開香港，革命的邏輯亦變得簡單而少了文學的曖昧性——劉半仙最後仍須深明大義，放棄迷信，與廣大羣眾投身解放，寄望新中國的來臨。對比蝦球處處碰壁的深刻困惑，醒悟「天堂」的不可能，可見黃谷柳在「香港題材」面前發揮了特殊的文學能量。他曾在港生活後再返內地投身游擊的經歷與蝦球有共通處，亦能產生了柄谷行人所謂「自白」和「內在」的性質，強化了文學的主體性。

風景論之五：「無盡的愛」之異國／本土對照

有關香港文學的本土性和主體性，自然不能不提侶倫。一九一一年於香港出生的侶倫，向來是香港文學拓荒作家的代表。侶倫的作品一般分為早（一九二八至一九三九）、中（一九三九至一九四八）、後（一九四八以後）三期，[24]早期作品中以《黑麗拉》為代表的浪漫唯美風格廣為論者注意，亦為二三十年代滬港文學影響留下豐富的一筆。至於後期作品則以一九四八年於《華商報》副刊「熱風」開始連載的《窮巷》為標誌性的起點，引發後來一連串有關侶倫寫實主義轉向的討論。本卷希望從中期作品入手，以中篇小說《無盡的愛》呈現侶倫在早期異國情調與後期民族與民生疾苦題材中的掙扎與調和，並思考「異國書寫」構成香港文學風景之一的可能。

《無盡的愛》寫於一九四四年夏天，當時作者正避亂廣東省，[25]至和平後返港再於一九四七年十二月由香港虹運出版社初版發行。[26]作者自言小說「以日寇攻陷後的香港作背景，企圖表現一個以愛與仇交織的鬥爭故事」；構思方面則先由一篇捷克小說啟發，當中寫及一個捷克女子英勇抵抗納粹德軍的故事，然後再有侶倫的友人轉述一僑居香港的異國女子拯救戰俘營中的愛人的題材。於是侶倫便加入幻想，寫出一部虛實交織的小說，當中「小說主角是真實的，故事內容卻是虛構的；但故事背景卻是真實的，香港淪陷時期的社會狀態也是真實的；日本軍國主義者的橫蠻和殘暴也是真實的。」[27]關於《無盡的愛》的真實性和虛構成分，有論者認為小說中許多地區描寫和民生細節可作淪陷期香港記錄和寫照，但亦有提及情節上戲劇化或想當然的地方。[28]在侶倫的寫實主義與浪漫精神兩端以外，編者亦希望在此提出《無盡的愛》在異國情調與民族主義外表下的開放性。

《無盡的愛》女主角亞莉安娜為葡萄牙籍女子，小說敘事者「我」是中國人，二人於九龍城地攤初遇時即對答如流，並未提及使用甚麼語言。據推斷二人應該以英語交談，但重點是這種理所當然地以中文書寫外國人經驗的方法，不單在侶倫個人早期作品如《黑麗拉》、〈西班牙小姐〉中可見，至舒巷城的《巴黎兩岸》甚至黃碧雲的《溫柔與暴烈》中仍見此「以中寫外」的一脈。更重要的是，這些作品所呈現的異國情調（exoticism），反而往往有濃重的本土指涉。以《無盡的愛》為例，侶倫在八十年代的再版序中仍明確指出小說的目的在於反抗軍國主義，但他的方法，卻是透過對歐洲小國如葡萄牙、西班牙的認同，聯合對抗日本軍國主義或英國帝國主義。《無盡的愛》寫中國人戴克幫忙營救亞莉安娜的葡國未婚夫巴羅；〈西班牙小姐〉中的中國人同樣得不到西班牙少女愛莎的愛，因為她受母親安排要嫁給一個英國中年富商。可見在一九四四年避亂廣東省窮鄉僻壤的侶倫，不一定要以中國同胞的故事發出痛恨的呼聲，華洋雜處的香港，同樣留給他不能磨滅的淪陷記憶。《無盡的愛》的收結寫「我」在彌敦道上目送載着亞莉安娜的囚車離去，心底呼喊出一聲「亞莉安娜，你勝利了！」這不單為亞莉安娜勇敢毒殺日本憲兵部隊長而歡呼，更是對曾參與義勇軍援港抗日的歐洲小國戰士的致意。身為義勇軍的未婚夫巴羅雖然在小說中露面不多，但卻罕見地留下一筆義勇軍為港犧牲的記載。簡言之，《無盡的愛》說明在侶倫的文學世界裏，民族與政治思想的認同可以超越種族，而香港的異國書寫亦不止於獵奇與想像。

不過侶倫這種異國題材隨着二戰結束而漸漸減少。本卷同時收入侶倫一九四八年於《文藝生活》發表的短篇小說〈私奔〉，內容講述一對逃租夫婦深夜「私奔」的經過。當中細緻的心理刻劃以及弱小者的卑微仍是侶倫的手筆，但寫實化的轉向過濾了早期多文化與浪漫化的元素，看點和寄意便有所收窄，這篇亦可看成是後來《窮巷》長篇卷軸式創作的先聲。值得留意是〈私奔〉刊登於左翼色彩濃厚的《文藝生活》雜誌，與內地報告文學作家周而復的〈冶河〉刊於同一期，這一方面可見侶倫創作轉向氛圍之一二，同時亦可想像當時香港讀者羣面對何等多樣化的文學選擇。

風景論之六：「鍛煉」中的經典與實驗

前文提及與侶倫〈私奔〉同樣刊載於《文藝生活》雜誌的有周而復的〈冶河〉。冶河發源於山西省，流入滹沱河，位處今天石家莊一帶。一篇關於山西省境夜間行軍打日本鬼子的小說，在一九四八年的香港，同樣有「異地」之感，可以引起何種共鳴？本卷選入報告文學作家周而復的〈冶河〉，旨在反映戰後香港文學報刊上經常出現以內地戰事為題材的小說，除了報導前線戰役之實況，這些小說中積極樂觀、正面無畏的軍人形象，以及節節勝利的戰果，亦同時在激勵國共對壘時期另一波的政治宣傳。

〈冶河〉其實是周而復大型寫實創作計劃的一部分，由此可以想到四十年代在港的不少南來作家，借寄身這小島的短暫安穩時刻，開展了不少長篇代表作，或一些獨特的嘗試。為人所熟知的有蕭紅的《呼蘭河傳》與《馬伯樂》。而蕭紅的〈小城三月〉、許地山的〈鐵魚底腮〉、茅盾的〈一個理想碰了壁〉皆曾入選劉以鬯編選之《香港短篇小說百年精華》。但這些作品是否應進入「香港文學大系」?本卷收入最後的三篇小說，試圖以行動說明，從「風景論」的角度，南來作家的作品在四十年代香港出現，是有其獨特的意義。秦牧的〈情書〉與侶倫的〈私奔〉異曲同工，標題似關乎兒女私情，實則訴說形形色色在香港底層打滾的小市民生活，逃租或長期與內地家人書信失聯。小說寫婦人榮嫂到縣城托寫字先生寄信予兩個月前到香港找生活的丈夫。榮嫂的絮絮叨叨化成公式化的文言家書。內地生活的艱難、兩地分隔下的牽腸掛肚，都在榮嫂的口述中呈現。惟更重要是執筆的寫信先生之刪減和套式，彷彿也是內地與香港之間音訊不全、誤會重重的隱喻。最後信件在香港的「翠香茶樓」寄存了十多天，終於為一個「咕哩」（苦力）模樣的人領去，疲倦的瘦臉在讀信後泛起一絲笑意。此中離散的親情，既是社會上普遍狀況的縮影，也寄喻了當時內地人對五光十色香港的想像，以及實際情況的落差。

茅盾在一九四八年九月開始在香港《文匯報》連載長篇小說《鍛鍊》，根據一九七九年《鍛鍊》〈小序〉所言，該書原是五部連貫的長篇小說的第一部，計劃中的第二部寫保衛大武漢之戰至皖南事變為止；第三部寫太平洋戰爭爆發及國民黨特務活動；第四部寫國民黨與日本圖謀妥協與民主運動之高漲，進攻陝甘寧邊區；第五部寫抗日戰爭「慘勝」至聞一多、李公樸被殺：

> 這五部聯貫的小說，企圖把從抗戰開始至「慘勝」前後的八年中的重大政治、經濟、民

主與反民主、特務活動與反特鬥爭等等，作個全面的描寫。可是剛寫完第一部，即《鍛鍊》，就因為中國共產黨已經不但解放了東北三省，且包圍天津、北平，欲召開政治協商會議而佈置了我們在香港的民主人士經海道赴大連。[29]

茅盾於一九四八年底離港，五部曲的宏篇鉅製亦自此中斷。不過從上述原作構想的追述，可見香港原來曾是如此浩瀚的寫作計劃之起始點，即使內容背景未必直接與香港相關，但離港以後，作家竟也再無完成此作的機會。〈小序〉中所謂「不勝感慨繫之」，可以想像。

本卷節選《鍛鍊》的第一至第三節，大致可見茅盾全景式寫作的用心，當中以上海富家少女蘇辛佳因在傷兵醫院演說而被扣留開始，父親和其他親友正心焦地尋找營救疏通之方法，只有辛佳的好友嚴潔修勇敢地到拘留所探望。而嚴潔修父親是機器廠的總經理，大伯則是國民黨簡任官，在蘇、嚴兩位年輕人被扣留之際，大伯嚴伯謙卻好整以暇，大談撤廠到漢口和重慶的不智，而主張拿取政府津貼而把廠房物資暫存租界，令青年工程師周為新大感不滿。

小說開首即展開多線發展，角色橫跨了不同世代的人物，同時對三十年代上海局勢有多面的反映，包括不同政治陣營與社會階層對戰亂的看法以及生活的應對。單看蘇辛佳與嚴潔修在拘留所中的對話，刻劃細緻緊張；但筆鋒一轉，又見上層權力人物無暇理會青年一代，只在戰事中道貌岸然地鑽營的嘴臉。如此筆法，實可見茅盾以五卷長篇小說為中國現代史描畫長卷的雄心。不過正如茅盾所言，局勢的發展令這部史詩式鉅構失去了存在的理由和條件，最終無法落實。

不過一九四八年六月的《小說》月刊上的另一篇小說〈驚蟄〉，最終仍為茅盾在離港前留下頗為實驗性的一筆。此一短篇以寓言體寫成，主角有豪豬先生、黃鼠狼、蝙蝠、烏鴉、紡織娘、金鈴子和螞蟻等，然而豪豬先生是個走「中間路線」、不斷期待新一輪政治協商會議的「自由主義者」；黃鼠狼則是無惡不作的打手，期望靠原子彈的謠傳發租借防空洞的財，政治意味之濃，令人想到奧威爾的《動物農莊》。短短一篇小說，對「自由主義者」豪豬之針砭力度最大：

> 豪豬先生在兩年前，幻想着一個「和平，榮華」的境界。當時他的推想是這樣的：大局和平了，他個人就有榮華可享。在豪先生的字典上，「和平」二字的註釋跟普通字典頗不相同。「和平者，政治方式解決問題之謂也；何謂政治方式解決問題？即在左右相持之時，自由主義的中間份子有舉足輕重之勢，因而身價百倍之謂也。」[30]

和平、共榮、協商、自由……這是香港的理想還是對香港的警惕呢？最後豪豬先生並沒有獲得舉足輕重之勢，卻仍饒有深意期望可以「找些知識份子」計劃重彈老調：「比方那些金鈴子，就可以組織一個歌詠社，那些蟋蟀呀，蚱蜢呀，當然是體育團體的份子了。」知識份子的文藝工作隨時有被政治利用的可能，茅盾在香港可以有如此反思；一九四九年前夕的香港，亦如「驚蟄」下騷動起來的森林，有着各種政治立場的聲音對峙交鳴。森林講求不同層階生物的相依共存，與《鍛鍊》的全景式描寫不無共通的用心。而茅盾對豪豬的隱喻雖有諷刺，但亦寄托了自由主義者的左右為難之勢，如此感慨，在香港書寫，尤為深刻。

何謂香港文學？香港文學何為？在大系各卷成書以後，這肯定仍是要繼續追尋的問題。重讀一九四二至四九年的香港故事，已知香港問題，遠不只是本土問題，也不是中國問題；所以本卷之選輯亦盡量不作放大鏡式搜索，在字裏行間找尋本土標記；亦以不以南來作家之大勢以概括此時的文學成績，而是期望在「風景」之中發現，透過客觀的文字山水，以及觀賞者之步移推敲，可以開闢一方新天地。感謝大系編委會在漫長編選過程中的自由與包容，以及系統的資料整理與協助。本卷篇目及導言承盧瑋鑾老師賜教、編委會同仁惠示高見，另研究生丘庭傑、李薇婷協助校對及查找選文資料，在此謹一併致謝。

註釋

1 Kent Fedorowich, 'Decolonization Deferred? The Re-establishment of Colonial Rule in Hong Kong, 1942-45', *The Journal of Imperial and Commonwealth History*, 28:3(2000): 25-50.

2 WM. Roger Louis, 'Hong Kong: The Critical Phase 1945-1949', *American Historical Review*, October (1997): 1052-1084.

3 鄭樹森教授曾於《國共內戰時期香港本地與南來文人作品選（一九四五—一九四九）》的〈編選報告〉中總結：「國共內戰時期的本地作家及南來文人的作品，既是香港的，也是中國的；但後者的意義更大，故這時期一定要放在比較宏大、比較寬廣的脈絡來看，才能突顯其真正意義。」並提到此一時期的香港如過去上海，扮演與中國內地進行互動對話的角色，有呼籲國內讀者羣眾顛覆國民黨的作用，因此「這段時期的作品肯定是政治性強，但藝術性較弱。」見鄭樹森、黃繼持、盧瑋鑾編《國共內戰時期香港本地與南來文人作品選（一九四五—一九四九）（上冊）》（香港：天地圖書有限公司，一九九九），頁三十六。

4 見鄭樹森、黃繼持、盧瑋鑾編《國共內戰時期香港本地與南來文人作品選（一九四五—一九四九）（上冊）》（香港：天地圖書有限公司，一九九九），頁五—六。

5 當中包括詩集、散文集、文學評論集、兒童文學及通俗文學選集，其中與通俗文學與小說相關的一九四二至一九四九年單行本包括：侶倫《無盡的愛》（中國：友誼，一九八五）、傑克《奇緣》（香港：大公書局，一九四九）、《癡兒女（上、下）》（香港：大公書局，一九四八）、《表姊》（香港：基榮，一九四九）、平可《山長水遠（上、下）》（香港：進文書店，一九四六）、江萍《馬騮精》（香港：南方書店，一九四九）、羅拔高《山城雨景》（香港：華僑日報社，一九四四）、陳殘雲《小團圓》（香港：南方書店，一九四九）、《風砂的城》（香港：文生，一九四六）。

6 當中與一九四二至一九四九年小說選相關的香港報章及副刊包括：《南華日報・前鋒》（一九四二）、《南華日報・椒邱》（一九四二）、《香島日報・日曜文藝》（一九四五）、《香島日報・綜合》（一九四五）、《大公報・方言文學》（一九四八）、《新生日報・新語》（一九四五）、《新生日報・生趣》（一九四五）、《新生晚報・生趣》（一九四五—一九四八）、《香港日報・香港文藝》（一九四四）、《工商日報・市聲》（一九三四—一九四七）、《工商日報・說匯》（一九四七—一九四九）、《文匯報・文藝周刊》（一九四八—一九四九）、《華僑日報・文藝》（一九四四—一九四五）、《華僑日報・文藝週刊》（一九四七—一九五四）、《華僑日報・華嶽》（一九三八—一九四二）、《華商報・茶亭》（一九四八—一九四九）、《星島日報・星座》（一九四五—一九四九）、《星島日報・文藝》（一九四七）、《香港時報・淺水灣》（一九四九）。

7 當中與一九四二至一九四七年小說選相關的文學雜誌包括：《文藝生活》（香港：文藝生活社，

一九四八—一九五〇)、《海燕文藝叢刊》(香港：達德學院文學系，一九四九)、《小說月刊》(香港：生活書店，一九四八)、《新東亞》(香港：大同圖書印務局，一九四二)、《香島月報》(香港：香島日報社，一九四五)、《大眾文藝叢刊》(香港：生活書店，一九四八)、《大眾周報》(香港：南方出版社，一九四三)、《光明報》(香港：新民主出版社，一九四六)。

8 如鄭樹森〈香港文學的界定〉、黃繼持〈香港文學主體性的發展〉及盧瑋鑾〈「南來作家」淺說〉，見黃繼持、盧瑋鑾、鄭樹森編《追跡香港文學》(香港：牛津，一九九八)，頁五三—五六、九一—一〇二、一一三—一二四。

9 柄谷行人《日本現代文學的起源》(北京：三聯書店，二〇〇三)，頁十九。

10 這裏所指並非黃谷柳《蝦球傳》卷二之《山長水遠》。又雖然平可的《山長水遠》曾於一九四一及一九四八年出版單行本，但於一九三九—一九四〇年之《工商日報·市聲》首度發表，算是溢出了本大系小說卷二之年份範圍，因此即使內容與形式頗具代表性，並未入選本書。

11 葉靈鳳〈序山城雨景〉，見羅拔高《山城雨景》(香港：華僑日報社，一九四三)，無頁碼，於目錄頁中作〈葉序〉。戴望舒〈跋山城雨景〉，見羅拔高《山城雨景》，無頁碼，於目錄中作〈戴跋〉。戴文另見於《華僑日報·僑樂村》，一九四四年八月一日。

12 方寬烈：〈淪陷時期一些留港文人的作品〉，《作家》(香港：香港作家協會，二〇〇五)，總第三十七期，頁三十七。

13 《香島月報》(香港：香島日報社，一九四五)僅出版七月的創刊號與八月的第二期。出版者署名胡山，編輯者為盧夢殊，並於每期撰寫「編者的話」，並分別於創刊號及第二期發表〈東亞政局概論〉及〈從東亞說到世界〉二文。

14 《香島月報》創刊號載有戴望舒〈李卓吾評本水滸傳真偽考辯〉及葉靈鳳連載小說〈南荒泣天錄〉之一。

第二期載有堯若（戴望舒）短篇小說〈海的遺忘〉及葉靈鳳〈南荒泣天錄〉之二。

15 近有研究者整理傅彥長（穆羅茶）一九二三至一九三六年間的日記，在傅氏可稱得上「往來無白丁」的記錄中，單一九二七一年，盧夢殊在日記中出現十五次，是傅彥長「關係最密切的朋友，也是他參與組建的上海音樂會和晨光美術會的成員」。見張偉〈一個民國文人的人際交往與生活消費——傅彥長其人及遺存日記〉，《現代中文學刊》（上海：華東師範大學，二〇一五年），總第三十四期，二〇一五年第一期。

16 柄谷行人《日本現代文學的起源》，頁一。

17 見鄭樹森、黃繼持、盧瑋鑾編《國共內戰時期香港本地與南來文人作品選（一九四五—一九四九）（上冊）》，頁四—五。

18 魯迅〈再談香港〉，見《而已集》，《魯迅全集》第三冊（北京：人民文學出版社，一九五六）頁四〇〇—四〇六。

19 柄谷行人《日本現代文學的起源》，頁六九。

20 黃天石曾任香港《大光報》總編輯，創辦香港新聞學社、中國書院，出任「香港中國筆會會長」，辦《文學世界》雜誌，戰後著有大量流行小說，生平參見秋笛〈黃天石留影桑榆間〉，《爐峰文藝》第三期，二〇〇〇年七月，及黃仲鳴〈兒女情多風雲氣小——黃天石小說探索〉，《香港文學》總第三四八期，二〇一三年十二月號。

21 關於秦季子的相關背景，見黃天石《一曲秋心》，頁六八—六九，頁一一二。

22 關於黃天石的相關生平，除前述秋笛及黃仲鳴文章外，另見甘豐穗〈開到洛陽尤似錦 豈因一貶損繁華——探索作家傑克的履跡〉，《作家》第六期，二〇〇八年八月。內有關於黃天石長女黃劍珠所作舊詩，並十八歲辭世之背景。

23 黃天石《一曲秋心》，頁六。

24 見盧瑋鑾〈侶倫早期小說初探〉，《八方》（香港：八方文藝叢刊社）一九八八年六月，頁五六。後來有關侶倫的研究亦有沿用此分期，見潘錦麟〈侶倫與香港文學〉，陳炳良編《考功集》（香港：香港嶺南學院中文系，一九九六），頁二六〇。

25 見侶倫〈序〉，《無盡的愛》（北京：中國友誼出版公司，一九八五），頁一。「作為這本小說題名的一篇小說《無盡的愛》，是在太平洋戰爭期間內寫的，那是日軍佔領香港後第三年，我在廣東省偏僻縣份的農村裏當小學教師的時候，因一點感觸寫成了這個作品。（……）一九四四年夏季，我用了大約三星期斷斷續續的課餘時間寫成了這篇小說。」

26 見溫燦昌〈侶倫創作年表簡編〉，《香江文壇》（香港：香江文壇編輯部）總第十六期，二〇〇三年四月，頁二二。

27 侶倫〈序〉，《無盡的愛》，頁一—二。

28 見黃振威〈日治時代的香港——談侶倫的中篇小說《無盡的愛》〉，《香江文壇》總第十六期，二〇〇三年四月，頁十七—十八。

29 茅盾〈小序〉，《鍛鍊》（北京：文化藝術出版社，一九八一），頁一。又篇名《鍛鍊》在簡體字版作「鍛煉」，惟茅盾親題之封面書名及《文滙報》連載之版頭均作「鍛鍊」，本卷亦作「鍛鍊」。

30 茅盾〈驚蟄〉，《小說月刊》第一卷第一期，一九四八年六月三十日，頁五。

香港現代戲劇生長的時代機遇與文化土壤

——《戲劇卷》導言

盧偉力

編輯《香港文學大系一九一九—一九四九・戲劇卷》是困難的，或許更準確的說，是難堪的。相對於詩歌、小說、散文，一九一九至一九四九年香港的現代戲劇創作是單薄的，更不用說相對於那時期非常蓬勃的粵劇。[1] 一九四〇年粵劇編劇家麥嘯霞（一九〇四—一九四一）寫了《廣東戲劇史略》，列出民國以來粵劇作家九十餘人，新寫劇目已超過一千。[2]

現代戲劇載體多元化，廣義來看，電影、電台廣播、電視等都有戲劇，三十年代中以後，香港電影生產數量超越上海，成為中國電影中心，有大量電影劇本創作[3]，但本卷所針對的只是舞台劇，或以舞台演出為想像的創作。此外，傳統粵劇當然是戲劇，談論香港戲劇文學創作，應當把它與受西方影響而衍生的白話劇，一併納入本選集，但作為文化形式（cultural form），粵劇的文化史淵源與表述習慣，畢竟與衍生於二十世紀初的現代戲劇不同，所以只好在此精選幾個代表作附註[4]，讓讀者按需要而尋索。希望日後《香港文學大系》可以有「影視卷」和「戲曲卷」吧。

「五四運動」之後，中國內地興起新文化運動、新文學運動，還有愛美劇運動（Amateur Drama Movement），有大量翻譯劇，並且不少作家都嘗試寫劇本，啟蒙民智。洪深（一八九四—

一九五五）編《中國新文學大系・戲劇集》（一九一七—一九二七）收錄了胡適、田漢、陳大悲、蒲伯英、葉紹鈞、汪仲賢、洪深、郭沫若、成仿吾、歐陽予倩、丁西林、余上沅、熊佛西、向培良、濮舜卿、谷劍塵、胡也頻、鄭伯奇等近二十位作者的作品，已是一種強大的文化力。[5]

毫無疑問，二十年代是中國戲劇的第一個黃金時代，據台灣學者馬森研究，共有最少二百五十九種創作，作家近一百人。[6]馬森認為這是西方戲劇對現代中國的第一次衝擊，稱這是中國現代戲劇第一次西潮。

然而，在同一時期，香港現代戲劇活動是缺席的。

辛亥革命之後，香港有過好一些演劇活動，但沒有太多創作，現在只保留了一些劇名，以及概述。[7]

二十年代香港有頗為蓬勃的粵劇活動，亦有夾雜粵劇程式、即興表演、白話短劇與趨時舞台技術以娛觀眾的文明戲，報刊關於粵劇的文化資料頗多，例如一九二四年創刊的《小說星期刊》，就經常登載劇評、創作、史論等[8]。但是，除了外國人社羣和小部分學校以英語或翻譯演出之外，香港並沒有以當時西方戲劇主流形態參照而創作的戲劇。[9]澳門的情況亦差不多。[10]

據香港文學史研究者盧瑋鑾、鄭樹森、黃繼持（一九三八—二〇〇二）的界分，香港新文學的萌芽期是指一九二七年至一九四一年，而以一九二七年為起點：

> 一九二七年二月魯迅來香港演講，對當時極守舊的香港文化界和文壇多少有點刺激，而白話文也大約在這個時期開始偶被部分報紙副刊接納；而號稱最早的新文學雜誌《伴侶》是

一九二八年創刊的，所以用一九二七年為起點。[11]

新文學在香港較內地晚出，戲劇在香港文學中又晚出。從文化區間去看，相對於上海、北京、南京、廣州等地，香港現代戲劇遠遠落後。

就目前資料來看，二十年代香港只有五個短作品（全收入本卷），並且有些也許只是發表在香港的外地創作，或者以華南其他地方為想像的作品。

三十年代中之前，發表在香港報刊上戲劇方面的文字，無論創作與評論，都是零星落索的；三十年代中則見到對西方戲劇推介的努力。基於此，本卷對「七七事變」之前的作品，採取較寬鬆標準，盡量收入，而「七七事變」之後，則視下列舞台劇作品為香港戲劇：

1. 在香港成長作者的創作
2. 關於香港，或帶有香港想像、香港感情的創作
3. 特定文化史背景下在香港發生的創作（在香港寫、公演）

創作，是指原創的作品，內容不限、風格不限，不包括翻譯劇，但改編作品，無論原作來自外國、本國，古代、現代，戲劇、非戲劇，都可算作「香港戲劇」，盡可能收錄。

必須指出，在香港出版並不是「香港戲劇」的充分條件。在開始編這書時，筆者曾參考胡從經編的《香港近現代文學書目》[12]中關於戲劇的章節，發現他收錄了很多選目，只是基於在香港出版這一點，嚴格看，在五十六條劇目中，其實大部分都不能視為「香港戲劇」。

有一個時期，由於香港的特殊殖民地狀況，大量左翼文化人為避過國民黨審查，在香港出版

不少內地作者的劇本。這些作品寫內地題材在內地演出，而感情上亦不涉及香港這片土地與民眾，並不能視為香港的戲劇。「七七事變」後，抗戰形勢也使香港出版了一些境外創作，例如廣東戲劇協會同人集體創作，由夏衍、阮琪、胡春冰整理的四幕歷史劇《黃花崗》[13]，於一九三八年三月在廣州演出，年底廣州淪陷，香港生活書店於一九三九年三月再版，五月香港戲劇界聯合公演[10]。《黃花崗》首演雖有一些香港戲劇工作者參與，但不能看成是「香港戲劇」。[15]

戲劇形式與憂患意識

在選編本卷過程，筆者看到一則文字，使我們知道在二十年代初，香港人亦開始留意到西方的劇場歌舞表演。一九二五年，以刊登小說、散文為主的《小說星期刊》在〈劇趣〉版，署名「夢蝶」的作者，刊登了一則題為〈努約筆舊〉的二百字短文：

> 一九二二年。余自波市頓至努約。曾於某舞台觀劇。女伶凡四五十名。穿肉色裸體衣。作蛱蝶舞。拍以音樂。歌韻清趣。余雖不明白。但其句語淺白者。亦可了解。該班有男女丑角。詼諧百出。令人捧腹。又有女伶二。飾中國前清裝。一舉一動。亦頗解頤。但帶有藐視之性質。辱我國體多矣。余觀斯劇。恨地無藏身洞。亦恨英語不通。不然。行將與該舞台交涉一番矣。雖然。國家衰弱。一出交涉。恐反為所嘲。寧不喪盡國體耶。悲乎國魂。若不奮自圖強。必為高麗印度之第二矣。[16]

這段文字的作者「夢蝶」即報人伍憲子（一八八一——一九五九），他在創刊於一九二四年的《小說星期刊》中有數十則文字，多是短文、感想，亦有一兩篇較長的小說。「努約」即 New York，今稱紐約，與倫敦並為世界戲劇重鎮。值得注意的是他在文中提到觀劇的年份（一九二二），是在《小說星期刊》創刊前兩年，而他寫此文於一九二五年，這意味着他是因為要寫作，搜索經驗記憶，提取這關連西方歌舞劇對中國人態度的一段，涉及民族自尊心與自卑感，非常微妙。夢蝶擔心中國淪亡，這是當時華人共同的憂患。

十九世紀末台灣割讓給日本，華人有淪亡的憂患。二十世紀三十年代，日本侵略中國，中華民族更到了生死關頭，這份憂患意識，既關乎民族自強，也關乎政治開明、文化進步。不過，身處於不同政治處境的華文族羣，在文化意向的表達，以及文化實踐、文化行動上，都有所不同。

西方戲劇在中國的第一度西潮，在華文族羣的接受是不平均的，或許可以說是有落差的。作為一種藝術表達模式，「現代戲劇」在二十世紀初不同的華人社區發展亦不一。

筆者曾以表概括中國內地、香港、台灣、東南亞四地的華文戲劇發展，細分為「辛亥革命」、「新文化運動」、「抗日戰爭」三個時期，很值得探討，如下：

時期＼文化地域	中國內地	香港	台灣	東南亞
辛亥革命	誕生	發生（短暫）	未發生	未發生
新文化運動	蓬勃（西潮） 文明戲式微	缺席 文明戲活躍	發生 有一定發展	發生、蓬勃 從僑藝到本土
抗日戰爭初期	蓬勃、救亡	蓬勃、救亡	受壓抑	蓬勃、救亡

明顯地，中國現代戲劇的發生是與國運連結的，以中國內地的發展最能説明這點。從革命到啟蒙到救亡，三個階段發展非常清晰，可以作為參照坐標。似乎，東南亞華文戲劇在這時期的發展多少是正向的，與中國內地呈現類似軌跡；而香港與台灣卻在不同階段缺席。[17]

當內地興起「愛美劇運動」，大量西方戲劇被翻譯、排演，話劇大盛，台灣亦逐漸有現代戲劇，東南亞地區更有業餘演劇運動，香港的現代戲劇發展卻有長達二十年的停頓，這是很值得研究的文化缺席。

編選本卷，我們面對第一個客觀現實是「香港戲劇遲來的西潮」。[18] 因此，我們有必要先談一談「香港戲劇」的文化政治問題。

中國戲劇・香港戲劇

香港的現代戲劇，在二十世紀初或者是英國僑民的英語戲劇活動，或者是華人世界新興的白話劇和學校的英語戲劇。從文化屬性來看，二者都只可說是發生在香港的戲劇，而很難説是「香港戲劇」。前者是英國外僑劇場，而後者只是「華人的戲劇活動」，勉強可以歸類為「中國人的戲劇」。

眾所周知，中國現代戲劇誕生於一九〇七年，那年留學日本的中國學生組織了「春柳社」，研究新派演藝，演了史迪威夫人的《黑奴籲天錄》[19]（*Uncle Tom's Cabin*, Mrs. Stowe, 1811-1896），把美國黑奴受壓迫的苦境淋漓地呈現。鴉片戰爭後，清政府與外國列強簽訂了一連串不平等條約，有識之士都確認中國必須改革。那是民族危機的時代，亦是民族覺醒的時代，所以，從主題內容來看，《黑奴籲天錄》是知識分子對中國政治現況不滿的回應。接着，中國境內出現了「文明戲」、「文明新戲」、「白話劇」，喚醒民眾。一九一一年，辛亥革命就成功了。

約莫在這個時期，香港現代戲劇亦發生了。香港當時是革命基地，「同盟會」在這裏辦報，聯繫海外，部署革命，亦在這裏以戲劇形式鼓動革命。這方面，據馮自由（一八八二——一九五八）在〈廣東戲劇家與革命運動〉一文記載，孫中山（一八六六——一九二五）的親密戰友，香港「同盟會」負責人陳少白（一八六九——一九三四），便在「辛亥革命」前組織「志士班」，讓革命黨人以廣東大戲宣傳革命。後來大陸興起「文明戲」，他甚至以白話演出；一九一一年春，成立了「振天聲白話劇社」，「粵省之有白話劇自茲始」[20]。據中國電影先驅黎民偉（一八九三—一九五三）在日記所載，一九一一年四月二十一日廣州起義（黃花崗起義）失敗後，有五十多位港澳地區的同盟會人聚集，成立「清平樂白話劇社」，一則鼓吹革命，一則掩飾身份，劇目包括《戲中戲》、《黃花影》、《偵探毒》、《愛河潮》等，「均大受社會歡迎，但為清廷所忌，屢為粵吏張鳴岐等請港政府禁演也」。[21]

中國現代戲劇的發生與政治運動結合，而香港現代戲劇的發生亦是與政治運動結合的，不過它並非針對殖民地統治者，而是針對清政府。

在辛亥革命後，大概亦有過一陣白話劇熱潮，從一九一五年到一九一六年，黎民偉記下了多則演出日記，當中提到參加「人我鏡劇社」於太平戲院演出《寄生》、《可憐兒》、《恒娘》等，但一九一七年之後就沒有記錄了。大概因為香港「中國人的戲劇」發生的原因在推動中國革命，所以革命成功後不久就沉寂了，只有「琳瑯幻境」劇社以文明戲形態繼續存在[22]。

據香港文壇前輩侶倫（一九一一—一九八八）於一九七七年在《向水屋筆語》談到早期香港詩刊時，對戲劇有一段憶述：

> 香港正式有話劇上演，也是三十年代前後的事。
>
> 在話劇出現之前，一般人所認識的只是所謂「白話劇」。那是一種自編自演、題材庸俗的「戲」，多數是在學校的甚麼慶典上，作為遊藝節目演出。但是在一九二八、一九二九年之間，話劇開始上台了。不過，仍然局限於學校範圍。那時候有三兩間較有名氣的女子中學，

在學校舉行慶典時，上演了熊佛西、丁西林等人的劇本。

但是把話劇正式公開上演，卻在一九三零年後。那期間香港有兩個話劇組織：一是以何礎、何厭兄弟為主幹的「模範劇團」，它的成員是何氏兄弟所辦的「模範中學」裏的一些教職員和學生；另一是以盧敦等為主幹的「時代劇團」，它的成員擁有後來轉入電影界的李晨風、吳回、李月清、高偉蘭和彭國華等一羣優秀的導演和演員。在一九三零至一九三四的幾年間，這兩個話劇團曾先後在戲院裏分別演出過《油漆未乾》、《謠言太過》、《茶花女》、《犯人》等幾個戲劇。[23]

侶倫這段回憶文字，概括的情況當然可信，部分資料則或有不確。首先「時代劇團」是盧敦等於一九三八年成立的，那時應當是「現代劇團」。此外，關於中學的名字，亦可能有誤。鄭政恆在前些年因研究二十世紀三十年代香港第一次電影清潔運動，發掘過一些何礎、何厭兩兄弟的資料，比較詳盡。[24]二人「曾就讀於歐陽予倩主辦的廣東戲劇研究所附設的戲劇學校，在粵港的文化界、教育界、戲劇界三方面都頗為活躍」[25]。然而，一九三五年發動了電影清潔運動後，卻沒有資料記載。

香港戲劇在萌芽期，涉及一條值得探討的線索：二十年代中到三十年代中華南戲劇運動發展對香港的影響，在人脈上，關聯了歐陽予倩（一八八九—一九六二）、胡春冰（一九〇七—一九六〇）等，亦關聯上廣東戲劇研究所。

何礎、何厭兄弟任教的學校，應當是他們父親一九三二年創辦的「九龍模範中學」（後來易名為「民範中學」），並大力推動戲劇活動[26]。二人或許曾居於香港，二十年代末三十年代初的活動中心在廣州，大概於一九三二年轉移回港，當即積極推動文教事業。一九三五年二月十一日《南華日報》有大篇幅「模範中學三周年紀念游藝會戲劇特刊」，公演梅特林克（Maurice Maeterlinck, 1862-1949）、歐尼兒（Eugene O'Neill, 1888-1953）、羅斯丹（Edmond Rostand, 1868-1918），以及田漢（一八九八—一九六八）和何厭的戲。這是一個小型戲劇節，是雄心勃勃之舉。在特刊中何厭透露他們一羣夥伴在一起「過了多年的演劇生涯，但直至到廣州劇運以某種原因沉寂下來之後，我們又跑到香港辦了這個模範中學，而且同時幹幹戲劇運動。在三年當中，演過了約摸十次的戲，戲也算介紹了幾十個，和若干的派別了」[27]。

在一九三七年之前，香港最重要的現代戲劇演出是一九三四年十月歐陽予倩導演，以他在廣東戲劇研究所的學生盧敦（一九一一—二〇〇〇）、李晨風（一九〇九—一九八五）、李月清等為班底[28]，以「現代劇團」名義演出的《油漆未乾》（*Prenez garde à la peinture*, Fauchois, 1882-1962）。[29]當時吸引了一些文教界人士觀看，任穎輝觀看了《油漆未乾》首演，並寫了一篇劇評，給予很高評價。[30]這個戲翻譯改編自法國當代戲劇，被視為香港現代戲劇運動的起步點。但在歐陽予倩回上海後，「香港這個新劇運動便沉寂下來」[31]。

日本全面侵入中國之後，全國沸騰，全面抗戰展開，戲劇成為宣傳抗日的重要媒介。這裏，或許可以引一段一九三九年十月二十三日《嶺南週報》冬青（即黃谷柳，一九〇八—一九七七）的一篇文章來說明：

……單就文化方面而言，戰時的文學，不但已展開了一個新局面，而且已成了一件抗戰期中不可缺少的利器。例如抗戰戲劇方面吧，牠在抗戰期中地位的重要，無須多贅了……我曾參加抗戰後方宣傳與戰區游擊的工作，深認識戲劇在抗戰宣傳上所收的功效，遠勝於文字或口頭上的宣傳。其中最大的原故，大半是因為社會文盲過多，同時大概又因為抗戰戲劇，能在統一陣線的意志之下，加上以民眾福利為前提，利用民族傳統的思想為背景，以最迎合民眾興趣的方式與簡單的動作表演出來，因而牠能夠抓住了民眾的心理，振奮民眾的怒吼，使敵人殘暴的行為，永遠深烙在民眾每個人的腦子裏，使每個鄉村角落裡，永遠培植下敵愾同仇的種子。[32]

民族危機使戲劇成為民族救亡的表述形式，香港「中國人的戲劇」也蓬勃起來。據當年參與戲劇活動的李援華（一九一五—二〇〇六）、陳有后（一九一五—二〇一〇）回憶，當時有超過一百五十個劇團[33]，業餘劇團、半職業劇團很多。這些劇團活動頻密，為了救亡，也為了愛國。香港文化界前輩羅卡說得好：「受到全國性愛國抗敵戲劇運動的刺激，壓抑已久的香港話劇潛流頓時如泉湧現。」[34]由於形勢險峻，儘管日本人未攻打香港，但亦有不少特務和英殖民地便衣警察監視戲劇運動，所以，有部分演出是秘密進行的，比如在班房、在工地[35]。

抗戰開始，許多左翼作家、新聞工作者、電影人、戲劇家南來香港，推動抗日文化活動。國內救亡專業演劇團「中國旅行劇團」、「中國救亡劇團」等巡迴來到香港，引起轟動。一九三九年七月，左翼劇人排演了夏衍（一九〇〇—一九九五）謳歌女革命者秋瑾（一八七五—一九〇七）

的《自由魂》，並舉行了演後座談會，超過二十位劇人出席，並在報上刊登[36]。這是意義重大的文化事件，標誌着左翼劇人要在香港建立根據地[37]，因為公開身份是作家的夏衍，二十年代末已加入共產黨，是上海左翼影劇運動的領導。這個時期重要的演出還包括共產黨人章泯（一九〇六—一九七五）導演的反法西斯劇《馬門教授》（*Professor Mamlock*, Friedrich Wolf, 1888-1953）和曹禺（一九一〇—一九九六）的新作《北京人》。

時代衝擊下，香港話劇界有強烈救國意識與族羣意識。一九三七年五月，「中華藝術協進會」成立，參加者有連貫、李育中、陳靈谷、劉火子、吳華胥、盧敦等。李育中（一九一一—二〇一三）回憶：「七七事變那一年，曾由盧敦、李晨風、張英（瑛）等演出《漢奸的子孫》，我也曾在那裏跑過龍套。」[38]此外，「華南戲劇研究會社」一九三七年初籌組，於十月三十一日首次演《保衛盧溝橋》、《雷雨》；一九三八年八月七日，香港戲劇界成立「香港戲劇協會」[39]。一九三八年十月廣州淪陷，香港成為華南救亡戲劇中心。一九三九年五月公演的歷史劇《黃花崗》，當時動員了全港戲劇界四十多個劇社劇團，聯合公演，七人導演團成員包括歐陽予倩、胡春冰、夏衍、黃凝霖、盧敦、李景波、譚國始（恥），共有數百工作人員。

綜上所述，現代形式的戲劇活動在香港崛起，是作為政治論述，也是文化戰線上的對日抗爭。那時的參與者稱他們的活動為「劇運」，與國運掛鈎。他們爭取不同黨派、不同階層共同努力，建立统一戰線[40]。在民族危機下，香港戲劇發展迅速，觀眾面愈來愈廣闊，藝術水平亦有所提高，為戰後香港戲劇發展提供了很強大的基礎。

抗戰時期的戲劇，是時代脈搏，波瀾壯闊。香港的戲劇活動，因中國對日抗戰而蓬勃，換句話來說，香港的戲劇亦即是中國的戲劇。

戰後，抗戰戲劇的動量促成香港戲劇運動的發展。

在國共內戰期間（一九四六—一九四九），香港是一個很特殊的政治文化空間。許多左翼人士為逃避國民黨拘捕而南來香港，而共產黨亦有意識以文藝來爭取海外同情者。一九四六年共產黨成立了「中國歌舞劇藝社」和「中原劇藝社」，團結青年男女，投身民族進步運動，解放全中國[41]。兩個團的活動非常活躍，包括陳白塵（一九〇八—一九九四）的《升官圖》，夏衍的《芳草天涯》以及改編自高爾基（Gorky, 1868-1936）《在底層》（*Lower Depth*）的《夜店》等；在現場傳譯協助下，「中原劇藝社」甚至曾為「中英學會」的外國觀眾演出改編自魯迅的《阿Q正傳》。他們最初在大劇場演出，後來走羣眾路線，以非正式途徑，半公開半地下，於天台、班房、郊外等演出，務求廣泛接觸觀眾。他們甚至演出過《小二黑結婚》、《白毛女》等延安作品[42]。香港政府對這兩個團的活動很留意，在一九四八年正式取締。

這個時期的香港戲劇工作者，與國內來香港的戲劇工作者一樣，視戲劇藝術結合民族進步為理想。所以從文化屬性來看，四十年代的香港戲劇，已不單止是「中國人的戲劇」，而是「中國戲劇」，並且通過把香港的戲劇活動融合「中國戲劇」，確認了香港戲劇的文化認同。

「中國」的含義，有兩個方面：其一是「政治中國」，其二是「文化中國」。不過當時側重的是政治多於文化，「文化中國」作為香港戲劇創作的想像基礎，在四九年後反因特殊的時代氛圍而顯得重要。

香港戲劇的創作

辛亥革命前後，香港就有文明戲，亦有劇名遺世，可惜仍未找到相關劇本。

就目前資料來看，現在能看到最早的香港本土戲劇創作是《洋煙毒》，作者署名謝新漢，大概是一位中學生，一九二四年公開發表於英華中學的校刊《英華青年》（一九二四，一卷一期）。接着幾年，香港開始有文藝期刊，但刊載劇本不多，只有第一本純白話文刊物、被譽為「香港第一燕」的《伴侶》雜誌，在第七期收入了署名般雪的獨幕劇《逃走》（一九二八年十二月十五日）。

這兩個戲，《洋煙毒》由四個短短的場面組成，全劇只有一千五百字，卻勾勒了一個人因吸毒而沉淪的過程，交待主人公煙屎二由學生放暑假無聊，受朋友影響而吸毒，到賣兒子，最後悲嘆街頭，可說是襁褓之作。《逃走》相對來說是較成熟的，也較長，有四千五百字，講一個逃避哥哥安排與軍人婚事的年青女子，隻身去到上海，卻陷於年青教書同事的愛情，與富有的王校董的追求之間。劇作者大概初步掌握戲劇情節必須集中，並能有一定的戲劇行動，主角最後的獨立宣言有些牽強，可說是學步之作。

兩個劇本，一個以粵語寫作，一個以白話寫作，一個以華南為想像，一個以上海為想像，為我們點出了那時香港現代文學的文化地脈關連。

二十年代香港出版物除了上述兩個戲劇，就只有不定期刊物《字紙簏》在一九二八到一九二九年間的幾個未完全成形的對話體創作。那幾個戲，帶有知識份子自嘲的筆觸，暗暗地回應國共分裂後時代的陰沉。

三十年代初，香港陸續有文藝雜誌出現，雖然並不長久，但亦算是新氣象，似乎背後是對文化進步的強烈追求。話劇作為文學形式，由左翼文藝青年的小眾邊緣開始，漸漸進入文化場景。《激流》、《小齒輪》、《紅豆》等雜誌都發表過戲劇；一些報紙亦設有文藝版，《南強日報》、《南華日報》間中會刊載短劇、獨幕劇。當中作品包括在地域上體現着南方城鄉的想像，與對日本入侵的憤慨（《湖畔歌聲》，一九三二），值得一提的是一九三四年七月《紅豆》二卷一期的一幕社會素描劇《賣解者》，其形式當可與後來抗戰時期的宣傳劇《放下你的鞭子》比照。其對社會各階層市民的好趁熱鬧而自私的特性，雖未作意識形態批判，但以窮學生同情並收留受毒打徒弟作收結，亦是有意味的聚焦。

就內容與技巧看，三十年代中以前香港有過優秀本土戲劇的機會應該不大。過去，我們論述香港文學，往往聚焦在民族危機大時代中，南來文藝工作者對香港的影響，對香港在華南文化區間的關聯卻討論不多。因此，本卷編選了何礎、何厭兄弟的一些作品，包括從一九三一年廣州泰山書店出版的劇本集《界》中選了獨幕劇《沒有領牌的》與三幕劇《某鄉的變化》（節錄）。前者寫為生活不情願當娼的一家，有同情之筆；後者寫階級鬥爭，意識強烈。

在華文戲劇文化三十年代出現成熟作品之前，何厭的創作或許對香港本土戲劇意識的衍生與發展有過影響。可惜何厭於一九三八年逝世，香港現代戲劇少了一支發展動力。至於為甚麼其兄何礎之後沒有留下文化活動資料，是很值得追尋的。

三十年代另外有一位戲劇作者任穎輝，亦曾在廣東戲劇研究所隨歐陽予倩學過戲劇。[43] 本卷收錄了他的獨幕劇《幻滅的悲哀》，似是以發生在廣州的學潮為背景，重點在以對白呈現不同性格的心態，而暗暗寫了三十年代初「九一八」後，在政府的高壓下，廣州大學生的失落。任穎輝後來留學日本東京，亦積極參與中國留學生之演劇活動。[44]

三十年代中開始，因應國內戲劇藝術發展的飛躍，加上因政治形勢與日本侵華民族危機而南來的文藝工作者，香港戲劇人脈得到擴展，對香港文藝產生很大影響，亦有條件產出較成熟作品。首先不少人都嘗試寫劇本，包括詩人、木刻家戴隱郎（一九〇六—一九八五），流行文學作者傑克（黃天石，一八九九—一九八三），一九三五年來港任教香港大學的許地山（一八九四—一九四一）。許地山本是國學家、散文家，來到香港，他大概出於對在地的人文關懷，寫作了包括兒童文學、戲劇等文類，本集收錄的《女國士》是為香港大學同學公演而作的。

「七七事變」以後，我們看到夏衍、李健吾（筆名劉西渭，一九〇六—一九八二）等人的戲劇在香港發表，我們把李健吾帶有香港想像的《黃花》選入本卷，而把這時期他們在香港出版的劇目附註。[45]

廣州淪陷，香港又多了一批華南文化人、戲劇人。那時，娜馬寫了《除夕》、《中秋節》兩個戲，前者事件發生在內地，對抗戰時期的政府頗有怨氣，最後寫逃兵一家要乘船前往某埠，似指香港；後者則寫人物對香港生活的不滿，涉及人物心態，在搬回廣州當順民，與留在香港不順心之間，他們會失落。例如與表親有姦情的女主人翁芳會自嘲「你現在就算是結交上一個賣淫的妓婦就好了！」以下是她的一段話：

……廣州失陷，我們就跑到這裏來，當初何嘗不想等待最後勝利之後，家鄉克服了纔回去，重建門户的，那裏知道，等了一年又一年，到現在已經整整的幾個年頭了，不要說連最後勝利的影子也沒有見到，報紙上天天看到的，總是一些，新的地方又淪陷了的消息……。[46]

南來文化人在香港的活動，在那種情勢，內容關乎全中國，但可算「香港戲劇」。譬如蕭紅執筆，為紀念魯迅（一八八一——一九三六）逝世四週年的《中國魂》默劇，可視為香港出品。曾導演過電影《風雲兒女》（一九三五）的左翼藝術家許幸之（一九〇四——一九九一），一九三七年曾把魯迅的《阿Q正傳》改編為話劇。一九四〇年他進入蘇北根據地，因緣際會下於一九四一年下半年來到香港，大概留至日本人佔領香港後才離去[47]。這段香港經歷與見聞，是他寫《最後的聖誕夜》的基礎。

這段時間的香港，對於中國內地的文化工作者，一方面是保留有生力量的寓居地，另一方面是爭取國際力量支援中國以及號召中國人抗戰的地方。例如，宋慶齡（一八九三——一九八一）就在一九三八年六月四日，在香港創立了「保衛中國同盟」（China Defense League）。

香港這個空間，別有象徵意味。它是中國人的地方，但政治上不屬中國；它與中國國土一脈相連，但暫時可免受日軍戰火威脅。一九四一年年尾日本攻打香港，大批南來文化人要離開，另尋安身之所，更添一份複雜情懷。這亦是田漢、洪深、夏衍在桂林帶着熱情寫《再會吧，香港》的動因。劇本由新中國劇社於一九四二年三月排演，演出時被禁，後改名為《風雨歸舟》，五月初再演出。

我們節錄的《風雨歸舟》，基本是一九四二年出版的內容，只是在格式上稍作微調。劇本與原來《再會吧，香港》有沒有不同已難説，但劇目的象徵意味卻很不同。《再會吧，香港》表示一份我們必將回來之心，當時香港是全國文化精英聚集，國共兩黨人士可以公開活動的空間，所以對於左翼戲劇工作者，跟「香港」説再會，並非離開一個地方，而是轉戰於另一個環境，為的不單是重逢於這地方，而是迎接一個中華文化精英匯聚，思想與政治相對自由的空間。

中國現代戲劇在二十年代中後，漸漸與左翼文藝運動掛鈎；在三十年代，社會影響愈來愈大；在抗戰時期，發揮過很大鼓動民族團結、宣傳愛國抗日的作用。那時香港的戲劇活動與時代扣得很緊。陳錦波在《抗戰期間香港的劇運》裏，除九篇文章外，還附錄了一九三八年四月十四日到一九四一年十二月八日的香港劇運大事、一百六十三個戲劇團體名錄、三百四十三個曾在香港上演的劇目、八十五位劇團導演的名字。[48]

香港劇壇前輩李援華認為：「本港創作劇的第一次蓬勃期是在七七事變發生到太平洋戰事爆發前夕」[49]。「由於時局急劇變化，劇人為了儘（盡）早反映情況，不得不動筆寫作。當時的創作劇以短劇居多，例如李匡華（一九一三—二〇〇三）的《逃避》、《沉冤》、《謀殺》、《自由神》等，他在四年間寫下十多個劇本，多是獨幕劇。」[50]

李匡華是李援華的胞兄，《逃避》或許是二人合作的，一九三九年由羅富國教育學院演出，可惜未能找到更多資料。

早期香港戲劇，另一值得留意的方面，是兒童劇的發展。早在二十年代，當香港現代戲劇還只是處於戲劇意識的衍生階段，就有兒童演劇。試看一九二五年《小說星期刊》一篇短文：

課餘思往事　　秋雨雁吟閣主

昨年結月某星期六晚。余晚飯後。散步門前。偶值余友三人。過余居。呼余曰。君欲觀白話劇否。余曰。願。友曰。願則請隨。余輩往。余遂隨彼輩行。至擺花街科瑜畫社內。時劇場已開幕矣。蓋該社開懇親會而以白話劇助慶也。劇情仿影戲之苦兒弱女。而扮苦兒弱女兩位小朋友。確好表情。演至最哀情處。真淚珠紛下。塲中觀者無不下淚。尤以婦女為甚，且有不忍目睹而思去。惟欲觀其結局而仍留者。

有一位劇員之小弟在塲上觀劇。看至其兄。為人侮弄時。大聲呼㕷勿擾其兄。後經將其解釋。他尚不信。一雙小目。注視其兄。一若甚關心者焉。及看至其兄將來侮者打擊。他更笑嘻嘻説道。好。好。余每謂小童之性最善。存心忠厚。不知有作偽之事。觀此則余説誠然。

有一位扮劇中最可惡者之朋友。及完塲時，女觀客有指而責之曰。「至衰佢咯。唔係因佢兩個細佬哥唔使至咁慘嘅。」噫。余真為此友呼不值矣。哈哈。[51]

這段文字記錄了香港戲劇文化初生期的現象。

三十年代中，何礎、何厭兩兄弟在「模範中學」推動現代戲劇，除了搬演外國及中國名家的作品外，何厭也創作過兒童劇《朱古力與黑麵包》。[52]

抗日戰爭激起了各種文藝運動，兒童劇亦勃興了。到了一九四〇年，似乎已形成一定自覺意識，把推動兒童戲劇、學校戲劇作為一種民族文化運動，甚至談論推動的方法、心態。以下是這時期值得注意的一些文字：

篇名	作者	出處	日期	文類
戲劇與教育	王永載	《大風》第六十七期	一九四〇年五月二十日	學術
「兒童劇場」首次公演特輯	王永載等	《國民日報》	一九四〇年十一月二十三日	評論
此時此地的兒童戲劇運動	胡春冰	《國民日報・新壘》	一九四〇年十一月二十四日	評論
「民族魂」與學校劇運	胡春冰	《國民日報・青年作家》	一九四〇年十二月八日	評論
由兒童戲劇說起	娜馬	《南華日報・半週文藝》	一九四〇年十二月二日	評論
兒童戲劇運動在香港的意義	曾昭森	廣東《資治月刊》	一九四一年一月五日	評論

《香港文學大系一九一九—一九四九》有《兒童文學卷》，收入了四位作者五個兒童劇，此

外，黃谷柳四十年代末亦寫過一些，也一起在本卷存目，有興趣的讀者可參看[53]。本卷只收錄兒童文學拓荒者黃慶雲的《中國小主人》，因其涉及了那個時代的重大道德問題——在淪亡國土上的生存與道德選擇。

《中國小主人》寫於廣州淪陷後，述說對象是包括香港在內的海內外未淪陷地區的中國兒童，呈現十歲男孩江小華一方面掩護愛國志士父親逃離廣州偽警的搜捕，另一方面則用機智、親情與道理來爭取偽警隊長反正，戲劇行動反映了黃慶雲對淪陷區身不由己的公職人員的同情。

自從一九三一年「九一八」事變，日本侵入中國東北之後，生活在日本人統治下的中國人，以及為日本人做事的中國人，就成為一種社會存在，於是，有順民、漢奸、偽警等一系列有道德貶義的標籤。在本卷的劇本中，不少都觸及這個問題，並且，有很多不同的層次，並非一面倒的單向批判。

本卷收錄日治時在香港做文藝工作的葉靈鳳（一九〇五——一九七五）一個論述對話體戲劇《和平救國》（一九四四），除了日本人血腥侵略、屠殺平民避開不談之外，裏面觸及批評英美另一形式侵略中國、控制中國，以及對國統區管治不當的議論，確又有一定的邏輯，放於今天，我們甚至可以說他有布萊希特（Brecht, 1898-1956）的辯證複雜觀照（dialectic complex seeing）。

這或許是葉靈鳳在特殊環境下的順應壓力之作，或許是他唯一一個戲劇。為甚麼是戲劇？或許因為對話中除了有和平救國論者之外，也有反對的，葉靈鳳可以通過其中一個角色的口，說了以下的一句話：「有利於國家的生存，惟有打倒日本！日本不打倒，中國永遠不能生存！」

和平是否就能救國?中國當代史證實，和平後不久國民黨、共產黨就內戰，解放後十多年就爆發「文化大革命」十年浩劫。

國共內戰時期，大量左翼文化人集中在香港，一時間青年戲劇、學校戲劇、左翼戲劇非常蓬勃。[54]業餘戲劇是當年戲劇工作的重要方面，並且當時非常鼓勵創作：

> ……我們的戲劇活動必須和我們的生活結合起來，成為整個生活有血有肉的部分。比方有些工會的演劇，就和工運問題扣得很緊的。演出的戲劇在傾吐他們的心聲，在戲劇晚會裏同時進行着會務的報告，把眾多的工友團結在戲劇晚會的周圍，提高他們對戲劇的認識和對工人利益的互相關懷。[55]

這個時期左翼文藝工作者非常重視青年與學生的工作。谷柳有一個獨幕劇《旗袍》[56]，記錄了當時青年男女排練歌詠與戲劇，這種健康團體生活正是當時大夥所知的文化生活。本卷收錄王逸的《月兒彎彎》，場景在唐樓，鄰屋就有歌詠隊，是進步生活的象徵。

據朱瓊愛等編的《教育魂・戲劇情——李援華初探》，李援華一九四九年前為羅富國教育學院編導過四個劇目，除《逃避》外，有《未婚夫妻》(一九四〇)、《都市流行症》(一九四六)、《處女心》(一九四九)。這些是否他的創作，資料不詳[57]。據李匡華女兒李國建等提供，李匡華常跟她談抗戰時「搞話劇」的事，並以「紀氧」筆名創作，在一九五四年出版了四幕劇《露斯之死》[58]，大概是五十年代初的創作。似乎李匡華、李援華在一九四九年之前是有一些戲劇創作的，可惜未能找到。

當時其他本土戲劇工作者的創作，現在也未能找到。這與當時活躍的左翼出版背馳。

當時香港的左翼戲劇出版情況，非常值得一提。一九四六年九月香港新民主出版社順應中國政治形勢發行了《獨幕劇新輯》，面向全中國，林洛在〈後記〉中概述了當時左翼戲劇出版的境況：

> 由于許多戲劇朋友，許多青年團體的要求和催促，要我編印一本能夠切合于戰後和平民主的建設時代底現實要求的短劇集子，來廣泛的供應各地戲劇社團的演出，這本集子，很快的就編寫完成，而且也應該很快就付印出版了。
>
> 可是，由于我們沒有言論出版的自由，要使一本能夠真正有點兒裨益于人民生活和真正有點兒貢獻于演劇事業的戲劇集子，在我們這個特殊的國情裏順利地出版，那是一件不容易的事情。然而在香港呢，出版業的不景氣現象，又影響著大部分幹出版事業的人們，都面臨著嚴重的經濟困難，加以市儈主義和封建餘力還依然的支配著今天的文化事業，這本集子的出版計劃，也就在這些困難萬分的客觀條件的面前，曾經不止一次的摔倒下來。為了要有補助于今天的民主運動和演劇事業的一顆耿耿不滅的心靈，也就幾乎沒有法子償願。
>
> 但是，「路是從沒有路的地方開闢出來的」。我們終于獲得了友人的支持，獲得文叢社的協助，幾經辛苦，籌借經費，這本集子，終于出版，和我們的朋友，讀者們見面了……[59]

四十年代末香港的戲劇活動非常活躍，出版意識也很自覺，這是追求民族進步的時代動能。麥大非的《香港暴風雨》，為「大觀聲片公司」演員訓練班結業演出而創作，差不多與演出同時，就於一九四七年出版了。[60]

四十年代末在香港重新出版，支持中國共產黨，由茅盾（一八九六——一九八一）主編的《文藝生活》，很重視戲劇這形式，並有意識地推廣方言文學，有過好幾期關於解放區的戲劇。這一類戲劇，大部分都不能說是香港戲劇，但考慮到作者的文化感性、述說對象，甚至語言，因此選擇性地收錄了部分作品。

在文化啟蒙與意識形態制衡之間，香港現代戲劇有很微妙的發展。到一九四九年「新中國」成立後，這情況變得更微妙。

餘話

作為文化想像，香港文學主體性的發展是很值得研究的問題。黃繼持認為二十年代至四十年代，南來作家的強勢使本地青年的自發行動退處一隅。[61]八十年代，黃康顯（一九三八——二〇一五）就指出一九三七年「七七事變」前後，國內文學的移植使香港文學萌芽期的作家隱退了，有些退到電影劇作，例如侶倫，有些退到流行文學，例如黃天石：

> ……三十年代的香港文學，尚在萌芽期，國內名作家的湧至，迫使香港文學，驟然回歸中國文學的母體，在母體內，這個新生嬰兒還在成長階段，當然無權參與正常事務的操作，不過這個新生嬰兒，肯定是在成長階段中，並沒有受到好好的撫養。[62]

以今天的視野看，香港文學有多重身份，它既是中國文學的一部分，亦是華南地區的一部分，而作為東西交匯、華人聚居的城市，由於殖民地特殊因素，又地處中國邊緣，自有本身地方色彩。不過，當時香港文學在萌芽期，文藝力量相對單薄，本地報刊內容，華南想像仍佔頗大比例，香港城市生活風貌未有太多書寫，更重要的是在中原意識影響下，難免北望神州，以中原為主體。

香港戲劇從文化上未形成意識，觀賞上未形成社會參與，到與時代互動，由自發而自覺，到近二十年成為華文戲劇一個重要的創作中心，探討藝術的自由境界，當中的歷史動量、主體意識，以及自我造命精神，都值得大大謳歌。

這次編輯工作，歷時四年，獲益良多，仍有未完滿之處，尚待發掘。過程中，我的學生陳麗芬、沈靜穎、盧柏浩、梁憫輝、胡馨月、杜育明、周欣等曾協助整理、校對工作，中國文學文化研究中心賴宇曼小姐、李卓賢先生常常提供我一些重要參照，在此致謝。

二〇一五年十二月

註釋

1 黃兆漢編寫於七十年代的《粵劇劇本目錄》，收入一九二〇年至一九四九年「香港大學亞洲研究中心」所收藏粵劇劇本，有二百零二種。據他說，粵劇劇本超過一萬，九十年代初也存一千五百以上。黃兆漢〈再版序〉，《粵劇劇本目錄》（香港：香港大學亞洲研究中心，一九九〇），頁iii。

2 麥嘯霞《廣東戲劇史略》（香港：中國文化協進會，一九四〇），頁五二。

3 香港作家侶倫一九三七年起從事電影編劇、宣傳等工作，在四十年代初把自己的小說《黑麗拉》改編為電影劇本《蓬門碧玉》（洪叔雲導，一九四二），後來亦寫過一些電影劇本；夏衍亦在香港寫過有香港背景的抗戰電影《白雲故鄉》（司徒慧敏導，一九四二）。

4 陳守仁編著《香港粵劇劇目概說：一九〇〇—二〇〇二》，一九五〇年以前收錄了《七賢眷》（一九〇〇年代）、《西河會妻》（一九〇〇年代）、《心聲淚影》（南海十三郎，一九三〇）、《胡不歸》（馮志芬，一九三九）、《虎膽蓮心》（麥嘯霞、容易，一九四〇）、《情僧偷到瀟湘館》（馮志芬，一九四七）、《光緒皇夜祭珍妃》（李少芸，一九五〇），每個戲設開山資料、主要角色及人物、故事背景，及詳細的分場劇情大要，很有參照價值。筆者曾請教粵劇藝術家阮兆輝先生、香港電台資深戲曲節目主持陳宛紅，嚴選一個那時期的粵劇劇本，他們異口同聲說是《胡不歸》。這個戲的整理本，見鄧兆華《粵劇與香港普及文化的變遷：〈胡不歸〉的蛻變》（香港：香港中文大學音樂系粵劇研究計劃，二〇〇四），頁一七九—二二一。在粵劇史上，有所謂「薛馬爭雄」，上述粵劇劇目，薛覺先（一九〇四—一九五六）主演有《心聲淚影》、《胡不歸》兩個，所以，或許可找馬師曾（一九〇〇—一九六四）的一個代表作來參照，筆者想到《審死官》，這劇目是嘲諷喜劇，有一九四八年的馬師曾、紅線女（一九二四—二〇一三）主演電影版本，亦有粵劇工作者何篤忠先生的整理本。

5 洪深《中國新文學大系・戲劇集》（上海：良友圖書印刷公司，一九三五）。

6 馬森《當代戲劇》（台北：時報文化出版社，一九九一），頁七〇—一〇三。

7 可參看方梓勳撰寫〈香港戲劇的誕生（—一九三六）〉，田本相、方梓勳編《香港話劇史稿》（沈陽：遼寧教育出版社，二〇〇九），頁一六—三五。

8 在創刊號有〈馬師僧與薛覺先之比較〉，《小說星期刊》第一期，一九二四年八月二十九日。

9 羅卡、法蘭・賓、鄺耀輝《從戲台到講台：早期香港戲劇及演藝活動（一九〇〇—一九四一）》（香港：國際演藝評論家協會（香港分會），一九九九），頁三三—三四。

10 宋寶珍、穆欣欣《走回夢境：澳門戲劇》（北京：文化藝術出版社，二〇〇四）。

11 鄭樹森、黃繼持、盧瑋鑾《早期香港新文學資料選（一九二七—一九四一）》（香港：天地圖書公司，一九九八），頁四。

12 胡從經《香港近現代文學書目》（香港：朝花出版社，一九九八）。

13 李門〈浩氣長存《黃花崗》〉，《劇壇風雨》（廣州：花城出版社，一九八七），頁三。

14 〈黃花崗特刊〉，《星島日報》，一九三九年五月三日。

15 再如曹禺（一九一〇—一九九六）的《北京人》，一九四一年五月二十二日起到十一月一日，一連一百〇三期刊登在香港《大公報・文藝》，我們不能視其為香港戲劇，就正如我們不能視在香港出版的莎士比亞（Shakespeare, 1564-1616）戲劇為香港戲劇一樣。

16 《小說星期刊》第二年第八期，一九二五年五月三十日。

17 盧偉力〈西方戲劇在華文族羣的傳播及其文化政治問題〉，《戲劇學刊》（台北：國立台北藝術大學，二〇〇七）。

18 盧偉力〈香港戲劇遲來的西潮及其美學向度〉，《香港戲劇學刊》第七期（香港：香港中文大學，二〇〇七），頁九九—一一二。

19 《黑奴籲天錄》初版於一八五二年，是十九世紀最暢銷的小說。

20 馮自由〈廣東戲劇家與革命運動〉，《大風》旬刊第十期，收錄於《香港文學大系一九一九—一九四九‧文學史料卷》頁三四〇。

21 黎錫編《黎民偉日記》（香港：香港電影資料館，二〇〇三）。

22 馮自由〈廣東戲劇家與革命運動〉，《大風》旬刊第十期，頁三一一。

23 侶倫〈詩刊物和話劇團〉，許定銘編《香港當代作家作品選集‧侶倫卷》（香港：天地圖書，二〇一四），頁三六〇—三六二。

24 鄭政恆〈教育、藝術、娛樂、商業？——第一次電影清潔運動的史料發掘與闡述〉，《文學評論》第十五期，二〇一一年八月十五日，頁八五—九二。

25 鄭政恆，頁八六。

26 何厭〈模範中學三周年紀念游藝會戲劇特刊〉，《南華日報》，一九三五年二月十一日。

27 何厭〈模範中學三周年紀念游藝會戲劇特刊〉。

28 有說何礎、何厭亦有參加這次演出，待考。

29 這個戲原著者為法國詩人、劇作家 René Fauchois（1882-1962），一九三二年於巴黎首演，極大成功，即由美國劇作家 Sidney Howard（1891-1939）改編為 *The Late Christopher Bean*，在美國、倫敦演出，一九三三年法國與美國都有電影版本，大概歐陽予倩就在這時看到《油漆未乾》的。

一九三二年歐陽予倩加入「中國左翼戲劇家聯盟廣州分盟」，三三年他隨陳銘樞到歐洲考察，到過法、英、德、意等國，並參加了蘇聯第一屆戲劇節，觀摩了莫斯科藝術劇院和瓦赫坦戈夫劇院演出。同年夏歐陽予倩回國後，亦隨陳銘樞「反蔣抗日」，籌組「中華共和國人民政府」（一九三三年十一月二十日—一九三四年一月十六日）。盧敦等為甚麼來香港是很值得探討的，也許是出走，會否跟一九三四年初起國民黨打壓廣州抗日文藝與戲劇活動，逮捕共產黨領導的「中國文化總同盟廣州分盟」成員有關，尚待研究。不過，這頁血寫的歷史，就成為盧敦後來導演《羊城恨史》（一九五二）的感性基礎。《油漆未乾》一九三四年演出後，歐陽予倩與國民政府和解，回國去。一九六二年，「香港業餘話劇社」由黃宗保導演，公演了《油漆未乾》；八十年代初，黎覺奔曾排演過，盧敦八十年代末創立的「香港影視劇團」亦公演過。在國內，歐陽予倩的過繼子歐陽山尊（一九一四—二〇〇九）曾替「中央實驗話劇院」排演（一九八三），「北京人民藝術劇院」亦公演過（二〇〇四）。以上參見盧偉力〈從盧敦的實踐看左派電影〉，何思穎編《文藝任務，新聯求索》（香港：香港電影資料館，二〇一一）註十八—二〇，頁九六。

30 任穎輝〈看了現代劇團公演「油漆未乾」後〉，《南華日報・勁草》二〇三期，一九三四年十一月四日。

31 羅卡、法蘭・賓、鄺耀輝，頁四〇。

32 冬青〈「抗戰戲劇」的力量〉，《嶺南週報》（香港：嶺南大學），一九三九年十月二十三日。

33 徐玉蓮〈與陳有后、李援華談香港話劇四十年——時代中的戲劇〉，《越界》第十一期，一九九一年九月，頁九二—九四。

34 羅卡、法蘭・賓、鄺耀輝，頁五九。

35 李援華〈香港劇壇的追憶及反思〉，方梓勳、蔡錫昌編《香港話劇論文集》（香港：中天製作有限公司，一九九二），頁五一—六八。

36 胡春冰主持、夏衍主講〈自由魂演出座談會——怎樣展開香港戲劇運動〉，《立報》，一九三九年七月三十一日。

37 殊倫〈現階段抗戰戲劇運動的形勢與任務〉，《立報》，一九四〇年五月二十四日；殊倫〈談香港戲劇運動的新方向〉，《立報》，一九四〇年六月七日。

38 李育中〈我與香港——說說三十年代一些情況〉，黃維樑編《活潑紛繁的香港文學——一九九九年香港文學國際研討會論文集》（上冊）（香港：香港中文大學新亞書院，二〇〇〇），頁一三一。

39 盧瑋鑾〈香港文藝活動記事（一九三七—一九四一）〉，《八方文藝叢刊》第六輯，一九八七年八月，頁二九〇—三〇四。

40 辛英〈建樹香港戲劇統一陣綫——希望于香港話劇團聯合會議〉，《大眾日報》，一九三八年七月二十六日；胡春冰〈展開戲劇陣線〉，《大眾日報》，一九三八年七月二十七日。

41 廣東話劇研究會《犁痕》編委會編《犁痕》（廣州：廣東話劇研究會，一九九三）。

42 一九五〇年《小二黑結婚》拍成電影，由董浩雲資助。

43 據李育中〈我與香港——說說三十年代一些情況〉，黃維樑編《活潑紛繁的香港文學——一九九九年香港文學國際研討會論文集》（上冊）（香港：香港中文大學新亞書院，二〇〇〇）。

44 任穎輝〈留東戲劇運動的前途〉，《南華日報》，一九三六年一月十日。

45 包括《回憶「一二八」》（劉西渭），《娼婦》（夏衍），《撫恤金》（章泯）。

46 娜馬《中秋節》，本卷，頁二三四。

47 參見甘豐穗〈文化人大逃亡〉，《作家》第三十七期，二〇〇五年七月，頁四一—五一。

48 陳錦波《抗戰期間香港的劇運》（香港：萬有圖書公司，一九八一）。

49 李援華〈漫談香港話劇發展〉，《香港文學》第十五期，一九八六年三月五月。

50 李援華〈漫談香港話劇發展〉。

51 秋雨雁吟閣主〈課餘思往事〉，《小說星期刊》第二年第三期，頁八，一九二五年三月五日。

52 何厭〈模範中學三周年紀念游藝會戲劇特刊〉，《南華日報》，一九三五年二月十一日。

53 現在能找到的一九四九年前的香港兒童劇，有黃慶雲《中國小主人》、《國慶日》、《聖誕的禮物》、《一雙小腳》，黃谷柳《前程萬里》、《破碎的蛋》、《生命的幼苗》，茜菲《兒童節日》，許穉人《互助》、《他們的夢想》，平涌《蒸籠》，阿佳《補鞋費》。

54 李門〈憶中原劇社等在香港的戲劇活動〉，《粉墨集》（廣州：廣東人民出版社，一九八一），頁一八九—一九三。

55 李門〈怎樣組織一次業餘的演出〉，《文藝生活》第四十六期，一九四八年十二期。

56 《青年知識》第二十七期，一九四七年十一月一日。

57 朱瓊愛等編，《教育魂・戲劇情——李援華初探》（香港：國際演藝評論家協會（香港分會），二〇一五），頁二一七。

58 紀氧《露斯之死》（香港：學文書店，一九五四）。

59 林洛編《獨幕劇新輯》（香港：文叢社，一九四六），頁一六四—一六五。

60 麥大非《香港暴風雨》（香港，新地出版社，一九四七）。

61 黃繼持〈香港文學主體性的發展〉，《追跡香港文學》（香港：牛津大學出版社，一九九八），頁九一至一〇二。

62 黃康顯〈從文學期刊看戰前的香港文學〉，原刊《香港文學》，載《香港文學的發展與評價》（香港：秋海棠文化企業，一九九六），頁三九。

文學評論與「畸形香港」的文化空間

——《評論卷一》導言

陳國球

一、「文學評論」的意義

「文學評論」與「文學」一樣，是現代知識架構底下的一個「現代」觀念。它的名稱也是近世才見出現，用以和近代西方文學術語 "criticism"——尤其十七、十八世紀以還由德萊頓（John Dryden, 1631–1700）、蒲柏（Alexander Pope, 1688–1744）所習用者——作對譯；[1] 例如 C. T. Winchester, *Some Principles of Literary Criticism* (1899) 就被翻譯為《文學評論之原理》。[2] 除了「文學評論」之外，另一個比較通行的譯法是「文學批評」。不過，羅根澤在比較中西文論異同時，特別指出「文學評論」比「文學批評」更合乎中國的評論傳統。[3] 更有趣的是，"criticism" 又曾被茅盾翻譯為「批評主義」。他在一九二一年《小說月報》的〈改革宣言〉中說：

> 西洋文藝之興蓋與文學上之批評主義（Criticism）相輔而進；批評主義在文藝上有極大之威權，能左右一時代之文藝思想。新進文家初發表其創作，老批評家持批評主義以相繩，初無絲毫之容情，一言之毀譽，輿論翕然從之；如是，故能互相激厲而至於至善。我國素無所

謂批評主義，月旦既無不易之標準，故好惡多成於一人之私見；「必先有批評家，然後有真文學家」，此亦為同人堅信之一端；同人不敏，將先介紹西洋之批評主義以為之導。然同人故皆極尊重自由的創造精神者也，雖力願提倡批評主義，而不願為主義之奴隸；並不願國人皆奉西洋之批評主義為天經地義，而改殺自由創造之精神。[4]

"Criticism" 又譯「批評主義」，一方面可反映出當時對新概念的命名，還有其「不確定性」；另一方面，可見這個概念在新文學運動時期不僅指向一種文學體類或者文學活動，更是一種文學的主張（「主義」）；茅盾等人認為這是西方文學的優勝之處，國人要師法學習。由此而言，被認定為源自西方的「文學評論」，在當時具有先進和啟蒙的象徵意義；而其功能不止於評斷高下，更在於建設新文學與新文化。次年，茅盾發表〈文學批評管見一〉，繼續指摘中國傳統中文學評論活動之不足，再借「文學批評論」向群眾宣導革新的意義：

中國一向沒有正式的什麼文學批評論；有的幾部古書如《詩品》、《文心雕龍》之類，其實不是文學批評論，祇是詩、賦、詞、讚……等等文體的主觀的定義罷了。所以我們現在講文學批評，無非是把西洋的學說搬過來，向民眾宣傳。但是專一從理論方面宣傳文學批評論，尚嫌蹈空，常識不備的中國群眾，未必要聽；還得從實際方面下手，多取近代作品來批評。[5]

當是時，不少言論都認同中國有必要重視這種文學活動，望能「互相激厲而至於至善」；這種想法與傳統詩話詞話「資閒談」的非嚴肅態度截然不同。[6] 例如與茅盾〈改革宣言〉差不多同時，有張友仁在《文學旬刊》發表的〈雜談：文學批評〉：

要曉得若欲使我們文學不歇地向前發展、進步，臻於精善，非有文學批評與之相輔而行不可；且比較尤其重要。近代西洋文學之所以發達，都是靠着文學批評的。7

《小說月報》率先在一九二二年第十三卷七號開闢「評論」專欄，刊載沈雁冰〈自然主義與中國小說〉一文；十三卷八號開設「創作批評」欄，一連登載三篇評論冰心小說的文章。同年郭沫若、郁達夫等的創造社，也在《創造季刊》設「評論」欄，第一號就收有郭沫若、郁達夫、張資平三篇文章。這種文學評論的風氣，連作為「新文學運動」對立面的「學衡派」也不敢輕視，例如胡先驌在一九二二年發表〈論批評家之責任〉，對批評活動的社會意義作出申論：

批評家之責任，為指導一般社會。對於各種藝術之產品、人生之環境、社會政治歷史之事跡，均加以正確之判斷，以期臻於至美至善之域。8

當然他們心中的「正確」與「新文學家」所追求的「開新」，方向並不相同；但對相關文學活動，仍然多所期許。此後，我們還見到一九三〇年六月現代書店出版由李贊華編輯，專門以中外文學的介紹和評論為主的期刊《現代文學評論》；三〇年代結集成書的還有范祥善編《現代文藝評論集》、劉大杰著譯《東西文學評論》、錢歌川編《現代文學評論》等等。9

另一方面，當時對文學評論的活動，還有一個着眼點。例如贊成「為人生而藝術」的王統照，在〈文學批評的我見〉提出：

中國以前的文壇上，只有種作為個人鱗爪式的觀察，而無有謂「文學批評」。這也許是由科學化而來的新精神，「文學批評」，乃隨了近幾年來新文壇上的創作與介紹的波浪，在後面助着「翻瀾」。……文學只是「感動」的媒介而已，此外一切都不免是題外的餘支，批評者只是在「感動」的範圍內，用明敏的眼光，去探求作者潛在的意識，或抒寫他自己真實的見地，這便是最重要的任務。不過這已是不容易担負的的任務了。[10]

可見他以「感動」和「意識」作為批評活動的線索。此外，鼓吹「革命文學」的成仿吾，在〈批評與批評家〉一文說：

文藝批評的本體，是一種批評的精神之文藝的活動。……一個文藝批評家作文藝批評的時候，是一個批評的精神在做文藝的活動；……真的文藝批評家，他是在做文藝的活動。他把自己表現出來，就成為可以完全信用的文藝批評——這便是他的文藝作品。[11]

推崇「人文主義」的梁實秋，在〈文學批評辯〉說：

如其我們把文學批評當作人類心靈判斷的活動，則文學批評與文學創作在時間上實無先後之別，在性質上亦無優劣之異。批評與創作同是心靈活動的一種方式。文學批評所表示的是人類對於文學的判斷力。文學批評史就是人類的文學品味的歷史，亦人類的文學的判斷力的歷史。……文學批評只是人的心靈之判斷力的活動而已。偉大的批評家必有深刻的觀察，直覺的體會，敏銳的感覺，於森羅萬象的宇宙人生之中搜出一個理想的普遍的標準。[12]

尤其值得注意的是：成、梁二人分屬文壇的左右翼，但都以「精神」、「心靈」之活動，來理解「文學批評」；這種講法，應該是當時的共識。[13]

「文學」本來就必然牽及作者讀者的交流溝通，讀者除了被動地接受作者發出的訊息以外，還可以主動加以詮釋、品味與評鑒；「文學評論」正是把這個受容與興發過程「前景化」的活動。由是，作為閱讀一方的批評家，可以其「專業化」的形象，擴大某種閱讀方向與判斷的社會影響力；從而面向原處於主動創發位置的作者群，與之對話、協商，甚至發揮限制、導引的作用。這些批評活動，正如成仿吾與梁實秋所意會，與極富流動性的精神領域有絕大關聯，當「文學」被賦予國族、階級、經濟等意義的時候，「文學評論」更容易成為文化政治與意識形態的爭逐場。事實上這正是現代中國文學評論的主要發展方向。就在《中國新文學大系》當中，與「評論」相關的兩卷各題為「建設理論集」和「文學論爭集」。胡適在《建設理論集・導言》中表示：

這一冊的題目是「建設理論集」，其實也可以叫做「革命理論集」，因為那個文學革命一面是推翻那幾千年因襲下來的死工具，一面是建立那一千年來已有不少文學成績的活工具；用那活的白話文學來替代那死的古文學，可以叫做大破壞，可以叫做大解放，也可以叫做「建設的文學革命」。[14]

鄭振鐸編《文學論爭集》，更標榜戰鬥精神：

我們相信，在革新運動裏，沒有不遇到阻力的；阻力愈大，愈足以堅定鬥士的勇氣，紮硬寨，打死戰，不退讓，不妥協，便都是鬥士們的精神的表現。[15]

「推翻」、「破壞」、「紮硬寨」、「打死戰」……，烽煙莽莽的戰場氣氛，猶在胡適和鄭振鐸的回憶裏。他們親身經歷新文化與新文學運動，以當事人的身份依「正反方」作史料與敘述角度的取捨；

於是，「反方」基本被消音，只遺下零落的殘蹟，成全被扭曲的敗戰者形相。另一方面，《中國新文學大系》編纂的時刻距離新文學運動已有二、三十年，這個歷史距離對於當事人自有今昔之別的感喟。鄭振鐸在〈導言〉中說：

> 敘述着這「偉大的十年間」的文學運動，卻也不能不有些惆悵、悽楚之感！當時在黑暗的迷霧裏掙扎着，表現着充分的勇敢和堅定的鬥士們，在這雖衹是短短的不到二十年間，他們大多數便都已成了古舊的人物，被「擠成了三代以上的古人」了。……他們反而成了進步的阻礙。無數青年們的吶喊的熱忱，只是形成了他們的「高高在上」的地位，他們踐踏着青年們的犧牲的軀體，一級一級的爬了上去。當他們在社會上有了穩固的地位時，便拋開了青年人而開始「反叛」。[16]

至於胡適的感慨，也見諸〈導言〉：

> 十幾年來，當日我們一班朋友鄭重提倡的新文學內容漸漸受到一班新的批評家的指摘，而我們一班朋友也漸漸被人喚作落伍的維多利亞時代的最後代表者了！那些更新穎的文學議論，不在我們編的這一冊的範圍之中，我們現在不討論了。[17]

事實上《中國新文學大系》各集的編者，這時已有不同的政治信仰；從整體而言，編輯團隊當中自是充滿多音複調。但綜觀《大系》，只有牽及文學評論活動的第一、二集，編者才在其導言清楚宣露歷史感喟。胡適和鄭振鐸以兩種不同的態度，體味歷史的變遷，固或有其個人的為文風格；然而，「評論」作為一種文學活動，更需要深入文字宇宙，游走於不同主體之間的精神領域；再加上時代又賦予淑世的責任，其間春秋之義特別容易彰顯。

《香港文學大系》的編纂意旨不離歷史的考掘，當中《評論》卷一（一九一九—一九四一）和卷二（一九四二—一九四九）的作用，就如時間的感光紙，讓早被遺忘的「文學香港」的一段精神史樣本得以顯影。當然，比之於胡適與鄭振鐸之編纂工作，我們編《香港文學大系・評論卷》沒有親歷其事的有利條件，但處於「局外」的位置加上更長的歷史距離，說不定也能帶出另一種審視「過去」的眼光，稍減大論述中「正反方」的倫理規限。再說，正因為「文學香港」至今還未見有完整體系的歷史載記，這些感光紙上的顯影，各以其形相的象徵與聯想互為勾連或者互成抗衡，有待異日更富辯證的歷史眼光作適切的敘述。

二、作為文化活動平台的「畸形香港」

早年香港的華文文學活動，不免局限於精英士紳階層，以保存民族文化於天壤海隅的想法佔主導。然而，隨着受教育的人口增多，作為通商口岸，各方訊息輸入的渠道不缺，例如十一歲從廣州來香港的袁振英，先後在香港英皇書院和皇仁書院接受英式教育，接觸到不少西方現代思潮，與同學創立「大同社」，主張無家庭、無國家，提倡世界大同；[18] 後來升學北京大學英文門，成為陳獨秀的追隨者，並得胡適的賞識，被邀約在《新青年》的易卜生專號發表長文〈易卜生傳〉。[19] 少年袁振英在香港的生活經驗，以至所接受的外語訓練、新思潮薰染等，對他日後的思想路向顯然有重大影響。因此我們可以說，早在「五四新文化運動」時期，已出現香港的身影。袁振英日後還兩度回香港工作，曾擔任重要的香港報章副刊——《工商日報・文庫》——編輯，長期在香港的報刊發表評介外國文藝思想的文章和譯作。[20]

「新文化／新文學運動」在中國內地是以革命的形式出現，以打倒「舊文化／舊文學」的壟斷勢力為鵠的。由這種思維帶動的歷史敘述，「正方」的光源只有白話文學一端，其餘「選學桐城」、「鴛鴦蝴蝶」，全被統合簡約為封建腐朽的黑暗面。但在香港的殖民統治階層眼中，「舊文化」從來只有民間意義，與土風民俗、地方信仰無殊。換一個角度看，傳統文化其實也是抗衡殖民文化侵略的一種力量；因此，在香港的華人社會當中，新舊文化固然有其爭持的局面，但卻不似內地的殊死爭戰。比方說，魯迅一九二七年二月十八、十九日來港作〈無聲的中國〉及〈老調子已唱完〉兩場演講，一直被視為香港文學史上的大事。當時《華僑日報》的報道和論述非常多。其中署名「觀微」的一篇評論就很值得注意。這篇文章舉出在香港深具民族文化承傳意義的「學海書樓」每星期三、六的公眾演講，與魯迅兩場演講相題並論：

> 夫談詩書講禮義之演講會，香港既已有其人矣，且有碩彥鴻儒為之主持其事矣，是闡揚國學，其力已綽有餘裕矣；故吾不患舊學之無人提倡，而患新學之無人發明耳。使吾人徒知古而不知今，則世界大勢，懵然不知也；時代思潮，昧然罔覺也。……尚有新學者惠然肯來，從事演講，是無異航行之星火；其所以賜益于後學者，豈淺鮮哉！

從行文風格與語氣來看，作者應是熟知「舊學」的文化人，但他的態度卻相當開放，認為現今之世，有必要接觸「新學」，瞭解「世界大勢」。他的結論是：

至于或新或古，同皆致其力于學術之林，吾今不能為左右袒。惟研古者不忘乎今，研今者不忘乎古；新舊同和，不作偏畸，則新舊之學，必有同時發揚光厲者；所望者在此。但不知此種妥協性，有人笑我為紳士態度否耳。[21]

這種新舊調和之論，其實中庸保守；於是他又以殖民地上的紳士（gentleman）作風自我嘲弄，可見作者不乏反思能力。

新舊文化同屆現場引發香港文壇中人的思量，早見於一九二四年羅澧銘在《小說星期刊》上發表的長篇文章〈新舊文學之研究和批評〉，細論「新舊文學派之論調」、「新舊文學之長處及其短處」、「新文學派之流弊」、「舊文學派之食古不化」等等。更早的還有一九二二年《文學研究錄》登錄章士釗〈新思潮與調和〉一文。章文原刊於一九一九年十月十日上海《新聞報》的《國慶增刊》，提出「新舊相待」、「捨舊不能言新」的主張。章士釗是胡適和鄭振鐸眼中反叛新文學的第三波惡勢力；[22] 然而，章士釗「新舊調和」的主張是相當一貫的。[23] 在香港出版的《文學研究錄》轉載這篇文章，應該是認同章士釗的主張。至於《小說星期刊》主編羅澧銘談新舊文學，其言說方式，極富香港特色；尤其他在議論胡適「八不主義」之「不避俗話俗字」與「不用典」時，既舉出不少廣東話為證，又羅列許多英語例子，可見他能活用兩文三語。他的結論也是盼求「不新不舊，不欹不偏。折衷辦法，庶其可乎！」[24]

新舊同列，從尊崇「新文學」的年輕創作者的角度看來，是過渡期的現象，或者說是他們企望擺脱的困擾；他們相信文學的發展，最終是通往合乎「現代（性）」的白話文學與新文化。一九二八年吳灞陵在《墨花》發表〈香港的文藝〉，覺得「香港的文藝是在一個新舊過渡的混亂、衝突時期」，「文學的新潮，奔騰澎湃，保守的文學的基礎，已經動搖，這個混亂、衝突的時期，不久就會渡過的了。」[25] 然而，以新汰舊的線性「現代化歷史觀」只能說是香港青年作者群的盼望。在香港的具體社會環境裏，「混雜」的持續卻頗見韌性。一九三六年侶倫以「貝茜」的筆名撰寫〈香港新文壇的演進與展望〉，還感到「舊文學」勢力盤踞文壇，「新文學運動是在客觀環境的幾重壓迫中，支持着命脈」。[26] 如果我們再考慮後來所謂「三及第」文體（混合文言、白話、粵語）之能夠擁有廣大的讀者群——包括知識份子以至普通小市民，而且流行久遠，大概要再進一步思考香港文化和語言中的「舊」、「文言」成分的意義了。[27]

評論香港文壇，還有兩個常用的觀念：「商埠」和「畸形」。吳灞陵形容香港「是一個商埠，只是商業發達，文藝，便不得不為環境戰勝而落後」——這是一九二八年的話；侶倫說香港是「一個商埠，而不是一個文化地點。……香港的文化是畸形地發展的」——這是一九三六年說的話；[28] 茅盾一九三八年初到香港，當時就有這樣的感覺：「香港，是一個畸形兒——富麗的物質生活掩蓋着貧瘠的精神生活。」；[29] 簡又文一九三九年〈香港的文藝界〉則說，如果他是漫畫家，他只畫兩件東西便可以把香港充分地表現出來——苦力工人挑擔的竹桿，以及一把商人操奇制贏的算盤；「香港原是亞洲東南的大海埠，只是個重要的商業中心」。[30] 一九三三年石辟瀾（筆名「石不爛」）以〈從談風月說到香港文壇今後的動向〉為題，討論「香港社會」、「香港文化」與「風花雪月」的關係；據他觀察：

香港是交通南北的一個重要都市，卻不是現代式的工業都市，而是一個畸形發展的商業社會。在這裏看不到矗立空際的煙突，有的只是五光十色的百貨商店……。香港社會既然外面披一件摩登漂亮的大樓，而內面卻是一套長衫馬褂，它的文化脫不離風花雪月，自為不能諱言的事實。[31]

石辟瀾是在廣州與香港兩地活躍的左翼文化人，有由「文學革命」到「革命文學」時代的「文化潔癖」；他的分析貼近三〇年代流行的社會主義思想並不奇怪。他認為香港的社會特性產生了「風花雪月」的文化——香港學生看的是張恨水的《啼笑因緣》、張資平的「三角戀愛」小說，欣賞電影《白金龍》。[32]一九四〇年香港文壇另有一波由左翼文人楊剛發動的「反新式風花雪月」論爭，批判對象主要也是個人主義的感傷作品。石辟瀾文章結尾提到一九三三年二月十三日蕭伯納訪問香港大學的演講，以鼓勵青年人投身革命。[33]楊剛等則提醒青年在抗戰時期應寫現實的抗戰文學。[34]

值得參詳的是石辟瀾的香港「畸形」說，比囿限於一時的「革命」呼籲更有代表性。香港被認定因為其地理環境（「交通南北」的海埠）而走在現代化的途上，但缺乏現代化都市特徵的「工業」（「煙突」）；工業革命是西化現代化過程的支柱，但香港都市建構的基礎只能是「商業」。「商業」的象徵意義與「工業」不同，是透過位置與關係不斷變換、傳移，以謀取存活及成長的空間，是無根的「非實業」、是不會持守固定價值觀的「投機」；由這些引伸義連接上「畸形」（相當於「不正常」）的定性，似乎是順理成章的。「畸形」當然是貶義，但即使是出自本土的侶倫，也同意這個判斷。事實上，「畸形」的具體涵義，非常廣泛；既可指香港城市缺乏工業之不正常的現代性，也可指香港人之市儈氣習，不同於農業社會之傳統倫理秩序，更何況「舊文化」在香港居然還與「新文化」在掩映之間。總之，香港之不合「常模」，就是「畸形」。或者我們將「畸形」置換為「他異性」（alterity），[35]思考不同位置對這「他異性」的解讀，也許能夠深入當時所謂「新」與「舊」、「本地」與「外江」等矛盾衝突與協商互動之間的微妙關係，甚至有助我們思考百年來香港文化空間的模態與演化之跡。在英帝國統治下的香港人，大都沒有作英國人的願望（或資格）；香港基本上是華人社會，認同想像中的「中國性」，但始終有不能完全企及的焦慮，也往往為中土人士視作洋奴。[36]香港的華人就在企圖「認同」與體認「他異」（otherness）之間，不斷探求身份的定位。[37]然而，香港文學往往就在探索過程中顯出它的生命力。

三、觀潮與弄潮於南國

香港的文化政治境況和地理位置，有利於各種思潮的流進流出。前面提到在香港讀英文中學的袁振英，於此間養成他的前衛思想和英語能力，日後能夠在中國新文化運動和接續的思想傳播過程中發揮重要作用。以下我們再以兩篇早期香港的文學評論文章為例，窺測文學思潮在香港流播的多種途徑和方向。首先是二〇年代末刊於《香港大學雜誌》一篇五千餘字，圖文並茂的論文

〈韃韃派〉；另一篇是三〇年代中期在易椿年等編的《時代風景》登載，長達八千五百字的〈新藝術領域上底表現主義〉。[38] 後者執筆人是二十世紀香港戲劇運動的健將，當時只有十九歲的黎覺奔；前一篇作者是香港大學教育系學生葉觀棪。兩位年輕人在香港撰寫出擲地有聲的文藝思潮論介，而取徑又各自不同。

所謂「韃韃派」現在通稱「達達主義」（Dadaism，也曾被譯作：「打打主義」、「踏踏主義」、「大大主義」、「噠噠主義」……），中國內地最早以專文介紹這一個思潮的，應該是（黃）幼雄於一九二二年四月發表於《東方雜誌》的〈韃韃主義是甚麼〉；同年六月沈雁冰於《小說月報》的「海外文壇消息」欄以〈法國藝術的新運動〉為題介紹「大大主義」。[39] 西方文學思潮傳入中國，往往假道於日本，[40] 幼雄的文章亦不例外，基本上是日本批評家片山孤村在《太陽雜誌》發表的〈駄駄主義の研究〉的摘要翻譯。[41] 因着片山原文的重點，〈韃韃主義是甚麼〉的內容主要聚焦於這一思潮起源和發展流播的歷史，而沈雁冰的簡介更偏重達達主義在法國的文藝表現。葉觀棪的〈韃韃派〉卻未有透過日本這個中轉站。葉文開篇先介紹佛洛伊德（文中譯作弗勞特）的「潛意識」之說，作為達達主義反對思想被壓抑於意識下的根據。然後是分析達達主義的藝術表現及其引起的反應；我們發現這部分主要取材自美國藝評家舍爾頓・切尼（Sheldon Cheney）一九二二年的論文〈為何達達？〉（"Why Dada?"）。[42] 切尼在文中自許為達達主義者，對達達主義的藝術思維予學院派及社會秩序的衝擊有非常內行的分析。比照原文，更可以見到葉觀棪適時添加自己的論斷，而不是僅僅搬字過紙。更值得注意的是，整篇取向與內地二〇至三〇年代對同一思潮的判斷迥然不同。內地的典型評價可以李健吾為《文學百題》寫的〈什麼是達達派〉為例；李健吾認為：

達達派正是這樣一種盲目而消極的力量，……他是炮火之下的一種變態的行動。[43]

較為中性的是孫席珍〈大大主義論〉：

牠真是藝術史上空前絕後的一個場面，是資本主義社會最後階段的破碎狂亂的小市民意識之最後的最極端的表現。[44]

葉觀棪的見解卻是：

近年就有《新青年》領導着的文學革命，這革命的使命係推反古典文學的貴胄化的因襲，而建設新文學。牠的信仰：真正的文學是原始與民眾的文學……。由文學革命而至到目下呼聲最高的革命文學戰蹟追蹤，韃韃主義的精神自不能掩。[45]

這種理解方式和觀察角度，要到二十一世紀陳思和提出「五四文學的先鋒性」，才再次見到。[46] 如果我們認同陳思和的論說開啟了中國現代文學史的新視野，則閃爍於葉觀棪文章的光芒，也不應被遺忘。

至於黎覺奔文章的理論資源，大概是他在上海中華藝術大學——左聯在此舉行成立大會——修讀時所取得。文章結尾列出「本章參考書目」，加上正文附註所見，多是上海出版的左翼文學論著。[47] 事實上黎覺奔討論的「表現主義」，從二〇年代初開始已有大量譯介。[48] 再細察之，可知文章前四分一的內容大抵沿襲魯迅翻譯的片山孤村〈表現主義〉一文；[49] 魯迅譯文前列重點大綱，黎覺奔也仿照列明文章要點。不過，黎文的範圍比魯迅譯文豐富，尤其在戲劇和音樂兩個藝術品類的討論更加深入細緻。文章最後四分一是對「表現主義」作出整體的評價，其判斷的基準是社會主義的唯物論，認為「表現主義」是「神秘主義的」、「唯神論的」、「個人主義底的」，是「將死的資產階級之藝術」。然而，這篇文章有趣的地方在於結論與文中的具體描述和分析並不吻合。尤其黎覺奔所專長的戲劇部分，可以見到他對「表現主義」的欣賞，比方說「索福克來斯或莎士比亞底悲劇，莫里哀底喜劇，卻帶着表現主義的性質的」，又說：

> 這許是表現派的演劇底最主要的價值罷。牠能夠除去了戲曲與舞臺之間的裂縫，而做了演劇底本質的、形式的統一底嘗試，還在舞臺的可能性底領域內獲得了顯著的成果。

更加內行的話是：

> 在表現派的舞臺上，是要藉光底手段，和演出底本質自身相融合着；同時解決一切的行動底連續，場面轉換底敏速，和力學底諸問題。……牠在舞臺上專靠配光底手段，獲得了自己底形式的統一，自己結構底充實，而完成舞臺技巧底莫大的效果了。[50]

如果我們再結合文章開首部分所據的魯迅譯文，例如說：

> 〔表現派〕是熱烈地一面擁抱着現實，一面依據於精神的貫澈力、流動性，和解明的憧憬，依據於感情的強烈與爆發力去征服現實制度與現實的。……
>
> 在自然派，人是藝術的客體，而表現派則是主體。就是，人行動，反抗現實，和現實鬥爭。[51]

這些評語，很難稱得上是負面。我們今天會更明白魯迅的深刻，他對藝術有通透的理解與感悟；

在他眼中「表現主義」並沒有違反他的戰鬥精神，是他能欣賞的藝術模式之一。十九歲的黎覺奔未必有魯迅一樣深邃的智慧以解讀藝術與人生；他的長篇論文顯示出嚴肅面對文藝時的一種游移滑動。這種滑動，正如上文所說，是「認同」與「他異」之間的依違往返。再放寬一點來看，葉觀棪與黎覺奔兩位年輕人，其學思取徑看來有所不同；葉在殖民地大學尋得向外取經的門徑，而黎往內地就學而得到思想的挹注。資源來處或者有異，其實都有助他們各自面對種種文化政治——葉觀棪嘗試從達達主義帶來的視角去理解他意欲認同的文學革命以至革命文學；黎覺奔投身戲劇運動時，要思量如何取資於表現主義以促進舞臺藝術，又不致違反他的政治信念。

除了這兩篇很有象徵意味的思潮論介之外，這時期香港文壇上還出現了不少別具深義的文學思想探索，而參與者身份的多元，也見證了「文學香港」廣納眾川的特色。例如在一九三四年發表〈論象徵主義詩歌〉的戴隱郎，出生於吉隆坡，後來先後成為馬共和中共黨員，實際參與抗日及反殖民統治的戰鬥，同時是詩人、木刻及水彩畫家、劇作家。他在香港停留的時間不長，但三〇年代居住在灣仔的日子，已為香港文學史留下重要文學業績。他和當時活躍於香港的文學人如李育中、易椿年、張任濤、溫濤、譚浪英、張弓都有交往；他和劉火子合辦《今日詩歌》，更創立「深刻木刻研究會」，在《時代風景》以及《南華日報．勁草》發表隨筆、劇作和詩。另一位年輕理論家李南桌在香港的時間更短。他是湖南人，在北京完成中學和大學，一九三八年二月在長沙遇上茅盾；茅盾對他頗為欣賞，開始把他的文稿發在香港編輯的《文藝陣地》。同年七月李南桌避戰禍到香港，十月就得急病去世。他主要的文學評論著述，是在香港發表或完稿；身後十篇文章結集成《李南桌文藝論文集》，也在香港出版。[52] 這位出色的理論家以〈廣現實主義〉和〈再廣現實主義〉等精彩論文，照亮了香港的文壇。把這兩篇一九三八年的文章與四年前戴隱郎的〈論象徵主義詩歌〉並讀，意味更覺深長。[53]

戴隱郎以七千餘字的長文細意評述他認識的「象徵主義詩歌」的「產生」、「特徵」、「技法」，與「前路」。事實上，作為文學思潮，「象徵主義」較早受到關注與接納，傳入中國的歷史軌跡清晰。[54] 無論從歷史敘事或者理論分析來看，戴文新意不多；以深度而言，遠遠比不上同一年四月梁宗岱發表的〈象徵主義〉。[55] 戴隱郎的評論基準在於階級與社會分析，批判「象徵主義詩歌」之個人主義與逃避現實的趨向；但比諸翌年（一九三五年）出現，採取同樣批評視角的穆木天〈什麼是象徵主義？〉一文，[56] 也失色許多。反之，李南桌從現代文學思潮最為主流的「現實主義」出發，同是左翼思維方式，卻能打開「現實」的通道，可以直抵「象徵主義」的深處，得出的結論是：「象徵主義中之最高級的東西，也就是最深刻的鑽入現實的東西」。李南桌以他寬廣的胸懷和視野，在香港這個文化平台，把左翼文藝論述帶到一個新高點。[57] 回看戴隱郎之謹遵現實主義教旨，卻選擇一種「唯心」、「空虛」、「病態」的文學主張來作長篇大論，我們或者應該思考他作出這個選擇的意義。戴隱郎是對「祖國」充滿想望的南洋土生「華僑」；正如莊華興所揭示，他無論身處土生地還是作為「歸僑」踏足於中國大陸，都處於一種「離散」的境況。他的人生旅程就是不斷的「流亡、流寓，以至放逐」。[58] 我們相信，他同時也是不斷地作「認同」的求索。他到上海求學，固是文化認同的行為；學成來港，結合同道辦詩刊、創木刻社，與劉火子、溫濤、譚浪英組

「同社」，大概是同一種心態。撰寫〈論象徵主義詩歌〉一文似乎是清洗「個人主義」思想雜質——一種「他異性」——的一項儀式。文中特別以當時不少文學青年追隨的上海《現代》雜誌詩風作批判對象，認為「象徵主義詩歌底前路」是「不會樂觀的」。所以他要向自己宣明人生的路向。他在稍後發表的獨幕劇《路》，以及與〈論象徵主義詩歌〉同一期發表的詩〈黃昏裏的歸隊〉，都寄寓了他的心路歷程。尤其詩中所想像的「旋律似的／群的步武／……／湊成了／力的諧和／群的交響樂／……／當力的群／鐵的隊伍／重新出動的時候／許是陽光普惠大地的黎明」，就是他追尋的「認同」。[59] 看來香港正好見證了戴隱郎尋求「認同」歷程的一個「文學」階段。據說往後他走在人生旅程上，手中所握就不一定是鋼筆、畫筆，或者雕刻刀，還可能是槍和子彈。[60]

香港作為文化空間，無論是自覺的或是不自覺的，往往被塑造成中國內地的延伸。在抗日戰爭還未正式爆發時，內地的文學論爭在香港已見到有所和應。例如一九三六年內地出現非常熾熱的「兩個口號」——「國防文學」與「民族革命戰爭的大眾文學」——之爭，[61] 香港報刊也有相關議題的討論。在內地，「兩個口號」之爭直接關涉國共和中日之間的實質政治，以至蘇聯及共產國際的判斷與謀略。[62] 在香港所見，雖則論者如吳華胥、王訪秋等，也是各有政治立場，仍不過是旁觀者的「吶喊」，或者「冷眼」；最具體的政治反而是因港英統治者的報刊審查而出現的「××××」或「□□□□」。[63]

及至戰火在中國大地蔓延，各方文化人如潮湧至；[64] 內地政治與文化的勢力填滿香港的公共空間，一時間將之改裝成全國的廣播臺，尤其像一九三八年二月茅盾在港主持《文藝陣地》編務、一九三九年三月「中華全國文藝界抗敵協會香港分會」成立，同年九月「中國文化協進會」成立等，其活動面向都是全國；而香港報刊登載的文化政治評論，如「抗戰文藝」、「新文學與舊形式」、「文藝大眾化」等等，基本上就是中國文壇議論的一部分。當然，這時期也有一些本來屬於全國性的「抗戰」議題，卻引發了「地區性」的論爭，例如在一九四〇年十月開始的「反新式風花雪月」討論，本是南下「工作」的左翼文人楊剛為指導香港的文藝青年而提出。她批評這些青年中了「懷鄉病」、「坐進自己悲哀的囚牢，想着流水，想着風……」，她稱之為「新式風花雪月」，認為與當前「民族煎熬，社會苦難」並不相稱。她指出這現象可歸咎於「創作傾向」的失誤。[65] 與之爭辯的是《國民日報》的胡春冰與曾潔孺，他們也認同香港青年要寫國家苦難，但認為這是個「創作方法」的問題，而不是「傾向」。[66] 這些討論其實是內地三〇年代在蘇聯文藝政策影響下對「創作方法」和「世界觀」的認證爭論之延續。曾潔孺等雖然也嘗試操作類同的理論語言，[67] 但與正統的蘇聯政策追隨者相比較，會被認為落後於形勢。根據左翼文化圈的報道，這場辯論是以楊剛及其盟友「大獲全勝」結束。[68] 然而，對於香港的文藝青年來說，這場辯論其實是一種「離地」的「革命啟蒙」。

一九四〇年在香港發生的另一場論爭，是「和平文藝」與「抗戰文藝」的對壘。這時期《南華日報》與上海的《中華日報》互相呼應，同為主張「和平、反共、建國」，與日本「共存共榮」的南京汪精衛政權作政治宣傳；《南華日報》創立副刊《一週文藝》（後來改為《半週文藝》），推動「和平救國文藝運動」。[69] 香港的參與者包括娜馬、李漢人、陳檳兵、揚帆、李志文、朱伽、蕭明、何洪流、沈克潛、許衡之等，從署名看來人數頗不少，但是否個別作者化用不同筆名，就難以考究了。當中的言論重點是反對「八股的、淺薄的、虛偽的『抗戰文藝』」，鼓勵作家「衝過在他周圍的，虛偽的，兇惡的政治勢力，真真正正為現實去創作」。[70] 對於以政治文宣為主要任務的「和平文藝」論者，這種主張實在極富反諷意味。在他們的對立面，支持「抗戰文藝」的左右翼文人，如戴望舒、施蟄存、徐遲、葉靈鳳、胡春冰、陸丹林等都發表文章譴責，《星島日報・文協》還組織過《肅清賣國文藝特輯》痛加抨擊。[71] 雙方互相批駁的言論，都是政治話語，只能算是各懷目的的時評。反而這時期《南華日報》文藝副刊之中種種駁雜的文學評論，或者可以帶來一些審思的角度。例如當中不少文藝評論借用當時主流的「現實主義」論述，鼓吹戰鬥、革命；但另一方面，又有從「非戰思想」細論古典詩詞，更不乏「唯美」、「虛無」文學的頌揚。[72] 站在文化多元的角度而言，這些異樣的論述其實頗見深度；並置合觀卻有一種詭譎的感覺。至於許多「曲終奏雅」的言說，究竟是「敷衍交差」，還是「真誠信仰」，因為缺乏「知人論世」的基本資訊，我們實在沒有辦法辨識。無論如何，這部分的文藝評論又是香港曾經出現的「他異性」畸形論述之一。

處於邊沿位置的香港，文學人要作「觀潮者」，比起充當「弄潮兒」的機會多得多。香港的報刊文章，不時出現世界各國文學的述介；前述袁振英主持的《工商日報・文庫》，已見到許多西方文訊。再以三〇年代一本重要的文學雜誌《紅豆》為例，在一共四卷二十四期中，就有好幾個專號系統地介紹外國文學；例如二卷三期《世界史詩專號》譯介希臘、芬蘭、羅馬、法國、德國、英國、俄國、西班牙、印度九個國度的史詩傳統或重要作品，應是當時華文世界中對史詩文學最深入的介紹；[73] 二卷六期《當代英國小說特輯》專論赫胥黎（A. L. Huxley）、喬也斯（James Joyce）、武爾夫（Virginia Woolf）的作品；三卷一期《英國文壇十傑專號》評介喬叟（Geoffrey Chaucer）、斯賓塞（Edmund Spenser）、莎士比亞（William Shakespeare）、密爾頓（John Milton）、菲爾丁（Henry Fielding）、華滋華斯（William Wordsworth）、拜倫（Lord Byron）、狄更斯（Charles Dickens）、白朗寧（Robert Browning）、喬也斯等十位英國作家；三卷四期的《吉伯西專號》更別具心眼，專門介紹歐洲的吉卜賽文學與文化。雜誌上還出現中西比較文學探索，如一卷五期風痕的〈王漁洋——中國的象徵主義者〉，二卷二號梁之盤的〈詩人之告哀——司馬遷論〉等。[74] 其他各期討論過的外國文學作家和作品也不在少數，如柯爾律治（S. T. Coleridge）、海涅（Heinrich Heine）、亨德（Leigh Hunt）、左拉（Émile Zola）、曼殊斐兒（Katherine Mansfield）、蕭伯納（George Bernard Shaw），以至浮士德（*Faust*）、羅密歐與朱麗葉（*Romeo and Juliet*）等；翻譯更廣及英、美、德、愛爾蘭、西班牙、俄羅斯、波蘭、印度、日本等國文學作品，可見其視野之開闊。這種開放的視野和敏銳的觸覺，於三〇、四〇年代香港報章副刊可謂常態：大量外國作品透過評介和翻譯傳送到讀者面前。更值得一提的是，當中國內地和歐洲已是漫天戰火，而香港還未捲進太平洋戰爭的一九四〇年到四一年，報刊上出現了追蹤戰時外國作家的專稿，如林豐（葉靈鳳）撰寫的〈動亂中的世界文壇報告〉就有六篇；[75] 此外林煥平也有〈第二次大戰與世界作家〉，以及長文〈戰時日本之文化動態〉，刻畫當時日本官方與民間文人於文學和文化的不同態度。[76] 戰爭於人類固然是不幸，但又會催逼人們更深切思量在生死存亡的危急關頭，精神文化可以有多少的承擔能力；詰問文學究竟向誰負責。而香港就在歷史的縫隙中，提供了省思的空間。

四、新文學體制與新政治境況

無論作者或者讀者，要進入「文學」的經驗世界，必先要對文學的體裁格式有所認知，從而在相應的體制（institution）內開展活動，或優游其中，或嘗試變奏革新。[77] 中國文學傳統中，「辨體」可說是基礎功夫，從《典論・論文》的「奏議宜雅，書論宜理，銘鍒尚實，詩賦欲麗」開始，累積了大量規範的以及演繹的文體論說。[78] 然而新文學運動帶來文學體制翻天覆地的變化；作者讀者面對的不再是過去「集」部的詩、騷、詞、賦，或者章、表、策、論等，而是「新文學」定義底下的詩歌、小說、散文與戲劇；必須調整知識結構，重設辨體門檻，才能在新的體制內有所創發開展。在香港，這個新舊體制替換的過程，未必與中國現代文學史所描述的一樣勇猛突進、破舊立新。我們只要細讀二〇年代香港刊物上幾篇屬於「文體論」的文章，就大概可以理解這個轉換過程的迂迴。先看一九二五年刊於《小說星期刊》，由何禹笙原著，何惠貽錄刊的〈四六駢文之概要〉。文章的「弁言」提到前面討論過的羅澧銘〈新舊文學之研究和批評〉，宣示自己維護傳統的立場。他更指出民國以後「詩、聯、詞、賦，清新艷麗之文，竟即應運而起」，筆錄者是因應社會的需求，刊佈這篇「為駢文之捷徑」，以「貢諸社會」。正文先有「總論」，以下教人「定氣習」、「謀篇局」、「修詞」、「儲詞藻」。[79] 說來頭頭是道，順理成章；似乎作者讀者共同擁有許多基本知識。但今天重讀，卻仿如隔世；非大學中文系的專門學者不能輕易進入。這種陌生感，大概同於二〇年代香港人初接觸「新文學」各種文學體式的感覺。我們再參看與〈四六駢文之概要〉同刊同期出現的許夢留〈新詩的地位〉一文——這是香港早期的重要詩論。許夢留用唐詩、宋詞、元曲，一代有一代之文學的「現象」，來說明「新詩」的合法性。這是正統的「五四」文學史觀。但許夢留的另一策略則別具「本土性」，更值得注意。他明白「南方人」面對使用國語的「新詩」會有疑點；他的解疑方法是指出：南方人可以作「文言文」，為何不能作「國語文」？[80] 言下之意，新文學的語言與傳統文學的文言，對於使用粵語的香港人來說，同樣是有隔閡的。再依此推論，操粵語創作而期望至於通達，其難易程度可比之於現代人以文言文來寫作和閱讀，又或者明清人之讀寫秦漢唐宋的古文。這個觀點對我們理解「香港文學」的語言模態和書寫策略，非常重要。

再對照一九二八年由筆名雲仙所寫的〈最近的新詩〉，和一九三〇年吳光生的〈概談國詩的過去及將來〉，就會看到兩位作者都非常支持新詩的格律化走向，認為「詩」與「文」在形式上要有所區別。[81] 雲仙對這現象的解讀更直白，他認為新詩格律化可以顯出它和舊詩的連續性（continuity）關係。其實兩篇文章都是循舊以入新，以大家熟悉的舊文學為基礎，以理解「新文學」的體式。

香港文壇早期對現代文學的另一個重要文類——小說——的認知過程，也可以從相同的角度觀察。吳灞陵於一九二八年發表〈香港的文藝〉一文，明顯以新文學為正宗；但回看一九二五年他撰寫的〈談偵探小說〉，其「小說」的定義和評價標準，卻在新舊之間。據他的研判：「言情小說」追求「詞華」，「偵探小說」講究「結構」。[82] 前者正是晚清小說的主要審美標準；而「結構」（或作「結構」）則是胡適推動「新文學」之重要觀念。[83] 至於一九二八年杜若（杜其章）的〈短篇小說緒言〉，又是胡適寫於十年前（一九一八）的〈論短篇小說〉的簡明註疏。當時胡適的「建設的文學革命論」，就是向國人推介西方文學觀念和文體類型，「短篇小說」是其中重點之一。他認為西方短篇小說（short story）表現出兩項特色：一、「事實中最精彩的一段或一方面」，二、「最經濟的文學手段」。[84] 杜若再演繹為六點：

短篇小說是描寫人生的片斷——採取最精警的一段，作一個焦點，要一是描寫一刹那間的一事一人；二是作者當時情感的表現；三是一種有個性的描寫；四是在緊縮的範圍內令得全體印象活躍；五是有唯一的作意，在簡短的描寫演出適合邏輯的結論；六是要在短縮中構成完美的輪廓。[85]

杜若本身是書畫鑒賞者，所以他又借用畫幅限制和繪畫寫生採景的道理以助解說。文雖簡短但論理清晰生動，對慣讀傳統鴛鴦蝴蝶派小說的香港讀者認識這種新文體很有幫助。不過，弔詭的是同刊《非非畫報》本期有杜若署名「其章」的小說〈花項公子〉，下一期又載杜若〈畫俠〉，都是以文言文撰寫的舊派小說，[86] 完全沒有展示現代短篇小說的觀念與技法。由此可見文學之「新」與「舊」在當時香港，有一種畸異的拉鋸與並存的狀態。

不過文體「新」與「舊」的周旋，在三〇年代中後期香港的主流文學論述中基本上消聲匿跡。

其中重要的理由是因為這時文壇的主導者都是有名望的南來文人；尤其抗日戰爭爆發以後，香港成了全國輿論的中心，南來的文化精英在香港延續他們對國家命運的關懷。報上少數文章會觸碰舊文學的議題，如劉京〈舊文學的存廢問題〉，主要是從「國防文學」的「統一戰線」角度出發，認為當時中國還有「一班封建人物浮遊在社會的各個階層」，「為了要促成全民族的救亡陣線的完成，……對於這一群是不能遺忘的吧？」[87]事實上，這時的論述重點離不開文學如何服務政治、支援抗戰。一九三八年從上海南來的徐遲，在香港這個文化平台完成了個人文學航道的轉向，從「現代派」的追隨者，變成「文學大眾化」的擁護者。他在戴望舒主編的《星島日報‧星座》副刊發表〈抒情的放逐〉一文，正是這個轉變過程的一個重要標記。[88]這篇短文先引來陳殘雲撰寫〈抒情無罪〉、〈抒情的時代性〉等文反駁，[89]繼而參與討論的人更多，就着「詩」的政治承擔、「抒情」與公眾領域／私人領域的關聯等議題，掀起了又一場全國性的的熾熱爭論。[90]這或者是「文學香港」成為「中國文化中心」的意義吧。於其時，即使是在香港成長的本地作家，如果要參加主流的公共論述，也必然同樣的「感時憂國」；例如陳靈谷（陳白）與李育中（李燕）對「詩」與「歌」之體類意義的討論，少年舒巷城（王烙）與彭耀芬對於「詩人」與「詩」的懷想，都以迎向現實，奔赴國難為總方向。[91]其他文體的討論，如小品文、雜文、戲劇等論述，大體相同。

在這些「最強音」之外，也有些變調偶爾響起。例如一九四〇年先後有柳木下的〈詩之鑑賞〉、路易士（即後來的紀弦）的〈關於詩的定義〉，都可算是異響。前者申論「詩」能「訓練我們的感受力，擴展我們感受的世界，知道得更多奇異的和美好（的）」；後者指出今日之詩「不是單是感情之素朴的表現」，而是「一種有意識的意識的努力……，從那單純的、原始的、無意識的意識之狀態躍出，昇華於一主知的活動，作全新的系統之創造。」[92]這些意見，在當時或者被視為旁門邪道。可是，香港還留有這樣的空間讓它們出現。

當時自北南下的文學家，很少在意香港的讀者，因為在他們眼中，香港小市民的精神生活是「貧瘠的」。[93]但也有南來作家想過，為甚麼他們的作品「不賣座」。例如來港不久的王幽谷，就有〈怎樣在華南寫小說〉的一問。他探知「華南讀小說的人，歡喜曲折而離奇的事實」，又看到當時「最紅的小說名手傑克」，說他「能深稔讀者心理，而文筆妙曼像個好女子」。[94]我們在此不討論王幽谷的觀察是否正確，但據之我們可以意會在「新文學正統」主導的公共言說以外，還有一個不怎麼見於記載的，龐大的作者和讀者的世界；傑克（黃天石）寫的通俗小說是其大宗，但還有其他不入新文學「法眼」的文學類型，生氣勃勃地存活於香港。[95]又如一九二九年從廣州遷移到香港的雜誌《字紙簏》，一派「達達主義」的風格，聲明：

> 我們把無名的作家看得比那些革命文藝家和所謂什麼新古典主義者強得多了。[96]

雜誌內用的語言也是語體文、文言文兼容並蓄；例如雜誌中經常出現之寫手萊哈，就同時在不同欄目分別運用文言及白話，其中〈嶺海文學家列講〉以文言文批評當代古文家豹翁、黃崑崙、落花和李啟芬，寫來完全沒有保守的味道，反而顯得非常前衛。[97]

「文學香港」一直在體認「他異」與企盼「認同」之間往復游移。這一點在評論家直面文本，與自己的精神理念、思想感情周旋時，更容易顯露。一九三五年一月劉火子在《南華日報》以連載七天的萬字長文〈論《現代》詩〉，細論上海《現代》雜誌的詩歌。正如幾個月前他的詩友戴隱郎對《現代》的象徵主義傾向的反省，是朝向「認同」的清滌儀式；劉火子在文章結尾引述穆木天——從「現代主義」走向「現實主義」的楷模——〈詩歌與現實〉的話，勸導《現代》的編者和詩人，努力於調整「個人的感情的真實」以接近「正確的社會現實」；同時也是自勉，表明個人的文學志向，不再遲疑、不會徬徨。[98] 他自己創作的詩，在同道黎明起眼中，正是「明朗、健康、率直，一如其人」。[99] 同年李育中（筆名白廬）在同一副刊發表短論〈戴望舒與陳夢家〉，卻還守着「純粹的詩不外傳導美的經驗」的信條，認為這是「詩所以存在的理由」，他說：

> 如果離開這個，他的價值必然是降落的，如與政治起伏同化，與說教因果結合等。[100]

三年後，他發表〈抗戰文學中的浪漫主義質素〉，指出在戰火當前，「中國一切的年青文藝工作者和學習者，都集中在現實主義的大旂幟下邊」，他宣言：

> 從今天開始，便要向文學要求，要帶有革命性、英雄性、樂觀性、戰鬥性。這是一個亢昂期，革命前夕和革命在火熱進行中，是須要這些作品的。[101]

或者可以說，李育中在「現實」面前覺醒，認同於文藝的主潮。不過他稍後另一篇實際批評〈評艾青與田間兩本近作〉，卻仍然在詩篇的情緒與語言上研摩。[102] 看來，我們還要再推敲三〇年代李育中的文學信念如何與「現實」協商。

我們可再多看一個例子。杜文慧一九四〇年評論陸蠡散文集《囚綠記》，「試潛進作者的思想領域去作一會迂緩的散步」，文章的結語是：

總之，《囚綠記》是陸蠡先生底心靈起伏的痕跡，內心抱怨的紀錄，但是，不管他怎樣巧妙地用文字的美麗的綵衣裝扮起他的靈魂，對於這艱苦的時代和多難的祖國似乎是一點多餘的感傷罷了。我不敢推薦這本《囚綠記》於廣大的讀者之前，只想以這顆寂寞的心，公諸同好而已。[103]

杜文慧為甚麼「不敢」？究竟他站在甚麼立場說話？作為讀者，他如何與陸蠡的心靈溝通？他心中的「廣大的讀者」和「同好」之間為何有距離？如果我們再參看杜文慧在評論何其芳《刻意集》（詩文集）、嚴文井《山寺暮》（散文集）時的欣賞態度，又對照他在〈抗戰戲劇的內容與形式〉一文呼籲「一切戲劇工作者都能夠站在時代的『抗日』大旗幟之前哨，手攜手地團結起來和Ｘ人拚命！」[104] 可以想像與戰火為鄰的香港，在大時代大浪潮底下，其間文學心靈所經歷的折騰，或者說磨煉。支持「抗日」，與過去支持「革命」一樣，在香港是一種「認同」的姿態。其抗爭的對象往往不是香港當下的殖民統治，或者境內現實的種種黑暗，而目的則是順應中國內地的政治形勢之需。[105] 然則這些「反抗」的行為、「認同」的方向，是不是需要一種更深層的關聯，才不致於凌虛離地？

當香港文壇的「認同」以中國新文學的主流思潮和確立的文本為對象時，我們可要細察當中有沒有立異的空間。另一方面，也可留意在「上升」為「全國文化中心之一」的香港，本地的文學創作有沒有得到更多評論的關顧。如前文所述，本地「非新文學」的寫作活動一直相當蓬勃有生氣，卻都在「新文學」的主流論述視野之外。今天要作相關評論的回顧，根本就「文獻不足徵」！

至於努力於「新文學」創作的本地作家，大概只有侶倫受到較多的關注。我們將一九四一年兩篇評論侶倫的文章並置閱讀，或者可以揭示當時本地創作與文學評論之間的緊張關係。先是夢白以侶倫多年朋友的身份所寫的〈《黑麗拉》讀後——侶倫其人及其小說〉；另一篇〈論侶倫及其《黑麗拉》〉的作者署名寒星女士，文中沒有提及與侶倫的關係，但看來作者對他的創作歷程頗為熟悉。[106]兩篇文章都提到侶倫不願意跟隨他以往的文友改寫流行小說以營生，堅持「新文學」的寫作。夢白認為《黑麗拉》是「個人主義的感傷作品」——以三〇、四〇年代來說，這可以是一個非常負面的評價；但夢白似乎要為侶倫辯護：

> 他的寫作是為忘卻痛苦。所以交織在他小說中是另有一番纏綿動人的情調，淡素如秋月，溫煦如春風，……他的小說是一首甘甜的哀歌，不濃不淡。

寒星女士卻不同意視侶倫為「個人主義的傷感作家」；她認為《黑麗拉》寫的都是生活的真實，是「現實主義」的作品。我們得要明白，這時一個「現實主義」的標籤是多麼的重要。當然，「現實主義」的定義是動態的，對於要遵從蘇聯官定教條的評論家來說，可能要不斷推翻過去的「我」；但寒星女士顯然是以個人的詮釋，盡量擴闊「現實」的範圍。寒星女士在文中指出當時是「文學武器論」盛行的時候，侶倫的作品「曾被批評為不革命的、落後時代的東西」；但她卻認為侶倫小說可比左拉、巴爾札克、高爾基、或莫泊桑——都是左翼評論的正典，他的評斷是：

> 我從沒有看過中國有別的作家可比得上侶倫。……我驚異中國新文藝作家中有侶倫的天才。

這個評價會否過高，是可議論的。但寒星女士把侶倫置於中國新文藝評價系統之內立論，是深具意義的；這是以侶倫的成就去衝擊當時的主流評論體系；最低限度說明現行評論的基準之可疑。至於夢白的申述方向並不相同。他形容當世是「鐵血主義風靡一時的年頭」，那些「職業批評家們」：

> 設下一個刀圈，穿得過才能夠被認為合格，許多人因此遍體鱗傷。

夢白沒有借用「現實主義」的槓桿為侶倫加力，他只是說：

> 這樣的一個人如果做點紀念自己的事也不可以，這個世界真正可哀了。

夢白抗衡的姿態一點都不高，但可能更具震撼力：如果文學評論沒有帶來人性的寬厚上揚，反而成為文學心靈的桎梏枷鎖，則「世界可哀」！我們的後見之明，照見中國文學評論的主潮流向，正是如此的可哀。

這兩篇評論面世一個月後，太平洋戰爭爆發。一九四一年十二月二十五日香港總督楊慕琦向日軍投降，香港進入三年零八個月的淪陷時期；文學評論活動再難如平常日子般進行。自此及以後，社會、文化、歷史不絕若線，甚而斷裂、崩毀；緣是，「文學香港」的記憶變得更加形骸支離。

五、餘韻：畸人者，畸於人而侔於天

《莊子・德充符》記載，子產與兀者申徒嘉同門，卻看申嘉徒這畸形人不順眼，不屑與他同進出，更批評說：

子既若是矣，猶與堯爭善，計子之德不足以自反邪？

「畸形」，與常模不同，所以被歧視，被要求自我反省，承認自己的不足。

《莊子・大宗師》又記載一位因發病而致「曲僂發背，上有五管，頤隱於齊，肩高於頂，句贅指天」的畸形人子輿；朋友問他會不會嫌惡自己的形相，他就這樣回答：

亡，予何惡！浸假而化予之左臂以為雞，予因以求時夜；浸假而化予之右臂以為彈，予因以求鴞炙；浸假而化予之尻以為輪，以神為馬，予因以而乘之，豈更駕哉！且夫得者，時也；失者，順也。安時而處順，哀樂不能入也。此古之所謂縣解也。

雖然被視為「畸形」，或許因為「安時而處順」，反而發揮了因「畸形」而特有的文化力量，在奇異的文化空間，謀得「縣解」。

註釋

1 參考 René Wellek, "Literary Criticism", in Paul Hernadi ed., *What is Criticism?* (Bloomington: Indiana University Press, 1981), pp. 297–298; Philip Smallwood, *Reconstructing Criticism: Pope's Essay on Criticism and the Logic of Definition* (London: Associated University Presses, 2003), pp. 143–158。

2 溫徹斯特著，景昌極、錢堃新譯《文學評論之原理》（上海：商務印書館，一九二三）。

3 羅根澤〈怎樣研究中國文學批評史〉，《說文月刊》，第四卷（一九四四），頁七七七—七九五。

4 茅盾〈改革宣言〉，《小說月報》，第十二卷一號（一九二一年一月），頁三。

5 朗損（茅盾）〈文學批評管見一〉，《小說月報》，第十三卷八號（一九二二），頁二—三。

6 歐陽修在《六一詩話》卷前說：「居士退居汝陰而集以資閒談。」見鄭文校點《六一詩話》（與《白石詩話》及《滹南詩話》合刊；北京：人民文學出版社，一九八三），頁五。《六一詩話》是中國最早以「詩話」命名的著作，原只題《詩話》。

7 張友仁〈雜談：文學批評〉，《文學旬刊》，第十六號（一九二一），頁四。

8 胡先驌〈論批評家之責任〉，《學衡》，第三期（一九二二），載《胡先驌詩文集》（合肥：黃山書社，二〇一三），頁三三九—三五二。

9 范善祥編《現代文藝評論集》（上海：世界書局，一九三〇）收入文章包括〈文學與時代〉、〈文學與革命〉、〈中國文學不能健全發展之原因〉、〈文學上的個性〉、〈從文學中發現之哲學思潮〉、〈文學觀念與其含義之變遷〉、〈革命文學與自然主義〉、〈論第二次文藝復興〉、〈近年來中國之文藝批評〉、〈革命的人生與文藝〉、〈伊卜生的思想〉、〈寫實小說的命運〉、〈詩與散文的境界〉……。劉大杰著譯《東西文學評論》（上海：中華書局，一九三四）收入〈中國思想文藝的生路〉、〈現代英國文藝思想〉、〈美國的新文藝運動與劇壇〉、〈俄國文藝潮流的轉變〉、〈劉易士小論〉、〈論托爾斯泰的戰爭與和平〉……。錢歌川編《現代文學評論》（上海：中華書局，一九三五）收入〈純粹的宣傳與不純的藝術〉、〈近代文學的特徵〉、〈文學科學論〉、〈美國戲劇的演進〉、〈最近的愛爾蘭文壇〉、〈九一八與日本文學〉、〈劉易士在美國文壇的地位〉……。由這幾個例子大概可以知道當時「文學評論」的內容、牽涉的面向與範圍。

10 王統照〈文學批評的我見〉，《文學旬刊》，第二號（一九二三），頁一。

11 成仿吾〈批評與批評家〉，《創造周報》，第五十二號（一九二四），頁一〇。

12 梁實秋〈文學批評辯（續）〉，《晨報副刊》，第一五六號（一九二六年十月），頁五七—五八。

13 鄧騰克（Kirk Denton）指出左翼批評家成仿吾、郭沫若，都重視文學的精神層面，與自由主義者的梁實秋有不少共通之處，都有精英主義的面向。見 Kirk Denton, “General Introduction”, in Denton ed., *Modern Chinese Literary Thought: Writings on Literature, 1893–1945*, ed. (Stanford: Stanford University Press, 1996), pp. 21–26。

14 胡適〈導言〉，《中國新文學大系》（上海：良友；香港：世界文學出版社，一九七二年重印），第一集《建設理論集》，頁三一。

15 鄭振鐸〈導言〉，《中國新文學大系》，第二集《文學論爭集》，頁二一。

16 鄭振鐸〈導言〉，《中國新文學大系》，第二集《文學論爭集》，頁二〇。

17 胡適〈導言〉，《中國新文學大系》，第一集《建設理論集》，頁三〇。趙家璧在上世紀八〇年代回憶當日商量各卷主編人選時說：「當鄭振鐸提出胡適之名時，我又驚又喜，驚的是胡適就是鄭振鐸對我所說擠成三代以上古人中的五四戰士，現在已一步步擠上高位成為一位風雲人物了，喜的是，如能找他來編選一集，對一般讀者既有號召力，對審查會也許能起掩護的作用；這個審查會從五月掛牌，什麼書刊都要經它這一關，我們的出版物已深感壓力。這樣一套規模大、投資多的《大系》，完全找左翼作家編，不來一點平衡，肯定無法出版。」見趙家璧〈話說《中國新文學大系》〉，《新文學史料》，一九八四年第一期，頁一六九。可見胡適和鄭振鐸之言，是實有所指的。

18 參考袁振英〈發掘我的無治主義的共產主義的思想底根源〉，轉引自李繼鋒、郭彬、陳立平著《袁振英傳》（北京：中共黨史出版社，二〇〇九），頁一〇—一五；孫秀芳、曹至枝〈自由的追求——無政府主義者袁振英的政治信仰歷程〉，《南京林業大學學報》，第十二卷第二期（二〇一二年六月），頁七五。

19 袁振英〈易卜生傳〉，《新青年》，第四卷第六號（一九一八年六月），頁六〇六—六一九。胡適在文前加上按語：「替易卜生作傳，不是一件容易的事。袁君這篇傳，不但根據於 Edmund Gosse 的《易卜生傳》，並且還參考他家傳記，遍讀易氏的重要著作，歷舉各劇的大旨，以補 Gosse 缺點。所以這篇傳是狠可供參考的材料。袁君原稿約有一萬七千字，今因篇幅有限，稍加刪節。」（見頁六〇六）。胡適還在文中若干地方加註，說明他對某些論點的看法，或者文章部分經他修改的原因。

20 例如一九二九年二月間香港《大光報》副刊《光華》連載袁振英介紹康德、黑格爾以至哲學方法的〈談談現代哲學〉；他又曾主編《工商日報》副刊《文庫》，用不同筆名發表文章，能考出的包括一九三〇年七月到十月間連載《托爾斯泰的社會思想——愛的哲學》各章；一九三二年二月連載〈世界的女性主義〉，一九三二年四月連載〈法蘭西之自然主義〉；其他未能考定筆名的一定更多。由此略見他在香港的文化活動。

21 觀〈學者演講〉，《華僑日報》，一九二七年二月二十一日。

22 第一波以林紓為首，第二波是胡先驌、梅光迪等「《學衡》派」，第三波由章士釗在一九二三年八月二十一日至二十二日於《新聞報》發表〈評新文化運動〉一文掀起。參考鄭振鐸〈導言〉，《中國新文學大系》，第二集《文學論爭集》，頁一四—一五；章士釗〈評新文化運動〉，載《中國新文學大系》，第二集《文學論爭集》，頁二〇七—二一三。胡適曾為文嘲諷，題〈老章又反叛了！〉，載《中國新文學大系》，第二集《文學論爭集》，頁二一五—二一九。

23 章士釗早在一九一七年發表〈歐洲最近思潮與吾人之覺悟〉，就認定「創造新知與修明古學，二者關聯極切，必當同時並舉。」見《東方雜誌》，第十四卷第十二號（一九一七），頁一—九。

24 羅澧銘〈新舊文學之研究和批評〉，《小說星期刊》，第一期至第六期，一九二四年九月二十七日至十一月一日。

25 吳灞陵〈香港的文藝〉，《墨花》，第五期，一九二八年十月。

26 貝茜〈香港新文壇的演進與展望〉，《香港工商日報・文藝週刊》第九十四、九十五、九十八期，一九三六年八月十八日、八月二十五日、九月十五日。

27 參考黃仲鳴《香港三及第文體流變史》（香港：香港作家協會，二〇〇二）。

28 貝茜〈香港新文壇的演進與展望〉，一九三六年八月十八日

29 茅盾是在八〇年代回憶剛到香港的印象，見茅盾〈在香港編《文藝陣地》——回憶錄（二十二）〉，《新文學史料》，一九八四年第一期，頁二。

30 簡又文〈香港的文藝界〉，《抗戰文藝》第四卷第一期（一九三九年四月），頁二三；後來陸丹林也呼應這個說法：「香港屬於華南出入口的樞紐，吸收外來的文化，或輸出本國的文化，按理應該比較其他商埠來得活躍和成績好，然而事實上卻相反。從前有人描寫香港的心臟，只寫一個算盤和一根扁擔。無疑地是說商業和運貨工人，就可以代表香港，其他可以推想了。」又馬耳說：「離開政治來說，香港是一個中國城市。這裏百分之九十以上的居民是中國人。而這個城市的繁榮，也是中國人造成的。但提起文化，這兒卻是一個奇怪的地方。香港住的『華民』讀不通英文，但似乎也讀不通中文。」見陸丹林〈香港的文藝界〉，《黃河》創刊號（一九四〇年二月），頁一八；馬耳〈香港的文藝界〉，《今日評論》，第四

卷第十五至十六期（一九四〇），頁二三九。

31 石不爛講，楊春柳記〈從談風月說到香港文壇今後的動向〉，《大光報・大觀園》，一九三三年十一月十六日。

32 《白金龍》在一九三三年上映，是第一部有聲粵語片，非常賣座。參考方保羅《圖說香港電影史》（香港：三聯書店，一九九七），頁一二。

33 一九三三年二月十三日蕭伯納訪問香港大學，對學生說：「如果二十歲的時候你是一個赤色的革命者，那到了四十歲你還可以有不落伍的希望，但是若果在二十歲你不是一個赤熱的革命者，那末到了五十歲的時候你便會成為不堪設想的化石了。」不過，蕭伯納在同一場合說：「今天的幾句話你們聽了，在你們能夠統通忘掉最好。」看來他的說話，有不少言外之意有待細味。參考陳君葆《陳君葆日記全集》（香港：商務印書館，二〇〇四），頁三六。

34 楊剛〈反新式風花雪月——對香港文藝青年的一個挑戰〉，《文藝青年》，第二期（一九四〇年十月），頁三—五。下文第三節續有討論。

35 「他異性」是列維納斯（Emmanuel Levinas）的倫理學觀念。列維納斯一反西方過去以「自我」（self）為本的哲學傳統，提出「他者」（Other）不能被化解的、絕對的意義。參考 Emmanuel Levinas, *Alterity and Transcendence*, Michael B. Smith, trans. (Pittsburgh: Duquesne University Press, 1969); Simon Critchley, and Robert Bernasconi, ed., *The Cambridge Companion to Levinas* (Cambridge: Cambridge University Press, 2002); Brian Treanor, *Aspects of Alterity: Levinas, Marcel, and the Contemporary Debate* (New York: Fordham University, 2006)。

36 參考康以之〈關於香港文壇〉，《出版消息》第三十至三十一期（一九三四年三月），頁三一—三三；簡又文〈香港的文藝界〉，頁二三—二四；陸丹林〈上海人眼中的香港〉，《宇宙風》，乙刊第三期（一九三九年四月）；王幽谷〈怎樣在華南寫小說？〉，《國民日報・新壘》，一九三九年八月十八日；森蘭〈關於反映香港〉，《大公報・文協》，一九四〇年五月二十日；許菲〈一個公開的控訴〉，《國民日報・新壘》，一九四〇年十月九日；馬耳〈香港的文藝界〉《今日評論》，第四卷第十五至十六期（一九四〇），頁二三九—二四〇。

37 這個時期香港還有另一種尋求「認同」與體認「相異」的奇異辯證，如在殖民地勇於求仕的「遺民」賴太史說：「幸香江一島，屹然卓立，逆燄所不能煸，頹波所不能靡，中西之碩彥，宏達之官商，咸有存古之心，皆富衛道之力。……官禮得存諸異域外，鄒魯即在海濱。存茲墜緒，斯民皆是周遺；挽彼狂瀾，其功不在禹下矣。」見賴際熙〈籌建崇聖書堂序〉，載程中山編《香港新文學大系・舊體文學卷》（香港：商務印書館，二〇一四），頁一七九。同一事況，不同的認知可舉一九三四年〈香港小記〉的話作對照：「香港為商業之地，文化絕無可言，英人之經營殖民者地者，多為保守黨人，凡事拘守舊章，執行成法，立異趨奇之主張，或革命維新之學說，皆所厭惡，我國人之知識淺陋，與思想腐迂者，正合其臭味，故前清遺老遺少，有翰林、舉人、秀才等功名者，在國內已成落伍，到香港走其紅運，大顯神通。……蓋中英兩舊勢力相結合，牢不可破，一則易於統治，一則易於樂業也。」友生〈香港小記〉，《前途》，第二卷第五號（一九三四年五月），收入盧瑋鑾編《香港的憂鬱——文人筆下的香港（一九二五—一九四一）》（香港：華風書局，一九八三），頁五一。

38 葉觀棪〈韃韃派〉，《香港大學雜誌》，第二期（一九二八年九月），頁六七—八一；黎覺奔〈新藝術領域上底表現主義〉，《時代風景》，第一卷第一期（一九三五年一月），頁二七—四六。

39 幼雄〈韃韃主義是甚麼〉，《東方雜誌》，第十九卷第七號（一九二二年四月），頁八〇—八三；沈雁冰〈法國藝術的新運動〉，《小說月報》，第十三卷第六號（一九二二年六月），頁二—四。

40 參考 Bonnie S. McDougall, *The Introduction of Western Literary Theories into Modern China* (Tokyo: The Centre for East Asian Cultural Studies, 1971), pp. 209–210; 251–252。

41 片山孤村〈駄駄主義の研究〉，《太陽》，第二十八卷第二號（一九二二年二月），頁七六—八一；而片山則是參考許爾善伯 Richard Huelsenbeck, *Eine Avant Dada: Eine Geschichte des Dadaismus*, 1920；英譯見 Ralph Manheim, "En Avant Dada: A History of Dadaism," in Robert Motherwell , ed., *The Dada Painters and Poets: An Anthology* (2nd edition; Cambridge, Mass.: The Belknap Press of Harvard University Press, 1988), pp. 21–48。

42 Sheldon Cheney, "Why Dada? An Inquiry into the Connection between the War's Ruins, Peace – Time Insanity, and the Latest Sensation in Art," *The Century Magazine*, 104.1 (1922.5): 22–29.

43 李健吾〈什麼是達達派〉，《文學百題》（上海：生活書店，一九三五），頁一三二。

44 孫席珍〈大大主義論〉，《國聞週報》，第十二卷第二十七期（一九三五年七月），頁一一。

45 葉觀棪〈韃韃派〉，頁八〇—八一。

46 陳思和〈試論「五四」新文學運動的先鋒性〉，《復旦學報》，二〇〇五年第六期（二〇〇五年十一月），頁一一—一七；陳思和〈五四新文學的先鋒性〉，《新地文學》，第二十一期（二〇一二年九月），頁一七九—一九六。陳思和之新觀點頗受德國理論家彼德比格爾《前衛的理論》及其英譯前言之影響；見 Peter Bürger, *Theory of the Avant-Garde* (*Theorie der Avantgarde*, 1974), Michael Shaw trans., (Minneapolis: University of Minnesota Press, 1984); Jochen Schulte-Sasse, "Foreword: Theory of Modernism versus Theory of the Avant-Garde," pp. vii–xlvii。

47 黎覺奔應是深受魯迅影響，其徵引包括魯迅據尾瀨敬止轉譯盧那卡爾斯基《文藝與批評》（上海：水沫書店，一九二九年），魯迅追隨者馮雪峰譯蒲列漢諾夫著《藝術與社會生活》（上海：水沫書店，一九二九年），馮雪峰譯馬查著《現代歐洲的藝術》（上海：大江書舖，一九三〇）等，此外還有劉伯英譯布哈林著《史的唯物論》（上海：現代書局，一九三〇）、胡秋原《唯物史觀藝術論：樸列汗諾夫及其藝術理論之研究》（上海：神州國光社，一九三二）等。

48 參考徐行言、程金城《表現主義與二十世紀中國文學》（合肥：安徽教育出版社，二〇〇〇），頁五七—八〇。

49 片山孤村著，魯迅譯〈表現主義〉，魯迅先生紀念委員會編《魯迅全集》，第六卷（烏魯木齊：新疆人民出版社，一九九六），頁三五〇—三五八；文章選譯自片山孤村一九〇八年出版《最近獨逸文学の研究》（最近德國文學之研究）。

50 黎覺奔〈新藝術領域上底表現主義〉，頁三五—三六。

51 黎覺奔〈新藝術領域上底表現主義〉，頁三一—三二。

52 李南桌《李南桌文藝論文集》（香港：生活書店，一九三九）。

53 戴隱郎〈論象徵主義詩歌〉，《今日詩歌》，創始號（一九三四年九月），頁五—一六；李南桌〈廣現實主義〉，《文藝陣地》，第一卷第一期（一九三八年四月），頁一三—一五；李南桌〈再廣現實主義〉，《文藝陣地》，第一卷第十期（一九三八年九月），頁三二六—三二八。〈廣現實主義〉一文成為這時期的文論經典之一，後來被收錄於眾多選本之中；例如蔡儀主編《中國抗日戰爭時期大後方文學書系》，《第二編：理論・論爭》（重慶：重慶出版社，一九八九），頁一〇三〇—一〇三五；孫顒、江曾培等編《中國新文學大系一九三七—一九四九》（上海：上海文藝出版社，一九九〇），第二卷，頁五〇一—五〇五；王運熙主編《中國文論選・現代卷》（南京：江蘇文藝出版社，一九九六），下冊，頁五—一〇。

54 參考吳曉東《象徵主義與中國現代文學》（合肥：安徽教育出版社，二〇〇〇）；陳太勝《象徵主義與中國現代詩學》（北京：北京大學出版社，二〇〇五）；張大明《中國象徵主義百年史》（開封：河南大學出版社，二〇〇七）。

55 梁宗岱〈象徵主義〉，《文學季刊》，第一卷第二期（一九三四年四月），頁一五—二五。

56 穆木天〈甚麼是象徵主義？〉，載鄭振鐸、傅東華編《文學百題》（上海：生活書店，一九三五），頁一一〇—一一八。早年穆木天對象徵主義非常推尊，參見他的〈譚詩：寄沫若的一封信〉，《創造月刊》，創刊號（一九二六年三月），頁八四—九二。

57 李南桌對「現實主義」的討論之所以受茅盾重視，實有其具體的語境脈絡。從「五四」以降，「現實主義」已經歷多次文化與政治辯論的洗禮。參考溫儒敏《新文學現實主義的流變》（北京：北京大學出版社，一九八八）；艾曉明《中國左翼文學思潮探源》（長沙：湖南文藝出版社，一九九一）；Chen Xiaoming, "The Disappearance of Truth: From Realism to Modernism in China," in Hilary Chung, et al. ed., *In the Party Spirit: Socialist Realism and Literary Practice in the Soviet Union, East Germany and China*, (Amsterdam: Rodopi B. V., 1996), pp. 158—165; Marston Anderson, "'A Literature of Blood and Tears': May Fourth Theories of Literary Realism,", in Anderson, *The Limits of Realism: Chinese Fiction in the Revolutionary Period* (Berkeley: University of California Press, 1990), pp. 27–75。

58 莊華興指出：「戴隱郎隨時面對殖民帝國的搜捕與拘禁，遭受驅趕或被強制遞解出境。……縱使南洋是他的生身之地，面對的卻是更嚴峻的現實。當化外歸來的僑胞回到了老帝國的懷抱裏，心靈上仍不得不繼續流離。因此，流亡、流寓以致放逐，成為東亞邊緣左翼知識者——文人的宿命，從一種生存的姿勢發展成一種精神符號。」見〈帝國—殖民與冷戰重疊架構下的跨區域文藝流動：以戴隱郎、胡愈之為中心〉，臺灣清華大學臺灣文學研究所主辦「臺灣文學研究新視野：反思全球化與階級重構」國際研討會（二〇一四年十月二十四至二十五日）論文，頁一一。

59 戴隱郎〈路（獨幕劇）〉，《南華日報．勁草》，一九三五年一月六日、七日、九日、十二日、十三日；〈黃昏裏的歸隊〉，《今日詩歌》，創始號（一九三四年九月），頁二〇—二二。此外，他在一九三五年發表的隨筆〈抬頭．舉目．開步走〉，也寄託了同樣的心懷；見《時代風景》，第一卷第一期（一九三五年一月），頁八四—八七。

60 莊華興〈帝國—殖民與冷戰重疊架構下的跨區域文藝流動：以戴隱郎、胡愈之為中心〉，頁一。

61 參考李何林《近二十年中國文藝思潮論》（上海：生活書店，一九三九），第四章〈「國防文學」和「民族革命戰爭的大眾文學」的口號之爭，與魯迅逝世前後文藝界的大團結〉，頁四一一—五七六；中國社會科學院文學研究所編《「兩個口號」論爭資料選編》（北京：人民文學出版社，一九八二）。

62 參考陳炳良〈國防文學論戰——一筆五十年的舊賬〉，載陳炳良《文學散論——香港．魯迅．現代》（香港：香江出版公司，一九八七），頁一四五—一七二；王宏志〈魯迅與「左聯」的解散及「兩個口號」之爭〉，載王宏志《思想激流下的中國——魯迅與「左聯」》（台北：風雲時代出版公司，一九九一），頁九七—一三九；陳順馨〈「國防文學」論爭與社會主義現實主義接受的考驗〉，載陳順馨《社會主義現實主義理論在中國的接受與轉換》（合肥：安徽教育出版社，二〇〇〇），頁一三三—一四二；丸山昇〈關於「國防文學論戰」〉，載丸山昇著，王俊文譯《魯迅．革命．歷史——丸山昇現代中國文學論集》（北京：北京大學出版社，二〇〇五），頁一二〇—一六五。

63 一九三六年十月三日《大眾日報》載〈「言論自由」尚待努力，港督改善華報檢查四辦法〉，列明當時禁刊的四類文字：（一）凡於效忠大英帝國之事而有所紊亂者；（二）凡可損害英國對於中國或其他友邦之友誼者；（三）所有宣傳共產主義之文字；（四）凡屬挑撥文字以致擾亂治安者；見盧瑋鑾《香港文縱——內地作家南來及其文化活動》（香港：華漢文化事業公司，一九八七），頁六二。據知當時居港的柳存仁（柳雨生）曾經從事港英政府之書報審查工作。

64 參考盧瑋鑾《香港文縱——內地作家南來及其文化活動》；黃康顯《香港文學的發展與評價》（香港：秋海棠文化企業，一九九六），頁三四—四一；侯桂新《文壇生態的演變與現代文學的轉折》（北京：人民出版社，二〇一一），頁二一—四七。

65 楊剛〈反新式風花雪月——對香港文藝青年的一個挑戰〉，頁三—五。

66 參考胡春冰〈關於新式風花雪月的論爭〉，《國民日報・新壘》，一九四〇年十一月八日；潔孺〈錯誤的「挑戰」——對新風花雪月問題的辯正〉，《國民日報・新壘》，一九四〇年十一月九日。

67 參考潔孺〈論民族革命的現實主義〉，《文藝陣地》，第三卷第八期（一九三九年七月），頁一〇五四—一〇五六。

68 參考松針〈「反新式風花雪月」座談會會記——團結・求進步・文藝工作者的大聚會〉，《文藝青年》，第六期（一九四〇年十二月），頁七—九。又有關由蘇聯「拉普」（RAPP）提倡的「唯物辯證法的創作方法」演變到「社會主義現實主義」，以及中國左翼理論家對這些主張的承納過程，可參考艾曉明《中國左翼文學思潮探源》，頁二五〇—三二三；陳順馨《社會主義現實主義理論在中國的接受與轉換》，頁三三—七五；Herman Ermolaev, *Soviet Literary Theories 1917–1934: The Genesis of Socialist Realism* (Berkeley: University of California Press, 1963); A. Kemp-Welch, *Stalin and the Literary Intelligentsia, 1928–1939* (Basingstoke: Macmillan, 1991)。

69 參考秦孝儀等編《中華民國重要史料初編：對日抗戰時期》，《第六編：傀儡組織》（台北：中國國民黨中央委員會黨史委員會，一九八一），頁六五〇—六五二；九三九—九四〇；轉引自陳智德〈《南華日報》副刊與日治時期香港文學〉，「香港亞洲研究學會第八屆研討會」（二〇一三年三月八日至九日）論文。

70 參考娜馬〈建立我們的和平救國運動〉，《南華日報・一週文藝》，一九四〇年三月二日；李漢人〈藝術創作的現實（性）和真實（性）〉，《南華日報・一週文藝》，一九四〇年六月一日。

71 陳畸、黃魯等〈肅清賣國文藝特輯〉，《星島日報・文協》，一九四〇年五月十四日。

72 例如：克潛〈芸窗漫錄〉，《南華日報・一週文藝》，一九四〇年七月十三日、七月二十九日、八月十二日、九月二十三日；朱伽〈唯美派的研究〉，《南華日報・半週文藝》，一九四一年五月十五日、十九日、二十二日、二十九日；何洪流〈中國文學之虛無主義〉，《南華日報・半週文藝》，一九四一年五月十九日、二十二日。

73 「中國為何缺乏史詩？」是近代以來中國文學史論者深感遺憾之事；然而從晚清直至二十世紀三〇年代，各報刊對外國「史詩」的介紹卻不踴躍；例如鄭振鐸曾在《文學旬刊》對史詩有簡單的介紹，見西諦〈史詩〉，《文學旬刊》，第八十七期（一九二三年九月），頁二；其他零落的介紹有黃穀山〈法國史詩溯源〉，《史學雜誌》，第一期（一九二九），頁一〇二—一〇三；譚仲超〈史詩的誕生〉，《文藝》，第三卷第五、六期（一九三五），頁一一三—一一五。

74 將清代王漁洋（王士禎）之「神韻説」與西方象徵主義並置類比，風痕之作可能是最早的先例。後來余煥棟、錢鍾書都有類似的論述。見余煥棟〈王漁洋神韻説之分析〉，《文學年報》，第四期（一九三八年四月），頁一四七—一五八；錢鍾書《談藝錄》（一九四八年初版，北京：中華書局，一九八四），頁二七四—二七五。

75 林豐〈動亂中的世界文壇報告之一：他們在那裏？〉，《星島日報・星座》，一九四一年四月十三日；〈動亂中的世界文壇報告之二：歐洲流亡之作家在美國〉，《星島日報・星座》，一九四一年四月十八日；〈動亂中的世界文壇報告之三：流亡中的波蘭作家〉，《星島日報・星座》，一九四一年四月二十一日；〈動亂中的世界文壇報告之四：捷克作家在英國〉，《星島日報・星座》，一九四一年五月十六日；〈動亂中的世界文壇報告之五：弗朗哥治下的西班牙文化〉，《星島日報・星座》，一九四一年五月二十八日；〈動亂中的世界文壇報告之六：納粹佔領下的巴黎出版界和貝當文化政策〉，《星島日報・星座》，一九四一年五月三十日。又林豐又有〈動亂中的歐洲藝術寶藏〉，《星島日報・星座》，一九四一年九月十七日。

76 林煥平〈第二次大戰與世界作家〉，《文藝陣地》，第四卷第十期（一九四〇年三月），頁一五三五—一五三八；林煥平〈戰時日本之文化動態〉，《筆談》，第二、三、四、五、六、七期（一九四一年九月），頁一八—二一；一〇—一三；二五—二八；二八—三〇；二〇—二一；一四—一八。

77 參考 David Fishelov, *Metaphors of Genre: The Role of Analogies in Genre Theory* (University Park: The Pennsylvania State University Press, 1993), pp. 85–117; John Frow, *Genre*, 2nd edition (New York: Routledge, 2015)。

78 參考吳承學《中國古代文體學研究》（北京：人民出版社，二〇一一）。

79 何禹笙原著，何惠貽錄刊〈四六駢文之概要〉，《小說星期刊》，第二年第一期（一九二五年三月），頁一—一三；第二年第二期（一九二五年三月），頁一—一三；第二年第三期（一九二五年三月），頁一—一三；第二年第四期（一九二五年三月），頁一—一三。

80 許夢留〈新詩的地位〉，《小說星期刊》，第二年第一期（一九二五年三月），頁四—六；第二年第二期（一九二五年三月），頁四—六。

81 雲仙〈最近的新詩〉，《香港大學雜誌》，第二期（一九二八年九月），頁四九—五八；吳光生〈概談國詩的過去及將來〉，《非非畫報》，第十二期（一九三〇年七月），頁二八—二九。

82 吳灞陵〈談偵探小說〉，《小說星期刊》，第二年第五期（一九二五年四月），頁一。

83 參考胡適〈建設的文學革命論〉，《新青年》，第四卷第四號（一九一八年四月），頁二八九—三〇六；胡適〈論短篇小說〉，《新青年》，第四卷第五號（一九一八年五月），頁三九五—四〇七。此外，在上海翻譯「福爾摩斯」和創製《霍桑探案》的程小青，與吳灞陵在同年發表題目相同的文章，認為福爾摩斯諸作「結構描寫皆合文學原理」；見小青〈談偵探小說〉，《新月》，（一九二五），頁四—七。可見「五四」以來，新的「文學」觀念的影響。

84 胡適〈論短篇小說〉，頁三九五—三九六。

85 杜若〈短篇小説緒論〉，《非非畫報》，第三期（一九二八年八月），頁四〇。

86 其章〈花項公子〉，《非非畫報》，第三期（一九二八年八月），頁三八—三九；杜若〈畫俠〉，《非非畫報》，第四期（一九二八年十月），頁三七—三八。

87 劉京〈舊文學的存廢問題〉，《工商日報・文藝週刊》，一九三六年九月二十九日。

88 徐遲〈抒情的放逐〉，《星島日報・星座》，一九三九年五月十三日；文章又載《頂點》，創刊號（一九三九年七月）。

89 陳殘雲〈抒情無罪〉，《中國詩壇》，新三號（一九三九年九月），頁一—二；陳殘雲〈抒情的時代性〉，《文藝陣地》，第四卷第二期（一九三九年十一月），頁一二六五。

90 從〈抒情的放逐〉發表以後到一九四二年間的討論或者批駁的文章，除了陳殘雲的兩篇以外，最低限度有以下幾篇：胡風〈今天，我們的中心問題是甚麼？——其一：關於創作與生活的小感〉，《七月》，第五卷第一期（一九四〇年一月）；錫金〈一年來的詩歌回顧〉，《戲劇與文學》，第一卷第一期（一九四〇年一月）；穆旦〈《慰勞信集》——從《魚目集》説起〉，《大公報・文藝綜合》，一九四〇年四月二十八日；艾青《詩論》（桂林：三戶圖書社，一九四一）；胡明樹〈詩之創作上的諸問題〉，《詩》，第三卷第二期（一九四二年六月）；胡危舟〈新詩短話〉，《詩創作》，第十三期（一九四二年七月）；伍禾〈生命的胎動・題記〉，《詩創作》，第十三期（一九四二年十二月）。有關在香港引發的這場爭論的意義，可參考陳國球〈放逐抒情：從徐遲的抒情論説起〉，《清華中文學報》，第八期（二〇一二年十二月），頁二二九—二六一。

91 陳白（陳靈谷）〈對於詩歌上的一個建議〉，《工商日報・文藝週刊》，一九三七年一月二十六日；李燕（李育中）〈詩與歌的問題〉，《南風》，出世號（一九三七年三月），頁二六—三〇；王烙（舒巷城）〈關於詩的二三事〉，《立報・言林》，一九三九年六月十三日；彭耀芬〈新詩片論〉，《文藝青年》，第九期

（一九四一年一月），頁一六——一七。二人撰文時，均為十八歲。

92 （柳）木下〈詩之鑑賞〉，《華僑日報．華嶽》，一九四〇年六月三日、四日；路易士〈關於詩之定義〉，《國民日報．文萃》，一九四〇年九月十一日。

93 參考茅盾對香港的回憶：「一九三八年的香港，是一個畸形兒——富麗的物質生活掩蓋着貧瘠的精神生活，……用『醉生夢死』來形容抗戰初期的香港小市民的精神狀態並不過分。」見茅盾〈在香港編《文藝陣地》〉，頁二。

94 王幽谷〈怎樣在華南寫小說〉，《國民日報．新壘》，一九三九年八月十八日。

95 我們可以再引用茅盾的回憶作為負面意見的補充：「香港的報紙很多，大報近十種，小報有三四十，但沒有一張是進步的；……大量充斥市場的小報，則完全以低級趣味、誨淫誨盜的東西取勝。」見茅盾〈在香港編《文藝陣地》〉，頁二。

96 見編者〈字紙簏底〉，《字紙簏》，第一卷第三號（一九二八年七月），頁一六。

97 萊哈〈嶺海文學家列講〉，《字紙簏》，第二卷第二號（一九二九年八月），頁八七。

98 劉火子〈論《現代》詩〉，《南華日報．勁草》，一九三五年一月十八日、十九日、二十日、二十一日、二十三日、二十六日、二十七日；又參考穆木天〈詩歌與現實〉，《現代》，第五卷第二期（一九三四年六月），頁二二〇——二二二。

99 黎明起〈《不死的榮譽》讀後〉，《華僑日報．華嶽》，一九四一年三月二十三日。

100 白廬（李育中）〈戴望舒與陳夢家〉，《南華日報．勁草》，一九三五年二月十九日。

101 李育中〈抗戰文學中的浪漫主義質素〉，《華僑日報．文藝》，一九三八年三月十九日、二十六日。

102 白廬〈評艾青與田間兩本近作〉，《中國詩壇》，新三號（一九三九年九月），頁一一——一二。

103 杜文慧〈《囚綠記》〉，《華僑日報・華嶽》，一九四〇年八月二十八日。

104 杜文慧〈《刻意集》〉，《華僑日報・華嶽》，一九三九年十一月二十二日、二十三日、二十四日；〈《山寺暮》〉，《華僑日報・華嶽》，一九三九年十二月十七日；〈抗戰戲劇的內容與形式〉，《華僑日報・華嶽》，一九三八年十一月二十四日。

105 在兩次大戰期間，香港曾經歷的社會抗爭事件包括一九二〇年「香港華人機器會」組織的罷工、一九二二年「中華海員工業聯合總會」領導的罷工，以及一九二五年因為「五卅慘案而引發的「省港大罷工」；參考 Ming K. Chan, "Labour vs. Crown: Aspects of Society – State Interactions in the Hong Kong before World War II," in David Faure, ed., *Hong Kong: A Reader in Social History* (Hong Kong: Oxford University Press, 2003), pp. 575–595; John M. Carroll, "Preserving Hong Kong: The Strike-Boycott of 1925 – 1926, in Carroll, *Edge of Empires: Chinese Elites and British Colonials in Hong Kong* (Hong Kong: Hong Kong University Press, 2005), pp. 131–158。前兩次工業行動與本地的經濟民生關係較大，與之呼應的本土文藝政治論述卻不多見。至於省港大罷工的基調主要是響應內地政治風潮，高馬可（John M. Carrol）指出：當時《工商日報》是港英政府治理的支持者，與認同罷工的《中國新聞報》對壘。又蔡榮芳認為這次罷工：「從頭到尾，由來自中國大陸的政治勢力所主導。……事實上，中國國民革命的領導階層，必要時不惜犧牲香港居民的利益；……竟然在中英談判期間，突然單方面宣佈結束杯葛與罷工，拋棄了香港罷工工人。」見蔡榮芳《香港人之香港史》（香港：牛津大學出版社，二〇〇一），頁一二三；又參考 Ming K. Chan, "Hong Kong in Sino-British Conflict: Mass Mobilization and the Crisis of Legitimacy, 1912 – 26," in Chan, ed., *Precarious Balance: Hong Kong Between China and Britain, 1842 – 1992* (Hong Kong: Hong Kong University Press, 1994), pp. 27–57。

106 夢白〈《黑麗拉》讀後——侶倫其人及其小說〉，《華僑日報・華嶽》，一九四一年十一月四日、五日、六日；寒星女士〈論侶倫及其《黑麗拉》〉，《國民日報・新壘》，一九四一年十一月二十五日、二十六日、二十七日。以下引文同見此。

作家南來重建香港文壇　左翼文藝陣地風起雲湧

──《評論卷二》導言

林曼叔

一、前　言

香港自十九世紀中葉至二十世紀末成為英國的殖民地，但香港社會文化的演變與中國近代以至現代歷史的發展卻是息息相關的。中國現代文學的發展一樣在這彈丸之地留下深深的足跡，在不同歷史時期扮演着不同的角色，可說是中國現代文學一個重要舞台。

《香港文學大系・評論卷二》所收集一九四二至一九四九年間的香港文學歷史文獻，雖然只有八個年頭，香港卻經歷了兩個歷史時期：淪陷時期（又稱日佔時期、日治時期，一九四二──一九四五）和戰後時期（也即國共內戰時期，一九四五──一九四九）。在日治時期，香港文壇隨着香港的淪陷而沉沒，戰後時期卻成為中國左翼文藝的陣地。

一九四一年十二月二十五日，香港淪陷了，從此度過三年零八個月的黑暗歲月。在日本軍國主義鐵蹄的蹂躪下，香港文壇頓成廢墟。戰前來港的作家紛紛逃回內地，留下來的文化人寥寥無幾，即使留下來的也大都被迫成為日本軍國主義的御用文人。諸如葉靈鳳、戴望舒是留港最具名望的作家，在日軍指揮刀下，要從事真正的文學創作是不可能的。葉靈鳳曾被日本總督部委為顧問（囑托）之職，主管日本大東亞共榮圈的宣傳刊物《新東亞月刊》、《大同畫報》，後又得到特別照顧創辦《大眾週報》，而《星島日報》被勒令改名為《香島日報》，也只是成為日本侵略者的宣傳喉舌。在這些刊物，葉氏就發表了不少媚日的文字，為日本帝國主義的侵略野心辯護。香港本身的文學在日治時期是完全被埋葬了的。即使談論文學的，也純屬淺薄的漢奸言論，提倡甚麼「和平文藝」為日寇粉飾太平，泯滅中國人民的抗日意識，有一位名叫李志文的就在《南華日報》發表長文《和平文藝論》指出：「為了打擊反革命勢力的成長，和平文藝決不會放過『抗戰文藝』，而是要給『抗戰文藝』以迎頭痛擊的！」[1]所謂「和平文藝」就是如此殺氣騰騰！這些日寇御用文人更發起甚麼文壇清潔運動，《南華日報》副刊的編者署名天任在《編輯副刊的基本理念》就說：「鼓勵民眾認識新時代，完成東亞共榮圈的建設，成為今日我們報人不可或缺的基本條件。因此，現階段的新聞報紙，已經不是簡單的商品，而是急切的被要求着應以大東亞解放的啟導民眾的責任肩於身上。」[2]直至一九四五年七月葉靈鳳主編的《香島月報》創刊，還開闢了由魯夫執筆的「新文學吶喊」專欄，繼續鼓吹甚麼「文學新香港香港新文學」，妄圖在日寇的鐵蹄下建造甚麼「香港新文學」，真是癡人說夢。這都是披着文學外衣的漢奸理論，不應屬於香港文學的一部分。這些論調本書也就不擬編入了。

一九四五年八月日本無條件投降。抗戰勝利，香港光復。不幸的是國共內戰繼而爆發，為逃避戰火和政治迫害，國內左翼文化人或從桂林，或從廣州，或從上海先後抵達香港。那時候到港的中國重量級的文化人，諸如郭沫若、茅盾、夏衍、邵荃麟、周鋼鳴、司馬文森等等左翼作家一批又一批南來香港，領導着並推動着中國的左翼文學運動。他們在港重整荒廢已久的香港文壇，他們辦學校，辦報紙，辦雜誌，搞出版，香港文壇出現前所未有的活躍景象。夏衍主持《華商報》，茅盾等主編的《小説》和《野草》，司馬文森、陳殘雲主編的《文藝生活》、《大眾文藝叢刊》，達德書院編的《海燕》等，還有陳實、華嘉等創辦《人間書屋》，為香港文學史寫下重要的一頁，同時也是中國文學史重要的一頁。也可以説，在當時，香港是除了延安以外另一個重要的左翼文藝運動的中心。

抗日戰爭時期，中國文藝界團結一致。隨着抗戰結束，國共內戰爆發，政治形勢的急劇變化，中國文壇也從此開始分化，而展開勢不兩立的鬥爭。為重整左翼文藝陣線，中共著名文藝理論家邵荃麟指出：抗戰時期「在統一戰線的原則下，多少鬆懈了領導思想前進的責任，表現了軟弱與無能，接受了西歐資產階級那種『容忍即民主』的思想，形成了互相退讓，互相敷衍，甚至互相冷淡的局面。我們甚至有意地避開批評和鬥爭，以圖取得表面上的和諧。……我們在反對『左』的鬥爭中，忽略了向右傾的鬥爭。這樣使思想運動的主導力量日漸軟弱，而被小資產階級那種單純而充滿幻想的愛國熱情所代替了。作家逐漸忽略了新文藝運動一貫以來的大眾立場，也忽略了自身意識改造的任務。」他更強調：「一九四二年以後，正當延安開始文藝思想一個新的發展的時候，大後方的文藝運動卻停留在一種非常黯淡和無力的狀態之中。許多右的傾向都是從那個時候發展起來的。」「從今天整個文藝思想運動來說，要澄清一切混亂的狀態，不能不首先從思想問題出發。」[3]這些言論成為香港左翼文藝運動的方向和指針。香港文壇也就成為左翼文藝鬥爭的陣地。

二、左翼文藝運動的開展及文藝統一戰線建立

針對當時的政治形勢和革命的需要，《大眾文藝》第一輯《文藝的新方向》發表了《對於當前文藝運動的意見——檢討・批判・和今後的方向》，這篇文章以本刊同人名義發表，由中共文藝理論家邵荃麟執筆。首先發動左翼文藝運動，以期配合中國共產黨的革命鬥爭。

邵荃麟指出：香港文藝創作處於極為衰弱的狀態，跌落到前所未有的慘況，其原因在於「市民階級與殖民地性的墮落文化氣氛，侵蝕到新文藝領域裏來。投機，取巧，媚合，低級趣味，幾乎成為流行的風氣：而更惡劣的，則是那種色情的傾向，這甚至墮落到比鴛鴦蝴蝶派還不如。這種墮落的傾向，使文藝不僅脫離人民大眾，而且作為服務紳士階級和加強殖民意識的工具了。」[4]針對這種不良的創作傾向，他強調：文藝運動應「作為社會鬥爭中思想運動一翼而存在，作家的創作活動是結合在這羣眾的思想運動與實際鬥爭中而共同前進」。他嚴厲批判文藝創作的個人主義傾向，以及追求主觀戰鬥精神，認為這是文藝墮落的主要原因。他提出：「以無產階級思想和馬列主義藝術觀作為領導的，主要為工農兵服務的，以徹底反帝反封建為內容的文藝」[5]。要求文藝工作者克服一切個人主義文藝觀點，和非階級的文藝思想：

第一，堅決進行自身意識的改造，加強羣眾觀點，發揚自我批評的精神，放棄知識份子的優越感，克服宗派主義的傾向。第二，努力學習馬列主義與毛澤東的文藝思想，但不是教條式的學習，而是結合在切實認識中國社會現實和對文藝具體問題的研究上。第三，無論為了意識的改造或學習，我們必須把積極參加實際社會鬥爭作為基本的前提。革命要求文藝工作者首先面向農村，積極聯繫到日常的政治社會鬥爭中去，堅決貫徹文藝服從政治的原則，肯定文藝的階級性和黨派性，反對藝術獨立於政治的觀念。

關於「對當前文藝運動的意見」的討論，《大眾文藝》還繼續發表了以羣的《關於當前文藝運動的一點意見》，陳閑的《論右傾及其他》，呂熒的《堅持「腳踏實地」的戰鬥》等。蕭愷在《文藝統一戰線的幾個問題》更強調：當前文藝運動的方針，必須服從當前全國人民反帝反封建反官僚資本的巨大政治鬥爭的任務。因此在文藝上也就有結成強大的統一戰線的必要。在無產階級文藝思想的領導下，從事文藝為人民服務的光榮事業。要求中國作家以毛澤東《在延安文藝座談會上的講話》作為指導思想，全面落實文藝的政治任務。為中共即將取得政權做好應有的準備。[6]郭沫若明確指出：「文藝上的統一戰線，在建立的原則上，應該和政治上的統一戰線沒有兩樣。」[7]文藝界必須 以中共的政治需要為依歸，文藝為政治服務成為左翼作家必須遵循的創作原則。

三、對「反動文藝」的鬥爭

香港左翼作家在政治的指導下，展開對「反動文藝」的鬥爭。郭沫若發表了《斥反動文藝》一文，開宗明義說：「今天是人民革命勢力與反人民的反革命勢力作短兵相接的時候，衡定是非善惡的標準非常鮮明。凡是有利於人民解放的革命戰爭的，便是善，便是是，便是正動；反之，便是惡，便是非，便是對革命的反動。我們今天來衡量文藝也就是立在這個標準上的，所謂反動文藝，就是不利於人民解放戰爭那種作品，傾向，和提倡。大別地說，是有兩種類型，一種是封建性的，另一種是買辦性的。」「反人民的勢力既動員了一切的御用文藝來全面『戡亂』，人民的勢力當然有權利來斥責一切的御用文藝為反動。」[8]號召對反動作家發動總攻擊。

邵荃麟指出：對反動文藝思想「必須揭露它的毒害性，而予以徹底打擊。在這裏，首先是美帝國主義對中國的直接文化侵略，這中間，有麻醉廣大市民的美國黃色電影，有魯斯系雜誌所介紹過來的黃色藝術，特別是最近美國所宣佈的文化援華計劃，是深謀遠慮的陰謀。這一切必須為我們所揭露和打擊。其次，也是更主要的，是地主大資產階級的幫兇和幫閑文藝。這中間有朱光潛、梁實秋、沈從文之流的『為藝術而藝術論』，有徐仲年的『唯生主義文藝論』和『文藝再革命論』，有顧一樵的『文藝的復興論』，以及易君左、蕭乾、張道藩之流一切莫名其妙的怪論。這些人，或則公然擺出四大家族奴才總管的面目，或者扭扭捏捏化裝為『自由主義者』的姿態，但同樣掩遮不了他們鼻子上的白粉。不久前，連沈從文之流，也來配合四大家族的和平陰謀，鼓吹新第三方面的活動了（《一種新希望》，見《益世報》）。以一個攻擊藝術家幹政治的人，也鬼鬼祟祟幹這些混水摸魚的勾當，它的荒謬是不堪一擊的。但我們決不能因其脆弱而放鬆對他們的抨擊。因為他們是直接作為反動統治的代言人的。」[9]邵荃麟明確地指出批判的主要傾向和對象。

除了潘公展、張道藩等這些國民黨文化界頭領，首先被清算的老作家是沈從文。郭沫若在批判當時文學創作的色情傾向對讀者的危害，軟化鬥爭的意志，指出：「特別是沈從文，他一直是有意識地作為反動派而活動着。在抗戰初期全民族對日寇爭生死存亡的時候，他高唱着『與抗戰無關』論；在抗戰後期作家正加強團結，爭取民主的時候，他又喊出『反對作家從政』；今天人民正『用革命戰爭反對反革命戰爭』，也正是鳳凰毀滅自己，從火裏再生的時候，他又裝起一個悲天憫人的面孔，謚之為『民族自殺悲劇』，把全中國的愛國青年學生斥為『比醉人酒徒還難招架的衝撞大群中小猴兒心性的十萬道童』，而企圖在『報紙副刊』上進行其和革命『游離』的新第三方面，所謂『第四組織』（這些話見所作《一種新希望》，登在去年十月二十一日《益世報》）」，指他「存心要做一個摩登文素臣」。[10]

美學家朱光潛也是重要的批判對象。荃麟在《朱光潛的怯懦與兇殘》一開始就指摘道：「這一年來，我看過了許多御用文人的無恥文章，但我們還找不出一篇像朱光潛在《周論》第五期上所發表的《談羣眾培養怯懦與兇殘》那樣卑劣、無恥、陰險、狠毒的文字，這位國民黨中央常務監察老爺，現在是儼然以戈培爾的姿態在出現了。」而「實際上，朱光潛所謂『怯懦』與『兇殘』，正是他們這些奴才的典型性格，尤其是統治者瀕於沒落時代的奴才性格」。[11]

還有著名記者蕭乾也被點名批判，被指為反動統治的幫閑和幫兇。聶紺弩以《有奶就是娘與乾媽媽主義》為題，對蕭乾作了這樣的描述：對於反動統治者來說，「連他們代言人馮友蘭、錢穆、沈從文的言論在內，他們都封建性有餘，而買辦性不足；其餘如胡適、林語堂等，則又止足以代表其買辦性的一面。雙方兼備，完美無缺的高明理論家，就只好到別的一些人中去找，雖然那些人和他們貌似疏遠的。蕭乾先生發表過兩篇文章：一，《人道與人權》（副題：中國人好嗎？）；二，《吾家有個夜哭郎》（副題：「五千歲這個又黃又瘦的苦命娃娃」）。讀過之後，不禁拍案叫絕。『踏破鐵鞋無覓處，得來全不費功夫』，代表封建性與買辦性雙方兼備完美無缺的高明理論家，原來就是蕭乾先生。」「總之，蕭乾先生的見解是反民主的，同時也是反民族的。他的理想政治，是美國帝國主義到中國來建立開明專制政府。就他的論據，用一句話概括，就是有奶就是娘與乾媽媽主義。不用說，和百年來中國人民反帝反封建的要求剛剛相反；而和南京政權的封建性和買辦性的雙重反動意識剛剛相合。他是南京政權的最合適的代言人。無論他和南京政權有沒有甚麼關係，無論他怎樣自稱為自由主義者！」12

胡適思想在中國文化界影響深遠，必然成為抨擊的主要對象。《野草》雜誌先後發表了好幾篇批判胡適的文章：迪吉的《胡適之關心周作人到底！》，胡明樹的《胡適之與「好政府」》，侯外廬的《胡適，胡其所適?》，適夷的《胡適的妙計》，白堅離的《周作人胡適合論》等。這些文章只就胡適在抗戰時期的言行加以清算，與周作人投敵相提並論，戰後投靠蔣介石，投靠美帝國主義，這當然成為左翼文人所要徹底批判的。白堅離指他：「抗戰『勝利』以來，他索性自稱『過河卒子』，過河卒子者，一往直前，替其主子作幫兇之謂也。」又說：「胡適之，論人品，是阮大鋮一流，論他的無恥程度和作惡程度，又遠非阮大鋮所能企及的了。」[13]這是充滿黨性偏見的指摘和謾罵。

在左翼文藝界內部鬥爭，對右傾思想的批判也是一個重要方面，陳閑在《論右傾及其他》指出：「抗戰爆發之後，我們進步作家的原有階級思想模糊了，更不能廣泛深入灌注於每一個新生作家的靈魂深處，化成創作實踐的血液，而相反地，個人主義思想在這種情形下便容易抬頭了，我們文藝思想上的右傾，我以為是從這裏來的。」「其原因仍應歸到作家本身的思想和文藝思想領域上的問題。」[14]這是必須加以克服的現象。提出對作家進行思想的改造，作自我的檢討，自我批判，徹底克服小資產階級的思想感情，堅定站在無產階級的立場上，樹立為工農兵而創作的使命。

其次是對宗派主義的鬥爭。蕭愷在《文藝統一戰線的幾個問題》說：「文藝戰線上的宗派主義的傾向至今是個嚴重問題。宗派主義破壞了統戰的發展，也妨害了文藝運動的進步。為了鞏固擴大統一戰線，使文藝戰線健康發展，反對宗派主義是十分必要的。堅持正確的思想原則以反對錯誤傾向，那不是宗派主義，宗派主義表現於無原則的爭論，紛歧，對立和不團結中。有人以為文藝界中的宗派主義的原因是『文人相輕』，這其實只是片面的理由，其基本根源是由於不能堅定把握文藝為人民服務的原則。」[15]郭沫若也說：「打破小圈子主義，打破宗派主義，在建立健全的批評上，同樣有絕對的必要。」[16]

左翼文藝界的文藝思想論爭，首先針對胡風所提出的「主觀戰鬥精神」論而發的。胡風在《逆流集》中認為：文藝創作的對象是「活的人，活人的心理狀態，活人的精神鬥爭」，它的任務是「要反映一代的心理動態」，「文藝底戰鬥性就不僅僅表現在為人民請命，而且表現在對於先進底覺醒的精神鬥爭過程的反映裏面了」。胡風的理論一出，引起極大的反響和論爭。著名中共理論家胡喬木發表了長文《文藝創作與主觀》予以批判，他指出：「事實上一旦把文藝的對象規定為『活的人，活人底心理動態，活人底精神鬥爭』，它底任務規定為『反映一代底心理動態』，就不可避免地會在實際上產生各種不健康的創作傾向和批評傾向。」他強調：「作家努力去掉小資產階級的主觀而逐漸取得無產階級的主觀，因為祇有通過這種的主觀，才能有真實客觀地表現出現實的真實的可能。」[17]

荃麟對胡風的理論作了這樣批判：「對抗着那些自然主義的傾向，便出現了所謂追求主觀精神的傾向。他們認為創作衰落的原因，是作家熱情的衰退，生命力的枯萎，缺乏向客觀突入的主觀精神，因此要求這種精神的加強，強調了文藝的生命力與作家個人的人格力量，強調了作品上內在精神世界的描繪。這是針對着當時一般作品內容的蒼白而提出來的。但是實際上，卻仍然是個人主義意識的一種強烈表現。……把個人主觀精神力量看成一種先驗的，獨立的存在，一種和歷史，和社會並立的，超越階級的東西，因此，就把它看成一種創造和征服一切的力量。這首先就和歷史唯物論的原則相背離了。從這樣的基礎出發，便自然而然地流向於強調自我，拒絕集體，否定思維的意義，宣佈思想體系的滅亡，抹煞文藝的黨派性和階級性，反對藝術的直接政治效果；在創作上，就自然地走向個人主觀感受境界或個人內在精神世界底追求了。雖然抽象理論上強調了戰鬥的要求和主觀力量，但實際上都是宣揚着超脱現實而向個人主義藝術方向發展，要求文藝背離了歷史鬥爭的原則，以無原則的，自發性的精神昂揚來代替嚴肅的認真的思考。所以這不但不能加強主觀力量，而只足以削弱主觀力量。實際上，也就是向唯心主義發展的一種傾向了。」[18]總之，胡風的理論背離馬克思的文藝思想，也背離了毛澤東「文藝問題的談話」。

對蕭軍思想的批判也蔓延到香港左翼文藝界。早在延安時期蕭軍曾發表了雜文《論同志的「愛」與「耐」》而挨批判，後赴東北辦《文化報》，揭發蘇俄對中國的野心，而遭到左翼文學界的圍攻。《文滙報》還刊出「清算蕭軍與整頓文風」專欄，發表了劉芝明的《關於蕭軍及其文化報所犯錯誤的批評》。在《野草》發表了周立波的《蕭軍思想批判》等文章。

四、文藝大眾化與方言文學的討論

關於文學創作方法，邵荃麟提出革命現實主義和革命浪漫主義相結合。他強調：「在創作實踐上，我們是堅持着革命現實主義的創作方法，革命的現實主義是要求我們能夠把握歷史的動向，具有批判歷史的強大力量，和指出歷史的明確方向，因此，它首先不能不是把創作實踐和革命實踐統一起來，它不能不是具有明確的階級性和政治傾向，具有積極、肯定的因素，而正因此，它才是最自由的，血份最多的現實主義。」「革命現實主義的另一特點，必須為我們所提的，即是和革命的浪漫因素相結合。今天在我們面前，已經現實地存在着新的人民，新的生活。過去的理想，在今天已經成為現實，我們不僅要歌頌這些新的人民，寫出他們『不僅像今天的樣子，而且像他們明天應當如何的樣子』（高爾基）。這就是說，作者不僅要把握今天的革命形勢，而且能夠照亮明天革命的發展。」[19]

在文藝為政治服務的原則指導下，「文藝的大眾化」是一個重要方面。茅盾在《反帝，反封建，大眾化》強調：「我們也不能不承認：作為反帝反封建思想鬥爭之一翼的新文藝，雖然是天經地義的在內容和形式上必須是大眾化的，可是二十多年來，我們僅是向大眾化走而已，還沒有做到真正大眾化。而且在大眾化這問題上，我們過去的努力不夠，也犯過理論上的錯誤。我們的讀者圈子還很狹小，廣大的市民階層也還沒有爭取到，更不用說『下鄉』而深入羣眾。我們的工作遠落後於現實的要求之後。」[20]穆文在《略談文藝大眾化》認為：「實際上，我們的文藝所以不能普及，形式的不通俗固然是原因之一，但更重要的原因，還是在於內容上沒有能很好反映羣眾的生活、鬥爭和要求，沒有真正把握工農大眾的思想感情。……羣眾在我們的文藝作品中看不到他們自己的真實的姿態，感不到他們自己的呼吸和脈搏，沒有和他們共鳴的情緒，沒有為他們熟悉的語言，句話，就是不能打動他們的心。從形式到內容，從語言到思想，從人物外貌到內心，在他們都覺得陌生的。這樣的文藝作品，怎能普及到大眾中去？」[21]荃麟在《對於當前文藝運動的意見》就指出：「『論文藝問題』（筆者按：指毛澤東《在延安文藝座談會上的講話》）中明確地指出了文藝普及的意義，並且指出『在普及基礎上的提高，和在提高的指導下的普及』的原則。這無疑是今天我們文藝大眾化的基本方針。」[22]長期以來，要如何普及，要如何提高，要如何大眾化，要在文藝創作實踐中體現出來還是需要繼續探討的問題。

隨着文藝大眾化問題的提出，方言文學也成為一個熱門的課題。郭沫若在《當前文藝諸問題》就談到這個問題：「方言文學的要求應該不是從今天開始了，但據文森兄告訴我：關於這個問題，最近在華南有過熱烈的討論。有的人持反對見解。在這之中激烈一點的根本就反對方言文學，以為這樣是把中國文學割裂了，裂冠毀裳，使幾千年來已經統一了的文學又從而分裂；溫和一點的以為阻礙了國語的統一。有的人有條件的贊成，認為這一種過渡性的東西，作為動員民眾宣傳民眾，是必要的工具，但應該仍以國語的統一為本位，以文學的中央化為本位。有的人是無條件的支持，認為方言文學並非過渡性的文學，它可以有它的獨立的存在，和中央化的文學平行而使中央化的文學豐富化。例子是：蘇聯的文學除俄文文學之外，有喬爾基亞文學，烏茲別克文學的平行存在。因此，近年來有不少的朋友已經在努力於新方言文藝的建設了。」他認為：「方言文學的建立，的確可以和國語文學平行，而豐富國語文學。」[23]

茅盾也是一個「方言文學」熱心的提倡者。他寫過不少文章討論這個問題。在《再談「方言文學」》中說：「新文學之未能大眾化，是一個事實。我們要承認這個事實。而大眾化要求之迫切，未有如今日之甚者，這也是事實。我們也要承認這事實。關於大眾化的言論，十多年來屢見而不一見，從內容到形式的各個問題也都有過頗為詳盡的討論，而作為形式問題之一部分的『語言』問題歷來所論尤多，甚至有『大眾語』的提出。本來，離開了時間和空間的關係，討論任何問題都不會有好結果；而討論『語言』問題尤其如此。我們得坦白承認，理論上的『大眾語』正如理論上的『國語』一般，今天並不存在。今天有的是實際上的『大眾語』。此時此地的人民的口語就是『大眾語』。換言之，各地人民的方言就是今天現實的大眾語。」他更強調：「今天新文學『大眾化』的『語言』問題，應當從此時此地大眾的口語——即天天在變革的方言入手。」[24]

另一個熱心方言文學的是民俗學家鍾敬文（靜聞）。他在《方言文學創作》中說：「這一次在香港發生的方言文學討論。一開頭就帶着不同的性質。如果過去談到方言文學，大都是從理論上出發的，那麼，這一回卻是從創作實踐出發的。」「不但建立了方言文學的理論基礎，同時也壯大了這方面的創作潮流，幾個月來，產生了許多方言詩謠、方言速寫、方言故事、方言短劇和方言雜文等，中間也有些相當優秀的。」他認為：「今天提倡方言文學，決不是僅僅語言的、形式的問題，同時也是內容的問題。兩者實在有密切的關係。要不是，我們何必辛辛苦苦再來搞創作？香港廣州許多報紙和小刊物上的粵語小說和粵謳，不是『方言的』作品麼？或者把新文學運動以來一些優秀作品以至世界名著改譯成粵語不就得了麼？如果你覺得事情並不是這麼簡單，就多少證明今天方言文學創作問題，不僅僅是語言的、形式的了。」[25]

關於民間形式的運用也是引起討論的課題。茅盾在《再談「方言文學」》中也談到這個問題：「這一回，香港文藝界同人討論方言問題的時候也帶到『民間形式』問題。『民間形式』與『方言文學』的聯繫性是大家都看得見的，各地民間的小調、唱本等等，無例外地是久已存在的方言文學的大本營。」但他認為：「『民間形式』之合理地處理，應是批判地運用，而不是無條件地因襲。」在論述趙樹理的小說和李季的詩歌時就指出：他們「大膽採用舊形式而同時把新的血液注入舊形式和民間形式，他們教人民進步，同時又向人民學習，不超過羣眾，同時也不做羣眾的尾巴——這都是值得我們取法的。」[26]鍾敬文也認為：「採用舊形式，創造新形式，這是很必要的。但是必須小心地關顧到眼前民眾的生活，思想和藝術的固有習慣。這就是所謂『中國作風』。」又說：「總之，新形式的嘗試也好，舊形式的運用也好，都必須密切注意眼前讀者和聽者的文化程度和藝術胃口，不要覺得自己完滿了，就以為可以暢行無阻。民眾的眼耳、頭腦和心臟，才是判定你的作品價值的法官。」[27]山西作家趙樹理的小說《李家莊的變遷》、《李有才板話》和李季的敘事詩《王貴和李香香》成為「工農文藝兵」的典範，還發表了對其作品的評論，加以推薦。

五、關於新詩創作的討論

自五四新文學運動提倡白話文學，並用白話寫作新詩，最為人所詬病的在於打破了舊體詩形式，而又無力建築新詩形式，對新詩的前途是悲觀的。郭沫若在《開拓新詩歌的路》就說：「中國的新詩歌，自文學革命以來已經有三十年的歷史了。一般人的見解，認為詩歌最無成績。從前有好些寫新詩的人現在不大寫了，也很受人指責。特別是不寫新詩，而偏偏愛詩而寫寫舊詩，似乎回到革命以前去了。」[28]郭沫若認為：新詩歌之所以最無成績不在於沒有形式，而在於追求形式，「這樣做的要求不是在盡力追求解放，而是盡力追求枷鎖。」[29]然而，郭氏卻未能為我們指出新詩的創作路向，認為要拓展中國的詩歌創作，一是「啟發人民的文藝活動，讓人民自己寫，由今天的工農兵自己寫出來的詩，那才是詩歌礦坑裏真正的金礦銀礦。人民自己不能寫也不要緊，只要能寫字的讀書人代寫」就是好詩，一是詩人虛心「向人民學習」。這也就說，詩人本身再難有所作為了。

詩人林林在《關於詩腔》中對中國新詩創作的看法還是比較實在的：「五四文藝運動的貢獻，就是提倡白話文，詩文學也從這時期起，打破了中國舊詩的桎梏，走上詩的白話化的路，自由詩、散文詩，吸收了西洋詩的某些優點，這是對中國詩式的否定。但是，我們的新詩，自把纏足布解放之後，又變成過於歐化，而消化不良，發生洋酸氣了，詩是散文化了，缺乏中國詩音樂美，因為以白話寫音節韻律太不注意了，對於大眾化，對於中國氣派也是有障礙的。詩失去了詩腔，好看不好朗讀，這傾向相當濃厚，因而不能不提出來商討，今天也許是應該來個五四文藝運動的否定之否定。這不是復古，而是進步。」又說：「我這麼想法，詩，是要將『詩意』通過『詩腔』來表現的，詩才有詩的特性，詩才能有內容與形式的諧和，當然推敲詩腔，沒有好詩意，那是陳腔濫調，但有詩意，沒有詩腔，……只求形象化，不能成誦，那根本不是好詩。」[30]關於新詩的「詩腔」問題曾引起關注和討論。而這正是一直困擾中國新詩創作的問題，一直未能得到解決的問題，還有待我們繼續討論的問題。

對此黃藥眠在《論詩歌工作上的幾個問題》有這樣的看法：「我們要提倡甚麼一種新的風尚

呢？當然歌謠的風尚應該是主要的風尚。但這並不是意味着，我們要排斥其他不同風格的詩歌。既然小資產階級在目前還是起進步作用，既然自由詩在五四新文化運動中有他自己的傳統，而自由詩本身還存在着有許多優點。因此如果有這樣一個詩人，有這樣一種題材需要用自由的形式來表現，那麼我們是沒有理由來反對他的。而從文藝發展長遠的道路看來，各種不同風格的同時並存不僅在當時是一個好處，而且經過一個時期的互相影響以後，他可能形成更多的新的更高級的混合的風格。」可惜這種新的風格至今並沒有形成。

在文藝為政治服務的前提下，甚麼「詩是貴族的」時代已經過去，「做我自己的詩」的時代已經過去。詩歌為大眾是那時代的要求。在這期間，有的詩人還是努力耕耘的，寫下不少富有時代意義的詩篇。臧克家和袁水拍（馬凡陀）的詩歌較為突出較有特色的。臧克家的《泥土的歌》，引起各方的關注和熱烈的討論。作者在《關於〈泥土的歌〉的自白》中說：「《泥土的歌》，從題名上就可以看出來它是怎樣性質的一本東西。裏面的詩，都是短短的，而總共也只那麼薄薄的一小本。但是，由它引起的反響卻超過了抗戰以來我別的集子。有些文藝團體討論過它，有些詩家（包括國內外）格外重視它，有些讀者特別偏愛它，有些批評家嚴厲的批判它。就是我個人，在《十年詩選》的序言裏，也曾把它和《烙印》列為『一雙寵愛』。遠在零星發表之初，已經有人在說着一個風格的轉變了。這本小詩所以惹起注意，是與它所表現的內容有着密切的關係的。我是一個鄉下人，性格上黏着濃厚的農民性，而這本詩，又全是寫鄉村的。它的吸人處在這裏，而問題也在這裏。」[31]而林默涵在《評臧克家的〈泥土的歌〉》卻批評說：「幾乎看不到一點農村階級鬥爭的影子」，「嗅不到一絲絲今天已經燒紅了全中國的農民鬥爭的火焰氣息」。[32] 還是給他摑政治上的一巴。

關於馬凡陀（袁水拍）的詩歌曾引起熱烈的討論。他的詩歌大都是運用民謠的形式寫成的，諸如孟姜女、五更調、十四行等等，五花八門，無奇不有。刑天舞在《關於馬凡陀》一文中說：「他運用了可能的新舊形式，但實際上他也就否定了所有的形式。我以為在形式問題上，馬凡陀值得學習的地方不是他成功地運用了甚麼體，而是他的放手運用一切的體。特別是更多的運用民謠體。」「馬凡陀之所值得鼓勵是因為他的詩反映了廣泛的現實，有許多過去被人認為不屑寫的東西，都被他寫了。有些人可能認為這破壞了詩的莊嚴的藝術性，但我認為真的新詩的出發點就是在於寫那些被一般詩人所不屑寫，而一般羣眾都非常關心的東西。」[33] 如何運用民間形式寫作新詩是一個很值得探討的問題。

六、文學批評原則與主要作品評論

左翼文學批評從馬克思主義學說尋求理論依據，作為指導原則。邵荃麟是較早從事馬克思主義文學理論研究的著名文學理論家之一，在香港發表《論馬恩的文藝批評》長文，較為全面地探討馬克思主義的文藝思想。邵荃麟說：「資產階級的文學批評，一般總是從作家主觀的思想感情去作出發。馬思的批評則從客觀關係的反映上去作出發。馬思的這種批評方法，是根據於他們那科學的唯物史觀的學說。文藝是作為階級的意識形態而存在，在文藝作品中所描述的事物現象，本質上都是社會和階級關係的反映，這種反映有正確的、歪曲的，有深刻的，有表面的，所以要正確去了解它和評價它，不能不是從它所反映的本質關係上去究明。作品所反映的現實愈正確愈深刻，也就愈顯示出歷史的真實法則。適應於歷史發展的法則（階級鬥爭的法則）而去推動現實前進，這是革命者所要求的。所以現實性愈強的作品，也一定具有更大的革命功利性。批評家的任務，不僅在於鑑賞和解釋作者的主題，更主要的是在發掘作家所表現的事物中的本質關係，從這裏去評價它的現實意義。」[34]這就是左翼文藝批評家所遵循的信條。

在文藝為政治服務的前提下，對於文學作品的評論必然奉行「思想性第一，藝術性第二」的原則。正如郭沫若所說：「文藝應該服務於政治，批評應該領導文藝服務於政治。這應該是今天的文藝批評的原則。」[35]李亞紅更說：「文藝必須服從政治，為政治服務，更確當更具體地說：文藝必須服從政策，為政策服務。」[36]一部作品的好壞全取決於是否符合政治的要求，符合政策的落實。再好的藝術表現都是次要的了。也可以說，文學評論淪為對作品對作家的政治審查。秦牧倒是看到問題的偏頗：「近年來，由於一個政治力量蓬勃的成長，文學應該為人民，為革命，應該工農化、大眾化的論調，風靡一時，這論調，毫無疑問，絕對正確。祇是在黜陟人物，批評高低的時候，不期然有許多人拿住一把尺，量長量短，曹禺的《家》，曾經被人痛切批評，認為不夠鬥爭。巴金的小說，有人痛恨，認為不夠進步。甚至有的青年在報紙上大呼『吊死巴金』，而另一個致力革命的文學者東平，因為他一下筆就是鬥爭，不管他的文字是如何黠屈聱牙，脈絡凌亂，文字上的毛病是如何的嚴重，竟不見有人批評，這現象，我深覺驚奇。」[37]這種淺薄的庸俗的文學批評的惡劣傾向確是嚴重存在。這種從政治出發的文學批評，必然扼殺了中國文學的正常健康的發展。

在這個時期，作家還是挺勤奮的，也有可喜的收穫。較為著名的有黃谷柳、侶倫、陳殘雲、司馬文森、秦牧等，在一定程度上反映了時代的風雲和社會狀態。這些作品都是在香港發表出版的，成為香港文學遺產的一個部分。

黃谷柳的《蝦球傳》在《華商報‧熱風》連載後，就受到廣大讀者所歡迎。著名評論家周鋼鳴對黃谷柳《蝦球傳》作了充分肯定。他在《評〈蝦球傳〉第一、二部》中說：「這是規模相當龐大的一個長篇。內容是寫一個流浪兒童在香港和廣東的黑社會生活中的曲折經歷，以及他將如何從這種生活中掙扎出來走向光明。這種題材在新文藝上，可以說是很少或甚至沒有被人描寫過，由於作者對於這方面生活的熟悉，以及他社會知識豐富，這個作品確實具有一種引人入勝的魔力，使讀者跟着書中人物如親歷其境一般，看到這種社會生活中萬花鏡似的多姿多彩的面貌。這的確是開拓了新文藝的視野，暴露出殖民地和半殖民地社會最陰暗的角落裏的生活狀貌。作者這種努力，以及生活知識的豐盛，是值得讚美的，這兩部小說贏得了極大讀者的歡迎，並不是沒有理由的。」[38]《蝦球傳》第三部《山長水遠》出版後，也有熱烈的反應，霖明等在《評〈山長水遠〉》中說：「第三部〈山長水遠〉則是反映華南人民解放鬥爭而說情說理，小說裏所說的是人民解放鬥爭之情，說的是革命翻身的大道理。」[39]這部作品被論者認為是香港文學的一部經典。

侶倫是當時一個重要香港作家。《青年知識》曾為他的小說《無盡的愛》和《永久之歌》刊出評論專輯。文章對其創作的歷程作了概括的敘述：「侶倫先生是有他的優良的基礎，文藝的表現技術的掌握，是用過苦心的。而對於現實題材的選擇，在早一時期，已有上述二作品作證明，今後再堅強些走上現實的路，作品是可以更光輝的。侶倫先生自己還珍惜他的筆，他接着寫出都市下層人民的生活，《窮巷》和《私奔》，這就說明他的人生觀、藝術觀在變化了，向這條現實文學的路努力了，向新的現實的創作之路走，起初也許還有困難，還有一些舊觀點舊手法的殘餘的阻障，但相信侶倫先生是有自信克服的，我們祝他有更大的成就。」[40]侶倫無疑是香港文學史上的一位有成就作家。

陳殘雲著有《風砂的城》，作者在《〈風砂的城〉的自我檢討》中說：這並不是一部成功的小說，「寫作的動機和態度是不夠純良的」，所描寫的「都是個人精神的直覺的偏愛，是思想的浮面和軟弱。文藝是服從於政治，服役於政治的，在這一意義上，《風砂的城》卻是滑跌了方向的。」[41]這部小說雖得到好評，但在政治上的未夠積極正面而作了這樣的自我政治批判。

香港文藝刊物也經常轉載和評論解放區的文學作品，諸如趙樹理、康濯等的小說，李季的詩歌。賀敬之的新歌劇《白毛女》曾在香港上演。馮乃超在《從〈白毛女〉的演出看中國新歌劇的方向》，認為「這個劇本，深刻地反映出中國革命的歷史的主題」，「是一部創造中國新歌劇的里程碑的作品」。這些解放區作品幾乎成為左翼文學創作的典範。

七、關於馬華文學的討論

香港在地理上在治政上有它獨有的地位，既吸納西方文學思潮以促進中國文學的發展，同時促進中國文學的對外擴展，特別是與東南亞華文文學的關係更形密切。自從抗日戰爭以後，香港的文學雜誌暢銷東南亞，有不少中國作家旅居東南亞各地並從事文化工作，更重要的是僑居當地華人大都用華文從事文學創作，形成一種獨特的華文創作的羣體。關於東南亞華文文學的性質及其定位，四十年代在香港文藝界就討論過這個問題。郭沫若、夏衍、司馬文森等都發表過他們對中國文學「馬華化」的意見。對這個問題，郭沫若說：「『馬華化』這個名詞，我是這次到香港來知道的。據文森兄告訴我，是馬來亞的華僑文藝的問題。在馬來亞的華僑文藝中，一向從事寫作的人都關心着祖國，祖國的文藝問題便是華僑的文藝問題，就如華僑是僑居在馬來亞的中國人一樣。華僑文藝也就是僑居在馬來亞的中國文藝。這種文藝是所謂『僑民文藝』，沒有扎根在馬來亞的土裏，而是神遊向祖國的空中，今天和這種『僑民文藝』相對，有『土生文藝』的提出，要注重此時此地，要使文藝在馬來亞生根。今天的所謂馬來亞民族，事實上是由三種主要的民族所構成的：馬來人、中國人和印度人。中國人有二百多萬，佔全人口五分之二。從中國的立場來說雖然僑居異域，而從馬來亞的立場來說實在是五分之二的主人。中國人既已經在馬來亞生根，他們所寫的文藝應該根植在馬來亞的文藝。這就是所謂『馬華化』。這個問題在南洋方面仍然在熱烈的討論中，因為《文藝生活》的讀者主要在南洋，文森兄便要我對這個問題表示意見。」[42] 郭氏又說：

「我是贊成馬華化的，也就是說贊成馬來亞青年創造『土生文藝』。」「從理論方面來說，文藝是生活反映與批判，馬來亞的中國人作家當然以表現馬來亞生活為原則。從事實方面來說：馬來亞的中國人實際上是成了另一個國族的主人，這猶如英國人航海到新大陸去構成了美國一樣，今天我們沒有理由要求美國人專門關心她的祖國英吉利，同時沒有理由要求馬來亞的中國人專門關心她的祖國中國。馬華化是絕對正確的路線。這樣倒並不是和中國文藝絕緣，而是使中國文藝更加豐富了。這也如美國文學脱離了英國文學的影響，而英語文學更豐富是一樣的。」

夏衍論述馬華文學的獨特性說：「現在，馬華文藝是今日在馬來亞中國人的文藝，它既然以這樣的政治社會條件為其下層建築，從這土壤中產生出來的文藝成果，必然的也自有其不同的獨特性了。……為了獨特性，我們要從此時此地馬來亞人民生活特別是馬來亞華人社會中去發現典型的生活特徵，典型的人物性格，但同時為了一般性，我們也放膽地歡迎外來各弱小民族的文藝作品，當然特別是從表現中國人民反封建反帝鬥爭的文藝理論和作品中，我們可以得到更多血肉相關的經驗和教訓。」[43]至於說「馬華文藝乃至文化工作是馬華人民解放鬥爭裏面的一個環節，那麼馬華文藝工作者肩上有『為中國的』和『為馬來亞的』這雙重任務，而每個人對於這任務輕重先後，也不能機械的偏廢選擇，而應該由每一個工作者的社會關係、生活條件和個人志趣來決定了。」[44]這可說是最早對世界華文文學創作的性質和定位所提出的看法，頗值得我們參考和研究。

中國作家，特別是廣東作家，不少到過南洋各地，融入當地的社會，參加當地反侵略反殖民的鬥爭。並以他的經歷寫下各種各樣的作品。諸如巴人的長篇報告文學《在外國監牢裏》，司馬文森的長篇小說《南洋淘金記》，杜埃的短篇小說集《在呂宋平原》，林林的詩集《同志，攻進城來了》，陳殘雲的《南洋伯還鄉》等等，在《文藝生活》就經常發表不少這種以他們在南洋各地的生活經歷和鬥爭為內容的文學作品，並在香港出版。這是香港文學史上不可忽視的一個方面。

八、後話

四十年代的香港左翼文藝的理論建設，為中共政權落實文藝為政治服務的文藝政策打下基礎。文藝從此成為政治宣傳的機器，嚴重扼殺文藝創作空間，只准歌功頌德，不准離經叛道。作家只能按照政治所劃出的白線寫作從而製造大量概念化公式化的作品，文學創作失去了真正的意義。對中國文學創作的發展造成嚴重的損害。同時，也為中共文藝界歷次的批鬥作好準備，揭開了序幕。從五十年代開始，大陸文藝界的批鬥接二連三，對胡適思想的批判，對胡風反革命集團的鬥爭，以至反右運動，多少作家為維護文學的獨立和作家的尊嚴而遭整肅。中國文學創作環境是極為困難的。

面對中國作家從此成為政治的應聲蟲，中國文學創作日趨萎靡不振，為掙脫政治教條的束縛，大陸文藝界先後出現了維護現實主義創作的理論，秦兆陽的「現實主義廣闊道路論」，巴人的「人性論」等，就是邵荃麟這位馬克思文藝理論家也不得針對創作的不良現象提出了「現實主義深化論」和「中間人物論」，以期扭轉文學創作的惡劣傾向，開闢一條健康的創作路向，但均為政治所不容而遭批判。

這本評論集記錄了香港文學也是中國文學一個頗為重要的歷史時期的文學現象和理論建構，雖已成為歷史，但歷史的教訓還是值得我們記取的。

二〇一四年二月二十八日完稿

註釋

1 李志文《和平文藝論》，《南華日報》，一九四二年二月七日。

2 李志文《和平文藝論》，《南華日報》，一九四二年三月二十日。

3 荃麟執筆《對於當前文藝運動的意見——檢討・批判・和今後的方向》，《大眾文藝叢刊》第一輯《文藝的新方向》，一九四八年三月一日。

4 同註1。

5 同註1。

6 蕭愷《文藝統一戰線的幾個問題》，《大眾文藝叢刊》第三輯《論文藝統一戰線》，一九四八年七月一日。

7 郭沫若《當前的文藝諸問題》，《文藝生活》第三十七期，一九四八年二月。

8 郭沫若《斥反動文藝》，《大眾文藝叢刊》第一輯《文藝的新方向》，一九四八年三月一日。

9 荃麟執筆《對於當前文藝運動的意見——檢討・批判・和今後的方向》，《大眾文藝叢刊》第一輯《文藝的新方向》，一九四八年三月一日。

10 郭沫若《斥反動文藝》，《大眾文藝叢刊》第一輯《文藝的新方向》，一九四八年三月一日。

11 荃麟《朱光潛的怯懦與兇殘》，《大眾文藝叢刊》第二輯《人民與文藝》，一九四八年五月一日。

12 紺弩《有奶就是娘與乾媽媽主義》，《大眾文藝叢刊》第三輯《論文藝統一戰線》，一九四八年七月一日。

13 白堅離《周作人胡適合論》，《野草》叢刊第九期，一九四八年四月。

14 陳閑《論右傾及其他》，《大眾文藝叢刊》第三輯《論文藝統一戰線》，一九四八年七月。

15 蕭愷《文藝統一戰線的幾個問題》，《大眾文藝叢刊》第三輯《論文藝統一戰線》，一九四八年七月。

16 郭沫若《當前的文藝諸問題》，《文藝生活》第三十七期，一九四八年二月。

17 喬木《文藝創作與主觀》，《大眾文藝》第二輯《人民與文藝》，一九四八年五月。

18 荃麟執筆《對於當前文藝運動的意見——檢討・批判・和今後的方向》，《大眾文藝叢刊》第一輯《文藝的新方向》，一九四八年三月一日。

19 荃麟執筆《對於當前文藝運動的意見——檢討・批判・和今後的方向》，《大眾文藝叢刊》第一輯《文藝的新方向》，一九四八年三月一日。

20 茅盾《反帝，反封建，大眾化—為「五四」文藝節作》，《文藝生活》第三十九期，一九四八年五月。

21 穆文《略論文藝大眾化》，《大眾文藝叢刊》第二輯《人民與文藝》，一九四八年五月。

22 荃麟執筆《對於當前文藝運動的意見——檢討，批判，和今後的方向》，《大眾文藝叢刊》第一輯《文藝的新方向》，一九四八年三月一日。

23 郭沫若《當前的文藝諸問題》，《文藝生活》第三十七期，一九四八年二月。

24 茅盾《再談「方言文學」》，《大眾文藝叢刊》第一輯《文藝的新方向》，一九四八年三月一日。

25 靜聞《方言文學的創作》，《大眾文藝叢刊》第三輯《論文藝統一戰線》，一九四八年七月一日。

26 茅盾《再談「方言文學」》，《大眾文藝叢刊》第一輯《文藝的新方向》，一九四八年三月一日。

27 靜聞《方言文學的創作》，《大眾文藝叢刊》第三輯《論文藝統一戰線》，一九四八年七月一日。

28 郭沫若《開拓新詩歌的路》，《中國詩壇》第一期，一九四八。

29 同註26。

30 林林《關於詩腔》，《中國詩壇》第一期，一九四八。

31 臧克家《關於〈泥土的歌〉的自白》，《創作經驗》（文藝生活選集之四），智源書局，一九四九。

32 林默涵《評臧克家的〈泥土的歌〉》，《大眾文藝叢刊》第三輯《論文藝統一戰線》，一九四八年七月一日。

33 刑天舞《關於馬凡陀》，《野草》叢刊第六期，一九四七年七月。

34 荃麟《論馬思的文藝批評》，《大眾文藝叢刊》第四輯《論批評》，一九四八年九月一日。

35 郭沫若《當前的文藝諸問題》，《文藝生活》第三十七期，一九四八年二月。

36 李亞紅《今後文藝工作的一些問題》，《文藝生活》總第二十五期，一九四八年二月。
37 秦牧《讀紺弩默涵的文章》，《野草》第五期，一九四七年十二月一日。
38 周鋼鳴《評蝦球傳第一二部》，《大眾文藝叢刊》第四輯《論批評》，一九四八年九月一日。
39 霖明等《評〈山長水遠〉——黃谷柳著〈蝦球傳〉第三部》，《文藝生活》第四十六期，一九四八年九月。
40 霜明，孟仲，文燊，周志，章誠五人書評《寂寞的夢——評侶倫的〈遙遠的愛〉和〈永久之歌〉》，《青年知識》第四十一期，一九四九年一月。
41 陳殘雲〈《風砂的城》的自我檢討〉，《創作經驗》（文藝生活選集之四），智源書局，一九四九。
42 郭沫若《當前文藝諸問題》，《文藝生活》第三十七期，一九四八年二月。
43 夏衍《「馬華文學」試論》，《文藝生活》第三十八期，一九四八年三月。
44 同注41。

居夷風雅參時變：論百年香港舊體文學之發展

——《舊體文學卷》導言

程中山

一、引論

香港位處嶺南珠江口，原為一小島漁村，舊稱「香江」、「紅香爐」等，宋明時期屬廣東東莞縣轄地，明中期至晚清則屬新安縣。香港一名，最初專指香港島。鴉片戰爭後，清廷與英國簽訂《中英南京條約》，將香港島割讓給英國。咸豐九年（一八五九）英法聯軍之役，清廷戰敗，後被迫簽訂《北京條約》，割讓九龍半島給英國。光緒廿四年（一八九八），英國再強逼清室簽署《展拓香港界址專條》，拓租九龍半島以北、深圳河以南地區，這區域後稱為「新界」。後來在英國殖民統治下的香港島、九龍、新界地區，統稱為香港。大抵在香港這個區域中所創作的文學作品，就可以稱為香港文學。

據《新安縣志》「藝文」卷所知，在英國殖民統治之前，歷代有不少文人作品詠及新安地區（包括香港）風物，如宋代常州宜興蔣之奇〈杯渡山〉詩寫杯渡山（今屯門青山），明代有東莞新安鄭文炳〈杯渡山〉、龍河〈鼇洋都景〉、侯琚〈官富懷古〉等作品。[1] 鄭文炳、龍河、侯琚等皆居於新安（今廣東深圳或香港新界），作品歌詠家鄉風土歷史，鼇洋、官富即今香港島、觀塘，所以明代這些東莞新安籍詩人當為香港最早的本土文人，可以說是香港文學的始祖。然而，明代香港文獻散佚不全，當時文學發展情況無法詳窺，反而自英國殖民統治香港後，經濟發達，人文風氣日漸濃厚，文學創作迅速發展。

自鴉片戰爭後（一八四三）至中華民國三十八年（一九四九）一百餘年間，香港傳統文學經歷了四個時期：晚清時期、民初時期、抗戰時期、戰後時期，四個時期文人輩出，作品紛呈，各有特色，成就很大，可謂百年香港文學的主流。學者羅香林所作〈中國文學在香港發展之演進及其影響〉一文，最早評論了香港這一百年的文學發展，羅氏將百年香港分作四期：一、以傳教士之翻譯文學為代表（如理雅閣、麥都思、黎力基等）；二、以報章政論中人之文學作品為代表（如王韜、潘飛聲、胡禮垣、黃世仲）；三、以隱逸派人士之懷古作品為代表（如陳伯陶、張學華、賴際熙等）；四、以學海書樓之講授經學文學及香港大學中文系之專門研討為代表；[2] 羅氏論著有拓荒的貢獻，然而香港文學文獻眾多，羅氏蔽於所見，有大量旅港詩人、詩社活動、本土文學均未見論及，又其分期過簡亦值得商榷。近二十年來，有潘亞暾、汪義生《香港文學史》、[3] 黃康顯《香港文學的發展與評價》等香港文學史專著，[4] 更不顧文學史事實，排斥傳統舊體詩文，高談白話文學，以偏概全。學者鄧昭祺教授曾云：「沒有舊體文學，是不完整的香港文學史。」[5] 在一九九七年回歸前後，香港胡從經、張大年、蔣英豪、方寬烈曾分別選錄百多年歌詠香港的詩作，[6] 二〇〇六年何文匯、黃坤堯等選《香港名家近體詩選》，足以反映百年香港舊體詩歌持續發展，生生不息。黃坤堯、王晉光、程中山等學者更於二〇〇四年開始舉辦香港舊體文學研討會，呼籲學界重視香港舊體文學的研究，會後編有《香港舊體文學論集》等，而黃坤堯著有《香港詩詞論稿》、〈香港詩詞百年風貌〉，王晉光撰有《香港文學鼻祖王韜》、程中山亦撰有〈論潘飛聲《香海集》〉、〈開島百年無此會——二十年代香港北山詩社研究〉等論著，俱推動香港百年舊體文學的研究。因此，由晚清至民國三十八年（一九四九）的一百多年間，香港傳統文壇百花齊放，名家輩出，他們留下大量詩文，鼓吹風雅，振興國粹文化，這種鐵一般的文學史史實，絕對不容一筆抹殺及忽視。

本卷所選近百位作家，都是各時期香港文壇的重要人物，他們均在其所處的年代社會、生活圈子裏扮演推動香港傳統文學發展的角色。本卷所選作品主要反映作者當時身處香港的所見所感，尤其能反映百年香港文壇活動、文學思想、重大社會事件的作品更優先選載。至於選錄文體方面，文學體制之名不宜有新舊之分，新舊乃時間相對，本卷定名為香港舊體文學，準確說是指香港傳統古典文學，可包括古典詩詞、古文、小說等創作，因篇幅所限，本卷以選詩詞為主，略及古文序跋雜記，小說則付諸闕如。

二、晚清的香港文學

在英國殖民統治下，香港島最先開發，島上商店酒家林立，中西商人雲集，經濟發達，社會繁榮，形成以商業文化為主的殖民地城市。當時西方洋人東來，清廷外交使節出使歐美，或兩廣官吏進京述職、士子北上赴考，莫不取道香港，香港遂成為中國南大門。這些作客香港的官吏士子，皆有科舉根柢，多曾賦一二詩文抒發國土淪陷、客途苦悶之情，「香港」二字由是進入中國近代文學作品之中，如魏源〈香港島觀海市歌〉、何兆基〈乘火輪船遊澳門與香港作〉、黃遵憲〈香港感懷〉、斌椿〈香港夜泊〉、易順鼎〈香港看燈兼看月歌〉、朱彊村〈夜飛鵲・甲辰九月舟過香港，倚船晚眺，寄公度〉、簡朝亮〈香港四首〉、鄧方〈夜泊香港〉等。當然，香港作為一個自由開放的城市，在中國近代多災多難的歲月中，曾吸引海內外各方人士前來聚居，人物忠奸雅俗，思想中西新舊，混雜共處，兼容並存，推動香港多元文化的發展。然而，上述魏源、朱彊村等人只是極短暫過港，對香港文壇沒有影響，反而有不少土生土長或長期居港的晚清作家，他們來自報界、商界、革命黨、本地傳統教育界等，均積極推動晚清香港文學發展，其中以報界王韜、潘飛聲二人為香港早期最有影響力的文人。

1 王韜、胡禮垣

在王韜來港前，英國傳教士麥都思於咸豐三年（一八五三）在香港創辦第一份中文報刊《遐邇貫珍》，主要向華人介紹西方歷史地理、文化思想及海內外新聞，所載翻譯文章、序論如〈港內義學廣益唐人論〉（咸豐五年（一八五五）第六號）、〈因時感事序〉（咸豐五年（一八五五）第九號）等，文辭雅潔，惟不署作者名字，很大可能出自編者黃亞勝（黃勝、黃平甫）之手筆，今存疑不論。

同治元年（一八六二），江南蘇州文人王利賓（一名畹，字蘭卿，一八二八——一八九七），因化名「黃畹」上書太平天國，事發被清廷通緝，後得英人庇護，乃於同年十月避禍香港，改名王韜。王韜避居香港，主要協助英華書院院長利雅閣翻譯中國儒家經典，並曾遊歷英國、日本、廣州等地，遍交海內外文人。居港近二十年，王韜自署「天南遯叟」，創作大量詩文小說。王韜論詩不區唐宋，尤貴性情篤摯，其居港初期詩歌多反映動盪時局及思鄉之情，如〈五月食荔支有感〉「回首前年今日時，那堪對此彈鄉淚」、〈有感時事〉「兵戈滿海內，暫此走偏隅」、〈一生〉「客粵無端歲屢更，遙從物外寄閒情」等句，[7] 愛國思鄉之情甚濃；而小說則多仿《聊齋》而作鬼狐神怪的題材，頗有特色。同治十三年（一八七四），王韜創辦《循環日報》，撰寫政論，呼籲清廷維新改革，故所作詩文如〈贈日本長岡侯護美，時方奉使荷蘭〉一詩即寄寓深刻的改革思想。王韜困厄南方，勤於著述，在香港陸續撰成《蘅華館詩錄》、《弢園尺牘》、《弢園文錄》、《瓮牖餘談》、《遯窟讕言》等，可謂晚清香港重要的文學成果，不可忽視。

與王韜有交往、現有文集傳世的香港文人僅胡禮垣（一八四七——一九一六）一位。胡禮垣幼年隨父來港，就讀於香港大書院（中央書院、皇仁書院），接受西式教育，吸收維新思想。畢業後，曾任《循環日報》助譯工作，並於光緒十年（一八八五）創辦《粵報》。胡禮垣生平關心世界，指點國事，提出反專制、立自由的大同治國理念，著成《新政真詮》。胡氏又撰《梨園娛老集》、

《詩集輯覽》二部，反映作者於國故詩文頗有修養。胡氏喜寫組詩，如〈民國新樂府〉（十二首）、〈伊藤歎〉（一百二十五首）、〈滿州歎〉（一百五十首）、〈德皇歎〉（三百首）、〈戊申年水災，香港女界售物賑災詩十二首〉等，篇幅巨大，或寫時事，或詠史鑑今，或述歐亞時政，提倡改革，反映邁向大同的理想，如〈滿州歎〉（其一百五十首）云：「今當貞下起元辰，公是公非讜論伸。共主太平斯有道，由民自主始能仁。帝王三五謨嫌舊，議院千夫法愛新。萬國咸寧從此起，民權發達太和臻。」[8] 其詩喜用新詞彙，頗有近代詩歌的特色。胡氏晚年更與先天道信徒田邵邨往來密切，論述漸及道學。

2 潘飛聲

在王韜離開香港十餘年後，廣東番禺名詩人潘飛聲前來香港，成為晚清香港文壇首屈一指的大家。潘飛聲（字蘭史，一八五八—一九三五）為番禺世家子弟，早歲已享才名。光緒十三年（一八八七）前往德國任教柏林東方語學院三年，期間結交清廷使節及日本詩人，聲名遠播。光緒二十年（一八九四），潘飛聲應聘前來香港擔任《華字日報》主筆，撰寫政論，呼籲改革，有香海寓公之稱，與粵東丘逢甲、新加坡丘煒萲詩文論世，才名鼎立。

潘飛聲來港時，年方三十六歲，雖為華報主筆，但仍希望建功用世，為朝廷效命。潘氏善於應酬，與過港大清使節、駐港官史往來，又聯絡旅港文人，雅集酬唱，當然更撰寫政論，保護華人，伸張正義。潘氏長於詩文，每每意氣風發，名士風流，詩多題贈酬唱、飲宴艷事之作，如〈喜晤仲闕工部逢甲，賦贈〉、〈看雲圖為邱菽園孝廉煒萲題〉等詩，雖為應酬之作，但亦寄寓其深刻的抱負理想。居港頭四年，潘氏編有《香海集》，凡收詩二百首，以七律為主，敘寫客居香港的情懷，思想極富愛國主義，風格雄麗，或為香港開埠第一部詩集。如〈題「香海對酒圖」〉有「江山信美原吾土，文酒關懷屬我曹。在眼横流他日定，填胸磈磊此時高」句，[9] 足以反映潘氏詩酒論世的情懷。同時，潘氏居港時亦編定《老劍文稿》，多論政改革的文章，也有不少序跋遊記，如〈游大潭篤記〉、〈畫會記〉等記載當時香港風土人事。

潘飛聲主政《華字日報》期間，在報上闢立「廣智錄」副刊專頁，選錄時賢詩文小說，登載東亞南洋的詩詞，推動香港文學與海外文壇交流發展，貢獻重大。尤其是光緒三十一年（一九〇五）潘氏自撰《在山泉詩話》連載「廣智錄」上，介紹其平生所交接詩人，述及德國、日本、朝鮮詩人詩歌，更介紹嶺南詩畫文藝，析論詩風，內容精彩，為香港第一本詩歌批評著作。而詩話所記朱彊村、梁啟超、黃遵憲、唐景崧、丘逢甲、丘菽園、日韓文人等在港活動，論政論詩，留下極為珍貴的香港文學史史料。光緒三十二年（一九〇六），潘飛聲辭去報務主筆之任，返回廣州。未幾，北遊北京、上海等地，民國後寓居上海，加入南社、漚社等詩社，成就更大。

3 丘逢甲及商界詩人梁淯、陳步墀、余維垣

潘飛聲貴為留洋學者、華報主筆、世家子弟，在當時香港文壇很有影響力，旅港各方騷人如馮雍（曾任九龍副將幕府）、梁麟章（曾司鐸瓊海）、趙吉莽（私塾先生）、梁淯（商人）、陳步墀（商人）、丘逢甲（維新派）等莫不與之交遊。其中與丘逢甲論政論詩，意氣相投；而與商人梁淯、陳步墀交情最篤，情同手足。

丘逢甲（一八六四——一九一二）晚清因臺灣被割讓日本後，抗日失敗而內渡廣東原籍，後多次前來香港活動，會晤康有為、潘飛聲、黃詔平等，與潘氏神交尤久，來港後即與之論詩歌時政，十分投契，二人贈答唱和作品不少，潘詩雄麗，丘詩雄壯，題材豐富，如〈九龍有感〉、〈香港書感〉等流露深刻的家國情懷，如〈蘭史招飲酒樓疊前韻〉、〈詔平席上次蘭史韻〉等則為名士風流之作，推動一時唱和風氣。

梁淯（一八六一——一九一九），字又農。廣東東莞人。光緒十三年（一八八七）來香港經商。能詩能畫，刻有《不自棄齋詩草》，詩風沈鬱，心境頗潦倒，如〈姬人自鄉來，夜半携諸子女抵港，相對如夢寐，有感書此〉首聯云「潦倒香江廿五年，老來情緒淡於煙」，[10] 反映其居香港的艱難生活。又〈香港電燈行〉、〈東歸乘九廣鐵路瀛車途中有作〉等詩詠寫新時代發明，鎔鑄新理想以入舊風格，頗有時代特色；〈九龍秋望〉詠及英人強租新界，寫出居夷秋望的憂思。

陳步墀（一八七〇——一九三四），字子丹，別號雲僧。廣東饒平人。晚清在港打理家族經營

的「乾泰隆行」米業生意，該行乃香港南北行第一大商號。陳步墀少攻舉業，從陳伯陶遊，不得意乃從商，故重視傳統國學文獻詩教，曾編《繡詩樓叢書》，保存三十多種文獻。陳步墀來港時尚年輕，詩詞兼擅，著有《繡詩樓詩》、《茅茨集》、《宋臺集》詩集。其詩獨抒性靈，不事雕琢，清新自然，極富神韻，有唐人之風。七古〈蔡烈士歌〉「蔡君學文信人傑，熱灑神州滿胸血」、「寄語同胞我國民，齒寒當與唇亡均」句，[11] 為賢者作頌，悲壯感慨。又曾作〈將去潮州作九言歌，留別諸子〉九言詩，頗有韻味。又著有《雙溪詞》、《十萬金鈴館詞》詞集，小令長調，婉約豪邁俱擅，並見其填詞成就。光緒三十四年（一九〇八）廣東大水災，陳氏曾作〈救命詞〉三十首刊於《實報》，呼籲港人積極捐款賑災，士女繡其詩籌款，陳氏遂以繡詩為齋名紀事。入民國後，陳氏廣與旅港遺老賴際熙、溫肅等遊，眷戀清室，心存復古，如〈學海堂懷阮文達公〉、〈丙辰春日侍家子勵師登宋王臺懷古〉等，其思想可見一斑。

除了梁、陳二人外，晚清居港商人不乏能詩者，如王韜〈徵設香海藏書樓序〉云：「即其間習貿易而隱市廛者，或多風雅高材，如周青士、朱可石其人，類亦不乏。」[12] 現有詩文集傳世者，尚有余維垣（一八六〇——一九三四後），其刊有《雪泥廬詩草》，詩作數百首，清雅自然。余氏為廣東台山人，少貧棄學從商，早歲赴美國、巴拿馬謀生，後經商香港四十年，至二十年代後期歸隱廣州。余氏詩歌不染商人俗氣，多紀遊歷美洲、南洋、廣東等地，有詠及飛機、炸彈、氣毬等新事物，亦有〈連年商業不佳，有所虧折，感賦〉寫香港經商生涯，〈入鯉魚門〉、〈九龍一帶割歸英屬〉、〈香江漫興五首〉等寫香港社會歷史，抒發國土淪陷的感慨。

4 革命黨文人

另外，晚清香港社會自由混雜，一羣反清革命黨人長期集居香港從事革命事業。這些革命黨多為粵籍文人，他們在港積極辦報，報道廣州及各地時事，抨擊清廷，啟發民智，鼓吹革命，如陳少白辦《中國日報》，鄭貫公辦《唯一趣報有所謂》，黄世仲辦《香港少年報》，陳樹人、胡子晉等辦《東方報》等。各報俱為小報，篇幅不多，以粵語白話夾雜文言書寫為主，期以通俗文學啟發民智。諸報均設有文藝諧部，如小說、粵謳、班本、雜文、詩詞等，推動香港通俗文學的發展。就詩歌方面而言，各報設有詩詞專欄，如《東方報》「風雅壇」、《唯一趣報有所謂》「風雅叢」，《中國少年報》「騷壇巇」、《中國日報》「詞苑」等，專錄粵港革命黨同人詩詞，黨人多用筆名發表，殊難詳考，僅知有鄭貫公、陳樹人、黃節、岑學呂、廖平子等數人而已。革命黨詩歌，並不通俗，反而情感真率，大聲鏜鎝，慷慨激昂，如鄭貫公〈贈友三首〉其三「沈沈專制下，無力暢心遊。願作九皋鶴，日日鳴不平」、[13] 岑學呂〈雜感七首〉「浪說神州一柱擎，書生何事請長纓。縱教博得封侯印，種族恩仇尚未明」、「奴顏婢膝談風節，天喪斯文大可哀。安得革車三萬乘，檻囚驅上斷頭臺」等詩，[14] 反映作者不畏犧牲，豪情壯志，鼓吹民族主義，流露強烈的反清決心。後來鄭貫公早卒，辛亥革命後，陳樹人、黃節、岑學呂多次來港，並有詩作歌詠時局，岑氏更隱居香港終老。

5 香港本土文人

上述王韜、潘飛聲、革命黨黨人等雖在香港晚清文壇取得很大成就，影響深遠，但他們都不是香港土生的居民，作品總帶點客居的色彩。反而與潘氏同期而年輩稍後的馬小進，生於香港，曾留學美國，後來成為北洋政府眾議員、總統府秘書。晚清時，馬氏年青有為，創作不少詩歌，如〈醉題酒家壁〉七古「少年意氣豪且奇，白馬雕弓入燕市」、「何年共遂黃龍飲，斫盡朝兒著偉勳」，[15]意氣風發，寫出抱負理想。入民國後，馬氏加入南社，浮沈政壇，閱歷漸深，創作更多，成為當時本土詩人中文學成就較高的一位。

在晚清香港文壇，本土詩人集中在新界鄉村地區，他們世世代代居住在寶安南頭、上水、元朗一帶，接受傳統國學教育，長期過著耕讀的日子。他們生活樸素，讀書上進，積極組織詩社、開詩會，提倡詩歌文化，其中上水鄉詩歌歷史悠久，風氣更盛，陳競堂〈隱逸花〉序云：「吾邑上水鄉，每年歲朝即開詩會，歷百餘年於茲矣。」[16]廖頌南《上水青年詩社集・序》亦云：「攷我鄉詩學之興，始于前清乾隆間，闕後文人輩出，揚風扢雅，作述如林，垂二百餘年。都人士靡不嘖嘖稱道，號為聲名文物之鄉，甚盛事也。」[17]可見上水鄉詩人在英國殖民統治下，香港意識雖然不強，但他們依舊提倡國故文學，發揚寶安上水的百年文學傳統，也因此可以說新界文學是香港最純正的本土文學代表。只是新界文人很少接觸港九的主流文壇，自足於鄉村之內。

晚清新界文人主要為傳統私塾、學校的教師，如翁仕朝、許永慶、陳競堂、黃子律等，都是當時新界著名的文人，均有不少作品存世。然而他們的詩文水準不一，風格略有不同，如翁仕朝詩多帶點老學究的色彩，殊無可取。而許永慶曾撰香港新界各地竹枝詞五十六首，紀錄港九新界各地風物，如〈瀝源九約竹枝詞〉「沙田頭又值年豐，塑壆坑源水蔭通。直待沙田禾麥熟，家家相慶賦千鍾」，[18] 質樸無華，寫出鄉土氣息。許氏以竹枝詞授徒，傳誦沙田西貢一帶人口，代代相傳，至今仍為人津津樂道。

至於陳競堂、黃子律二人，生平不得意於科場，乃以授徒維生。陳競堂是民初新界詩人中惟一生前印刻詩集的文人，曾刊行《克念堂詩稿》（民國五年（一九一六））、《貸粟軒稿》（民國十三年（一九二四）），詩多寫新界風光及與鄉人酬唱之情，頗尚袁枚性靈詩風，亦有部分作品如〈醉中偶作〉、〈題《東方報》〉、〈登高〉等反對滿清專制，追求革新自由，情感激越，〈醉中偶作〉云：「未漆讐頭飲恨多，淋漓杯酒奈愁何。叩閽無語天猶醉，斫地悲歌劍屢磨。冤海枉填精衛石，斜暉猛奮魯陽戈。自由不獲毋寧死，攘臂誓除專制魔。」[19] 頗見其革命思想。而黃子律先生在新界元朗教學辦學數十年，歷經晚清、民初、抗戰及五十年代四個大時代，是新界詩人中存詩最多的一位。黃子律於民國二十三年（一九三四）創辦鐘聲學校，春風化雨，終生育才，其所作五百首作品，詩格平易，多反映新界鄉居與友人唱和之作，其中和鄧惠麟、伍醒遲之作稍為可觀，而〈宋王臺〉、〈七七事變〉懷古寫實，則見其家國之感；黃氏民國後曾與港九詩人黃密弓、葉次周、陳伯陶等交遊，略見其突破鄉曲之限。

在晚清香港文壇值得大書特書的是，光緒廿四年（一八九八）英國強租新界時，曾激發新界元朗夏村父老如鄧菁士、鄧惠麟、伍星墀（醒遲）等組織鄉民奮起反抗，然而最終敵不過洋槍炮火而失敗，其中鄧菁士被殺，伍星墀被囚，鄧惠麟脱難。鄧伍諸人在新界接受傳統私塾教育，亦能詩文，所寫保家抗英之詩，可歌可泣，如伍星墀〈英租九龍，不屈被捕，港臬定繯首之刑，歸獄時夜色四合，占此寄慨〉：「陰霾四布眼模糊，是否幽明已異途。天地祇今真逆旅，居諸何處是桑榆。生能抗敵非文弱，死不驚人豈丈夫。此去羞從子胥祖，國門恨未繫頭顱。」[20]表現那種大丈夫頂天立地、視死如歸之慨，大氣磅礴，信為可傳之作。鄧惠麟更作〈感遇〉六首，如「畫界督臣輕土宇，遮河父老哭旌旗」、「五馬有刑懲漢歹，九龍無界限英夷」、「也知一木久難支，忠憤催人強出師」、「焚巢已破情奚服，省墓難通淚更流」等句，[21]慷慨悲歌，反映國家積弱、河山淪陷之無奈，憂患之情，哀怨動人，繼承嶺南傳統雄直詩風，推為早期香港本土文學的傑作。

6 其他詩人

此外，晚清香港社會開放，思想自由，中西宗教並行，其中不乏信徒居士亦能詩文，如李小鄴著有《小壺山館詩存》（已佚）、田邵邨著有《梧桐山集》等。後者田邵邨信仰先天道，生平極力弘揚先天道教義，曾在九龍新界建築宮觀，招聚信眾香火，尤其是在新界邊境梧桐山所築梧桐仙洞，規模最大，影響深遠。田氏擅於傳統詩文，頗有創作，光緒三十二年（一九〇六）刊印《梧桐山集》，收錄其與新界同道戴弁英、張用霖等唱和之作，又收錄一些先天道或道教經典雜文。田氏醉心先天道，所作詩歌及詩論多寓以起人善志、懲人逸志的寄託，出世修道之味極濃，詩歌入道，可取者不多，如〈題三遊赤柱有感〉、〈咏總理桐山功成告竣〉二詩，或可一觀。

值得一提的是，光緒二十年（一八九四）香港初次爆發大規模鼠疫，傳染而死過千人，其後數年鼠疫仍然為患，當時過港粵人何祖濂曾撰〈鼠疫歎〉反映鼠疫慘況，如「百死惟一生，朝且不慮夕」、「十室九逃避，如遭火與兵」句，[22] 以詩作史，頗為珍貴。又晚清不少粵人前來香港旅行，如梁喬漢編有《港澳旅遊草》專著，收錄其遊居港澳的詩作，如〈港中雜事二十韻〉、〈賽馬場〉、〈德律風〉、〈電線信〉等反映港人華洋雜處的社會面貌，以及詠寫電話、電報等西方新事物，可見香港社會進步的一面。

三、民初的香港文學

1　民初香港文人結社

宣統三年（一九一一）十月辛亥革命爆發，次年宣統皇帝宣布退位，民國成立，結束了滿清長達二百多年的統治。民初，大陸政局不穩，不少文人湧入香港避世，推動香港文學的發展。

民初香港文壇承接晚清傳統風氣，主要由報界、教育界、傳統詩畫界文人組成，他們熱衷創作詩文、詩鐘及通俗小說，時常雅集，各自組有海外吟社、香海吟壇、聯愛詩社、潛社等詩社，推動香港傳統文學的發展。這些詩社多在樟園、愉園、太白樓、南唐酒家等地舉行雅集，主要創作詩鐘對聯，亦及詩詞。其中海外吟社，由劉伯端、楊其光、江孔殷等人於民國元年（一九一二）創立，以詩鐘為主，應是民初香港第一個詩社。其中社員劉伯端、江孔殷新從廣州移居香港，前者來港助俞叔文課徒，後者為前清翰林而來港從商。劉伯端詩歌不多，但與時並進，如〈英國詩人沙士比亞歿後三百載開會紀念〉、〈普慶戲院開幕〉等，劉氏又擅填詞，獨享盛名，詞學吳夢窗、周清真。而江孔殷則翰林根柢，詩詞並擅，雅正自然。海外吟社以外，民初香港詩社以潛社較為著名，詩社由勞緯孟、譚荔垣、何冰甫、張雲飛、葉茗孫等人於民國五年（一九一六）成立，勞緯孟、譚荔垣為《華字日報》編輯，何冰甫為《循環日報》督印人，葉茗孫為著名塾師，詩社提倡詩鐘，亦及詩歌，如曾以風雨樓雅集命題，勞緯孟更能説部，社員作品時載報上，頗有影響力。

在英國殖民統治下的香港社會，教育重英輕中，民初那些傳統私塾、義學或中學的中文教師如何恭第、呂伊耕、俞叔文、何祖濂、羅濂、黃密弓、葉名蓀、張秋琴、陳硯池、張啟煌等在當時華人社會上地位頗高，甚受尊重，他們多來自廣府各地，居港期間作育英才，弘揚國學，或擔任徵聯比賽閱卷評判，或加入各大吟社，均有詩詞傳世，詩風工穩，而何恭第更撰寫多部小説，尤為著名。居港青年詩人如羅禮銘、潘小磐等均為何恭第弟子。又羅濂來自順德，居港九年，頗多作品反映閒居生活，如〈香江太白樓游記〉、〈遊九龍宋王臺記〉等，小品文言，清新可誦。

二十年代初，廣東南社社長蔡哲夫（守）自廣州移居香港，協助商人莫鶴鳴打理赤雅樓古玩店。蔡氏居港積極結社雅集，進一步推動香港文壇發展，更掀起詩詞創作的高潮。

民國十三年（一九二四），莫鶴鳴、蔡哲夫向商人利希慎借用利園山二班行作為文人雅集場地，並聯絡潛社勞緯孟、竹林詩社鄒靜存及旅港南社同仁等組結北山詩社（初名愚公簃詩社）。在蔡氏等人振臂高呼之下，詩社運作半年，獲鄧爾雅、呂伊耕、陳菊衣、何鄒崖等一百餘位詩人響應，其中不乏女性作家如呂素珍、羅賽雲、張傾城、鄧小蘇、談月色等，展現多姿多彩的民初香港文壇。詩社作品多達一千餘首，作品及人數之多，實為民初香港最大的詩社，因此曾一度形成以利園山北山詩社為中心的文人羣，蔡哲夫亦發出「開島百年無此會，卻從今夕付吟流」的盛歎。[23]

北山詩社以潛社、南社社友為骨幹，每周一會，以《華字日報》為通訊平台，擬題刊詩。作品以歌詠利園山雅集情景為主，如詠曼陀石、連理榕、品茗、賞月、聽雨、聽曲、菊會、東坡生日、上巳重九雅集等，表達重振國粹、思鄉憂國之情懷。詩社詩風雅正，以發揚李杜詩歌傳統為主，如聽濤〈甲子中元後一日愚公簃玩月〉有句云：「風雅本來為國粹，底事狂且偏播棄。他邦韻語正昌期，我輩一呼宜振臂。潛社前塵猶可追，浣青辭統肩荷之。」[24]值得重視的是，北山詩社不作詩鐘，而大力提倡詩詞唱和，明顯突破清末民初香港詩社多局限於詩鐘創作的傳統，尤其是社友劉伯端、楊鐵夫、蔡哲夫等更唱和〈賀新郎〉、〈霜花腴〉、〈步月〉等詞，和作多達二百餘闋，乃為長期以詩歌為主的香港文壇帶起濃烈的填詞風氣，諸人所填詞傾向學南宋吳文英、史達祖麗密沈厚之風，頗具時代色彩。可惜民國十四年（一九二五）夏，省港大罷工爆發，社會動盪，直接導致北山詩社成立不足一年而解散。

其後，香港時局轉趨穩定，原北山詩社社友各自組結南社、正聲吟社、新潛社等，如蔡守依然帶領南社社員在利園、九龍石鼓山、陶園酒家等地雅集，詩畫並重，與湖南長沙的南社湘集遙遙相應，惟規模已不及北山詩社之盛。

再者，民初香港詩畫風氣興盛，如有蜚聲詩畫社、太白樓詩書畫社等之設立，其中以民國十六年（一九二七）香港書畫界文化人所組織的香港書畫文學社為最大，文學社以杜其章為社長，舊北山詩社張雲飛、勞緯孟、譚荔垣、蔡哲夫等亦參與其中，經常雅集，更曾創辦《非非畫報》，亦畫亦詩，繼續提倡文學至抗戰前夕。蔡哲夫〈島樓書畫雅集〉、杜其章〈中秋夜書畫文學社雅集陶園酒家，玩月書懷二首〉、鄧爾雅〈丁丑、戊寅畫盟諸友避兵島上感賦，先呈趙浩公、黃少梅〉等詩，都是反映香港詩畫文學互動的發展特色。

3 前清遺民羣

民初香港文壇與晚清時期明顯不同的是，有一羣前清遺民移居香港，為香港文壇注入一股守舊思想的力量，影響深遠。

辛亥鼎革後，一批前清舊臣士子為保氣節，不事二朝，乃前往香港隱居，如陳伯陶、姚筠、蘇澤東等以遺民自居，仇視民國，過著恥食周粟的隱逸生活。其中陳伯陶是當時香港前清遺民的領袖，頗有影響力。陳伯陶，光緒十八年（一八九二）進士探花，授翰林院編修，官至南書房行走、江寧提學使等要職。來港後，居九龍城官富場，齋號「瓜廬」，即以東陵侯種瓜自況，並自號「九龍真逸」。陳伯陶詩歌多寄託故國之思，如〈避地香港作〉「生不逢辰聊避世，死應聞道且窮經」，[25]〈九龍山居〉「異物偶通柔佛國，遺民猶哭宋王臺」等，[26]反映陳氏身遁海濱，心戀故主，託古傷今，無限滄桑，心境孤獨淒冷。又如〈宋王臺懷古〉、〈登九龍城放歌〉等都是抒發朝代興亡、感懷身世之作，表現那種忠於前朝而不仕新朝的氣節。

陳伯陶在港二十年，從事整理鄉邦文獻，編纂《勝朝粵東遺民錄》、《明東莞五忠傳》等；又曾考訂官富場（今觀塘）南宋遺跡如宋王臺、侯王廟等，潛心著述，以寄寓亡國之痛。此外，陳伯陶常集賴際熙、蘇澤東、吳道鎔、陳詞博等到宋王臺憑弔寄興，尤其是民國五年（一九一六）農曆九月十七日，陳伯陶召集吳道鎔、張學華、汪兆鏞等人於宋王臺祭祀南宋遺民趙秋曉生日，並以此為題，寫詩填詞，掀起遺民唱和的風氣。陸續加入唱和有丁仁長、張其淦、黃日坡、何藻翔、蘇澤東、李景康、梁淯、黃慈博等詩家，蘇澤東遂編《宋臺秋唱》，傳播至今。由是形成以陳伯陶及宋王臺為中心的詩人羣，遺民思想尤為濃厚。民國十一年（一九二二），宣統皇帝溥儀在北京成婚，陳伯陶專程攜帶香港遺民及商人所捐獻巨款入京祝賀，陳氏當時重經昔日入值的南書房，感慨萬分，有〈壬戌十月重至南齋，口占呈朱艾卿少保、袁玨生、朱聘三兩編修〉詩四首紀事，易代滄桑，表現忠貞之節。故陳氏卒後，獲諡文良。

同時，前清翰林增城賴際熙應聘來港擔任香港大學中文教習，並與陳伯陶、溫肅過從唱和，祭拜光緒皇帝，登臺懷古，賴氏所作〈登宋王臺作〉云：「登臨遠在水之湄，豈獨興亡異代悲。大地已隨滄海盡，怒濤猶挾故宮移。殘山今屬周原外，塊肉曾無趙氏遺。我亦當年謝皋羽，西臺慟哭只編詩。」[27]借古哀今，悲壯感人。相對賴際熙而言，陳伯陶、張學華等居港長年懷緬往昔，思想傳統守舊，少與世接。民國十二年（一九二三），賴際熙、俞叔文等有感香港社會中文水平低落，乃仿傚晚清廣州學海堂的辦學精神，創辦學海書樓，提供義學，禮聘溫肅、陳伯陶、朱汝珍、何翽崖等遺老，講授傳統國學，薪火相傳，影響至今。賴際熙後來更掌香港大學中文學院院政，延聘溫肅、崔師貫等，持續傳授國學，栽培了李景康、陳君葆等文人，影響更大。至此這些遺民對香港中文教育貢獻重大，陸續獲香港社會肯定，如當時港督金文泰頗禮待諸人，並推許為國學耆宿。

此外，民國十六年（一九二七），梁廣照、韓文舉、譚荔垣、吳肇鍾、鄭水心等人亦在宋王臺一帶舉行文酒之會，結為宋社，詩社老少咸集，酬唱切磋，情感滄桑哀怨，如韓文舉〈題「宋王台雅集圖」〉云：「愴傷奚止宋王台，形迹零遺倍長哀。祇有九龍隨海逝，更無五馬渡江來。雜心靈運從何住，醉語淵明去不回。願學謝陶君莫笑，依依蓮社共徘徊。」[28]這種滄桑哀怨的情懷，與陳伯陶等前清遺民的宋臺秋唱一脈相承，壯大香港遺民文學的陣容。

另一方面，自五四運動以來，胡適、陳獨秀等人掀起批判中國傳統文化，鼓吹白話文，在這場新文化運動席捲神州大陸之際，遠在天南海隅的香港文壇卻不受影響，文人堅持提倡傳統清雅的文言，不過他們對這場運動衝激傳統國學，深感憂慮，如譚荔垣〈甲子中元後一日愚公簃玩月〉有句云：「舉世仇風雅，坑焚肆誅鋤。公乃耽吟詠，味道嚌其腴。性情有深契，操行無歧趨。不惜與俗戾，而與古為徒。」[29]鄒靜存〈客去醉吟〉有句云：「天網慨傾頹，地維嗟絕紐。六經委灰塵，石鼓遭擊掊。牛鬼與蛇神，幻相呈百醜。役役復營營，跋前輒躓後。巧言舌如簧，不知顏孔厚。」[30]二人詩作表現那種保存國粹、衛道闢邪的思想，抗衡新文化、新文學運動。同時，中學女教師陳啟君更於民國十一年（一九二二）創立蓮社，提倡國故詩文，其徵詩啟事云：「慨自國學夷陵，歐風瀰漫。雅頌不作，弔滄海之橫流；鄭衛滋興，愴世風之日下。瞻徊鄉國，馬首何之；俛仰塵寰，蛾眉慵展。」[31]可見當時香港女性羣體為了抗衡西洋新文學及五四新文化而提倡國學的文藝思潮。賴際熙〈籌建崇聖書堂序〉更鞭撻新文化運動摧毀傳統經學，乃倡建崇聖書堂（即學海書樓），力圖保存傳統文化。更有甚者，羅五洲為了提倡國學，抗衡新文化白話文運動，乃於民國十一年（一九二二）創辦《文學研究社》期刊，選登海內外文人詩文小說。羅氏更聯絡海內外文人，開辦函授學校，提倡國故，使香港傳統文壇更趨穩固。

二十年代中後期，香港文壇陸續出現新文學作品，而且有不少新文藝青年批評香港傳統文壇，[32]正是象徵新文學在香港開始萌芽的階段。有見及此，傳統文人朱汝珍、溫肅、賴際熙、譚荔垣、桂坫等五十二人乃於民國二十年（一九三一）組織正聲吟社，標榜傳統正體雅聲，創作詩鐘及詩文，連載《華字日報》，抗衡白話新文學，鞏固傳統詩文的發展。次年，詩社出版《正聲吟社詩鐘集》，此書應是香港第一本正式刊行的詩社詩集。譚荔垣序揭示當時人心趨新、傳統斯文衰敝的創作背景云：「比年以來，禁經黜聖，故書雅訓，幾欲全付一炬，庸妄之徒徧天下，詩文簡牘辭氣，務為鄙倍，則詩鐘一道在今日已為雅裁，彙而存之，或亦斯文一綫之所寄乎，是則尤可悲也。」[33]譚荔垣雖重點提及詩鐘創作，實際上詩社也曾以「女招待」、「香江端陽雜感」、「東坡生日」、「題張雲飛先生繪蘇冊」等命題賦詩，作品不少，有力促進香港傳統詩歌的發展。與正聲吟社同期，文壇尚有賓名社之設，陳菊衣有〈賓名社諸大老雅集九龍，祝荷花生日，邀約未赴，賦此奉答〉、葉次周有〈乙亥九日賓名社友同集李鳳坡九龍寓齋，旋買醉江樓，醉後有詠〉等詩紀事，可知賓名社約在三十年代初成立，直至抗戰前夕仍有雅集，尤其是葉氏作品提及社員有沈仲節、劉草衣、李景康、俞叔文、馬華友、洪濤飛等人，具有史料價值。

5 上水青年詩社

除了北山詩社、遺民詩人羣外，民初新界詩壇繼承晚清遺風，人物鼎盛，特別在上水地區，廖氏原居民子弟組結上水青年詩社，這些年青子弟出身自傳統私塾，從小跟鄉曲小儒讀書，亦長於詩文。他們在鄉村自組青年詩社，舉行徵詩比賽，氣氛熱鬧，於香港主流文壇之外自成一角。社友作品很多，曾結集為《上水詩社集》，以鈔本傳世，社課多傳統模擬及詠物之作，如〈擬李太白舉杯問月〉、〈曲水流觴〉等，頗事雕琢，追求典雅高華，亦有詠寫暖水壺、飛船、無線電等新事物作品，與時並進。無論如何，上水詩社作品，反映民初新界地區詩歌創作風氣猶盛。

6 其他

值得一提的是，民初香港文人曾以詩反映社會所發生幾件舉世矚目的大事件。民國七年（一九一八）二月二十六日香港發生釀成超過六百人喪生的馬棚大火慘劇，成為香港歷史上最嚴重的火災，梁廣照〈馬棚火災行〉、陳步墀〈弔香江馬場之災〉等以詩紀事哀悼。二十年代，香港先後發生海員大罷工（一九二二年）及省港大罷工（一九二五年），工人標舉反對剝削，追求公義，抗議洋人壓迫的口號，一時全國響應，香港社會運作頃刻停頓，蕭條動盪，尤其是省港大罷工規模之大、時間之長，影響極大。崔師貫〈五月香港旅民罷役絕市，五季來再見矣，山居敷門，消息阻斷，如在圍城中，書示學子〉、江孔殷〈二次罷工感賦〉、蔡哲夫〈北游不果和靜存韻〉等詩，均感嘆當時的罷工局勢，表現詩歌為時而作的優秀傳統。

四、抗戰時期的香港文學

民國二十六年（一九三七），七七盧溝橋事變爆發，中國軍民全面抗戰，國土淪陷，血流成河，災難空前。當時，大陸各界人士紛紛南下英殖民地香港避難。何曼叔〈下環高升茗座望山海〉云：「卻見朝來海氣紛，山頭樓檻襲重雲。中原望眼家何在，不盡南來避難人。」[34] 南下避難人羣中不乏文人，他們或辦報刊，或參加抗戰文化行列，當時文壇人物濟濟，呈現空前繁盛。其中有不少文人為新文藝作家，他們成立「中華全國文藝界抗敵協會香港分會」，提倡新文學，為香港文壇注入新文學的元素。另一方面，傳統文化界人士也成立「中國文化協進會」，以文化救國為宗旨，倡導詩文書畫創作，推動香港傳統文化的發展。此時，香港新文學創作大盛，與傳統文學，幾乎平分秋色了。

1　南來文人楊雲史、柳亞子

抗戰時期，香港古典文壇可分北方文人和廣東文人兩大類。北方文人有張仲仁、徐謙、章士釗、楊雲史、柳亞子等，廣東文人則有葉恭綽、李仙根、楊鐵夫、葉次周、江孔殷等，他們同心抗日，唱和往來。其中北方文人張仲仁、章士釗原為政壇要人，短暫來港，對文壇實際影響不大，反而傳統文人楊雲史、柳亞子居港期間寫了很多詩文，頗為矚目。

楊雲史（一八七五—一九四一），名圻，江蘇常熟人。前清駐新加坡領事館書記官，民初擔任吳佩孚、張學良秘書，民國十五年（一九二六）刊印《江山萬里樓詩詞鈔》，詩名特大，作品表現宗尚盛唐的詩風，別樹一幟於民初宗宋的同光體詩壇。民國二十七年（一九三八），楊雲史逃離北平，南下香港，廣作詩文，呼籲全民抗戰，與簡又文、陸丹林、陳孝威等友善，作品長期載《大風》、《天文臺》等刊物上。楊氏居港詩詞，多寫香港遊蹤，如〈病中遊道風叢林晚歸〉「墟落散花竹，漁樵烟際歸」、〈己卯清明九龍城踏青〉「野木數間屋，鳴禽十里山」、「海國雲霞盛，家山草木深」等，[35]清遠自然，且帶有濃厚的思鄉之情。楊氏更有不少抗戰之詩詞，如〈賀新涼・弔張自忠將軍〉、〈歲暮聞晉南寇氛甚惡，我潼關守軍力拒，賊不得渡河〉、〈巴山哀〉、〈米珠嘆〉等詩，緊扣戰局社會情況，愛國情懷，尤為真摯。

柳亞子為民初著名詩社南社的社長，民國二十九年(一九四〇）由上海前來香港，居港年餘，活躍於各文藝界社團協會，寫下兩百餘首詩，編為《圖南集》。柳亞子詩用韻稍寬，多應酬紀事之作，敍寫其交遊活動，反映熱鬧繁盛的香港文壇，如〈贈蕭紅女士病榻〉「天涯孤女休垂涙，珍重春韶鬢未華」，[36]關懷現代小說家蕭紅的病況；〈夜赴香港新文字學會歡迎會〉「革命青年新世界，大同國父舊風標」，[37]寫參與香港新文藝活動等；〈十一日晨起，奉寄潘小磐先生二首〉與香港年青詩人潘小磐訂交等，均可見一斑。

2 廣東文人羣與千春社

至於廣東文人方面，因為粵港語言及生活習慣相同，所以他們很快成為香港文壇的主流人物，其中以葉恭綽為領袖。葉氏廣東番禺人，歷任北洋政府、國民政府要職，政壇地位顯赫。葉氏生於書香世家，傳統詩書畫無所不擅，亦寫白話文。居港期間，葉氏鼓吹文化救國，擔任「中國文化協進會」顧問，推動舉辦廣東文物展覽會及研究鄉邦文獻，發揚民族精神，貢獻不少。葉氏居港亦有大量詩文，不只是雅集唱和，如〈聞黃河決口，被災區域甚廣〉、〈三月十五日捷克淪亡〉、〈挽空軍張效桓若翼殉國〉等紀及世界形勢，關注抗戰前途，哀悼抗日陣亡戰士，表現強烈的愛國之情。

民國二十八年（一九三九），粵籍文人朱汝珍、江孔殷二人為了繼承民初潛社、正聲詩社遺風成立千春社，舉行詩鐘比拼之會。民國三十年（一九四一）黃詠雩所作〈千春社席上賦呈朱聘三、江蘭齋、盧衮裳、盧湘父、俞叔文、黎季裴、楊鐵夫、胡伯孝、鄭韶覺、葉遐庵、黃慈博、陳覺是、盧岳生、李鳳坡諸子〉詩，可見當日社員十四人，舉行雅集，陣容鼎盛。朱汝珍為孔教學院院長，千春社乃創立於學院內，其後妙高臺、華夏書院等地都是他們雅集聚會、用遺客愁的場所，如江孔殷〈八聲甘州・柬鐘集諸友〉：「說甚文章千古，衹偶然消遣，結習難忘。」[38] 詩社曾刊印《千春社文藁》一冊，收錄朱汝珍、江孔殷等作品，多為駢賦、試帖詩，明顯帶有科舉色彩，亦即江氏自說「結習難忘」。不過，千春社在抗戰期間凝聚粵籍文人，振興詩詞，推動香港文學創作，貢獻亦大。特別是社員葉恭綽、黎季裴、楊鐵夫、江孔殷、黃慈博、黃詠雩等均為詞壇高手，諸人唱和不絕，詞風特盛，可謂是繼北山詩社後，民國香港填詞的第二個高潮。楊鐵夫〈燭影搖紅〉「勿笑雕蟲小技，計衣冠，何非遊戲。」[39]不滿許地山之誹謗傳統文人而作。葉恭綽〈醉蓬萊・依樂章體，用東坡韻，和六禾、鐵夫重九詠懷〉、黎季裴〈泛清波摘遍〉等，俱為詩社唱和之作。這些社員生逢國難當頭之際，作品不純粹是風花雪月，亦有不少作品反映家國憂患，如楊鐵夫〈泛清波摘遍・中秋前一日集黎墅，繼霞盦作，和小山〉、朱汝珍〈陳孝威索和酬美總統羅斯福詩〉等，反映時代，賦予詩詞的生命力。

抗戰香港傳統文壇以男性為主，亦有個別女性如呂碧城、何香凝、冼玉清等擅於文辭。呂氏為晚清北方的女權倡導者，更擅長填詞，三十年代一度移居香港，後來赴瑞士漫遊，民國二十九年（一九四〇）重返香港，隱居東蓮覺苑，潛研佛學，亦有詞作紀事，並於三年後病卒。何香凝則為國民黨左派領袖，能丹青詩文。至於冼玉清乃民初廣東著名學者詩人，抗戰時隨嶺南大學遷移香港，冼氏擅於詩詞，時與千春社葉恭綽、江孔殷、黎季裴等前輩交遊唱和，曾自繪「海天躑躅圖」、「舊京春色圖」畫，題遍文壇名流。與冼玉清一樣從事學術研究的文人，如王淑陶、陳寅恪等亦流寓香港，只惜居港詩作不多。

同時，粵籍政客李仙根亦流居香港，其出身於香山詩禮世家，工詩文，居港有大量詩作記述抗戰，如〈「九一八」九周年〉、〈哀故鄉〉、〈總動員歌〉等，情感浩蕩，可歌可泣。其時，李履庵、孫仲瑛、岑學呂等亦避居香港，與李氏諸人過從密切，贈答作品不少。

抗戰香港詩壇，粵詩人何曼叔作品值得我們關注。何氏當時任職《大眾日報》，喜為詩文，詠寫時事，以「國難詩卷」專輯連載報上，反映愛國之情，如〈赴元朗訪玉汝，值南頭避難人士羣擁車站〉寫避戰難民窩集元朗的情景，又如〈馬票〉、〈快活谷行〉等批評港人國難當前仍然沈迷賽馬賭博的醉生夢死生活。何氏詩歌與眾不同，大膽運用新詞彙，其〈答某君〉自云：「君既專誠問作詩，請從真理莫支離。近人掃蕩唯心論，方法師承馬克斯。試考古來名作者，定隨當代遣新詞。陳言滿紙終何用，即使成篇亦可嗤。」[40]又如〈聞捷大喜為長句〉「我們應戰求生存」、「你們壯丁已無幾」等句，[41]引你們、我們等白話口語入詩，雖謂作者試圖融和白話與文言為一體，別樹一格，但頗淺俗乏味，有違傳統含蓄典雅的審美觀。

3 陳孝威索和酬美國總統羅斯福詩

此外，在民國三十年（一九四一）香港淪陷前數月，《天文臺》社長陳孝威公開索和酬美國總統羅斯福之作，當時詩壇反應熱烈，掀起一場全國性的大型唱和盛事。抗戰軍興，陳孝威將軍來港創辦《天文臺》報刊，鼓吹全民抗戰，開闢「抗戰詩選」專欄連載時人詩詞，更自撰論戰文章，分析國際戰局形勢，判斷德國進攻蘇聯、中日戰局等，獲美國總統羅斯福、英國首相邱吉爾致函褒獎。陳孝威為賦〈美利堅總統羅斯福先生讀余去年十月七日論文，賜函獎飾，輒酬一律賦謝〉云：「白宮三主承明席，砥柱終迴逆水流。降此鞠凶人擾擾，賢哉元首政優優。干戈到處洶羣盜，日月無私照五洲。要膾鯨鯢濟滄海，八方風雨感同舟。」[42]陳詩歌頌羅斯福領導有方，期望美國伸張正義，進一步支援中國抗戰。陳氏還請楊雲史和作一首，然後英譯裱裝遠寄羅斯福。隨後登報呼籲全國詩人賡和此作，以誠意感動美國擴大對中國的軍事援助，一時之間，香港、中國內地及南洋各地詩壇精英盡出，同仇敵愾，紛紛寄和，連載《天文臺》，作者二百多人，和作三百餘首，惜未及結集刊行而香港便宣告淪陷了。[43]這場唱和不僅是抗戰時期香港詩壇發展的高潮，更是全國詩壇的一大盛事，反映香港古典文學對社會時代的回應與貢獻。

4 日治時期的文壇

抑有進者，四十年代初正是英國統治香港一百周年之際，鄧爾雅作〈香港〉、李仙根作〈百年二首〉、柳亞子亦作〈百年二首，次小進韻，未見仙根原唱也〉等，以紀念國恥。民國三十一年（一九四二），古卓崙作七古歌行體紀事詩〈香江曲〉以紀香港由開埠繁華到淪陷時的一百年社會轉變，以詩紀史，蒼涼悲壯；勝利後，更作〈後香江曲〉，專紀日治時期的香港社會苦況，長篇鉅作，信為可傳之作。

香港淪陷前，有不少年青詩人如陳湛銓、饒宗頤等已在香港留下詩文，陳、饒後來分別成為影響香港深遠的學者詩人。當時陳氏尚肄業於中山大學，因其父兄居港營商而來港度假，而饒氏在港協助葉恭綽編《全清詞鈔》等，二人日與高伯雨等論詩，陳氏多有詩作，而饒氏更為陳氏作

〈《修竹園詩近稿》序〉。

民國三十年（一九四一）十二月，日軍發動太平洋戰爭，並迅速進攻香港。陳寅恪、柳亞子、林庚白、潘小磐等大批文人身處烽火之中，目睹淪陷經過，多曾為詩紀事。其中，林庚白方自重慶來港，幾天後即陷險境，林氏每日寫詩紀錄烽火動盪的情景，如〈十六日〉「華屋羣居日避兵，無燈無食但憂驚」、〈十八日〉「日夕岑樓聞決戰，東西海岸看同焚」，[44] 反映林氏在淪陷前的驚恐處境，後林氏不幸於十二月十九日被日軍擊斃於九龍天文臺道。香港淪陷後，文壇瞬間瓦解，文人紛紛潛渡大陸後方，他們多有作品抒寫虎口逃生的艱苦歷程。也有不少文人無法逃脫，暫時留港，賦詩潛悼家國，如孫仲瑛〈香島雜感〉云：「觸目南冠客，無人弔國殤。將軍疑中酒，姹女試新妝。閒坐調鸚鵡，低頭辱犬洋。未聞破陣樂，何以死疆場」、「太平山下路，遺老說英皇。血道刀途地，珠歌翠舞場。死綏無頗牧，對薄有姬姜。為問一抔土，何為在此方」，[45] 二詩諷刺部分港人沈醉聲色、媚日無恥的行徑，表現憤慨之情。至於一直吞聲忍氣留港作順民的詩人，亦多有作品寫實寄懷，如葉次周作〈甲申感事〉、黃偉伯作〈日人毀九龍城外屋宇闢作飛機場〉、〈七月廿五日，眼見日軍投降，英人接收香港，記以詩〉等詩亦反映日治時期香港社會面貌；而港大教授陳君葆於抗戰期間，更協助疏散學者文人，並與日人周旋，保存大量珍貴圖書及政府檔案，其詩頗能反映當時情景。

五、戰後的香港文學

1 碩果詩社及其他文人活動

抗戰初期，原正聲吟社社友黃偉伯與友人謝焜彝、馮漸逵等曾一度組結蟾圓社，唱和二十八會便止。在抗戰勝利前一年，黃偉伯、謝焜彝、馮漸逵、伍憲子等乃繼承正聲吟社、千春社、蟾圓社的傳統組結天風吟社，創作詩歌詩鐘，馮漸逵〈春日宴天風吟社〉有「聯吟戲效柏梁體，暢敘幽情詠且觴。陶然不知白日暮，意氣直欲淩風翔」詩紀事，[46]唯雅會不常，亦僅十六會而止。民國三十四年（一九四五）五月，黃偉伯、謝焜彝、馮漸逵、伍憲子又組結碩果詩社（簡稱碩果社），黃偉伯有〈乙酉五月廿一日組成碩果詩社，賦呈焜彝、憲子、漸逵三友〉紀事，兩年後作〈碩果詩社第一集序〉云：「因時局之不靖，詞客之雲散，蒞會者寥若晨星，爰以『碩果』二字名社，非自矜也，蓋有感也。」[47]蓋淪陷後，文人星散，風雅寖寂，黃、謝諸人有感而用「碩果」為社名。詩社提出「提倡風雅，切磋學問，不談政治，不涉黨派」之理念，聚集同好，首集在伍憲子寓所唱和，後便在黃偉伯九龍塘的寓所舉行雅集，一周一次，其後則改在酒樓雅聚。社課初期設有詩鐘之倡，後來以詩詞為主，題材更為豐富，如〈原子彈〉、〈論詩絕句〉、〈香江亂後弔宋皇臺遺址〉、〈碩果社五十會雅集〉等，論詩詠史，扣緊時代，推動戰後香港詩壇的發展。民國三十六年（一九四七），詩社刊印《碩果詩社第一集》，收錄二十六家詩詞，作品纍纍，頗為可觀。

兩年後，又刊第二集，迅速發展，一直運作至六十年代中期為止，社刊更印至第九集，社友先後有七十三人，碩果社可謂香港戰後一個極重要的詩社。

民國三十四年（一九四五）八月，香港重光，百廢待興，流散各地的文人陸續回港。不久，國共戰爭復起，國內政局日漸緊張，不少新舊文人亦再度南來避難，香港文壇重現興盛的局面。當中不少左派文人前來香港活動，如民國三十六年（一九四七）柳亞子重來香港，積極參加左派政治宣傳活動，其詩歌一例應酬。次年初，柳亞子更與左派盟友如鍾敬文、宋雲彬、陳君葆、孟超、許元雄等組結扶餘詩社，響應共產黨解放全中國的號召，提倡新詩，解放舊詩，如作〈紀念林庚白殉難忌辰，并祝扶餘詩社成立〉「詩壇毛瑟三千在，喚起工農共荷戈」、〈金陵大酒家團拜典禮感賦〉「國共同盟成鼎足，致公民進亦千秋」等紀事，[48]主張鮮明，然而盟友詩作則不多見，後來隨著柳氏北返內地，詩社便解散了。

除了碩果社及左派文人活動外，碩果社社友何直孟、歐陽傑亦與其他旅居香港的傳統文人如陳菊衣、高奎吾、廖伯魯、許雲菴、何古愚、高澤浦、陳子毅等人時常唱和，共扶風雅，一九五〇年編結同人近年詩歌為《變風集》。同時，四十年代後期，有一些偽國民政府官員如林汝珩、廖恩燾也陸續來港避世，亦多詩詞唱和，壯大香港文壇。

2 一九四九年各地文人湧入香港

民國三十八年（一九四九）初，大陸戰局劇變，國民政府節節敗退，南遷廣州，共產黨在北平醞釀建國，政局極為動盪。大批旅港左派文人如柳亞子、鍾敬文等紛紛北上參加建國大業，退出香港文壇；而上海、廣州等地文人隨時局轉壞相繼湧入香港避難，特別是學者詩人如陳湛銓、饒宗頤、吳天任、熊潤桐、王淑陶、曾希穎、梁寒操、張一渠等，來港後詩文不絕，其中吳天任、陳湛銓二人於一九四九年至一九五〇年間感時之作尤多，如陳氏〈遺懷〉、〈獨行〉、〈別紹弼〉、〈夜臥銷凝，詩以自解〉等，感懷家國，諷誦不已，寫出不得意之態。〈別紹弼〉更云：「逃墨逃楊孰重輕，詩書功罪更難明。胸中冰炭殊恩怨，度外風波一死生。宛聽中丞喝南八，亟須孤島起田橫。王孫自有歸燕策，善事荊卿與報嬴。」[49] 慷慨悲歌，寫出亂世之情。吳天任到港幾個月，有詩四十多首，如〈傷兵歎〉、〈香港晤陳湛銓，承示近詩，賦答〉、〈香江秋感四首〉、〈海上〉等，均反映家國淪亡、倉皇到港之憤慨。〈海上〉云：「海上波濤壯，天南涕淚枯。陸沈賸舟楫，庭哭待師徒。或夢竿旗出，猶聞楚戶呼。終看蹶秦暴，剝復定斯須。」[50] 情感悲壯，沈鬱頓挫；而〈香港重晤筱雲丈，別十二年矣，舊好新知，一時共會，賦呈長句并柬仲衡、鳳坡、小磬、居霖、唯菴、簡能、荊鴻、漱石、湛銓、汝鏗諸子〉，足反映當時人物鼎盛的香港詩壇，又詩中「居夷風雅參時變」句，更能道出百年來香港詩文的發展特色。吳天任、陳湛銓到港後旋入碩果詩社，開始與香港詩壇文人唱和。隨後，陳融、王韶生、曾克耑、張紉詩、李猷、傅子餘、趙尊嶽、易君左、余少颿、陳孝威等從各地轉進香港，一時文人聚集，詩詞唱和，文壇極為熱鬧，拉開五、六十年代香港古典文學大盛的帷幕。

3　五〇年代初詩社勃興

這些南來文人後來大多紮根香港，或辦學育才，或結社唱和，提倡國故文學，促進香港五、六十年代舊體文學蓬勃發展。一九五〇年夏，李景康開始與南來國民黨黨政軍人物如鄭水心、張維翰、熊式輝、陳其采等十餘人，組結「海角鐘聲」雅集，創作詩鐘，詩歌唱和，以遣客居之愁。一九五〇年冬，廖恩燾與劉伯端於香港堅尼地道廖仲愷、何香凝故宅，創立堅社，鼓吹填詞，與會者有羅忼烈、王韶生、張叔儔、張紉詩、林汝珩、曾希穎、湯定華、任援道、區少幹、王季友、陳一峰等，詞壇名家聚集，每月一會，社課填詞，推動香港的詞學發展。一九五一年，李星堦、周謙牧、鄭穀詒、鄧爾雅、王韶生、鄭璧文、張叔儔等組結健社，社員皆為粵籍文人，作品多反映動盪的家國，黃相華《健社集‧序》云：「吾粵迭遭禍變，朋輩避地海隅者傷時念亂，或抱淑身砭俗之志，或懷報國匡時之心，雖結習難忘，借觴詠而自遣，究家國在念，懸正鵠以同趨。」[51] 健社由五十年代初創立，歷經五十多年，至廿一世紀初始停辦解散，是香港歷史最悠久的古典詩社。

除此以外，香港文壇尚有許多特別的詩人，白鶴拳師吳肇鍾、沙田萬佛寺月溪法師等擅於詩詞，積極交遊，各有詩集傳世，又陳孝威復刊《天文臺》等，俱促進香港舊體文學的發展。

六、總結

以上論述所見，從晚清到民國一百多年間，大量文人聚居香港，提倡傳統文學，述作並重，佳作紛呈，特別是辛亥革命、抗日初期、一九四九年三個上個世紀中國歷史中最動盪的時期，香港恰好扮演神州唯一的桃源樂土，吸引大量各方背景不一的傳統文人來港避難及活動，促進了香港古典文壇的發展。當時文人組結潛社、北山詩社、南社、正聲吟社、千春社、碩果社、堅社等詩社，雅集切磋，創作風氣極盛，從未間斷，彰顯了香港傳統詩文強大的凝聚力及生命力。香港百年舊體文學，各體詩文俱備，唐宋風格及中西思想，兼採並重；而於題材，或寫人生際遇得失，或描繪江山風月，或反映不同期的香港時局、家國災禍，具有鮮明的時代色彩。當然，在五四運動及中共建國後一連串反傳統文化運動中，香港因獨特的地理及政治環境而得以置身事外，香港文人一直風雨如晦保存傳統國學詩文的血脈，至今馨香猶存，意義極大。

然而，近三十多年來，香港文學主流研究者，對百年香港舊體文學大多視而不見，或更排斥詆毀，製造一部部以偏概全的《香港文學史》，至為可惜。回顧中國歷代文學的發展，新舊文體不但不是完全割裂或對立，反而能兼容並存，推陳出新，百花齊放，各自傳承繁衍。因此，認清歷史史實，客觀陳述，飲水思源，重新審視香港文學傳統與現代發展，展現香港文學的實況，是為當務之急。《香港文學大系》主要收錄香港現代文學，兼採舊體文學及通俗文學，雖然現代與舊體文學篇幅比例不均，但已算是正視文學史實，擺脫以偏概全的陋習，表現廣闊的研究視野。

註釋

1 〔清〕舒懋官主修、王崇熙等纂《新安縣志》（香港：一九七九年重印本），頁二〇三—二〇五。

2 羅香林〈中國文學在香港發展之演進及其影響〉，載羅香林《香港與中西文化之交流》（香港：中國學社，一九六一），頁一七九—二〇七。

3 潘亞暾、汪義生《香港文學史》：「五四運動前後，新的文化思潮在中國得到迅猛發展，新文學很快成為文壇的主流。在臺灣，新文學也於二十年代初誕生，並得到穩步發展。然而，五四運動爆發後好幾年，香港思想文化領域還是死水一潭，充斥報刊的仍是些宣揚封建思想道德的舊文學。香港學者羅香林先生將一九一二年至一九二六年北伐開始前的香港文學，稱為隱逸派人士的懷古時期。所謂隱逸派人士，就是晚清遺老遺少，他們對民國政府充滿不滿與恐懼，把偏於南方一隅的香港，當作他們的避風港。『流連山海，弔古感懷，不覺形之篇集』。當時，封建守舊勢力在香港文壇佔據絕對優勢，他們維護著舊文化和舊文學的殿堂，極力阻撓新文學思想的南進。」潘亞暾，汪義生《香港文學史》（廈門：鷺江出版社，一九九七），頁二五。

4 黃康顯《香港文學的發展與評價》：「研究香港史的羅香林教授就將一九一二年至一九二六年北伐開始前的香港中國文學，稱為隱逸派人士的懷古時期，這些隱逸派人士，其實就是晚清遺老，不滿民國政府，於是避居香港，『流連山海，弔古感懷，不覺形之篇集。』其懷古就是復古，為了復古，便反對新文化，他們是香港的知識分子，香港有了這種知識分子，便阻礙了新文化的發展。」黃康顯《香港文學的發展與評價》（香港：秋海棠文化企業，一九九六），頁一〇九。

5 鄧昭祺〈論舊體詩在香港文學史應有的地位〉，載香港《文學研究》二〇〇六年冬之卷（第四期），頁八八。

6 胡從經編纂《歷史的跫音：歷代詩人詠香港》（香港：朝花出版社，一九九七），張大年編撰《香港開埠前後的詩史：香港詩歌選》（香港：飲水書室，一九九七），蔣英豪選注《近代詩人詠香港》（北京：中華書局，一九九七），方寬烈編著《香港詩詞紀事分類選集》（香港：天馬圖書有限公司，一九九八）。

7 王韜《蘅華館詩錄》（《續修四庫全書》本）第一五五八冊，總頁四六九—四七三。

8 胡禮垣《胡翼南先生全集》（八十年代香港刊本），第六冊，卷三八，頁二八。

9 潘飛聲《香海集》，載潘飛聲《說劍堂集》（光緒廿四年（一八九八）廣州仙城藥州刻本），頁一五。

10 梁淯《不自棄齋詩草》，載《東莞三逸集》（宣統三年（一九一一）粵東編譯公司鉛印本），頁二六a。

11 陳步墀著，黃坤堯編纂《繡詩樓集》（香港：中文大學出版社，二〇〇七），頁二〇—二一。

12 王韜《弢園文錄外編》（《清代詩文集彙編》本）（上海：上海古籍出版社，二〇一〇），頁一八一。

13 一九〇五年十二月五日《唯一趣報有所謂》。

14 一九〇六年六月一日、二日《唯一趣報有所謂》。

15 詩載《南社叢刻》（第四集）（揚州：江蘇廣陵古籍刻印社影印民國刊本，一九九六），總頁五六二。

16 陳競堂《貸粟軒稿》（香港：香務印務公司，民國十三年（一九二四）），頁二三b。

17 《上水詩社集》（香港中文大學圖書館藏影印手鈔本），卷首。

18 載程中山輯注《香港竹枝詞初編》（香港：匯智出版社，二〇一〇），頁四七。

19 陳競堂《克念堂詩稿》（民國五年（一九一六）香港刊本），卷二，頁二b—三a。

20 鄔慶時、屈向邦編《廣東詩彙》卷一三五，見《三編清代稿鈔本》（廣州：廣東人民出版社，二〇一〇），第一二五冊，總頁五〇九。

21 《廣東詩彙》卷一三五，總頁五一〇—五一一。

22 何祖濂《碧蘿僊館吟草》（《三編清代稿鈔本》第一一四冊），頁五五九。

23 蔡哲夫〈甲子中元後一夕愚公簃玩月〉，載一九二四年九月十五日《華字日報》。

24 載一九二四年八月二十九日《華字日報》。

25 陳伯陶《瓜廬詩賸》（民國刊本），卷下，頁二五。

26 《瓜廬詩賸》，卷下，頁二八。

27 賴際熙著，羅香林輯《荔垞文存》（香港：學海書樓，二〇〇〇），頁一六一。

28 韓文舉《韓樹園先生遺詩》（民國三十七年（一九四八）香港刊本），頁一一b。

29 載一九二四年八月二十八日《華字日報》。

30 鄒靜存《聽泉山館詩鈔初集》（民國二十六年（一九二七）香港刊本），頁一九b。

31 載一九二二年十一月九日《香江晚報》。

32 如玉霞〈第一聲的吶喊〉：「青年文友，這是香港文壇第一聲的吶喊。古董們不知他們的命運已經到了暮日窮途，他們還在那兒擺著腐朽不堪的架子，他們透惑了羣眾，迷醉了青年，阻障了新的文藝的發展。」載一九二九年《鐵馬》第一期。

33 《正聲吟社詩鐘集》（香港：福華印務承印，民國二十一年（一九三二）），卷首。

34 何曼叔著，何太編，楊寶霖整理《曼叔詩文存》（上海：上海古籍出版社，二〇一一），頁五三。

35 楊雲史著，程中山輯校《江山萬里樓詩詞鈔續編》（香港：滙智出版社，二〇一二），頁三一二及二六八。

36 柳亞子著，中國革命博物館編《磨劍室詩詞集》（上海：上海人民出版社，一九八五），頁九五四。

37 《磨劍室詩詞集》，頁九二一。

38 江孔殷《蘭齋詩詞存》（民國刊本），卷五，頁五。

39 楊鐵夫《楊鐵夫先生遺稿》（香港：楊百福堂，一九七六），頁五七。

40 何曼叔《曼叔詩文存》，卷三，頁八七。

41 何曼叔《曼叔詩文存》，卷三，頁七六。

42 陳孝威《泰寧去思圖題詠集・怡閣詩選》（香港：天文台報社，一九六八），頁八〇。

43 陳孝威後統編唱和詩為《太平洋鼓吹集》，陳孝威編著《太平洋鼓吹集》（臺北：國防研究院，一九六五）

44 林庚白著，周永珍編《麗白樓遺集》（北京：中國人民大學出版社，一九六六），頁七〇四—七〇五。

45 孫仲瑛《顧齋戰時詩草》（民國三十五年（一九四六）刊本），頁六a—b。

46 馮漸逵《馮漸逵先生詩存》（一九六六年香港刊本），頁一六a。

47 黃偉伯〈碩果詩社第一集序〉，《碩果社第一集》（香港：復興印刷所，民國三十六年（一九四七），卷一a。

48 《磨劍室詩詞集》，頁一四五七及一四七〇。

49 陳湛銓《修竹園詩》，載《聯大文學》（創刊號）（香港：文化印刷所，一九五八），頁一〇二。

50 吳天任《荔莊詩稿初續集》（臺北：藝文印書館，一九八一），頁二〇八。

51 《健社集・序》（香港：友信印務局承印，一九五三），頁三－四。

拒絕遺忘：極具特色的香港通俗文學

——《通俗文學卷》導言

黃仲鳴

研究香港通俗文學，是個沙中淘金的工程，最頭痛的還是資料散佚不全，不少作品難以窺全豹，作者也無從考證。但如果沒人再從事這項淘金的苦差，隨着時間的流逝，通俗作家和作品，勢將湮沒。而研究者必須面對輕視、蔑視的眼光，為香港通俗文學理出一個頭緒、一條脈絡來，即是要有一副義無反顧的精神。

大陸已有不少學者從事這項苦業，香港卻鮮有研究者。本卷的編纂，只想起一個帶頭的作用，喚起大家的注意：原來香港通俗文學雖「沙」多，也有「金」的；這「金」，除含藝術性外，在社會學、民俗學、經濟學、語言學等方面，都有豐富的資料。當然，還有它對傳統的承接，受到清末民初通俗文學的影響等，都值得深入研究。

一般而言，通俗文學的特徵是：親近讀者，娛樂讀者，內容為讀者所熟悉和嚮往，思考方式為讀者易於接受，甚至作者呈現的人生觀也和讀者相近。[1]現當代通俗文學的分類，多包括言情、武俠、社會、偵探、科幻、歷史演義等，但證之香港的通俗文學，文類還包括粵謳、班本、龍舟、戲曲、天空小說等，極見地方色彩；語言也更多姿，古文、白話文、粵方言，甚至來個語言大混合如三及第等，可見作者的文字功力和思想的開放，不囿於已成氣候的白話文。

本卷所選作品，按作者、年份的排序，試圖勾勒出在一九四九年前，香港通俗文學一副流變的面貌來，以供後來者的研究。

一、本卷編選的立足點

首先，必須為通俗文學來作一個界定。

有些學者如鄭振鐸等把通俗文學、俗文學、大眾文學及民間文學的定義等同，那是時代使然；時至今日，通俗文學的涵義已變型。鄭振鐸《中國俗文學史》舉出俗文學六大特點：

（一）大眾的：出生於民間，為民眾所寫作，為民眾而生存，為民眾所嗜好。

（二）為無名的集體創作：不知作者為誰，在代代流傳時，不斷受到無名作者的潤改。

（三）口傳的：早期流傳於眾人之口，具有很強的流動性，當被文字寫下來時，才有固定的形式。

（四）新鮮而粗鄙：充滿原始生命力。

（五）有奔放的想像力。

（六）勇於引進新東西。[2]

至於種類，概括為：詩歌、民歌、民謠、初期詞曲、白話小說、戲曲、講唱文學、遊戲文章等。這種為大眾「目有同視，耳有同聞，口有同味，心有同好和詞有同飾」的俗行文學，[3]與當代的通俗文學已有所迥異。即是，古代的民間文學已不等於現行的通俗文學。民間文學多傳播於傳統意義上的農業社會，在社會型態改變、城市急劇發展、印刷媒體漸趨發達下，產生了所謂「文學生產者」，消費者完全處於被動的地位。

民國以來，香港的通俗文學發展，迭有變化。早期仍保存傳統通俗文學的「體」，不少作者採納筆記、粵謳、班本、龍舟、戲曲等形式來創作，但已非來自民間大眾的相傳，而是有為的：或是作者個人的喜好，或是對時代的感喟，或是因應政治上的需要，如本卷所選輯的粵謳，有鄭貫公的〈歲暮感〉、〈題陳烈士遺像〉，黃言情的〈吳起、張飛〉，吳灞陵的〈迷信打破〉等，作者大不乏人，直至四十年代仍見諸報刊。另如鄭貫公的班本、吳灞陵的龍舟等，都是以舊形式注入了新內容，緊貼時代的需求。而粵謳、班本、龍舟都是粵港文學的特有品種。

至於筆記體，早期的作者大都喜為之，如何筱仙、孫受匡、羅澧銘等。因此，本卷的編輯意向，不局限於當代通俗文學的定義，而包羅了民間文學若干形式的作品，但這只佔本卷一小部分，也只是作者的有為而作，不似一九八九年重慶出版社出版的《中國抗日戰爭時期大後方文學書系》第十九冊「通俗文學卷」，大量收納歌謠、說唱文學、通俗故事等。換言之，大陸的學者每將通俗文學等同於民間文學。

另方面，雅和俗的問題，一直受到學界的爭論，實有闡釋的必要。

五四運動以來，通俗文學便被邊緣化，尤其是鴛鴦蝴蝶派，更受到新文學者的無情、惡毒攻擊。[4]晚近，蘇州大學的范伯羣教授，無視這一股「逆流」，重新檢視通俗文學在社會大眾中的流行，和在現代社會所起的影響力，發掘不少不為人注意和幾乎湮沒的史料，據之而編輯、撰寫了不少篇章，成績斐然。不過，范伯羣所擁戴的並非「雅俗並流」，而是提出「雅俗雙翼齊飛」的主張，即是俗和雅仍是分流的。[5]李歐梵卻說：「我從來不把新舊對立，也從不服膺任何文化霸權……也從來沒有近—現—當代的分期，更無雅俗之分。」[6]鄭明娳說：「晚近文學觀念的發展，明顯影響我們對通俗文學的看法。首先是後現代主義的衝激，後現代文學及藝術都向通俗文化大量採擷創作題材……使得過去對立的事物和觀念融匯於一個並時的空間。」而「解構思潮的流行，『去中心』的觀念使得嚴肅文學和通俗文學的二分法受到根本的挑戰。」[7]李歐梵的雅俗不分，當建基於這現代思潮。

雅與俗真的不可分？

一九九〇年第二期的《贛南師院學報》，有周啟志一篇〈雅俗共賞：一個文學烏托邦口號〉，認為兩種文學的職能不同，接受者的需要不同，「雅俗分流」是必然的。[8]這和范伯羣的「雙翼齊飛」有同工之妙。

對這問題，我曾苦思，一時贊成雅俗不分，一時認為確要分流。李歐梵的論點涉及文化研究，他推崇的張愛玲，是個心慕鴛鴦蝴蝶、偏好《海上花列傳》的作家，她的小說是俗抑雅？金庸的武俠小說入了學府，上了中國現代作家排行榜，與魯迅、巴金等齊名，即是金庸武俠小說打破雅俗之分了？但我想，雅俗從內容、語言、思想上的表現來看，仍有所分別。通俗文學的娛樂消閒功能，雅文學未必「景從」；換言之，雅文學每曲高和寡，走入精英階層，俗文學每下里巴人，走入民間。有些作品如金庸小說，精英及下里巴人俱愛看，只不過，精英分子每看出箇中底蘊；民間大眾只求娛樂，滿足官能快感而已。但這類作品仍少，不能以此就謂打破雅俗之分。基本上金庸武俠小說仍是通俗文學，或可說之為「通俗文學的經典」，是否能從大俗變為雅，那還要看歷史的證明，如清之《紅樓夢》。

站在研究者的立場，將雅俗區分，是無可厚非的。我編選這卷《通俗文學》，其理即建基於此。

二、大眾媒體造出神話

追尋香港通俗文學的傳承關係，可遠至晚清時的王韜（一八二八——一八九七）。王韜被封為香港的文學鼻祖，也是香港開埠後第一位作家。[9]他的《遯窟讕言》和《淞隱漫錄》，魯迅評之曰：「其筆致又純為聊齋者流，一時傳佈頗廣，然所記載，則已狐鬼漸稀，而煙花粉黛之事盛矣。」[10]這所言甚是，傳統文人的陋習，王韜少年時代即習染，下筆自是不少為他的冶遊見聞。[11]王韜為報人，所辦《循環日報》是香港第一家全由華人操控的報紙；他也憑藉在這報筆耕而聲名益響。

王韜的小說，有些作品雖效《聊齋誌異》，但不失為傳統的筆記體，傳承到如本卷所收的何筱仙《拈花微笑筆乘》、羅澧銘《意蕊晨飛集》、黃守一《解頤碎片》等。本卷雖標明收一九一九——一九四九年的作品，但王韜的作品不能不提，所以選了他的兩篇小說。

同樣，鄭貫公（一八八〇——一九〇六）的粵謳、班本等作品，將招子庸的情詞《粵謳》，一化而為感時憂世、諷罵當道，對後來者如黃言情、吳灞陵等起垂範作用，本卷收他的作品，其意在此。鄭貫公亦是報人。他的作品見於自辦的《唯一趣報有所謂》（通稱《有所謂報》）。

清末至民初，印刷業已漸發達，報刊隨之興旺，文人擁有自己的天地，暢所欲寫，自是方便不過。一部香港文學史，無論雅俗，都與報刊脫不了關係。媒體興，文學亦興，正如欒梅健說：「可以毫不誇張地說，如果沒有近代傳播媒介的變革，就根本不可能有二十世紀中國文學的興盛，也就無從形成二十世紀中國文學如此龐大的體系與格局。」[12]或如周海波、楊慶東所云：「現代文學的發生與存在就是現代傳媒的發生與存在，沒有現代報紙期刊就沒有現代的文學，這在學術界已達成共識。」[13]

香港通俗文學依存報刊而生，這也是共識。劉少文論張恨水，以「大眾媒體打造的神話」[14]來分析評述。香港的大眾媒體確造了不少「神話」，如周白蘋的《中國殺人王》、《牛精良》系列故事，即先發表於他創辦的《先導》、《紅綠》、《紅綠日報》，再而輯成書仔面世，風行三、四十年代，兩位好漢的形象深入民間。又如抗戰後的《新生晚報》，造了一個「通俗霸主」高雄出來。在《新生晚報》，高雄以經紀拉筆名連載〈經紀日記〉，以小生姓高筆名寫「晚晚新」一日完豔情小說，以三蘇筆名寫「怪論連篇」，以許德寫偵探小說〈司馬夫奇案〉。四十年代中、後期，高雄崛起，五十年代後於《大公報》、《成報》、《香港商報》、《明報》等都有他的專欄，文類多樣，文體多變，收入漸豐，終於成為「百萬富翁」。[15]而他以三及第文體寫的經紀拉，劉紹銘認為可以傳世。[16]不錯，《經紀日記》確已成為香港通俗文學的經典。

此外，不得不談一下李我的天空小說，這是香港通俗小說另一枝奇葩，也是「大眾媒體打造的神話」。

天空小說盛行於抗戰勝利後的廣州，即是透過電台講故事，一人分飾數角，以變聲演繹各個角色，在空中傳播。掀起風雲者就是由香港北上謀生的李我。他在風行電台一講成名之後，將「古」寫成「話本」面世。李我名聲最響之時，乃是講了《蕭月白》（單行本名《慾燄》）之後，任護花擬將之改編成電影，與他商議後，便創造了「天空小說」這詞。[17]

一九四九年，李我重回香港發展，入麗的呼聲繼續講古。當年，廣州盛行的天空小說，是正牌的講「古」，講濟公，講七俠五義，李我堅持講「今」，回流香港後，也是講「今」。他的「今」，緊貼着當時政局和社會形勢，演繹出一部部的哀情、苦情來，主題不外是倫理悲劇，男女情愛，離不開寫情。他每講完一段「今」，即有單行本面世，挾着他的名聲，銷路亦佳。當年寫間諜小説知名的仇章，是他的私人秘書，江湖傳言那些單行本悉由他代筆，但李我堅稱：「是我自己寫的，到我死那天都是我寫的。」[18]

李我小說究竟出了多少部，已經難考，「倖存」的也殘缺不全，有上集沒下集，有第一冊沒第二冊，他自己也說所藏不齊。本卷節錄的《慾燄》，是他的得意代表作。

至於黃言情的《新西遊記》和侯曜的《摩登西遊記》，是所謂「借殼小說」。侯曜的先在《循環晚報》連載，既受歡迎，遂由《循環日報》出版。這一文類在晚清民國時期作品甚多，侯曜借《西遊記》之「殼」，以「殼」寄意，寫了這部所謂「哲理小說」來。黃言情的《新西遊記》和他的《老婆奴》一樣，同屬滑稽小說，嬉笑怒罵，不似侯曜的「正經」，料亦先在報刊連載。香港五十年代報章如《成報》、《新生晚報》、《香港商報》、《晶報》等都見有此類小說連載，作者有陳霞子、高雄、梁厚甫、林壽齡等，蔚為風尚。

三、鴛鴦蝴蝶南來的影響

香港早期的通俗文學不少作品承傳自內地的鴛鴦蝴蝶派。

鴛蝴派本指一九二一年徐枕亞（一八八九—一九三七）以四六駢體寫的《玉梨魂》，自此掀起一股哀情小說浪潮。在有鴛蝴派這稱號前，一九一八年四月，周作人在北京大學文科研究所小說研究會上演講，便將此類小說喚為「鴛鴦蝴蝶體」。[19] 次年一月，錢玄同在《新青年》著文批評「黑幕書」時，將「豔情尺牘」、「香閨韻語」、「鴛鴦蝴蝶派」的小說視為同類，[20] 這是首見鴛鴦蝴蝶派這詞。

錢玄同將鴛蝴派非局限於哀情小說，是他的識見，也開啟了鴛蝴派另一副面貌。一九一四年六月創刊的《禮拜六》周刊，前後共出二百期。甫出版，即一紙風行。《禮拜六》標榜「一編在手，萬慮俱忘」。[21] 這標榜，被新文學者、嚴肅論者、正統文學史家大加鞭撻，指為「娛樂的消閒主義文學觀」，視該等作者為文丐、文娼。[22]《禮拜六》作者羣被後來的學者，統歸於鴛蝴派旗下。[23] 後起的《紅雜誌》、《紅玫瑰》等雜誌的文類和作者，亦歸屬鴛蝴派。換言之，這些雜誌所包含的言情、科幻、偵探、歷史、宮闈、滑稽、社會、武俠、黨會等以娛樂消閒掛帥的小說，以至其他文類如散文、雜文、隨筆、譯著、尺牘、日記、詩詞、曲選、筆記、笑話、劇評、彈詞等作者，都是鴛蝴派。

這是廣義的鴛蝴派。夏志清便服膺此說，他將《玉梨魂》視為狹義。[24] 無論廣義、狹義，實則俱可統一名之曰「通俗文學」。香港早年的作家，大都承其創作精神，鴛鴦蝴蝶個不休，如何恭第、黃冷觀、何筱仙、黃言情、孫受匡、羅澧銘、黃天石等。雜誌如《雙聲》、《小說星期刊》等，都是這些作家的大本營。

作家之中，以黃天石聲名最著。劉登翰主編的《香港文學史》中，有此評論：

> 黃天石從純文學創作出發，戰後返港才迫於生計改以傑克筆名，順應出版商的要求，寫起迎合小市民趣味的言情小說。[25]

這是大謬。實則，黃天石早年的作品鴛蝴味甚濃，如一九二一年《雙聲》創刊，黃天石分別在第一、二期發表了〈碎蕊〉和〈誰之妻〉；跟着於一九二二年，寫就《紅心集》第一種〈缺月重圓記〉；其後又出《紅心集》第二種〈對門兒女〉，和於一九二七年出版的《紅鐙集》，都屬鴛蝴派。

黃天石走上鴛蝴路，應和內地鴛蝴派作家過從甚密有關，根據他於一九六〇年寫就，後發表於《萬象》（香港，一九七五年七月）的〈狀元女婿徐枕亞〉一文來看，兩人交情實非泛泛。徐枕亞作品於一九二一年登陸香港，和之前的《玉梨魂》，對他的影響應甚為深切。但不知為何，黃天石後來大徹大悟，曾棄鴛蝴，改寫純文學，但不成功，那才還俗，[26]並以傑克這筆名大鳴於香港通俗文壇。

黃天石著作等身，本卷收錄了他典型的鴛蝴作品《毀春記》和《生死愛》，以證二十年代其作品在香港的流行。

此外，本卷所收的何恭第、何筱仙、黃冷觀、孫受匡，黃言情等人的作品，都是鴛蝴派；尤其是黃言情的《老婆奴》，其諷謔滑稽之處，比之徐卓呆、程瞻廬實不遑多讓。

迨至四十年代，以上那班作家除黃天石外，多已偃旗息鼓，代之而起的是靈簫生、林瀋、高雄等人，同將那言情傳統擴至寫情，連香豔奇情都包括在內，風格迭變；尤其是林瀋、高雄的豔而不淫、幽默抵死的男女關係，讀來每令人發噱；由本卷所收的林瀋兩篇作品和高雄的《灶君登天》，可見一斑。林瀋那一系列的小說多發表於陷日時期的《大眾周報》，高雄的則見於香港重光後的《新生晚報》。另如靈簫生的《香銷百合花》，將男女間的情愛糾葛，描述得十分淒豔動人。靈簫生這類作品甚夥，多屬長篇巨製，聲譽較響的只好作為存目，如洛陽紙貴的《海角紅樓》。另如三、四十年代冒起的怡紅生，至五十年代大紅，作品廣為傳誦。

四、最具特色的技擊小說

黃天石等人寫的言情小說，是正宗的鴛蝴派，也即是狹義的鴛蝴派；按照上文所說，廣義的鴛蝴派應包括偵探奇案、武俠技擊等文類。在香港通俗文壇上，武俠小說產量至為大宗和輝煌，在所謂新派武俠出現前，技擊小說獨領風騷。

「技擊小說」一詞，見於清末民初一些期刊。當其時也，除「技擊」外，還有「義俠」、「俠義」、「俠情」、「勇義」、「武事」、「尚武」等名目，一九一五年十二月出版的《小說大觀》第三期，林紓的短篇小說《傅眉史》，才標明「武俠小說」。[27]自此之後，「武俠」之名大盛，內容荒誕不經、仙俠妖魔之類的作品，只須涉及武打的，統歸武俠小說。

粵港作家演述的少林故事，當然可稱為武俠小說，但鮮有神怪色彩，有的只是實橋實馬，甚至一招一式都有所本，如齋公的《粵派大師黃飛鴻別傳》，開篇即藉黃飛鴻之口，細述五郎八卦槍法，不厭其煩其詳，還指：

> 我國技擊之術。由來已久。然而以國習右文。故懷好身手者。乃不易見於紀述。故其事不甚傳。至遜清雍乾之間。技擊之術。漫衍於大江南北。古所未有。[28]

因此，這一派的武俠小說，雖間有誇大、渲染之處，仍不失「技擊」格局，我遂呼之為「技擊小說」，以別於一九五四年後風行一時、向壁虛構、再無「真功夫」的新派武俠小說。[29]

香港的技擊小說作家喜寫南少林故事，源自晚清佚名所著一部書：《聖朝鼎盛萬年青》，又題為《乾隆巡幸江南記》、《繡像萬年青奇才新傳》，坊間版本通稱《萬年青》或《乾隆遊江南》。此書分為兩主線，一線寫乾隆微服遊江南的逸聞；另線寫廣東少林拳勇惡鬥峨嵋武當高手。這班少林英豪最後以悲劇收場，至善和方世玉、胡惠乾等俱遭擊殺。

一九三〇年代初，上海鴛鴦蝴蝶派作家江喋喋（江蝶盧）將此書乾隆部分刪掉，保留少林部分，改寫結局，由至善央求五枚師太出山，化解少林武當恩怨，保住了方世玉等人性命。論者謂：「本書描寫不夠細緻，人物性格不突出。但情節曲折，環環相扣，引人入勝。」[30]江喋喋刪改寫這書若為一九三〇年代初，[31]那麼，粵港作家是否在他的啟發之下，紛紛「撥亂歸正」？

根據目前的資料，被台灣評論家葉洪生譽為「香港武俠小說界開山祖師」、為「南少林平反冤情」的鄧羽公，[32]是在拾江喋喋的「餘唾」了？看來有商榷的必要。

鄧羽公在廣州創辦《羽公報》，一九三一年六月即以淩霄閣主筆名連載〈至善三遊南越記〉，一直到《羽公報》關門，改辦《愚公報》續刊。一九三三年一月，更以淩霄閣主的筆名，在《愚公報》連載《少林秘紀》；一九三二年二月三日以是佛山人筆名連載〈胡亞乾〉，眉題「武俠短篇」。由此可見，鄧羽公演述少林故事，是否比江喋喋還早？抑或同步？那還待考證。

姑勿論如何，按照目前的資料，粵港作家為南少林平反者，鄧羽公實為第一人。陷日時期，崆峒在葉靈鳳主政下的《大眾周報》撰〈少林英雄秘傳〉，第一篇為「洪熙官之一生」，文前有「發凡」云：

> 近人紀述少林門下異能士多矣，顧多濫觴於萬年青一書，不知萬年青一書，實清廷授意之作，緣當時少林門下士負武勇名者甚眾，粵閩之間，宗風慕學，不可勝數，偶有舉動，頗涉民族思想，清廷患之，燔少林，懲勇鬥，復作萬年青以流行坊間，寓意於崇文黜武，隱責以犯上作亂，故書中文敘，往往與當時事實，大相徑庭，雖盛道少林門人之勇，第皆不得善終。……百餘年來，竟未有人自正宗風，以文闢謬……[33]

崆峒無視鄧羽公的平反，復指《萬年青》為「清廷授意」，[34]實不知出於何本。戰後，我是山人撰《三德和尚三探西禪寺》，卷前有語云：

> 或問是書何以與萬年青所敘少林事迹相逕庭者，山人不能不有所言矣。萬年青作者為清代時人，而少林派又為反清復明的人物。清庭所謂大逆不道者。若照事直書，則在清文網秋荼之際，其不如金聖歎之罹文字獄者幾希。是以作者不能不歪曲事實，故於描寫至善禪師方世玉少林英雄全部覆亡。山人不揣冒昧，搜集清代技擊秘聞，用小說家言，寫成是書，糾正前人謬誤，發揚少林武術。[35]

一相比較之下，看來我是山人更明瞭《萬年青》作者的肺腑。而觀《萬年青》此書，筆法游移，若干着墨之處，更大讚少林人物俠義為懷，鋤奸儆惡，大快人心。其意向少林，路人皆見。

本卷未收鄧羽公的少林故事，皆因散落各報刊，殘缺不全，但由《義女還頭》這一短篇説部中，可見其文氣；節錄我是山人的處女作《三德和尚三探西禪寺》，可見其正氣；從齋公的《粵派大師黃飛鴻別傳》中，可見他對武術的執着。至於一些技擊小説家如崆峒、念佛山人、禪山人、大圈地膽等，雖有佳作，但不如鄧羽公之開風氣，和齋公、我是山人之有特色，只可從缺了。

五、語言文體蔚為大觀

香港通俗文學和鴛蝴派一樣，語言多元，文本眾多，書寫形式蔚為大觀。本卷所收作品，語言即包括文言、白話文、三及第等，作家流淌其中，不理新與舊，自得其樂；而從那些文本中，更可看出作家的學識、才情，古今學養兼備。本卷上溯至王韜與鄭貫公。這兩位集報人、政論家與作家一身的文人，對後來者影響甚大。

王韜的三本小説《遯窟讕言》、《淞隱漫錄》、《淞濱瑣話》，以文言寫就，穠辭麗句多，並有駢文化的傾向，如本卷所收的《幻遇》：

顧陽烏西匿，繁響羣起，獸嗥鶴嘯，毛髮盡竪。乃匍匐出林，仰視天空，星疏河淡，月光照地如畫，遙見山半林叢中，隱隱有舍宇，燈光約略可辨。

當然，這並非王韜的首創，而是上接傳統，下啟後來者，如何恭第的《英哥化白燕》：

生遊蕭寺中。有高行僧欵之。秋夜月明。松子落瓦。偃臥禪榻。手執楞嚴經一卷。瞥見綠寮外。有雌雄雙白燕。翩翩對舞。已而雌者力不勝。墮於地。奄然死。英哥驚絕。似憐其荏弱無辜者。基此一念。魂即離其所守。附麗於雌燕。

四言句充斥行文，二十年代文人猶喜接此傳統；又如本卷所收何筱仙的《琴芳傳》，劈首就運用四句式和史傳體：

琴芳氏蔣。生而薄命。早失怙恃。十八齡時。隨叔之滬。叔固無賴。博奕好飲酒。每乘醉而歸。必將琴芳辱罵。語多不倫。而琴芳不與較。

王韜亦好以史傳體為文章之開首，《幻遇》如是，《紀日本女子阿傳事》亦如是，何恭第《花舫鷀尼姑》亦如是，早期香港文言通俗小說大抵如是；至黃天石、黃守一、黃崑崙、羅澧銘等輩的文言小說，已漸脱此陳腔。演變至靈簫生、林瀋、高雄，則已漸趨淺白文言，受過少少卜卜齋教育者，當可得觀。且看靈簫生《香銷夜百合》此段：

顧有一少年曰冷清涼者，離羣索居於東山一小廬之中，廬為冷氏所自建，綠瓦紅牆，兼饒花木之勝，吾書開場，時值初冬，清涼寂坐書齋，齋有圖書千卷，佈陣雅靜，臨窗有芭蕉一叢，每逢宵深細雨，淅瀝聞聲，瞿然夢醒，回思往事，輒為腸斷魂銷……

淺而易讀易明，離駢文已漸遠；至高雄在《新生晚報》寫的「晚晚新」欄已全屬淺白文言。這種文言小説，一直流傳到五十年代，那才式微。

王韜輩的文言小説，在香港通俗文學史上，頗佔一頁；靈簫生作品亦暢銷，這和當年的教育息息相關，白話文漸呈優勢，學校重「白」輕「文」，老讀者漸稀，老作家凋謝，遂不見後來者。

通俗文學語言另一特色是粵語入文。鄭貫公辦報，行文著述都不避粵語，是香港第一位把文言、語體文、粵語夾雜一起的三及第先行者，[36]這類文字可見於他在《有所謂報》的粵謳、班本等創作上。這種舊瓶裝進了他的新酒，已別於招子庸的多寫男女之情和妓女生活，轉而為憂時傷國。粵謳一直傳承下去至四十年代，成為當年報刊的特色專欄，作者亦多。鄭貫公在香港報界可謂開風氣之先。

王韜居港二十載，廣府話水平如何，不知；據云在《循環日報》曾寫過粵謳，[37]待證。報刊的三及第化，作家的三及第文字，自此風行粵港。當年通俗小説家，莫不採而用之，如二十年代的黃言情，三十年代的周白蘋，到四十年代的高雄、我是山人，都是箇中高手；論雅馴，當數高雄，《經紀日記》的三及第，運用得圓融渾熟，極見巧妙。由本卷所收的三及第作品，足見這種民間語言的廣泛流播，受到大眾的歡迎。

粵語入文除三及第外，還有白話文＋粵語，如黃天石的《紅巾誤》，行文白話，若干人物對白則粵語，女主角阿甜的粵語，是石岐音。所以那時的粵港通俗作家在文字的運用上，極見多姿。而一些作家以白話文來書寫，多屬傳統的白話文，少見歐化。新文化運動後的通俗作家，大都受過古文教育，二十年代雖有如黃天石般嘗試以白話文創作，但被譏為「放腳式」。縱觀那時期的作家，是處於新舊之間，行文仍多古文，或半文言，或白話中仍摻着不少文言詞句；三、四十年代後白話文已趨成熟，這可反映於一些由所謂新文學家轉型為通俗作家身上，如岑卓雲以平可筆名寫了《山長水遠》，張吻冰以望雲筆名寫的《黑俠》等；至於黃天石雖曾棄「俗」轉「純」，但不成功，再而「還俗」，戰後以傑克筆名寫的小說，白話文的「腳」已大解放，不似在《雙聲》時寫的《碎蕊》、《誰之妻》那麼彆扭。另如高雄，既以文言、三及第創作，那手白話文亦清爽乾淨，如在《新生晚報》寫的《司馬夫奇案》；不過，為了顯現高雄在通俗文學上的特色和成就，他的白話文作品唯有「割愛」。

本卷所收作品，從語言的運用上，今、古、地域色彩並存，可見香港通俗文學的書寫方式和流變。

六、新文學作家的「迎俗」和「還俗」

二、三十年代，香港文學是個新舊交替、並存的時代，從事所謂新文學的創作者，亦不乏人，如謝晨光、侶倫、張吻冰、岑卓雲、劉火子、易椿年等，但仍敵不過舊文學的勢力，有論者指「新文學受着重大的摧殘」，而當時的報紙副刊，「有的由純粹的新文藝而折衷為新舊文藝並列，有的簡直完全改變了面目，有的根本把新文藝欄取消……」[38]緊隨日本侵華，大批內地文人避居香港，這些新文學者的厄運，更是抬不起頭來。

這批內地文人大都是聲名顯赫之輩，如郭沫若、茅盾、巴金、夏衍、蕭紅、端木蕻良、蕭乾……名字一大串，辦報辦刊，埋首著述，並迅佔了各報的地盤，在本土作家眼中來說，是「一座不可逾越的高山」[39]。鄭樹森說：「（內地文人）來港後香港作家的主體性反而降低了，甚至湮沒了，或者是被邊緣化了。」盧瑋鑾則斬釘截鐵說：「根本被消滅了。」[40]

上文提到張吻冰以望雲筆名，岑卓雲以平可筆名「轉型」寫起通俗小說來，這是自卑心理，或是自忖不可攀越那座「高山」，所以才「迎俗」，才轉向另一條路？這還待深入研究；但是，走通俗既是為了「文學生存」，卻居然為他們帶來了莫大的滿足感。望雲在《天光報》寫〈黑俠〉，大受歡迎。平可在《天光報》連載〈錦繡年華〉時，到醫院探望一位女讀者，見護士川流不息進來，平可以為女讀者人緣太好，誰知女讀者微笑說：「她們不是來看我，她們是來看你。」[41]平可與望雲在島上社時期，肯定沒有這種風光。[42]

自此，望雲和平可難以再回頭，一路通俗下去。黃天石「還俗」後，以傑克筆名大寫流行小說，報上剛連載完，就有奸商馬上推出劣質單行本；甚至有冒其名偽作，迫得他要刊澄清啟事。[43]通俗文學的魅力於此可見。

不過，細閱這班「轉俗」作家的文本，除望雲《黑俠》等作品外，多非純俗，是介乎俗與雅之間，即是雅與俗相互滲透，在日本，這被呼為「中間小說」。因此，在審視這種小說時，本卷決定不收。在南來文人的「壓力」下，想不到這些改向作家，居然給他們闖出另一片天地。

至於那班南來作家，如四十年代中後期，為了響應華北大眾文藝運動，和配合中共解放戰爭而發起的方言文學，作品大都俗不可耐，香港作家身分又成疑，雖云都是通俗文學，本卷概不收錄。

七、餘話：幾點說明

本卷的編輯方針，乃遵循一個法則，就是「香港文學」與「香港文學史」的相異之處。一直以來，「香港文學」或者「香港作家」，論者多有不同的界定和爭拗。劉以鬯主編的《香港文學作家傳略》所下的定義是：持有香港身分證或居港七年以上，和已移居海外的作家。[44]居港七年，是持續七年，或間續七年，卻沒說明。以此驗證，很多南來、旋即北返的作家，便沒有港人身分；那麼，他們在香港發表的作品，算不算「香港文學」？

我的界定是：「香港文學」應是香港作家寫的作品。舉一個例子，有個香港作家旅居北京一兩年，在當地報刊發表了不少作品，和有參與文化活動，頗有迴響，那他算不算是「北京作家」？又如羅孚在京十年，曾在《讀書》等刊物寫文章，那他一定是「北京作家」了？我相信北京在編纂北京作家作品時，一定沒有他的大作。

但文學史就不同，文學史可研究或者必須研究外來作家對當地文學有何衝激、有何影響、有何建樹，所以不得不談及、論及；這是文學史的職能。

「香港文學」和「香港文學史」是兩個概念，不應混淆。而「香港文學」則建基於「香港作家」的身分界定上，劉以鬯當年召集了十二位文學界知名人士，和得到一些學者的書面意見，那才訂下以上的規定，在現時來說仍是頗嚴謹的；否則，郭沫若、茅盾、夏衍等一度或多度南來的作家，都是「香港作家」了。

上文提及的「方言文學運動」的作家，大都來自廣東一帶，所寫的文章極見粵港色彩；一九四九年前，粵港一家，來往自由，究竟他們連續居港或斷斷續續居港多少時間，多已無從考證；所以本卷也不收錄。但談到香港文學史時，不得不談。

《香港文學大系》賦予各卷編者有充分的自主權，所以我堅持自己的執着。一些難以考證其人的作品，亦予不錄。

在版本方面，一些作品的原始出處已難以尋獲，如王韜的小說，所以只據目前所見最早的版本來編選；又如一些報刊上連載的作品，因報刊大多不全，只可依據後出的單行本，如侯曜的《摩登西遊記》、望雲的《黑俠》、我是山人的《三德和尚三探西禪寺》等。後出的單行本有一好處，在報刊連載時的錯謬，或手民之誤，可能已改正過來，也可說是作家的定本。本卷有些選文後附有「存目」一欄，其意是：這是該作家知名或較出色的作品，只嘆限於篇幅，唯供有興趣者據而取讀。

香港通俗文學卷帙浩繁，垃圾殊多，本卷只從文化傳承、獨有文類、語言文體等特色來沙中淘金，淘出的是否金，那還要讀者定奪；但起碼，已可淘出一九四九年前香港通俗文學的演變歷程來；更可看出，香港通俗文學極具特色，豈可遺忘？

註釋

1 鄭明娳《通俗文學》（臺北：揚智文化事業股份有限公司，一九九三），頁二七。

2 鄭振鐸《中國俗文學史》（北京：東方出版社，一九九六），頁三—四。引文撮要據鄭明娳《通俗文學》，頁一四—一五。

3 鄭明娳《通俗文學》引李岳南《俗文學詮釋》語，頁一五。

4 如西諦便譏該些作者為「文娼」。見魏紹昌編《鴛鴦蝴蝶派研究資料》（上海文藝出版社，一九六二），頁四〇。

5 在七十年代末，范伯羣已有心研究中國近現代通俗文學史，更提出「雅俗雙翼齊飛」的主張。見賈植芳為范伯羣《中國現代通俗文學史》插圖本（北京大學出版社，二〇〇七）寫的〈序〉言。

6 見李歐梵為范伯羣《中國現代通俗文學史》插圖本寫的〈序〉。

7 鄭明娳《通俗文學》，頁九。

8 引自謝昕、羊列容、周啟志著《中國通俗小說理論綱要》（臺北：文津出版社，一九九二），〈前言〉頁十二。

9 劉以鬯〈香港文學的起點〉，《今天》，一九九五年第一期。

10 魯迅〈中國小說史略〉，《魯迅全集》第九卷（北京：人民出版社，一九七三），頁三六五。

11 參：黃仲鳴〈治遊無悔：王韜早期的社會生活〉，收《傳記傳統與傳記現代化——中國古代傳記文學國際學術研討會論文集》（北京：中國青年出版社，二〇一二），頁二八六—二九二。

12 欒梅健《前工業文明與中國文學》(上海:復旦大學出版社,二〇〇八),頁五七。

13 周海波、楊慶東《傳媒與現代文學之間》(北京:中國社會科學出版社,二〇〇四),頁三。

14 劉少文《大眾媒體打造的神話——論張恨水的報人生活與報紙化文本》(北京:中國社會科學出版社,二〇〇六)。

15 見白雲天〈百萬富翁作家——三蘇〉,收李文庸編著《中國作家素描》(臺北:遠景出版社,一九八四)。

16 劉紹銘〈經紀拉的世界〉,香港《純文學》月刊總第三十期,一九六九年九月。

17 吳昊〈天若有情天亦老:試論天空小説〉,香港《作家》第十四期,二〇〇二年二月。

18 劉天賜〈李我的流金歲月〉,香港《東週刊》第九十二期,一九九四年七月二十七日。

19 周作人〈日本近三十年小説發達史〉,收芮和師、范伯羣、鄭學弢,徐斯年、袁滄洲編《鴛鴦蝴蝶派文學資料(下)》(福州:福建人民出版社,一九八四),頁七一四。

20 錢玄同〈黑幕書〉,收魏紹昌編《鴛鴦蝴蝶派研究資料》,頁四四。

21 見〈《禮拜六》出版贅言〉,同上書,頁一三一。

22 同註4。

23 由芮和師等和魏紹昌所編兩書可見。

24 夏志清〈《玉梨魂》新論〉,收林以亮主編《四海集》(臺北:皇冠出版社,一九八六),頁一九。

25 劉登翰主編《香港文學史》(香港作家出版社,一九九七),頁二三四。

26 李育中口述。另見李育中〈我與香港——說說三十年代一些情況〉，收黃維樑主編《活潑紛繁的香港文學》上冊（香港：中文大學出版社，二〇〇〇）頁一三二—一三三。

27 參馬幼垣〈《水滸傳》與中國武俠小說的傳統〉，首屆國際武俠小說研討會（香港中文大學，一九八七）講稿。

28 齋公《粵派大師黃飛鴻別傳》（香港：國際叢書社，缺出版日期），頁一。標點符號悉依原文。

29 指梁羽生一九五四年於《新晚報》連載〈龍虎鬥京華〉為起點。

30 甯宗一主編《中國武俠小說鑒賞辭典》（北京：國際文化出版公司，一九九二），頁一九二。

31 據吳昊《孤城記：論香港電影及俗文學》（香港：次文化堂，二〇〇八）所說，頁六八。

32 葉洪生《武俠小說談藝錄——葉洪生論劍》（臺北：聯經出版事業公司，一九九四），頁六一。

33 香港《大眾周報》，一九四三年四月三日第一卷第一期。

34 《萬年青》一書非清廷授意，實含反諷時代。見吳昊《孤城記：論香港電影及俗文學》，頁六五。

35 我是山人《三德和尚》（香港：陳湘記書局，缺出版日期）序言。此書原名《三德和尚三探西禪寺》，共分五小冊行世，陳湘記合成一大本，易名《三德和尚》。

36 李家園《香港報業雜談》（香港三聯書店，一九八九），頁四一。

37 見劉以鬯《香港文學的起點》。

38 貝茜〈香港新文壇的演進與展望〉，香港《工商日報・文藝週刊》第九十五期，一九三六年九月十五日。

39 劉登翰主編《香港文學史》，頁一一九。

40 鄭樹森、黃繼持、盧瑋鑾編《早期香港新文學資料選》（香港：天地圖書有限公司，一九九八）「編選報告」，頁二四。

41 平可〈誤闖文壇憶述〉，《香港文學》第七期，一九八五年七月。

42 黃康顯《香港文學的發展與評價》（香港：秋海棠文化企業，一九九六年），頁四〇。

43 如寫於一九四九年十月二十九日的啟事，題目為《揭發冒名偽作　近在報攤出現》，文見他所著《紅衣女》（香港：基榮出版社，一九五三）版權頁內，文後並注明已「載香港各大日晚報」，可見傑克之吃香。

44 劉以鬯主編《香港文學作家傳略》（香港市政局圖書館，一九九六）〈前言〉。

兩種取向：一九三六至一九四九的香港兒童文學

——《兒童文學卷》導言

霍玉英

一

如果說香港「新文學」被視為「小兒科」，[1]那麼，向以為從屬於「新文學」的兒童文學，誠為「小兒科」中的「小兒科」，更不用說她在中國文學廟堂裏能佔一個怎樣的位置。兒童文學既以「兒童」為讀者對象，知識份子中不少因一種以天下為己任的「中心心態」，未有想到有了解兒童的必要，更遑論委身「小兒科」，為孩子創作，構築兒童文學的園地。在中國，把兒童看待為獨立的個體，將「兒童文學」看成為認真的事來幹，那要等到周作人高舉「人的發現」後才有所體現。不過，早於一九一二年，周作人在〈家庭教育一論〉裏，已提出中國當下先理治者有二，一曰兒童研究，一曰婦女問題。[2]兒童研究所以前置於婦女問題，那是因為只有明白「兒童在生理心理上，雖然和大人有點不同，但他仍是完全的個人，有他自己的內外兩面的生活。兒童期的二十幾年的生活，一面固然是成人生活的預備，但一面也自有獨立的意義與價值」。[3]不把兒童當作「縮小的成人」，也不輕視他們為「不完全的小人」，讓孩子在尊重中成長，那麼，婦女問題，甚或社會問題、國際問題也許都不再是問題，因為明白彼此都是獨立的個體，有其自身存在的意義與價值。

兒童文學中的詩歌與圖畫是幼兒成長中不可或缺，就詩歌而言，周作人在一九一二年〈兒歌之研究〉裏就指出當中道理，「凡兒生半載，聽覺發達，能辨別聲音，聞有韻或有律之音，甚感愉快。」[4]林良從幼兒發展的觀點，把周作人的話演繹得更為寬廣，指出幼兒的第一門文學課程是聽兒歌，幼兒第一門藝術課程是看圖畫。[5]聽歌悅耳，讀圖娛目，一切都如周作人所稱，最上乘的兒童文學在於「無意思之意思」——「兒童空想正旺盛的時候，能夠得到他們的要求，讓他們愉快地活動，這便是最大的實益，至於其餘觀察記憶，言語練習等好處即使不說也罷。」[6]兒歌兒語並非淺語而已，她是淺語的「藝術」；兒童文學更非「小兒科」，她是最淺顯，但也最高深的學問。

香港，處於南陲，從地理位置而言，她是「化外之地、邊緣的邊緣」；[7]有學者就政治因素，認為香港「失養於祖國，受虐於異類」，背負無從救贖的「原罪」——殖民統治。[8]不過，以二十至四十年代南來文化人為例，邊緣的香港就提供了特殊的空間，讓他們繼續寫作，不少「在」香港的文學就在這個時期產生，黃繼持稱之為「移入」。[9]李歐梵也指出被政權迫向邊緣化的知識份子縱然流落香港，他們對香港文化和歷史都沒有真正的興趣，因此，在香港掀起蓬勃的文藝活動，只為了向中心喊話，為北返而鋪墊。[10]

三十年代的香港兒童文學，大都依附在報刊副刊而發展，要到了一九四一年才有了第一本的兒童雜誌——《新兒童》。戰後，在香港成立的兒童文學研究組，掀起了華南兒童文學運動，各大報章先後創辦兒童副刊，與一九四六年在港復刊的《新兒童》，以及「叢書」與「文庫」等兒童讀物，進一步推動香港兒童文學的發展。如前述，對南來文人為香港兒童文學的建樹，或許可以有這樣的理解：一、迫於戰爭而避地香港，但在港期間得以繼續創作，既為抗戰大業出力，又可據邊緣小島，向對立政權喊話，宣揚政治思想；二、一九四九年前在港創辦的兒童雜誌與副刊，都成為南來文人的發表陣地，本土的聲音寥落，但又弔詭地培育了讀者和作者，為香港兒童文學埋下種子。

曾經有學者這樣評價四十年代的香港兒童文學：一、創作隊伍並非土生土長，流動性大；二、作品大多來自原作的改編改寫；三、欠缺有生命力的作品；四、兒童文學的評論工作未受到應有的重視。[11] 上述批評雖然不無道理，但四十年代香港兒童文學萌發，葉枝並未茂盛，作品生命力或許不足，而改編改寫更不難理解，致使評論未受到應有的重視，這也是必然的。然而，就創作隊伍的流動性來説，有認為「對香港文學的發展造成了負面的影響」，[12] 但也指出是「這個小島城市在文學發展的一個特色。」[13] 再證之於政權更替，南北對流，香港又再以她的地理優勢，為右翼文人提供場所，開張另一道風景，並據邊緣小島向中心喊話，此是後話。

如前所述，香港兒童文學向為人所忽視，原始資料缺乏系統的輯錄與整理，更不利尋根溯源，沒法還當年初建面貌。以九十年代出版的「香港文學史」，[14] 以及兩種兒童文學史及專著為例，[15] 其中雖有專章論及香港兒童文學的發展，但引述大都來自〈華南兒童文學運動及其方向〉

一文。[16]一九九六年，周蜜蜜以當事人——作者與讀者的篇什與憶述，輯錄了香港兒童文學的舊日足跡。[17]近年，隨着數碼化的發展，前輩努力輯佚的原始資料得以通達四方，裨益不論遠近的研究者。[18]一九九九年，盧瑋鑾、黃繼持與鄭樹森以國共內戰時間為縱，橫向從原始資料入手，梳理而為三冊資料選及作品選。就兒童文學的範圍，三位學者都有論及，並從報章與叢書篩選具代表性的作品，展現內戰時期此地兒童文學所表現的特色。[19]

過去，由於戰事與政局關係，原始資料散佚不全，就《新兒童》的討論，大都以黃慶雲在一九八〇年於《開卷》月刊發表的〈回憶《新兒童》在香港〉為據，[20]沒能讓資料自道身世，誠是可惜。二〇〇六年，香港中文大學圖書館與香港教育學院圖書館聯合主辦「薪火相傳：香港兒童文學發展六十五年回顧展」，部分在港復刊的《新兒童》(一九四六—一九四九)經數碼化處理後，上載於香港中文大學圖書館「香港文學資料庫」，研究者於是能據原始資料，尋繹《新兒童》的發展面貌。[21]不過，創刊至一九四六年八月十六日共七十三期《新兒童》，仍湮沒在歷史中。最近，通過「全國報刊索引」，已能檢閱一九四二—一九四九年期間《新兒童》絕大部分的全文，[22]一段空白至今幾得填補，有助還原她的面貌。

二

有謂香港兒童副刊始於《大光報・兒童號》，[23]但就現存資料，僅見一九三三年四月五日的

小朋友！你們相信嗎？
龜先生也要去救國呢！
救國
救國難難於
上青天

《大光報·兒童號》救國

「兒童號」，眉牌「兒童號」旁註「其弍」。[24] 除〈編者話〉及四篇文章外，這一期的「兒童號」刊有一張圖畫（見上圖），救國主題顯而易見。創刊於一九三六年六月十一日的《大眾日報·小朋友》，仍以救國為務，在創刊號署名「大朋友」的〈發刊歌唱〉，即呼籲作為「世界主」的小朋友，「大家同心協力把國救」。[25] 同日，署名亦夫的〈小朋友週刊獻詞〉，也期許小朋友能振興救國，以血洗盡世界的污穢，以心在黑暗中放出光明。[26] 及至日本大舉侵華，《大公晚報·兒童樂園》亦沿襲救國路線，把寄附在報章的兒童版面，視為一致抗敵的宣傳陣地。一九三九年十一月九日發表的〈弟弟失學了〉，寫城破軍臨，小孩被迫改用日文課本，讀日本歷史的屈辱，作者在詩首說明中高喊：「救救淪陷區的孩子！」[27] 宋因在〈十月天〉，把此地優裕的兒童生活，對比祖國前線士兵的苦寒，呼籲小朋友打破撲滿，捐獻抗戰大業。

一九四一年六月，曾昭森出資創辦《新兒童》半月刊，由在讀研究生黃慶雲出任主編。[28] 創辦半年，即因太平洋戰事爆發停刊，離港後輾轉於桂林、廣州及香港復刊。雖然，《新兒童》在港創刊，但在一九四二年桂林復刊首期，曾昭森詳述了《新兒童》在港出版的緣由：

……怎樣去教育這些未來文化的繼承人——兒童——這責任是我們每個年長者所應負起來的。為了這，同人等便組織了進步教育出版社，出版「新兒童」半月刊，想藉一個較易普及而有力的媒介——文字——幫忙我們負擔這重大的使命。為着當時我們工作同人服務和求學的嶺南大學因廣州失陷而遷到香港，我們藉着香港印刷技術及材料的便利，便選擇了香港做出版地，於去年六月一日創刊。[29]

雖然，《新兒童》本無意在香港創辦，但香港的地理優勢、先進的印刷技術及材料的便捷，[30]成就了《新兒童》。情非得已，而在港創辦的《新兒童》，滋養本地兒童讀者的同時，間接培育未來的創作者，那又不啻一段佳話。

《新兒童》創辦人曾昭森，是美國教育家杜威（John Dewey，一八五九—一九五二）教育理念的追隨者，曾翻譯他的《經驗與教育》（Experience and Education）與《我的教育信條》（My Pedagogic Creed）。一九四一年，他以杜威的基本教育理念，寫成〈兒童教育信條〉，三十信條中涵蓋以下三者：一、兒童具有「神聖不得侵犯」的人格，有本身的需要、興趣及要求，此等都應得到尊重，成人與社會應該對兒童的幸福與兒童的人格發展負責；二、兒童教育應以兒童為中心，愛護兒童，全面看待兒童。在生活中顧及兒童的興趣、經驗、能力與需要，而宗教、文學等社會資源亦有助於兒童的發展；三、兒童的發展也具有社會和國家的目的，兒童應該愛自己的祖國，兒童的幸福與兒童的社會教育決定着社會和國家的未來。[31]曾昭森在「附誌」指出，「信條是關於理想的領域，而所謂理想的領域當然不是經已成為普遍的認識與現象」。[32] 於是，他以上述作為進步教育出版社出版的中心思想，而《新兒童》半月刊「就是想把這種見解予以具體的闡述」。[33]

此外，在《新兒童》撰稿的著名教育家，像莊澤宣、唐現之及朱有光等，教育理念雖或不是全然來自杜威，但致力引介西方教育理論和兒童概念，尊重兒童為獨立個體，正是這一批教育家的共同理念。再證之於一九四九年兒童節，以曾昭森為首所發表的〈一九四九年兒童節日兒童文化工作者宣言〉，[34] 以及黃慶雲的〈孩權宣言草案〉，[35] 莫不呼應着當年的信仰與理想，可見以杜威「兒童為中心」的教育理念，是曾昭森、進步教育出版社及《新兒童》所堅守的理想。

就本卷選收《新兒童》的篇什，大致可分為三類。第一類，着重兒童心理與趣味。兒童文學的讀者對象為兒童，因此，「以兒童為本位的兒童文學反對為走向成人目標而『縮略童年』的功利行為，而是將『浪費時間』的遊玩、閒逛看作是童年期裏正當合理的一種生活態度。兒童本位的兒童文學給兒童以擁有自己人生的權利，鼓勵兒童從容不迫地享受童年的幸福，滿足並發展兒童的生命欲求和願望。」[36] 四十年代的香港，雖然社會狀況比內地較為安穩，但上述言論也許被視為奢談。不過，審視《新兒童》的作品，也有不少切中兒童心理，着重兒童遊戲精神，能為戰亂中的艱難歲月，帶來一點生趣。呂志澄在〈慕琦的心事〉寫無法接受初生弟弟的慕琦，向父親直抒心中的鬱悶與不平，對讀呂志澄在一九四六年選譯的〈母親的測驗〉，便能明白作者所以確切了解兒童心理，體恤孩子被冷落的心情的原委。[37] 再而是〈吳先生和人造雨〉，主人翁吳外錚成功發明人造乾冰以解旱天，但該哪天下雨呢？家中老少各持己見，理由看似合理，但又荒誕滑稽，無疑切合了兒童口味。

黃慶雲在〈鼠寶乘車記〉寫鼠寶誤拉繩子，觸響鈴子，這些連鎖式的情節所製造出來的喜劇效果，也深為兒童喜愛。此外，寓言有所寄託，但往往出於幽默與反諷，像〈王子和魚〉的機智，〈鬥聰明的魚〉的哲思，無不對應了孩子追根究柢的精神。至若賀宜的〈慢伯和他的老婆〉，或意有所指，借以諷喻人生，但仍不失風趣。〈捕虱運動〉的諷刺則較為辛辣，直指當權者的無理與人性的醜陋。在《新兒童》作品中，最為亮眼的是鷗外鷗的〈大衣後面的門〉，弟弟童言無忌，並堅持再三，正表現了兒童的稚拙與想像：

弟弟說：

「這大衣後面的門，

放屁用的罷；

一定是放屁用的門了！」[38]

第二類，培養品德情意。就兒童與遊戲、與玩具的關係，周作人早於一九一四年就有精確的見解，「遊戲者兒童之事業，玩具者其器具」，[39]而「玩具之用，不獨足以娛悅小兒，且可促其智力之發達」。[40]一九二三年，他更斬釘截鐵稱「兒童的文學只是兒童本位的，此外更沒有甚麼標準。」[41]然而，把兒童文學視為伴隨教育而來，承擔教育功能的論調也有不少。[42]不過，過分強調兒童文學中的教育功用，難免流於教訓，而教條式的告誡，更令孩子生厭。因此，如何堅持以兒童為中心，寓教於樂，則有待作者的拿捏。以珍惜光陰、勤奮好學，做個「新兒童」為主題的作品，就有黃慶雲的〈聽鐘鐘〉、〈春的消息〉、〈不做工的王新新〉。呂志澄在〈聰明的家畜〉以反面的例子勸說遷善改正，雖然曲終奏雅，但運用類近連鎖歌的方式說唱，誠是兒童最喜愛的韻律，一如琅琅上口的遊戲歌。

第三類，從時局出發，向極權控訴、抗戰救國、呼籲和平，以及振興祖國。鷗外鷗在〈尼泊爾王子如是說〉直斥當權者不知民間疾苦，而呂志澄一系列的歌謠，像〈學校門外的李大材〉與〈看看這一羣〉，則反映了迫於生活而為童工、擦鞋童，甚或流浪兒的艱苦歲月。因之，控訴極權，團結或一致抗日，或呼籲停止內戰，建設和平的篇什日多。其中，黃慶雲〈一個真實的敵後故事〉中的新民，〈中國小主人〉裏的小華最為經典。新民和小華不過十歲，但在作家的素描下，他們都成為機智聰明的小戰士，小小年紀或掩護盟軍朋友，逃出淪陷區；或讓父親免於漢奸逮捕，抓住身為父親的偽警隊長鍾大利的心理，最後勸說其加入抗日陣線。這種主題先行的作品，無疑是時代的產物。

抗戰勝利後不久，又掀起內戰，呼籲和平成為這一時期作品常有的題材，像黃慶雲〈為和平而爭〉。〈夜來香〉中的虹之花，因為親睹醫生、護士、築路工人、革命黨人，以及新聞記者不辭勞苦，為改善不滿的現狀而奮鬥，她感動了。最後，虹之花蛻變而為「夜來香」，夜夜安慰着這些為建設美好世界的人。〈詩人〉呢？不再吟風弄月，談愛傷感，作者讓他們到羣眾裏去，並向大眾學習。最後，「虹之花」與「詩人」的追求，在〈兩個小石像〉得見「虹之國」。梳理上述四個作品的發表時序，比較作品的主題演化，也許明白轉變的時局對作者的影響，而早期以改良主義為兒童教育方針的《新兒童》，也日益接近社會，積極宣傳革命思想。

三

就戰後香港文學藝術活動的發展，黃繼持認為「左翼的文藝工作是全國配合的，華南不過其中一個環節。因此，內地多項文學理論及政策趨向往往在香港出現，有部分則加上香港本地色彩。」[43] 其中，由文藝協會港粵分會研究部所擬寫的〈關於文藝上的普及問題（討論提綱）〉更開宗明義，指出「普及，是大眾化的具體內容……是我們今後文藝運動的基本路線，同時也是我們作家今後的主要創作方向」，[44] 最能表現中共在港粵兩地的文藝政策。沿此，關係兒童文學的發展路向，也不例外。[45]

創刊於一九二一年的《華僑日報》（前身為《香港華商總會報》）是一份工商界出版的報章，沒有明顯的政治立場，主要以香港的利益為出發點，[46] 總編輯何建章卻能相容左右兩派，予編輯極大自主。戰後，《華僑日報》創辦了不少副刊，其中《兒童周刊》就在一九四七年三月一日創立，[47] 主編原來屬意黃慶雲，但她以《新兒童》編務繁忙為理由，推薦學妹許穉人與胡明樹，許為主編，胡則除供稿外，還幫忙編務。許穉人是地下黨員，[48] 在《兒童周刊》創刊初期，即以徵文比賽吸納讀者，引領組織「兒童周刊讀者會」，[49] 透過多元化的文藝活動培養幹部，積極地回應中共的文藝政策，有鮮明的政治立場。

戰後的香港，經濟尚未恢復，重開或創辦學校並不容易，傳播廣泛的報章於是成為教養場所，並座落於兒童副刊，讓在學與失學兒童，以至生活窘迫的童工都能身受教澤。如果說兒童副刊為教養場所，那麼，「誰來教」的「誰」，就指向主編和作者了，他們不單主導整個版面，又左右了「教甚麼」。因此，許稺人的背景無可避免地影響着《兒童周刊》的編創方向，也就是「教甚麼」的內容。在〈發刊詞〉中，許稺人一方面指出戰後香港缺乏健康的兒童讀物，一方面則呼籲關心兒童的朋友來為這片荒蕪的園地播種耕作，肩負「導師」的重任，引領並鼓勵讀者參與園地的播種與耕耘。[50]

在作品中，許稺人所關注與反映的兒童可分為兩類：一、受壓迫的童工，以〈小倔強〉為代表，在被澤教化之後，他長了知識，添了勇氣，並奮起反抗，在偌大的世界裏尋找自己的路；二、「思想進步」的新兒童，以〈雙十節〉中的小穎為典型，她用「繼承先烈遺志，爭取民主、自由」的口號，領導小同學巡遊去。[51] 許稺人更喜於作品中說理，在戲劇〈互助〉便借工人葉強的話，指出小乞丐小牛和洪仔並非敵對，真正的敵人是不合理的社會，是站在人民頭上壓迫他們的人。受壓者要過好日子，不出兩者，一、自力更生；二、團結起來改造不合理的社會。

胡明樹在《兒童周刊》也發表了不少作品，但篇幅所限，部分存目。不過，與其他南來文人不同，胡明樹的作品頗能反映香港的地貌風俗，在詩歌〈香港仔〉，他既描繪本土地貌，像香港仔、大澳、大小丫洲，又寫到香港水上人家的生活。題為〈榕樹爺爺契男〉的故事，不單以李妹仔「契榕樹」反映本地風俗，同時又道出父母雙亡、識字不多的他，如何從行乞、偷搶到自力更生，由中環到西環挨家挨戶派送報紙的生活。此外，胡明樹更不避方言俗語，以至髒話，期以表現社會裏最下層、失教報童的語言，又隱隱然指出社會上嚴重的失學失教問題。

《星島日報》兒童副刊《兒童樂園》創刊於一九四八年四月九日，晚於《兒童周刊》一年多，主事者如何與佔全港銷量第一位的《華僑日報》爭雄？[52]盧瑋鑾就曾以「高度分工」來形容《星島日報》在戰後創刊的幾個副刊，[53]並歸納對這些副刊的印象。[54]《兒童樂園》在創刊之初，並沒有主編的署名，到第四期改為周刊後，即以「豐子愷題」或「子愷題」的書畫為報頭，主編署名「豐子愷」，直到一九四九年年底。[55]且勿論豐子愷曾否主編《兒童樂園》，但報刊主事者以「兒童的崇拜者」[56]為「主編」，其實反映了副刊的宗旨——「兒童本位」。再以豐子愷的畫作為報頭，如盧瑋鑾所言，此舉能「建立讀者對編者的信任」。[57]

綜觀在《兒童樂園》所發表的作品，大都以「兒童本位」為宗，着重兒童的遊戲情味，在寓教於樂之餘，又啟發兒童心智。一九四八至一九四九年間，豐子愷在《兒童樂園》發表的作品，以漫畫為主，其中四幅一組的連環畫更是少有。[58]這些作品都「從兒童視角切入，強調兒童的遊戲性，既貼近兒童生活，又表現了鮮活的兒童情趣」，[59]比「人生漫畫」有較多「天真的幻想、對世間濃厚的愛」。[60]〈爸爸吃蛋糕〉與〈西瓜藝術〉兩者都關乎「吃」，前者表現更多的是孩子氣，在聰穎中流露稚拙，在稚拙中又透出聰穎；後者把握了「採」、「吃」及「刻」的「遊戲」，從兒童角度，寫孩子生活中的趣味與遊戲。此外，兩個作品都蘊含「愛」，前者幽默諧謔，後者以「看」，透現了一家四口並坐觀賞西瓜燈的「團圓」。此外，豐子愷以層疊推進的手法寫成的〈為了要光明〉，[61]趣味盎然，他既抓住兒童文學中的遊戲精神，又以幽默有趣的情節表現。唐權的〈縣太爺的公道〉和平浦的獨幕劇〈燕籠〉，也同以層疊推進的手法，為兒童讀者帶來幽默與諧趣。

此外，發表在《兒童樂園》的篇什少有論説，作者大多採用寓教於樂的方式，通過生活故事寄寓道理。胡叔異以「你不能去了」為題，讓不愛今天的事今天做的文駿，失去與弟妹到海邊避暑的機會。呂伯攸的〈「我們要報仇」〉與嚴大椿的〈老婦的巧智〉兩篇則佈置機關，同以「智取」，前者教訓了愛虐待小動物的小和子，後者則解圍城之困。至於鮑維湘的〈油畫像的故事〉，作者更借助文字遊戲，為兒童提供了一次思辨訓練。

《兒童周刊》與《兒童樂園》兩者，雖屬香港兒童副刊，但意涵不盡相同。首先，套用黃繼持的話，《兒童周刊》誠是「在」香港的兒童副刊，不過，把《兒童樂園》視為一種「出現」的形態，也許較為恰當，因為在「樂園」耕耘的，大都來自上海的作家。其次，《兒童周刊》因編者的政治背景，創刊之初，即不以兒童本位為編寫取向，致使版面表現了強烈的政治傾向；《兒童樂園》則不然，作者與「主編」在兒童文學創作與兒童雜誌編輯都有深厚的經驗，較能遵循以兒童本位為編選與創作的宗旨，為戰後香港兒童提供園地，讓他們在那裏快樂地遊玩閒逛。因此，戰後香港兩家大報的兒童副刊，雖同以「兒童」命名，但表現出很不一樣的風格和面貌，反映了在四十年代末，「南來」——「在」與「出現」在港的文化人，為香港兒童副刊建構的獨異風景。

四

四十年代創刊的兒童副刊，尚有《大公報・兒童園地》與《文匯報・新少年》。《兒童園地》因為寄附在副刊《家庭》，所佔篇幅不多，再因資料不全，能供選輯的作品數量相對地少，其中以詩歌與連環漫畫為主。就詩歌而言，陳伯吹的〈喇・叭・花〉雖然韻律和諧，但以喇叭花喻為「宣傳家」，然後對比「默不出聲」的小草，以及「聽不懂」的桑麻，誠是意有所指。本卷所選麥非發表在《大公報・家庭》的五個作品，都不著一字，單以圖畫講述故事，表現了十足的童趣。其中，〈大人煩惱的時候〉與豐子愷〈我愛人　人愛我〉同以「環形結構」創作，前者講的是煩惱，後者則是愛，是遊戲。

針對較為年長的兒童讀者，《新少年》以「少年」命名，探討議題亦較其他兒童副刊嚴肅，批判意味濃烈。以〈你的爸爸和我的爸爸〉為例，黃慶雲以在上海警司令做事，專抓人的「你的爸爸」，對比了守衛機器和工廠，為解放軍進城做好準備的「我的爸爸」，突顯國共對壘的慘烈，令人悚然。作品刊於一九四九年五月二十七日，這一天，上海解放。其時，內戰雖未完全平息，但大勢已定，左翼文人對新中國的企盼愈演愈烈。加因在〈夢是會實現的〉描繪的是一個令人振奮的「自由中國」，醫院是免費的，學校是集中生活、勞動、娛樂與知識的地方……雖然這不過是主人翁阿麗的夢，但如作品題眼，夢是「會」實現的。加因另一篇作品〈學校的風波〉，以日記形式記錄了學生因反抗學校裏的守舊勢力，連累國文老師，令他被學校辭退，但篇末國文老師的話：

「很快的，這種學校，這種不合理的教育會被淘汰的」，[62]也寄託了作者的美好願望。無論是追求夢想的阿麗，抑或反抗守舊勢力的學生，加因在〈四月二十一夜〉予他們莫大的鼓舞與希望——解放軍渡江，受壓迫的人民，受罪的日子快將過去！

戰後，《華商報》在港復刊，她沒有創辦專門的兒童副刊，但偶有兒童文學發表在《熱風》，本卷斟酌收入加因在該刊的兩篇寓言。「將死的狼是最凶殘的，為了更殘暴的報復，狼最善於裝死」，[63]是〈將死的狼〉在篇末的話，當中寓意甚明——提防窮途末路的「狼」。

五

誠如〈華南兒童文學運動及其方向〉一文所言，「本是一個文藝作者的，就應該多懂兒童，多接近兒童，而原來是從事教育的人，就該學習寫作技巧，勇敢嘗試。」[64]這樣，方能融合文藝與教育，使兒童文學能以「兒童本位」出發，配應這一特殊讀者羣的心智發展。不過，成人每每着眼於兒童刊物對兒童所起的教育功效，忽略了這一羣有別於成人的讀者獨有的心理特質與需求。再者，時局動蕩，戰爭不止，成人尚且不能安居樂業，遑論兒童的福祉。在抗戰及內戰時期，香港兒童文學的作者在歷史的漩渦中身不由己地漂流，苦苦探索救國之路、和平之路、擺脫壓迫之路，而「兒童本位」的兒童文學主張幾成奢談。相對於殘酷的現實，純粹的兒童文學猶如「桃花源」，難免止於作者的理想，而難以實現。

總的來説，一九四九年以前的香港兒童文學就出現了兩種不同的創作取向。其一，着重兒童心理特質，較能以「兒童為本位」為創作取向。不過，黃慶雲等在討論華南兒童文學運動的時候，就指出因為時間、環境及許多條件的限制，「發展上自然有許多未達到理想的。」[65]其二，是深受歷史影響，把政治立場和主張加諸兒童文學的形式，甚至主題先行的創作取向，這些作品體現的「成人本位」、「政治本位」，是特殊歷史時空的產物。

編輯上述兩種創作取向所形成的文本，有利於梳理香港兒童文學發展的脈絡，從而認清兒童文學的核心——兒童本位。由於歷史與政治的影響，創作偏離兒童本位，誠是遺憾。不過，選編這些作品，能真實反映香港兒童文學的發展情況，顯明香港作為一個邊緣的小島，對華南乃至整個內地兒童文學發展的意義，糾正學界過往對香港兒童文學的誤解與忽視，把她重新呈現在香港文學史、中國現代文學史裏，肯定她的價值。

本卷所選作品，大都來自三十至四十年代香港報章的兒童副刊、兒童雜誌、叢書文庫，以及單行本。作品分七類，共一一三篇，包括：一、理論（七篇）；二、詩歌（二十八篇）；三、童話（二十四篇）；四、故事（二十六篇）；五、寓言（九篇）；六、戲劇（六篇）；七、漫畫（十三篇）。以下是本卷所收文本及作者的情況：

甲、香港兒童文學作品主要寄居於報章副刊，而專以兒童為讀者對象的，據所見原始資料，最早僅有一九三三年的《大光報・兒童號》第二期，所刊作品與本卷編選原則相距較遠，不予選收，因此，本卷所選作品起於一九三六年《大眾日報・小朋友》。此外，一九四一年在港創辦的《新兒童》，出版不到半年，即因太平洋戰爭內遷，至一九四六年在香港復刊，後有《華僑日報》、《星島日報》、《文匯報》、《大公報》等報分別創辦兒童副刊或兒童園地，這些報刊資料存世較為完整，因此本卷所選作品以四十年代中後期發表的為多。

乙、《新兒童》從創刊至一九四九年，期間雖因戰事暫停，但仍堅持出版，長達八年。再者，雜誌篇幅較每周不過一版的兒童副刊為長，有較多作品可供編選。因之，《新兒童》的選篇佔最多。

丙、《新兒童》創刊初期，得到不少名家的支持，但仍以黃慶雲的作品為最多，她曾以不同的筆名在《新兒童》發表了大量文章，[66] 而呂志澄則在黃慶雲留學美國期間，亦以不同筆名發表作品。黃、呂兩人同兼編者與作者，在頗長的時間裏，支撐着《新兒童》的出版。因之，兩人有較多作品可供編選，所收篇什也較其他作家為多。

丁、就一九四九年前的香港兒童文學，當中有肩負抗戰與解放大業的重任，但切中兒童心理需要，講求趣味與遊戲性的也有不少。本卷在選輯作品的時候，力求兼取兩者，突顯在香港這個文化角力場域裏，有不同兒童概念的展陳，有不同背景影響的創作取向。因此，作品的兒童性、文學表達，以及時代意義都在考慮之列。

戊、本卷收錄了豐子愷與麥非的連環漫畫，收入豐子愷的作品原因有三：第一，在豐子愷的作品裏，四幅一組的連環漫畫是少有的，這些作品不單切中兒童特質，還有引人入勝的故事情節。其次，豐子愷注意圖像細節，既推動了故事的發展，又起點睛之效，頗具備現代圖畫書（picture book）的雛形。[67] 第三，豐子愷四幅一組的連圖只在香港一地發表。麥非的作品以其童真與童趣，別開生面地座落於《大公報・家庭》，實在難得，本卷亦予以編收。此外，張樂平在《兒童樂園》曾發表十幅以小貓咪咪為主人公的連環畫，幽默有趣，吸引孩子閱讀。不過，因年代久遠，底本模糊，無法修葺，本卷只能割愛。

己、呂志澄有不少發表在《新兒童》的詩作，插圖多由李石祥配製。本卷在編選呂志澄的詩歌時，亦收入這些插圖，讓讀者得見詩歌在《新兒童》發表時的原貌。作者簡介置於呂志澄後。

庚、本卷也從叢書、文庫或單行本選輯作品，其中有許稺人的〈他們的夢想〉。不過，因篇幅所限，如作品在坊間已有出版或再版，則存目以誌，像許地山的《桃金孃》、胡明樹的〈大鉗蟹〉及司馬文森的《上水四童軍》；其他篇幅較長，但不易尋見者，則節錄一二以示，其中有華嘉的《森林裏的故事》。

辛、作者生平可考者，除原居本地外，大都曾在香港居停從事創作；其他只以作品「出現」在香港的兒童版面的作者，本卷亦予選編，這些作者大都來自上海。

壬、本卷只收原創作品，譯作不在選編之列。

六

相對於《香港文學大系》其他各卷，《兒童文學卷》是最年輕的，但知見篇目書目為數不少，惜年代久遠，現存叢書與文庫，難以盡窺全貌，疏漏實在難免。再因選者淺識學疏，在兒童文學領域的研究仍須努力，本卷舛誤與疏漏，誠待有識者指正。在本卷編選期間，得前輩指導教誨，受益匪淺。不過，時光倏忽，因庸怠而錯失機遇，無法再次訪談求教，心中愧疚。此刻，深切體會前輩研究者急於搶救史料的苦心，原始資料與歷史中的當事人是研究的瑰寶，尤其向為人忽略的兒童文學——香港兒童文學。

本卷得鄭愛敏協助整理、校對選文及收集作者資料，另潘爍爍校對文稿，賴宇曼協助後期作品底本訂正，在此並謝。

註釋

1 盧瑋鑾〈香港早期新文學發展初探〉，《香港文縱——內地作家南來及其文化活動》（香港：漢華文化事業公司，一九八七），頁九。

2 周作人〈家庭教育一論〉，周作人著，劉緒源輯箋《周作人論兒童文學》（北京：海豚出版社，二〇一二），頁五。
3 周作人〈兒童的文學〉，周作人著，劉緒源輯箋《周作人論兒童文學》，頁一二二。
4 周作人〈兒歌之研究〉，周作人著，劉緒源輯箋《周作人論兒童文學》，頁四六。
5 林良《林良的看圖說話》（台北：國語日報社，一九九七），頁二。
6 周作人〈兒童的書〉，周作人著，劉緒源輯箋《周作人論兒童文學》，頁一八六。
7 李歐梵〈香港文化的「邊緣性」初探〉，《今天》，總第二八期（一九九五），頁七六。
8 王宏志〈「竄迹粵港，萬非得已」：論香港作家的過客心態〉，黃維樑主編《活潑紛繁的香港文學——一九九九年香港文學國際研討會論文集（下冊）》（香港：中文大學出版社，二〇〇〇），頁七一二—七二八。
9 黃繼持〈香港文學主體性的發展〉，黃繼持、盧瑋鑾、鄭樹森《追跡香港文學》（香港：牛津大學出版社，一九九八），頁九三。
10 李歐梵〈香港文化的「邊緣性」初探〉，頁七七。
11 蔣風〈走向二十一世紀的香港兒童文學〉，《香港文學》第一三七期（一九九六），頁一〇—一九。
12 王宏志〈「竄迹粵港，萬非得已」：論香港作家的過客心態〉，頁七一三。
13 鄭樹森〈遺忘的歷史．歷史的遺忘〉，黃繼持、盧瑋鑾、鄭樹森《追跡香港文學》，頁九。
14 包括：謝常青《香港新文學簡史》（廣州：暨南大學出版社，一九九〇）；潘亞暾、汪義生《香港文學概觀》（廈門：鷺江出版社，一九九三）；劉登翰主編《香港文學史》（北京：人民文學出版社，一九九九）。

15 包括：孫建江《二十世紀中國兒童文學導論》（南京：江蘇少年兒童出版社，一九九五）；蔣風、韓進《中國兒童文學史》（合肥：安徽教育出版社，一九九八）。

16 黃慶雲等著〈華南兒童文學運動及其方向〉，頁六一—七〇，中華全國文藝協會香港分會主編《文藝三十年》（香港：中華全國文藝協會香港分會，一九四九年五月四日）。

17 周蜜蜜主編《香江兒夢話百年——香港兒童文學探源（二十至五十年代）》（香港：明報出版社有限公司，一九九六）；周蜜蜜主編《香江兒夢話百年——香港兒童文學探源（六十至九十年代）》（香港：明報出版社有限公司，一九九六）。

18 一九九九年，香港中文大學圖書館建立「香港文學資料庫」，是首個系統化的香港文學資料網。

19 包括：鄭樹森、黃繼持、盧瑋鑾編《國共內戰時期香港文學資料選》（香港：天地圖書有限公司，一九九九）；鄭樹森、黃繼持、盧瑋鑾編《國共內戰時期香港本地與南來文人作品選（上冊）》（香港：天地圖書有限公司，一九九九）；鄭樹森、黃繼持、盧瑋鑾編《國共內戰時期香港本地與南來文人作品選（下冊）》（香港：天地圖書有限公司，一九九九）。

20 黃慶雲〈回憶《新兒童》在香港〉，《開卷》，頁二一—二三，第三卷第一號，一九八〇年六月。同期另有加因（謝加因）〈童話「童話」〉，頁二四—二五。

21 出版於二〇一〇年的《大時代裏的小雜誌〈新兒童〉半月刊（一九四一—一九四九）研究》（香港：匯智出版有限公司，二〇一〇），研究者梁科慶所據的，主要來自香港中文大學圖書館「香港文學資料庫」數碼版，以及曾昭森編選自《新兒童》一至四八期作品而成的《新兒童叢書》五十冊。

22 請參考全國報刊索引網站：http://www.cnbksy.com/shlib_tsdc/article/frontForm.do?articleId=38（檢索

日期：二〇一四年六月三十日）。

23 「最早於香港創辦的兒童副刊，是宗教報紙《大光報》的『兒童號』，第一期誕生於一九二五年一月二十八日。」周蜜蜜主編《香江兒夢話百年——香港兒童文學探源（二十至五十年代）》，頁四。查現存《大光報》的微型膠卷，缺一九二五年，上述説法有待原始資料的確證。

24 老範（潘範菴）的〈編後話〉中有提到「近日兩個專號『黃花』與『兒童』，都是臨時籌備的，一兩日前，才怱怱通知幾位朋友寫稿子……」，文中也指出，「因為稿子多，而且有幾篇是由幾位十六七歲較大的小朋友寫的，我們不便白耗他們的心血，所以再接連出一天」。此外，同版亦刊有「昨天本刊目錄」，四篇文稿分別為：一、老範〈導言〉、碧川〈兒童節談話〉、蘇泉〈可怕的回憶〉及芝清〈一封公開的信〉。由此推測，《大光報．兒童號》應創刊於一九三三年四月四日，未能於當天刊出的小朋友稿件，在翌日連出。不過，由於缺乏原始資料，暫無法確證。

25 大朋友〈發刊歌唱〉，《大眾日報・小朋友》，一九三六年六月十一日。

26 亦夫〈小朋友週刊獻詞〉，《大眾日報・小朋友》，一九三六年六月十一日。

27 徐徐〈弟弟失學了〉，《大公晚報・兒童樂園》一九三九年十一月九日，第四版。

28 一九四一年的《嶺南大學校報》宣佈《新兒童》的出版：「曾昭森同學發起組織之進步教育出版社，鑒於兒童教育在中國雖已漸形普及，而兒童讀物尚感覺極度缺乏，香港方面小學達一千間，小學生達八萬人，尚未有以純教育為目的之兒童雜誌，特刊行『新兒童』半月刊，以為本港兒童精神食糧之供應。第一卷第一期於本年六月一日出版，執筆者有朱有光，簡又文，黃慶雲等各同學，內容豐富，以後每月逢一日及十六日出版云。」〈曾昭森同學主辦「新兒童」半月刊出版〉，《嶺南大學校報》，第一〇四期（一九四一），第六版。

29 曾昭森〈復刊詞〉，《新兒童》，第二卷第一期（一九四二年十月一日），頁二。

30 一九二四年，商務印書館在香港設立分廠，及至「一・二八」事件後，更從上海遷來大批技術人員與印刷設備，而中華書局總經理陸費逵幾經考察，也在一九三四年在香港建立分廠。其後，日本侵華，商務印書館總經理王雲五到港，着手擴充分廠，增添機器，並建造倉庫，而陸費逵則在港設立中華書局香港辦事處。於是，香港便成為造貨出版，以及內地轉運，並向海外發展的基地。上述分別見：商務印書館香港辦事處編《商務印書館建館八十周年紀念（一八九七—一九七七）》（香港：商務印書館，一九七七），頁一〇八。錢炳寰編《中華書局大事紀要（一九一二—一九五四）》（北京：中華書局，二〇〇二），頁一二三—一二四。王余光、吳永貴《中國出版通史・民國卷》（北京：中國書籍出版社，二〇〇八），頁一三一。

31 〈兒童教育信條〉在《資治月刊》刊出時，同署曾昭森與黃慶雲之名，曾昭森在附誌指出：「在這信條的草擬當中，黃慶雲同學自始至終也曾給予筆者極大的襄助。她是一位和筆者的兒童教育主張最大相同的一位青年學者。在這裏把這信條發表的時候，筆者和她聯名簽署，是筆者認為極愉快的事情。」曾昭森、黃慶雲〈兒童教育信條〉，《資治月刊》，四卷一期（一九四一年五月），頁一三—一五。其後，〈兒童教育信條〉分別在一九四二年及一九四六年兩度重刊於《新兒童》（第二卷第二期；第十二卷第五期），前者大抵希望內地讀者明白《新兒童》的出版中心思想，後者則或於戰後在香港重申出版理念。

32 曾昭森、黃慶雲〈兒童教育信條〉，頁一三。

33 曾昭森、黃慶雲〈兒童教育信條〉，頁一三。

34 〈一九四九年兒童節日兒童文化工作者宣言〉分別刊於《華僑日報》，一九四九年四月四日，第三張頁四；《大公報》，一九四九年四月四日，第五版；《華商報》，一九四九年四月四日，頁三。本卷收錄的是選自胡明樹《我們的節日》（香港：學生文叢社，一九四九），該書出版於一九四九年四月，聯署人與前述三者略有不同。

35 黃慶雲〈孩權宣言草案〉，《華商報・兒童節特刊》，一九四六年四月四日，頁三。

36 朱自強《兒童文學的本質》(上海：少年兒童出版社，一九九七)，頁一七。

37 〈母親的測驗〉譯自美國的 Parents' Magazine，文中提出十道問題以測驗母親的育兒知識，呂志澄譯〈母親的測驗〉，《新兒童》第十二卷第二期(一九四六年六月十六日)，頁四四—四六。

38 鷗外鷗〈大衣後面的門〉，《新兒童》，第十一卷第五期(一九四六年八月一日)，頁七。

39 周作人〈玩具研究一〉，周作人著，劉緒源輯箋《周作人論兒童文學》，頁五三。

40 周作人〈玩具研究二〉，周作人著，劉緒源輯箋《周作人論兒童文學》，頁五七。

41 周作人〈兒童的書〉，周作人著，劉緒源輯箋《周作人論兒童文學》，頁一八六。

42 朱自強在《兒童文學的本質》指出，「兒童文學如果以兒童為本位，它將看到兒童期並非僅僅是為了給成年期作準備才存在，而是同時也為了自身而存在，兒童不是匆匆走向成人目標的趕路者，他們在走向成長的路途上總是要慢騰騰地四處遊玩、閒逛。」朱自強《兒童文學的本質》，頁一七。

43 鄭樹森、黃繼持和盧瑋鑾〈國共內戰時期(一九四五—一九四九)香港本地與南來文人作品三人談〉，鄭樹森、黃繼持和盧瑋鑾編《國共內戰時期：香港本地與南來文人作品選(上冊)》，頁九—一〇。

44 文藝協會港粵分會研究部擬〈關於文藝上的普及問題〉，《文藝叢刊》，第二輯(一九四六年十二月)，頁三四。

45 有關文藝運動基本路線與《兒童周刊》的基調，請參拙文〈知識的搖籃：香港「兒童週刊讀者會」(一九四七—一九四九)〉，《中國文學學報》，第二期(二〇一一年十二月)頁二九七—二九八。

46 〈訪問《華僑日報》社長岑才生先生及編輯甘豐穗先生〉，何杏楓等主編《〈華僑日報〉副刊研究(一九二五．六．五—一九九五．一．十二)資料冊》(香港：香港中文大學中國語言及文學系「《華僑日報》副刊研究」計畫，二〇〇六)，頁七九。

47 在一九四七年春，《華僑日報》除創辦由許穉人主編的《兒童周刊》外，還有陳君葆主編的《學生周刊》，謝榮滾主編《陳君葆日記（下）》，（香港：商務印書館，一九九九），頁九三七、九四〇。

48 〈訪問《青年生活》編輯何天樵先生〉，何杏楓等主編《〈華僑日報〉副刊研究（一九四七—一九四九）》，頁八八。

49 有關「兒童周刊讀者會」的組織與發展，請參拙文〈知識的搖籃：香港「兒童週刊讀者會」（一九四七—一九四九）〉，頁二九五—三一一。

50 〈發刊詞〉，《華僑日報．兒童周刊》，第一期（一九四七年三月一日），第二張頁三。

51 有關《兒童周刊》作品中所刻劃的兒童形象，可參拙文〈香港《華僑日報．兒童周刊》兒童形象研究（一九四七—一九四九）〉，徐蘭君、安德魯．瓊斯主編《兒童的發現——現代中國文學及文化中的兒童問題》（北京：北京大學出版社，二〇一一），頁二三五—二五〇。

52 據一九四六年的資料顯示，《華僑日報》銷量為三萬八千份，佔全港第一位。香港年鑒編輯委員會〈第六篇報社：香港報業史略〉，頁一，《香港年鑒》（香港：香港年鑒社，一九四七）。

53 就戰後《星島日報》的副刊，盧瑋鑾談到陳君葆主編的《教育週刊》和《青年講座》、葉靈鳳主編的《香港史地》和《藝苑》、羅香林主編的《文史》、馬思聰主編的《音樂》、焦菊隱主編的《戲劇》，還有張光宇編的《漫畫》和唐英偉編的《木刻與漫畫》，但未提及豐子愷主編的《兒童樂園》、范泉主編的《文藝》和黃堯主編的《漫畫》。盧瑋鑾〈高度分工——略談《星島日報》戰後的幾個副刊〉，星島日報金禧報慶特刊編輯委員會《香港報業五十年——星島日報金禧報慶特刊》，一九八八年八月一日，頁八二、八五。一九九四年，范泉在回覆張詠梅信函中提及，他曾主編《星島日報》副刊《文藝》，前後六十期，第六一期是利用他從上海寄去多下來的稿件，再增稿件合成，仍用他「主編」的名義出版。一九四九年初，上海與香港的航班中斷，范泉沒法再航寄稿件。范泉《范泉晚年書簡》（鄭州：大象出版社，二〇〇八），頁二一六—二一七。

54 盧瑋鑾對《星島日報》戰後創辦的幾個副刊有這樣的看法：一、聘請學有專精的人負責專門版面，組稿有系統、有方針，保持水準；二、編者對主編版面有一定要求，且有較高層次的理想；三、編者都是署名的，讀者完全可掌握和認識編者的品味和個性。盧瑋鑾〈高度分工——略談《星島日報》戰後的幾個副刊〉，頁八五。

55 沈頌芳在〈八十風霜——一個老報人的回憶〉中提到，「週刊七種均請名家主編：豐子愷主編兒童，焦菊隱主編戲劇，馬思聰主編音樂，陳君葆主編文史，范泉主編文藝，錢雲清主編婦女，黃堯主編漫畫，並設社會服務專欄，解答讀者來信所提醫藥，法律及日常生活等各種問題。」沈頌芳〈八十風霜——一個老報人的回憶〉，《星島日報・星辰》一九八四年十月七日第十三版。雖然，豐子愷曾於一九四九年四月五日至二十三日來港舉辦畫展，其後未有踏足香港。就現有資料顯示，暫難證實豐子愷是否曾經如范泉一樣，在上海「遙控」主編《兒童樂園》。

56 豐子愷〈漫畫創作二十年〉，豐陳寶、豐一吟編《豐子愷文集》（藝術卷四）（杭州：浙江文藝出版社、浙江教育出版社，一九九二），頁三八九。

57 盧瑋鑾〈高度分工：略談《星島日報》戰後的幾個副刊〉，頁八五。

58 有關豐子愷在《兒童樂園》發表的四幅一組連環漫畫，可參拙文〈豐子愷「在」香港〉，香港藝術館編製《人間情味：有情世界——豐子愷的藝術》（香港：香港藝術館，二〇一二），頁二八—三二。

59 拙文〈豐子愷兒童漫畫與兒童圖畫書〉，方衛平主編《中國兒童文化》（第八輯）（杭州：浙江少年兒童出版社，二〇一三），頁一四六。

60 明川（盧瑋鑾）〈這是本很特別的畫集〉，莫一點、許征衣編《豐子愷連環漫畫集》，香港：明窗出版社，一九七九年，無頁碼。

61 〈為了要光明〉是豐子愷一九四八年五月六日於杭州所作，曾經配圖三幅，發表於五月十四日《天津民國日報》及八月《兒童故事》第二卷第八期。豐陳寶、豐一吟編《豐子愷文集》（文學卷二）（杭州：浙江文藝出版社、浙江教育出版社，一九九二），頁三六九—三七四；盛興軍主編《豐子愷年譜》（青島：青島出版社，二〇〇五），頁四三七。〈為了要光明〉（刊一九四八年五月十九日）雖不在香港初刊，但時間相距不遠，推測或是一稿同時分投上海香港兩地。

62 加因（謝加因）〈學校的風波〉，《文匯報・新少年》，一九四九年三月十八日，第八版。

63 加因（謝加因）〈將死的狼〉，《華商報・熱風》，一九四八年四月二十七日，頁三。

64 黃慶雲等〈華南兒童文學運動及其方向〉，頁六八。

65 黃慶雲等〈華南兒童文學運動及其方向〉，頁六八。

66 在桂林復刊第三期的〈編後語〉，編者介紹當期文稿，當中有杜美譯英國王爾德的〈星孩子〉、慕威續完的〈天鵝哀歌〉、是德的〈地球的故事〉、慶雲的〈聖誕的禮物〉，並稱「本期不是有很多新的作者跟大家寫稿麼？大家都喜歡他們麼？他們都會繼續寫下去呢。」同時，該期還有署名「敏孝」、「宛兒」、「芳菲」、「特行」等人的作品。其實，這些「作者」都是黃慶雲本人，也就是說，復刊第三期幾由黃慶雲一人「包辦」。有關黃慶雲的筆名，可參進步教育出版社同人〈介紹雲姊姊：本刊國內復刊一週年紀念〉，《新兒童》，第六卷第一期（一九四三年十月一日），頁五〇—五一。

67 有關豐子愷四幅一組連環漫畫與現代圖畫書的關係，請參拙文〈豐子愷兒童漫畫與兒童圖畫書〉，頁一四六。

文學史料的本質與早期香港文學源流
——《文學史料卷》導言

陳智德

一、文學史料之範圍、理念及文化需要（上）

文學史的編撰，無論新舊古今，關鍵是史料、史識和史筆，其中最基本的無疑是史料，此所以黃繼持説：「沒有史料或史料不足的『歷史』只能是『神話』」[1]，史料構成認知消逝事物的客觀基礎，文學史料可包括書刊、手稿、書信、單張、照片、影像、錄音，這是從「載體」的形式着眼，若從內容及性質而言，更須着眼於近代以來，文學作品的傳播和接受主要通過印刷物呈現的本質，即以報紙期刊和單行本為最主要呈現載體。如此範圍仍相當寬泛，史料雜亂繁多，但關鍵者不是量的問題，而是對史料的判斷、鑑別、整理，是「史識」的一部分。

基於不同的方法、目的和取向，史料的價值會有所差別，單單把所見資料集合在一起是沒有意義的；文學史學者謝冰提出：「有甚麼存世的中國現代文學史料不是關鍵，關鍵是你要找甚麼樣的中國現代文學史料，這就是史料的問題意識」[2]，對香港文學來説，特別把香港文學的整理放在《中國新文學大系》的體系脈絡當中，我們一方面依照《中國新文學大系》按體裁編選作品，並以一九一九至一九四九年為期，但亦考慮香港文學的歷史本質，因而上溯一九一九年以前的晚清時期；而在《文學史料卷》來說，着眼的是香港過去有甚麼讓文學傳播的刊物，舊體文學和新文學在其間的演化、作者的生平資料以及他們與羣體和時代的關係，由文學作品發表所衍生的活動，以及作家回應時代的方式。後人藉此了解一種時代文化的進程、建構發展的脈絡，也了解發展當中的問題，避免重複問題引致誤解和停滯，以至建立傳統、典範，為後世所參考、鑑照。文學史料有別於文學作品，在於史料一般缺少可讀性，狀態零散，我們很容易忽視史料，直至它終於被編整起來，成為了「史料」。

史料的整理建基於文化需要和歷史意識，中國第一套《中國新文學大系》，一九三五至三六年在上海出版，共十卷。當其時，從一九一七年的新文化運動發展至一九三〇年代中期，不過十多二十年，但對新文學新一代作家來說，已頗有經驗斷裂、史料散失之感。《中國新文學大系》的主催者趙家璧，在回憶文章中多次提及，當時人對於歷史斷裂的共感：「為甚麼當年轟轟烈烈、席捲全國的五四新文學運動，如今人們都已把它看得如此遙遠了呢？為甚麼如劉半農自己所說『當初努力於文藝革新的人，一擠擠成了三代之上的古人』了呢？」[3]阿英也在〈《中國新文學大系・史料・索引》編輯感想〉一文提出類似說法。[4]

《中國新文學大系》之編輯，建基於歷史斷裂的焦慮，共見於鄭振鐸、朱自清、劉半農、阿英等人的文章。朱自清編《中國新文學大系・詩集》在〈選詩雜記〉提到三〇年代中，已面世的詩選本水準參差，整理史料的工作不受重視，新詩熱潮減退，早期的詩作者如朱自清本人已不再寫，他明確提出編選的動機：「我們現在編選第一期的詩，大半由於歷史的興趣：我們要看看我們啟蒙期詩人努力的痕跡。他們怎樣從舊鐐銬裏解放出來，怎樣學習新語言，怎樣尋找新世界」[5]，阿英編的《史料索引》，也提出新文學史料之編整，出於一種歷史斷裂的焦慮：「中國的新文學運動，是已經有了二十多年歷史。在這雖是很短也是相當長的時間裏，很遺憾的，我們竟還不能有一部較好的《中國新文學史》。」[6]。

除了經驗斷裂、史料散失的焦慮，他們更面對同路人分化、運動成果之抹殺和倒退，鄭振鐸在《文學論爭集》痛心地提出不少當年新文學運動參與者之分化，以及由於經驗斷裂，引致新文學運動理念不彰，而不斷重複申述：

> 他們不僅和舊的統治階級，舊的人物妥協，且還擠入他們的羣中，成為他們裏面最有力的分子，公然宣傳着和最初的白話文運動的主張正挑戰的主張的。
>
> 祇有少數人還維持鬭士的風姿，沒有隨波的被古老的舊勢力所迷戀住，所牽引而去。
>
> 更可痛的是，現在離開「五四運動」時代，已經將近二十年了，離開那「偉大的十年間」的結束也將近十年了，然而白話文等等的問題也仍還成為問題而討論着。彷彿他們從不曾讀過初期的《新青年》的文章或後期的《國語》週刊的一類文字似的。許多精力浪費在反覆，申述的理由上。[7]

在新文化運動將近二十週年的一九三〇年代中期，昔日的參與者仍須浪費唇舌，重複為當年的信念申辯，難怪鄭振鐸提出編輯《文學論爭集》、把舊文重刊的意義在於「至少是有許多話省得我們再重說一遍！」當然箇中有着文學以外的因由，三〇年代的新文學作家實也面對着國民政府審查、壓制左翼文藝的刊佈，以及在「新生活運動」之名下種種尊孔讀經的復古舉措，如趙家璧所說：「實際上都是對五四文學革命的一種反動，也是國民黨文化『圍剿』的一個組成部分。」[8]

無論如何，從種種當年記載以及後來的憶述可知，《中國新文學大系》之編纂不純是一項把舊文重刊的工作，更基於文學內部和外部因素造成的歷史斷裂，他們編纂史料，不為編纂而編纂，而是以史料作為理念的證言，也修補斷裂、抗衡反制、超越焦慮。是的，史料一般缺少可讀性，我們真的很容易忽視史料，直至了解它被編纂的文化需要和歷史意義。

二、文學史料之範圍、理念及文化需要（中）

在《中國新文學大系》第一輯出版的三〇年代中，香港文壇也經歷一波小規模的歷史回顧，當中的追憶、鉤沉或遺忘，在在牽涉香港文學身份的思考。在較早時期的一九二八年，吳灞陵在《墨花》發表〈香港的文藝〉，對二〇年代中期香港文壇情況記述頗詳，特別把當時文壇分為新舊兩派：「香港的文藝是在一個新舊過渡的混亂，衝突時期」[9]，作者視新文學為新時代潮流，即將動搖舊文學保守的基礎，該文對「新」的追求和認同本身，實際上是承接五四新文學強調新舊對立的觀念。

吳灞陵〈香港的文藝〉主要談現狀，未涉歷史的回顧整理，至一九三六年，貝茜（侶倫）在《工商日報・文藝週刊》發表〈香港新文壇的演進與展望〉，有意建構歷史，仿效民國後諸種中國歷史、哲學史、文學史的寫法，提出歷史分期，把一九二七年至一九三〇年劃分為「前期」，一九三〇年以後為「近期」；在「前期」的論述中，貝茜引用時人說法，指一九二八年創辦的《伴侶》為「香港新文壇之第一燕」，而在「近期」論述中，特別讚許《激流》的〈香港文壇小話〉，並指《激流》的出版「才顯然地把香港文壇劃分新舊兩個壁壘」[10]。貝茜〈香港新文壇的演進與展望〉也是承接五四新文學強調新舊對立的觀念，但與吳灞陵〈香港的文藝〉不同的是其歷史意識，期望追溯香港新文學的源頭，而其所根據的史料，主要是報紙副刊和文學雜誌，並以三〇年代報紙副刊的變化作為「前期」與「近期」的轉折。

另一方向的歷史回顧，是一九三六年馬小進在《工商日報・市聲》連載發表的〈三十年香江知見錄〉系列文章，記述三十年前即一九〇六年前後的文壇故事，提及潘蘭史（潘飛聲）、鄭貫公等作家，其中〈三十年前之香江新歲竹枝詞〉記錄鄭貫公所著〈香江新歲竹枝詞〉十二首以外，亦在文中強調香港今昔風物之異，〈岑春萱嚴禁港報進口札文〉則記述一九〇六年清廷兩廣總督岑春萱，因《公益報》、《中國日報》、《香港少年報》、《珠江鏡報》、《有所謂報》、《商報》等六家香港報紙報道、批評清廷將粵漢鐵路收歸官辦以及其對美國華工禁約事件的態度，因而被清廷禁止進口內地。[11]馬小進在文中引錄岑春萱禁港報進口札文全文，讓史料流傳，暗示香港舊文化中的顛覆與革命性，再記述被禁進口的六家香港報紙的報社位置及其變遷，亦強調今昔之別，追懷失落的文化，提出一種從現在回望過去的歷史觀。

即使有〈三十年前香江知見錄〉、〈香港新文壇的演進與展望〉等史料憶述和初步整理，但很明顯這種歷史未受重視，一九三〇年代的南來文化觀預設香港純然是一個商埠，文化上一片空白。當中固然帶有大中原主義，但香港本土文化歷史不彰，戰亂加劇經驗斷裂、史料零散，後來者鮮能得見前人之文化履痕，也是箇中因素。

一九三七年抗戰爆發，十一月上海淪陷後，大量人口播遷香港，三八年武漢、廣州等地先後失守之後，香港已雲集大批內地作家。一九三九年，由內地來港作家牽頭成立了中華全國文藝界抗敵協會香港分會和中國文化協進會，而在此之前的一九三七年五月，香港中華藝術協進會（藝協）成立，成員主要是來往於省港兩地的作家，創會成員包括吳華胥、李育中等，稍後再有杜埃、黃楚青、梁上苑、勁持、何涅江等人加入，會員有一、二百人。藝協下分文藝組、音樂組、美術組等，該會於一九三八年創辦附設於《大眾日報》副刊的「文化堡壘」作為機關刊物。藝協成立初時未標舉抗日口號，但到「文化堡壘」創辦時，已是一份以抗戰文藝為主要內容的刊物。李育中在後來的回憶文章形容該會是「統戰性的進步團體」，維持了三、四年。[12]

一九三八年七月十三日，香港中華藝術協進會與中國詩壇社聯合舉辦「香港詩歌工作者初次座談會」，出席者包括藝協方面的黃楚青、梁上苑、呂覺良，中國詩壇社方面的陳適懷、吳舒煌、陳豹變等二十多人，會上首先討論香港詩歌工作者的聯合組織，商議完畢後，由主席梁上苑提出先回顧香港詩壇的歷史：

主席：好了，我們很快的就算組織好了，現在我們開始談詩歌在當前任務的問題。我以為在先，有誰可以略述香港詩壇的過去呢？

停了一會。

慢慢的，呂覺良站起來說：我只談一個斷片。民國廿一廿二年之間，曾有一些愛好詩歌的青年，如張弓、劉火子、李育中、侶倫，和死去了的易椿年等寫過一些當時流行的「現代詩派」的詩歌，發表於南華副刊的「勁草」上面，後又出版過一兩詩刊，「詩頁」、「今日詩歌」。還有「紅豆」也常刊載這幾個人的詩。這大概可算是香港詩壇的萌芽吧。以前可不知道，以後也一直沉寂下來。[13]

當主席問及「有誰可以略述香港詩壇的過去」時，記錄者特別另起一行寫上「停了一會」，可以想像當時會場一片沉默的氣氛，與會者除了呂覺良外，都不清楚香港詩壇的歷史。呂覺良述說的是一九三二至三三年前後的情況，提到當時的《詩頁》、《今日詩歌》、《紅豆》、《南華日報・勁草》等刊物，以及張弓、劉火子、李育中、侶倫、易椿年等詩人，指他們都「寫過一些當時流行的『現代詩派』的詩歌」。呂覺良對當時的香港詩壇具一定認識，資料亦大致準確，他所提到的名字都是活躍於三〇年代的香港詩人，李育中和劉火子等曾創辦《詩頁》和《今日詩歌》，易椿年曾主編《時代風景》，侶倫早在一九三〇年與友人創辦過《島上》，三四至三五年間在《南華日報》主編副刊「勁草」。然而呂覺良所憶述的三〇年代初香港新詩歷史距離座談會當時（一九三八年）並非年代久遠，但最後卻說「這大概可算是香港詩壇的萌芽吧。以前可不知道，以後也一直沉寂下來」[14]，實際情況是，一九三三年創辦的《紅豆》於一九三六年出版至四卷六期才停刊，三五年有《時代風景》，三七年另有《南風》，都曾刊登新詩及詩論，何以事隔不過一、兩年，香港詩壇便被視為「以後也一直沉寂下來」呢？重點也許不在於記述者掌握史料的多寡，而是對於歷史的態度和需要，藝協成員和中國詩壇社成員許多是從廣州南來，在該次座談中，回顧香港詩壇歷史談不上是文化需要，尤其比起抗戰，聯合力量、團結組織力量的需要更大，由此也見史料的意義及其在不同時代的位置。

三、文學史料之範圍、理念及文化需要（下）

回看貝茜（侶倫）〈香港新文壇的演進與展望〉，該文發表後剛巧五十年，即一九八六年，在《香港文學》第十三期首次重新刊登，鉤沉該文並加以介紹的楊國雄說：「筆者偶然在《工商日報》發現了由署名「貝茜」所撰的《香港新文壇的演進與展望》……以往研究香港文學發展史的，還未有引用過這一篇文章。因此，現在轉錄下來，以作為研究香港早期文學史的一個參考」[15]。整整五十年沒有人提起過這篇文章，後世研究者不知「貝茜」的真正身份，甚至貝茜即侶倫本人都忘記了這篇文章，讓讀者更感弔詭的是，《香港文學》第十三期作為「一周年紀念特大號」，以「香港文學的過去與現在」為專輯主題，廣邀作家學者回顧香港的文藝期刊，當中侶倫受邀撰寫了〈我的話〉一文，該期《香港文學》出版後，侶倫讀了重新刊登的貝茜〈香港新文壇的演進與展望〉，感覺如見故人，卻是自己遺忘了五十年的文章，他再撰〈也是我的話〉一文，交給《香港文學》第十四期發表，他說：

由於「貝茜」這署名喚起我的記憶，我把楊國雄先生好意地介紹出來的這篇文章讀了一遍，意外地「發現」這竟是我的拙作。因為戰爭關係，所有在戰前所寫文章的剪存稿件，都在香港淪陷時全部燒燬，我根本忘記了自己曾經寫過這樣一篇東西。如今重讀起來，真有恍如隔世之感了。[16]

這可說是香港文學鉤沉史上富有戲劇性的一幕，侶倫曾在《大公報》撰寫專欄「向水屋筆語」回顧文壇掌故，一九八五年由三聯書店結集為《向水屋筆語》，所收文章不限於原「向水屋筆語」專欄文章，也包括一些較長篇散文，其中有原刊《海光文藝》的〈香港新文化滋長期瑣憶〉一文，[17]提到許多在〈香港新文壇的演進與展望〉都述及的早期香港文學故事，例如兩篇文章都提到一九二八年的《伴侶》創刊之時，被時人稱許為「香港新文壇之第一燕」[18]，不過兩篇文章的動機和針對點很不同，〈香港新文化滋長期瑣憶〉主要出諸回憶、話舊的筆法，〈香港新文壇的演進與展望〉則透過歷史分期確立香港新文藝的歷史地位。

〈香港新文化滋長期瑣憶〉在一九六六年初刊於《海光文藝》時，是一篇回憶話舊文章，當它在一九八五年收錄於《向水屋筆語》出版時，對新舊讀者來說都有着很不同的意義，因為七、八十年代「香港文學」作為一門學科漸受重視，相關研究，特別是有關早期香港文學的研究開始增加，其間史料的發掘和整理至為關鍵，侶倫《向水屋筆語》從過來人角度留下珍貴記錄，亦為後世人追溯歷史留下可靠線索。

八十年代幾位學者的早期香港文學研究，以史料的考掘和分析為重點，盧瑋鑾〈香港早期新文學發展初探〉、〈統一戰線中的暗湧——抗戰初期香港文藝界的分歧〉從刊物和團體的角度，奠定研究早期香港文學的基礎，楊國雄〈清末至七七事變的香港文藝期刊〉、黃傲雲（黃康顯）〈從文學期刊看戰前的香港文學〉二文亦據原始資料，從文藝期刊角度作出有系統的整理和綜述。[19]早期香港文學的基本圖像，已在八十年代給重繪出來，而更完整的成果，可說是黃繼持、盧瑋鑾和鄭樹森三位在九十年代編成《早期香港新文學作品選（一九二七——一九四一年）》、《早期香港新文學資料選（一九二七——一九四一年）》、《國共內戰時期香港本地與南來文人作品選（一九四五——一九四九年）》、《國共內戰時期香港文學資料選（一九四五——一九四九年）》四書，以及二〇一三年出版，盧瑋鑾、鄭樹森主編、熊志琴編校的《淪陷時期香港文學作品選：葉靈鳳、戴望舒合集》，這五部選集以系統方法編整、重刊早期文學史料，使大量封存在絕版書刊和微縮菲林（微縮膠片）的文字首次重見天日，開拓研究領域，黃繼持、盧瑋鑾和鄭樹森三位編者所使用的方法及處理文獻的嚴謹態度，成為日後從事同類工作的指標。

《早期香港新文學作品選（一九二七——一九四一年）》等五書的重要性，更由於三位編者對原始史料處理的自覺和謹慎，並自省到其間的限制。盧瑋鑾曾在〈香港文學研究的幾個問題〉一文提出方法不當的史料編輯有可能製造混亂和謬誤，而在史料未能充分掌握之際，未可輕言修史。[20]黃繼持在〈關於「為香港文學寫史」引起的隨想〉提出史料的本質以及如何處理運用的問題，更指出闡釋史料「不宜打歸一路，官收定本」[21]，史料闡釋的空間之得以開放，前提正是對史料有序而系統化的處理，為整全的歷史視野架橋鋪路。

四、晚清報刊與思想革新

尋索香港文學的歷史軌跡，必經追尋早期報刊歷史之途。報刊之流變，對近代文學變革影響鉅大，文學之流佈，須有載體，一般先在報刊發表，再有單行本印行，然而報刊於文學的作用不止於發佈，更包括報刊的思想立場，五四運動時的《新青年》可說是其中著名例子。由晚清至民國之後，報刊一直是革命和改革思潮的搖籃，香港以其地理及政治條件，在這方面發揮重要作用，亦由此締造獨特的文化空間。

香港本為近代華文報刊發源地之一，早於一八五三年英國傳教士麥都思（Walter Henry Medhurst，1796—1857）在香港創辦了第一份中文月刊《遐邇貫珍》。其後再有《中外新報》及《華字日報》之設，分別為英文報紙《孖剌報》及《德臣西報》之中文版，一八七四年二月四日王韜與黃勝在香港創辦《循環日報》，被視為首份由華人獨資創辦之中文報紙。一八六二年，王韜以「黃畹」之名上書太平天國，勸太平軍避免強攻上海而被清廷緝捕，因而從上海避走香港，[22]其後他一度前赴歐洲，一八七〇年返回香港。王韜在《循環日報》刊發的時評社論中提出維新改革思想，[23]他把一八七四年至一八八二年間在《循環日報》撰寫的時評社論，結集為《弢園文錄外篇》，其中〈論日報漸行於中土〉一文，提及前述之《遐邇貫珍》、《中外新報》、《華字日報》及《循環日報》，並提及香港刊發的報紙與上海報刊的分別。〈論日報漸行於中土〉一文成於《循環日報》創立後二年，即大約一八七六年，相信是最早回顧現代報紙歷史之文，雖然文中有些有關年份的資料不盡確實，但該文之重要性在於一種回顧報紙發展的歷史角度。

報紙與文學關係最深者，莫過於其副刊，而香港報紙副刊之重要性亦不只作為文學載體，更由於位處清廷權力範圍外，常以文學盛載不容於清廷之維新以至革命思想。一八九九年，孫中山先生派陳少白到香港籌辦《中國日報》，旨在宣傳革命，一九〇〇年一月創刊，在香港出版了十一年，其後遷廣州再辦了二年多。[24]除日報外，另出十日刊《中國旬報》，馮自由在〈陳少白時代之中國日報〉說：「此報除日報外，兼出十日刊一種，定名《中國旬報》。篇後附以鼓吹錄，專以遊戲文章歌謠雜俎譏刺時政，由楊肖歐、黃魯逸任之。是為吾國報紙設置諧文歌謠之濫觴」[25]，這段文字實道出《中國旬報》在副刊發展史上之先驅位置，林友蘭說：「這是香港中文報設副刊之始，但當時不叫它做『副刊』，而稱之為『諧部』」。[26]

一九〇一年初，《中國旬報》出版至第三十七期後停刊，其副刊「鼓吹錄」則移入《中國日報》繼續出刊。[27]曾任《中國旬報》編輯的鄭貫公在一九〇三、〇四年間創辦《世界公益報》、《廣東日報》及《唯一趣報有所謂》，均特別着重諧部即副刊之內容，其中以《唯一趣報有所謂》（通稱《有所謂報》）最具特色，設有「題詞」、「落花影」、「滑稽魂」、「金玉屑」、「官紳鏡」、「新鼓吹」、「他山石」、「格化談」、「社會聲」、「小說林」等欄目，文體形式包括粵謳、南音、班本以及詩詞、小説、駢文等，創作以外亦有翻譯小説，內容強調社會教化作用。

二十世紀初年，香港多份報紙的副刊內容已十分多元豐富，除《中國旬報》、《世界公益報》、《廣東日報》及《有所謂報》外，《循環日報》及《華字日報》亦改革版面，增設諧部。香港報紙的諧部，即早期舊式副刊的文藝作品，文體以文言文為主，內容性質多為通俗之文，但不純以娛樂讀者為限，更強調當中的潛移默化功能，未可單以通俗一概而論。

報紙之外，晚清時期，香港至少已出版過小説期刊《中外小説林》、《小説世界》和《新小説叢》三種，都是傳播新思想的載體。《中外小説林》前身是一九〇六年在廣州創刊的《粵東小説林》，一九〇七年遷往香港，易名為《中外小説林》，編者包括黃伯耀（耀公）和黃世仲（小配）兄弟。據陳平原、夏曉虹編《二十世紀中國小説理論資料‧第一卷》所收錄原刊《中外小説林》第一年第一期的〈小説林之趣旨〉，該刊宗旨如下：

> 處二十世紀時代，文野過渡，其足以喚醒國魂，開通民智，誠莫小説若。本社同志，深知其理，爰擬各展所長，分門擔任，組織此《小説林》，冀得登報界之舞臺，稍盡啟迪國民之義務。詞旨以覺迷自任，諧論諷時，務令普通社會，均能領略歡迎，為文明之先導。此《小説林》開宗明義之趣旨也。[28]

文中提及的「喚醒國魂」、「開通民智」、「啟迪國民」、「諧論諷時」，可説與之前的《中國旬報》、《有所謂報》的形式內容一脈相承。《中外小説林》於一九〇八年出版至第十七期後，易名為《繪圖中外小説林》，[29]期數承前沒有另起，但增加不少插圖，包括漫畫和攝影，更以香港上海銀行、香港皇家公園、香港大花園等風景攝影作封面，香港大學孔安道紀念圖書館藏有《中外小說林》一九〇七年出版的第十四期，另有二〇〇〇年由夏菲爾國際出版公司出版、包括《粵東小說林》、《中外小說林》和《繪圖中外小說林》部分期數的影印本。

《小說世界》今未見，據史和、姚福申、葉翠娣編《中國近代報刊名錄》著錄如下：

> 《小說世界》（香港）
>
> 資產階級革命派創辦的文藝雜誌。一九〇七年二月（光緒三十三年一月）創刊，在香港出版。旬刊。逢五出版。
>
> 主要欄目有：社說、小說、戲曲、傳記、散文、詩、詩話、聯話等。這個雜誌刊登的大多是反帝反清的作品，以鼓吹民族獨立為中心內容。刊有述徐錫麟、秋瑾事的《復仇槍》，述史可法、阮大鋮事的《神州血》等。[30]

除了「資產階級革命派創辦的文藝雜誌」的形容外，《中國近代報刊名錄》在「《小說世界》」這項條目的資料來自阿英（錢杏邨）《晚清文藝報刊述略》之著錄，阿英在該書「《小說世界》」條目下指：

> 一九五五年十月，汕頭梁心如先生熱心地寫告訴我，他訪求到香港出版的《小說世界》第四期一冊，據廣告，知道是旬刊，逢五出版。第四期是光緒丁未（一九〇七）年二月印行，那麼，創刊期當是一月了。這樣，我們至少可以知道，當時香港出版的小說報，有《小說世界》和《新小說叢》二種。[31]

可知阿英亦未見《小說世界》實物，他據梁心如來信，引錄《小說世界》第四期內容包括〈神州血〉、〈復仇鎗〉等小說，〈圖南傳奇〉、〈救國女兒〉等戲曲及其他詩詞創作，並總結如下：「據說，全冊『多為反帝、反清作品』，說所載詩詞，『並非吟風弄月，無病呻吟，而多為鼓吹民族獨立意識者。』」[32]

《新小說叢》一九〇八年創刊，[33] 林紫虬主編，《新小說叢》香港中文大學崇基學院牟路思怡圖書館和香港大學孔安道紀念圖書館分別有藏，但缺創刊號，阿英在《晚清文藝報刊述略》提到該刊「光緒三十三年（一九〇七）十二月始刊，月一冊，所得只首三期。創刊號並有林文驄祝詞，黃恩煦敘，和 LSL 英文敘」[34]，如果句中的「十二月」是指舊曆的話，則該刊創刊日應為一九〇八年一月。阿英另於《晚清文學叢鈔・小說戲曲研究卷》收錄《新小說叢》創刊號所載之林文驄〈《新小說叢》祝詞〉，文末署「光緒丁未十月之望，新會林文驄撰」，光緒丁未十月之望，是為光緒三十三年十月十五日，則可知〈《新小說叢》祝詞〉撰於公元一九〇七年十一月二十日。

林文驄〈《新小說叢》祝詞〉提出新小說的職志，有別於傳統小說，在於它面向時代憂患：「矧在今日，萬國駢羅，列強虎視，而猶蹈常襲謬，蕩志誨淫，將何以照法炬於昏衢，轟暴雷於聾俗乎？」在二千多字以駢體文寫成的〈《新小說叢》祝詞〉中，林文驄除了提到多位西方科學家、哲學家著作，亦提及引進西學的晚清學者：「近者遯叟記述，為西學之先河；又陵博聞，登文壇而奪席」，句中「遯叟」是指王韜（王韜別署天南遯叟，亦作天南遁叟），「又陵」是指嚴復（嚴復字又陵），可見林文驄一直關注西學之流佈，而整篇文章最重要是以下這段：「然某以為小說之作，體兼雅俗，義統正變，意存規戒，筆有褒貶，所以變國俗，開民智，莫善於此，非可苟焉已也。」林文驄以此勉勵《新小說叢》編輯同人以新小說為「變國俗，開民智」的載體，阿英在《晚清文藝報刊述略》「《新小說叢》」條目下亦引錄這段文字，並提出評價：「蓋有激於晚清內政之腐，外交之失而有言也」，最後總結《新小說叢》的價值時說「此志之可珍，在於說明當時香港已有文藝刊物，並足見當時文藝界之傾向，成就則殊難言也。」[35]

香港文化本具催生革新的成分，其舊有的文學傳統當中，不完全是守舊。一般讀者受五四以來現代文學史論述強調新舊對立之影響，以為舊文學就一定是守舊、落後，其實並不盡然。清代以至更早以前的香港，一直不乏文人雅集之團體唱和，晚清文人在香港創辦報刊後，使香港一地之文學進入公共空間，部分與晚清之新小說、維新和革命思潮呼應，《小說世界》中的反帝、反清作品，以「喚醒國魂，開通民智」為宗旨的《中外小說林》，提出「變國俗，開民智」的《新小說叢》，王韜創辦《循環日報》以及其時評社論中的維新改革思想，還有《中國旬報》、《有所謂報》等諸部副刊以遊戲筆墨譏諷時政，相信都是晚清主張革命或改革的文人，利用香港相對自由的文化環境，以文學作為新思想的載體。該等文學不僅是在香港發表刊布之義，而實具有因應香港角度和位置才能催生的內容，或有助我們討論香港文學的本質。

五、新文學源頭與新思想載體

一九一九年五四新文學運動開展後，香港透過上海和廣州輸入新文藝報刊，與自身的文化傳統互相激盪，形成二〇年代新舊文化並存夾雜的局面。五四運動之後的數年，相對於中國內地大城市如北京、上海、天津等地來說，香港整體文化面貌仍然相當保守，中文教育以舊式書塾形式為主，大部分報刊仍使用文言，新文學的起步較內地為晚，不過現在回顧新文學運動在整個中國的發展，二〇年代新舊文化並存夾雜之局以及對新文學的保守態度，並非香港獨有。

五四新文學運動的影響，早期集中在北方，沒有即時遍及全國，在一些城市如河南省開封，五四運動之後六、七年所出版的十數種報紙當中，仍以文言為主，沒有新文學副刊，直至一九二五年才有《豫報》印行首份刊登新文學作品的《豫報副刊》。[36]一九二四年上海《文學週報》亦登載了一則河南、江西、上海等地學校批評白話文以至禁止學生使用白話文，而獎勵文言文寫作的報道。[37]在有關貴州新文學的研究中有以下說法：

> 五四時期在貴州境內還沒有公開出版的新文學報刊，就連公開出版的報紙也極少，較有影響的是軍閥勢力控制的《貴州公報》和貴陽學術界的《鐸報》，這兩家報紙經常有散文、詩歌、小說發表，但以文言文居多，以白話文形式發表的散文、小說也有，但極少，新詩還未見到。到了三〇年代，貴州的新文學才開始發展。[38]

類似的現象其實普遍見於二〇年代的南方地區，在二〇年代的香港，新文學運動的影響也沒有即時取代既有傳統，香港的新文學和許多中國南方城市一樣，最初都是在新舊夾雜和爭論之中慢慢建立，並非五四運動後立即從一面跳到另一面。[39]

一九二一至二八年間，香港有《雙聲》、《小說星期刊》、《墨花》等文學雜誌，以文言小說、舊體詩詞為主，亦間中刊登新詩和白話小說，屬新舊交替時期刊物，一九一九年至一九三〇年出版的英華書院學生刊物《英華青年》則經歷由全用文言、文白並存至全用白話的階段，一九二八年八月創刊的《伴侶》被時人稱譽為「香港新文壇之第一燕」[40]。貝茜（侶倫）〈香港新文壇的演進與展望〉一文認為，一九二七年前後是香港新文學發展的關鍵時期，除了多份報紙增設新文學副刊，內地時局風潮亦帶來文化與思想衝擊：

> 一九二七年的期間，正是中國國民革命狂飇突進的時代，為幾件慘案牽起來的當地的罷工潮又應時而起。在政治上是個興奮的局面，在文壇上，又正是創造社的名號飛揚的時期；間接受了國內革命氣燄的震動，直接感着大風潮的刺戟，不能否認的是，香港青年的精神上是感着相當的振撼。[41]

此外，一九二七年魯迅應邀來港，二月十八和十九日在香港基督教青年會禮堂分別以〈無聲的中國〉和〈老調子已經唱完〉為題，發表演說，提出「保存舊文化」背後的蒙蔽，勉勵青年揚棄陳言舊調，發出「真的聲音」，以新文學和新文化為走向進步的出路，亦對當時文化界有一定影響。本卷收錄《華僑日報》一九二七年二月十四日刊載的〈著名學者來港演講消息〉及二月十九日刊載的〈魯迅先生來港〉兩篇報道，報道了魯迅來港演說的消息，[42]另外，本卷收錄袁水拍一九三九年十月十九日在香港《立報・言林》發表〈香港紀念魯迅先生〉一文，亦提及一九二七年魯迅來港演說的事。他提到「一九二七年二月十六日魯迅先生在青年會的演說辭報紙上就沒有刊登」[43]，應更正資料，魯迅分別在一九二七年二月十八和十九日在青年會演講，二月十八日的演說辭刊於《華僑日報》，二月十九日的演說辭則未有刊登。

一九二〇年代中後期，經歷過一九二五年的省港大罷工，以及一九二七年魯迅來港演說後，多份報紙陸續增設新文學副刊，新一代青年作者亦乘時崛起，他們包括劉火子、李育中、李心若、侶倫、謝晨光、張吻冰、岑卓雲、杜格靈、戴隱郎、張弓、魯衡、易椿年等等，他們一部分在香港出生、成長、學習，一部分從廣東省來港讀書、工作，在香港的書店接觸到來自廣州、上海等地的新文學書刊，在一九二〇年代中期開始投稿到香港的《小說星期刊》、《大光報》、《大同日報》、《南強日報》、《天南日報》等雜誌報刊，以至後來投稿到內地的刊物如上海的《現代》。一九二〇年代後期至三十年代中，他們自資創辦了多份文藝刊物，如《島上》、《鐵馬》、《時代風景》、《詩頁》、《今日詩歌》、《小齒輪》、《南風》等等，也有一些刊物如《字紙簏》、《紅豆》見證省港兩地的文學連繫。

二、三十年代活躍於香港的青年作者亦仿傚內地新文學風氣及文學結社傳統，自發建立不同的文藝團體，包括紅社、同社、香港文藝協會、島上社、三三社、白茫文藝社、邱社、文藝研究會、香港中華藝術協進會等，其社團所辦刊物，部分附設於報紙中，部分獨立出版，如三三社主編《南強日報・電流》，白茫文藝社主編《南強日報・繁星》、島上社出版《島上》、同社出版《今日詩歌》、香港中華藝術協進會主編《大眾日報・文化堡壘》等等。

本卷在「刊物史料」部分選錄了《英華青年》、《文學研究錄》、《小說星期刊》、《藝潮》、《字紙簏》、《鐵馬》、《島上》、《激流》、《紅豆》、《南風》以及多份報紙文藝副刊的發刊詞或編者語等資料，除了刊物歷史，亦多見當時辦刊物者創造文化空間的努力以及其理念，如《小說星期刊》第一期有黃守一〈我對於本刊之願望〉提出他們辦刊物的理想在於「瀹民智。陶民情」，《激流》的〈卷頭語〉提到要把沙漠變為平原，《島上》的〈編後〉提到要「使這島上的人知道自己所缺少的是甚麼」，《南風》的〈刊前贅語〉提到要「獻身於締造文化」，《南強日報・電流》之〈前奏〉提到要「建立革命文學的大纛」，《工商日報・文學週刊》發刊詞提到要「促進鑑賞文藝的工作」；由此種種，我們大略可見戰前香港文學期刊的取向，實多元而紛陳，具體目標各異，但總歸於改善社會的理想，視文學為新思想、新理念的載體，編者作者同具開創時代的大志。我們作為後世研究者，透過助理或親身從脆弱欲裂的紙頁間，從一格一格字粒破損不清的微縮菲林間，以拍照、影印、抄寫而苦苦鉤沉發掘出的，不僅是一份一份被遺忘的香港舊刊物，更是一段一段被遺忘的時代理想。

六、戲劇與時代

香港另一股文藝力量是戲劇，包括傳統粵劇、二十世紀初的文明戲，以及五四運動後的現代話劇，相關活動的報道記載，留下不少值得注意的史料。據馮自由〈廣東戲劇家與革命運動〉一文所述，一九一〇年代，活躍於省港兩地的文明戲劇團有「振天聲」、「琳琅幻境」、「清平樂」及「天人觀社」等，均重視革命和新思想之傳播，他稱當時的戲劇形式為「白話配景劇」：

> 庚戌（一九一〇）後振天聲社諸同志得陳少白之助，另組一白話配景新劇社，剔除舊套，眼界一新，極受社會欣賞，是為白話配景劇之濫觴。繼起者復有「琳琅幻境」及「清平樂」、「天人觀社」諸社，均屬話劇團之錚錚者。此種劇團咸對腐敗官僚極嬉笑怒罵之能事，卒能引起人心趨向於革命排滿之大道。[44]

文中提及的「清平樂」，小進（馬小進）〈香港清平樂之新劇觀〉以圖文記述了其在香港太平戲院之演出，指「香港清平樂社者，實吾粵新劇之先河。其劇壇景色之美備，藝員言動之優長，久已膾炙人口。……聞該劇同人，日求進步，思以美感教育，締造共和國民之資格。」[45]

此外，曾加入同盟會、被譽為「香港電影之父」的黎民偉，在其日記亦曾指出「清平樂」與革命之關係，可與前述馮自由和馬小進兩篇文章互相參照引證，黎民偉在日記指，一九一一年廣州黃花崗革命起義失敗後，黎民偉與陳少白、馬小進、謝英伯、岑學侶、梁沛霖等等五十多人「在香港大道中一四七號和玉燒臘店三樓，組織『清平樂白話劇社』，粉墨登場，鼓吹革命，其社名乃胡展堂、陳少白所定。後遷中國街□號四樓。第一劇為《戲中戲》，其他有《黃花影》、《偵探毒》、《愛河潮》等劇均大受社會歡迎，但為清廷所忌，屢為粵吏張鳴歧等請港政府禁演也。」[46]由以上資料而可略知，二十世紀初香港戲劇活動與辛亥革命的關係，並其在形式和思想上之求新，留下創建文化、回應時代的軌跡，不應被遺忘。

三〇年代，香港有現代劇團、時代劇團、青年戲劇社等本地劇團，抗戰爆發後由於國防戲劇運動的需要以及中國旅行劇團（中旅）、中華藝術劇團（中藝）、中國救亡劇團（中救）、中華業餘劇團（中業）、中國新興劇社等內地劇團留港活動，使劇壇更趨蓬勃，收錄在本卷的任穎輝〈看了現代劇團公演「油漆未乾」後〉、馮勉之〈香港的戲劇〉、茅盾〈祝「時代劇團」〉、盧敦〈關於「前夜」——「時代劇團」第一次公演台本〉、洛兒〈說到「時代劇團」〉、辛英〈建樹香港戲劇統一陣綫〉、無署名〈活躍的香港劇壇〉、胡春冰〈由「黃花崗」的公演說起〉、李殊倫〈香港的戲劇藝術〉等文章，記述了以上劇團演出的日期、地點、參演人員以至戲團的理念路線等等細節，留下第一手記錄，亦可與後來的戲劇史研究互相引證。[47]

七、抗戰報刊與文化活動

一九三七年抗戰爆發，大批內地作家避亂南來，同時利用香港的文化空間，繼續抗戰宣傳的工作。有幾份先後來港復刊的報紙，聘用知名作家為副刊編輯，支援抗日文藝，包括由蕭乾和楊剛先後主編的《大公報・文藝》、茅盾、葉靈鳳先後主編的《立報・言林》，另有一九三八年創刊，由戴望舒主編的《星島日報・星座》，以及一九四一年創刊，由陸浮、夏衍先後主編的《華商報・燈塔》等等。

當時的香港政府對報刊實施嚴格審查，不可印出「敵」、「日寇」等字眼，有風骨的報人不甘文章被刪，每以「x」或「口」代替違禁字詞，以至「開天窗」（原本刊登文章的版位完全空白，只有「全文被檢」四字）表示不滿。本卷收錄的陸丹林〈續談香港〉、〈香港的文藝界〉、〈在香港辦刊物〉三文和戴望舒〈十年前的星島和星座〉均提到香港政府的報刊審查措施，陸丹林〈續談香港〉更透露：「日本駐香港的領事，常常和香港當局交涉，取締抗日文字」[48]，陸丹林在〈續談香港〉及〈在香港辦刊物〉二文都抄錄出港府華民政務司標示的違禁字詞，極具史料價值。[49]當時的報刊編輯以「x」或「口」代替違禁字詞而不是任由文字段落刪去，實帶無聲抗議之意，本卷為存文獻原貌，如〈凡例〉所示，文獻原有用以代替違禁字詞的「x」或「口」，均予逐格保留。

雖然港府對報刊有嚴格審查限制，但在一九三七至一九四一年十二月底的抗戰上半期，相對內地大片已淪陷地區，香港仍是抗戰宣傳的重要據點，且成為了戰時報刊的中轉站。一九三九年，中華全國文藝界抗敵協會香港分會、中國文化協進會相繼成立，文協香港分會的機關刊物《文協》分別於《大公報》、《星島日報》、《珠江日報》、《申報》、《華僑日報》、《立報》、《國民日報》及《大眾日報》輪流刊載，而由文協香港分會主編、與重慶總會合作出版之英語刊物《中國作家》（*Chinese Writers*）創刊號於一九三九年八月六日出版，「將抗戰文藝作品譯成英文向外國介紹」[50]，編者包括戴望舒及徐遲。

一九三七至四一年間香港的抗戰文藝不單在歷史上有位置，對當時人來說也是一段深刻經歷，並有不少記錄留下，本卷收錄的袁水拍〈詩朗誦——記徐遲「最強音」的朗誦〉記錄了一九四〇年三月十七日在香港孔聖堂舉行的一場詩朗誦會，會上徐遲朗誦長詩〈最強音〉，更配合舞台燈光、幕後的插話式女聲朗誦，徐遲本人朗誦的聲調則撇除了常見的誇張腔調和動作，改以「詩句本身的聲調和色彩，自然流露的感情，有節制地，同時又坦白地傳達給了聽眾。」[51]

袁水拍〈香港的詩運〉提到香港在抗戰詩運中的作用，因應原在廣州的《中國詩壇》在香港復刊及其他詩歌活動，「一個中斷的詩歌運動彷彿又開始了它的甦蘇，而且正在向着廣大的路途跑」[52]。拉特〈關於文章義賣〉記錄一九三九年文學界支援抗戰的活動，為紀念七七事變，文協香港分會發起「文章義賣」，《工商日報》、《立報》、《星島日報》、《大公報》等多份報紙的作者把稿費捐出以支援中國內地的抗戰，除本卷選錄的拉特〈關於文章義賣〉一文外，多份報紙亦有報道這事。

豐（相信即是葉靈鳳）〈「文協」成立文藝通訊部〉一文報道「文協」成立文藝通訊部，目的之一是「提拔新的文藝工作後備軍」[53]。一九三九年成立的文藝通訊部（簡稱「文通」），吸納香港青年為「文藝通訊員」，導師包括徐遲和袁水拍，曾舉辦「八月文藝通訊競賽」及文藝講習班，成員包括彭耀芬、陳善文、李炳焜、葉楓、王遠威等。一九四〇年由文通創辦的《文藝青年》，在其創刊詞〈我們的目標——代開頭話〉中提到，該刊是以培育本地青年成為「文藝戰線的尖兵」、團結文藝青年，提供發表園地為目標。[54]

有關抗戰時期香港文學的重要記載還有陸丹林〈香港的文藝界〉、蕭天〈香港文藝縱橫談〉以及無署名的〈周恩來關於香港文藝運動情況向中央宣傳部和文委的報告〉。陸丹林〈香港的文藝界〉記載多個文藝團體的資料，又提及當時刊物審查問題，他另於〈在香港辦刊物〉一文較集中地記述審查制度的細節。蕭天〈香港文藝縱橫談〉很詳細地提及抗戰之後香港文壇的發展，記述文協的成立，也提及文協內部問題，另述多份刊物的資料。〈周恩來關於香港文藝運動情況向中央宣傳部和文委的報告〉一文收錄於南方局黨史資料徵集小組編《南方局黨史資料・文化工作》一書，該文原件無署日期，《南方局黨史資料》的編者據文章內容定為一九四二年六月二十一日；周恩來時任位於重慶的中共中央南方局書記（該局最高領導人），該文相信由中共駐香港負責文化工作的人員收集資料並撰初稿，再由周恩來審定並向中共中央匯報，提及抗戰初期至一九四一年十二月底香港淪陷為止，中共駐香港負責文化工作的組織（文委）及香港文藝界的概況，是認識抗戰期間中共在港的文化工作，以及相關人員對香港文藝界如何觀察的重要文獻。

八、日治時期的文學事業

一九四一年十二月，日本發動太平洋戰爭，至十二月底攻佔香港。一九四一年十二月二十五日至一九四五年八月十五日，為香港史上的「日治時期」（或稱「日佔時期」或「淪陷時期」）。這段時期的香港文學，常予人一片空白的印象，但實際上仍有若干空間，只是戰後相關史料隨着時局變化而湮沒。

香港淪陷之前，汪精衛陣營已在香港發動反對抗戰的「和平運動」宣傳，源於一九三八年十二月二十九日，汪精衛在香港《南華日報》發表親日立場的「豔電」（「豔」為中文電碼中表示日期為「二十九日」的代碼），至一九三九年再提出「和平運動」的口號，其後於一九三九年底至一九四〇年初起，在香港和上海都有汪派陣營文人推動稱為「和平文藝」的理論和創作（或稱「和平文學」或「和平建國文藝」），主要是為配合「和平運動」的宣傳製造輿論，分別在香港《南華日報》和上海《中華日報》發表評論和創作。[55]

汪派陣營文人提出與日本合作、「建設東亞新秩序」、「和平反共」、反對抗戰等主張，在當時已引來抗戰文藝陣營很大反響，香港《星島日報》、《立報》、《大公報》、《文藝青年》等刊物都刊登不少文章指摘汪派陣營的親日主張，《星島日報》且組織過「肅清賣國文藝特輯」，撰文者包括有戴望舒、施蟄存、徐遲、馬蔭隱、葉靈鳳等作者，以強硬措詞指出和平文藝的謬誤，以致內文被港府新聞檢查機關大幅抽檢刪除。

香港淪陷之後，一九四二年初，三百多名文化界人士，包括茅盾、鄒韜奮、金仲華等，在中共策劃下，由東江縱隊經水陸兩路護送離港，為抗戰史上著名的「秘密大營救」事件，[56]但也有許多作家沒有離港，如戴望舒、葉靈鳳、黃魯、陳君葆等。在這時期，抗日言論自然完全被禁，許多刊物都停刊，不過一九四二至四五年間，仍有《南華日報》、《香島日報》、《香港日報》、《華僑日報》、《東亞晚報》以及《新東亞》、《大同畫報》、《大眾週報》等刊物可以出版，裏面固然有不少委曲求存以至親日言論，汪派陣營文人亦在香港淪陷初期即一九四二年間繼續發表「和平文藝」理論和創作，但亦有許多不屬於汪派陣營的作家，在「和平文藝」以外的可能範圍中，以曲筆或避免觸及禁忌或通俗文學的方式，繼續發表創作。

本卷收錄〈本報史畧〉一文，記載《南華日報》成立的歷史，也包括其如何「成了和平運動初期宣傳的重心」的過程。一九四〇年發表的葉靈鳳〈再斥所謂「和平救國文藝運動」〉和馮延〈南海的一角〉都有提到抗戰文藝陣營對汪派陣營文人「和平文藝」論的批評。刊於一九四〇年五月十四日《星島日報》的「肅清賣國文藝特輯」則由於多篇文章被查禁，留下太多空白和天窗，亦考慮篇幅問題，故本卷列作「存目」處理。

進入日治時期，〈創刊獻辭〉是一九四二年八月創刊的《新東亞》發刊詞，一方面說「眼見友邦人士對待華僑之誠」，又同時指出「遙望着烽火未熄的中原大陸，也不無家國之感，黍禾之思」[57]；〈給讀者〉一文原刊一九四四年一月三十日香港《華僑日報・文藝週刊》，提及「兩年以來，南國文藝園地實在太荒蕪了」，最後指出該刊的願望是「燕子來了的時候，他自會將我們的消息帶給海外的友人，帶給遠方的故國」[58]，以上兩篇無署名的文章，隱約可以讀出不得已屈從以及曲筆言志的心聲，雖無實證，但作者身份有可能就是葉靈鳳或戴望舒。[59]

刊於《大眾週報》的〈編者的話〉提及該刊設立《南方文叢》作為增刊，刊登散文、小說等文藝作品。日治時期的《大眾週報》，有葉靈鳳以本名及其他筆名發表多種散文，有戴望舒以「達士」為筆名，發表「廣東俗語圖解」多篇，也有靈簫生發表多篇通俗小說，本卷收錄了靈簫生在《大眾週報》發表的〈「我在寫小說」〉一文，略述他為不同報刊寫通俗小說的情況。靈鳳〈編輯後記〉一文提到「神田先生」（神田喜一郎）與「島田先生」（島田謹二）兩名日本學者受聘來港，葉靈鳳作為《華僑日報・文藝週刊》編輯向他們約稿之事。[60]

儘管時局艱難而且矛盾重重，以上文獻至少可證，日治時期的香港，文學事業慘淡維持但未有真正斷絕。此外，當時作家處於戰時艱險混亂之局勢中，有許多不由自主之事，戴望舒和葉靈鳳雖然擔任由日人控制下的報刊編輯，戰後一度受到指摘，但及後有不少資料和研究顯示，二人實在沒有背棄應有之義。本卷收錄的馬凡陀〈香港的戰時民謠〉一文，提及戴望舒在淪陷期間暗中創作抗日民謠，將其隱去作者姓名後在民間流傳。一九四六年，戴望舒曾被港粵兩地一批作家指為附敵，並向中華全國文藝協會重慶總會檢舉，為此戴望舒作出申述，可參收錄於盧瑋鑾、鄭樹森主編、熊志琴編校《淪陷時期香港文學作品選：葉靈鳳、戴望舒合集》的〈我的辯白〉一文。[61] 葉靈鳳亦被證實為潛入日方之地下情報人員，可參收錄於《淪陷時期香港文學作品選：葉靈鳳、戴望舒合集》的羅孚〈葉靈鳳的地下工作和坐牢〉、趙克臻〈趙克臻一九八八年六月二十四日致羅孚信件〉、朱魯大〈日軍憲兵部檔案中的葉靈鳳和楊秀瓊〉等文。

九、戰後報刊與革命現實

戰後初期至一九四九年底的報刊，見證另一段文化思潮歷史。一九四五年八月，抗戰勝利，香港重光；同年下旬起，淪陷之後停刊的《星島日報》和《國民日報》先後復刊，再有《新生日報》和《正報》的創辦，副刊重新得以自由刊載文藝作品，開始了香港戰後的文學時期。

抗戰勝利後，國共有過短暫的和談，至一九四六年下半年，和談破裂，爆發全面內戰，國民政府鎮壓反內戰運動及緝捕左翼人士，上海《新詩歌》、廣州《文藝生活》、《中國詩壇》等刊物先後遭禁，編輯和作者遭通緝，部分人逃往解放區即中共控制的延安等地，亦有不少逃往香港，臧克家在〈長夜漫漫終有明〉一文記述一九四八年他被通緝的罪名之一是「寫諷刺詩，辦左傾刊物」[62]，其後輾轉到達香港，直至一九四九返回內地。收錄在本卷的黃藥眠〈香港文壇的現狀〉一文提到政治形勢促使內地作家南下，他說：「國民黨統治區的政治情形一天天惡化，對文藝界同人的迫害一天天加烈，於是作家們一部分是到解放區去了，而有一部分人不能不南走香港，因此香港成了極大的文藝中心」[63]。

逃避國民政府鎮壓通緝的左翼作家，利用香港相對自由的文化環境，復辦《新詩歌》、《文藝生活》、《中國詩壇》等內地遭禁的刊物，也創辦《海燕文藝叢刊》、《大眾文藝叢刊》等刊物，展開左翼文藝問題的討論，為培植本地文藝青年，透過戰後復會的文藝通訊部（「文通」）舉辦文藝創作比賽；針對粵籍讀者而推動方言文學運動，由中華全國文藝協會香港分會成立「廣東方言文藝研究組」，再改組為「方言文藝研究會」，以至針對少年和兒童讀者，由文協成立「兒童文學研究組」，都是戰後從內地來港作家推動的工作。出版機構方面，有新民主出版社、南方書店、智源書局、求實出版社、人間書屋等等，與本地作者一起促成一九四六至四九年間香港左翼或稱左派文壇的勃興。

收錄在本卷的林煥平〈文藝節在香港〉一文記錄了中華全國文藝協會香港分會於一九四八年紀念五四運動的聚會上，有七十多名文協香港分會會員出席，以及郭沫若，茅盾，鍾敬文，繆朗山，宋雲彬等人的發言，亦報道了在孔聖堂舉行的文藝節紀念大會的熱鬧場面：「未到開會時間，整個會場已被擁塞得水洩不通，四邊走廊站滿了人，台前地板也坐滿了人。盛況也可算是空前的」，[64]在該次大會上的演講者包括有郭沫若、茅盾、陳君葆、歐陽予倩等。一九四九年，文協香港分會出版《文藝三十年》，紀念從一九一九年至一九四九年的中國新文學運動，其中針對國共內戰形勢的戰後左翼文學着墨尤多，重申「作家向人民學習」、「到羣眾中去」的口號和要求。收錄在本卷的〈一九四八年度全年會務概況〉，原刊文協香港分會出版的《文藝三十年》，具體記錄了該會從出版、研究、徵文和工作對象等各方面的工作。

四十年代末左翼文藝陣營在香港的出版活動十分活躍，除了《華商報》、《正報》、《文匯報》等報紙的副刊，《新詩歌》、《文藝生活》、《中國詩壇》、《野草》、《青年知識》等雜誌，另有新民主出版社、南方書店、智源書局、求實出版社、人間書屋等出版社出版多種文藝叢書，例如南方書店的「南方文藝叢書」，智源書局的「文藝生活選集」，人間書屋的「人間文叢」、「人間詩叢」、「人間譯叢」和「青年學習叢書」，求實出版社的「求實文藝叢刊」等。其中，收錄在本卷的谷柳〈編者的話〉是南方書店的「南方文藝叢書」編者黃谷柳所撰，他提到這套叢書的目標如下：

> 新的革命現實，向文藝界提出新的任務——為工農兵的文藝；無產階級領導的人民大眾反帝反封建的新民主主義的文藝；土生土長的具有民族風格中國氣派為人民所喜見樂聞的文藝；這就是我們追求的方向和要達到的目標。[65]

其目標包含呼應「新的革命現實」，可說是有着純文藝以外的任務。又如華嘉在〈向前跨進一步——一九四七年的香港文藝運動〉一文所說：「正確的文藝思想在這裏起了積極的領導作用，使得香港文藝運動在這一年朝着這兩個方面去努力：一方面是文藝工作者的思想改造，一方面是文藝運動走羣眾路線」[66]，頗能概括出戰後初期至一九四九年底香港左翼文藝的內容方向。

最後再值得一提的，是收錄在本卷的文藝生活社總社〈歲暮獻詞〉一文所透露的訊息及其背後故事，該文刊於一九四九年十二月二十五日出版的《文藝生活》海外版最後一期，《文藝生活》本於一九四一年由司馬文森在桂林創辦，戰後在廣州復刊六期後，一九四六年被禁，同年遷至香港繼續出版，直至一九四九年底出版總第五十三期後，一九五〇年一月起遷回廣州出版。《文藝生活》自一九四六年遷港出版，至一九四九年底的三年間，出版了大約二十九期。時勢轉變，從前被禁的刊物，終於完成它在香港的任務，返回廣州出版，其間的流轉過程，可說是見證着、也象徵着一個時代的終結。

十、編輯餘話

本卷的準備工作，相關文獻的蒐集、整理，自「香港文學大系編纂計劃」成立後已開始，而具體的組稿、撰寫導言工作則自二〇一四年五月我完成《香港文學大系・新詩卷》後開始，歷時一年有半，其間多次改易、增刪，我將最後選取出的一百七十三種文獻，分為「刊物史料」、「題記與序跋」、「書信與日記」、「作家史料」、「記錄與報道」五輯，各輯再分別按發表日期排序，以見歷史軌跡。「刊物史料」、「題記與序跋」二輯涉及書刊載體之歷史、精神理念，以及作品單行本之出版源起，以見當時文化空間之本質，以書刊（包括報刊和作品單行本）為主體；「書信與日記」、「作家史料」二輯涉及作家之生活記載、感受觀察和相關記錄，以人物為主體，「記錄與報道」涉及文學團體、文學活動之記載，以事件為主體。以上由書刊、人物、事件三大項構成《文學史料卷》所形塑的歷史圖像。[67]本卷所收各文獻之重點內容、歷史背景與香港文學發展上的位置，已於前文分別闡述，編輯體例問題詳見〈凡例〉之說明，並有如下補充。

本卷涉及大量六十多年至一百多年前的文獻，許多原件本來模糊不清，字體難以辨認，內文所涉人名、刊名亦須查證，由打字到校對，所耗費心力和時間多倍於一般書刊、選集之編輯。大系重視文獻原貌，盡量保留原始文獻原有用字，但個別情況必須改動原文，例如文藝生活社總社〈歲暮獻詞〉一文，原件「以後為了節看過大的開支」一句，「節看」應改為「節省」，柳亞子〈我和許地山先生的因緣〉原文「我記還得」應改為「我還記得」，O.K〈香港詩歌工作者初次座談會剪影〉一文，原件「劉必子」應改為「劉火子」。除了明顯的字粒倒錯，另有部分源於舊刊之印刷問題，如本卷所收丘亮〈茅盾先生印象記〉一文，原件有以下一句：「壁鐘堂堂（二字口旁）地敲了七響」，這是因為早期印刷廠所用字粒不齊備，遇原稿文字未有相配字粒則以折衷方法處理，「堂堂（二字口旁）」應改為「噹噹」，才是原文作者本意。此外，原文中有時「裏」、「裏」，「于」、「於」雜用，本卷對同篇內之異體字作同篇內統一，而不作全書統一。

改動原文情況僅限於很明顯的錯字，此外絕大部分保留文獻原件用字，其中若干用語，或者今天有讀者會以為是錯字，但其實只是時代不同使然，例如志紘〈藝壇筆錄〉一文，「抗建大合唱」驟看似應作「抗戰大合唱」，但在抗戰歷史文獻中，本有使用「抗建」一詞，本卷收錄的志紘〈藝壇筆錄〉、陸丹林〈落華生許地山〉和薩空了〈關於光明報的回憶〉三文皆有「抗建」一詞，〈關於光明報的回憶〉一文有這說法：「根據抗戰建國綱領完成抗建大業之旨」，可見「抗建」為「抗戰建國」之簡稱，因此「抗建大合唱」不應改動為「抗戰大合唱」。此外，也有情況疑為錯字但存而未改，例如馬小進〈三十年前香江知見錄・猛進畫約、亞斧寫字〉一文，「五為勞慧公、即勞慧孟」，「現任華字日報總編輯」，句中「勞慧孟」疑應作勞緯孟，是《華字日報》總編輯，但當時文人別號、筆名很多，馬小進所錄之「勞慧孟」未能確定為勞緯孟之另一名號，或純是筆誤，故存而未改。

本卷已據編者所能閱覽之書刊，在盡量可容之篇幅中，選錄香港文學重要史料，如前文所述，以書刊、人物、事件三大項為主體，具體時期由一八六二年起至一九四九年底止，共收錄文獻一百七十三篇（未包括「存目」部分）。本卷限於編者所見，當中難免有所遺缺，讀者宜一併參閱黃繼持、盧瑋鑾和鄭樹森所編之《早期香港新文學資料選（一九二七——一九四一年）》及《國共內戰時期香港文學資料選（一九四五——一九四九年）》，以獲更全面之文學史料。本卷之工作十分艱鉅，過程耗時甚多，非一人之力所能致，其間，文獻蒐集、作者資料及校對工作得賴宇曼、李卓賢之協助，謹此致謝。

二〇一五年十一月

註釋

1 黃繼持〈關於「為香港文學寫史」引起的隨想〉，鄭樹森、黃繼持、盧瑋鑾編《追跡香港文學》（香港：牛津大學出版社，一九九八），頁八十。

2 謝冰《中國現代文學史料的搜集與應用》（台北：秀威資訊科技股份有限公司，二〇一〇），頁五八。

3 趙家璧《編輯憶舊》（北京：生活・讀書・新知三聯書店，一九八四），頁一六六—一六七。

4 參考阿英《阿英文集》（北京：生活・讀書・新知三聯書店，一九八四），頁二三六。

5 朱自清〈選詩雜記〉。收錄於朱自清編《中國新文學大系・詩集》（上海：良友圖書印刷公司，一九三五）（上海文藝出版社一九八一年影印本），頁一五。

6 阿英〈序例〉，收錄於阿英編選《中國新文學大系・史料・索引》（上海：良友圖書印刷公司，一九三六）（上海文藝出版社一九八一年影印本），頁一。

7 鄭振鐸編選《中國新文學大系・文學論爭集》（上海：良友圖書印刷公司，一九三五）（上海文藝出版社一九八一年影印本），頁二〇—二一。

8 趙家璧《編輯憶舊》（北京：生活・讀書・新知三聯書店，一九八四），頁一五九。

9 吳灞陵〈香港的文藝〉，《墨花》第五期，一九二八年。

10 貝茜〈香港新文壇的演進與希望〉，《工商日報・文藝週刊》，一九三六年八月十八至九月十五日。

11 有關這事件的始末可與馮自由的〈香港同盟會史要〉互相參照，參馮自由《革命逸史・中》（北京：新星出版社，二〇〇九），頁五三四—五五三。

12 李育中〈我與香港——說說三十年代一些情況〉，輯於黃維樑主編《活潑紛繁的香港文學：一九九九年香港文學國際研討會論文集》上冊（香港：香港中文大學新亞書院、中文大學出版社，二〇〇〇），頁一三一。

13 O.K〈香港詩歌工作者初次座談會剪影〉，《大眾日報・文化堡壘》，一九三八年七月二十日。

14 O.K〈香港詩歌工作者初次座談會剪影〉，《大眾日報・文化堡壘》，一九三八年七月二十日。

15 楊國雄〈一點說明〉，《香港文學》第十三期，一九八六年一月。

16 侶倫〈也是我的話〉，《香港文學》第十四期，一九八六年二月。

17 該文署名林下風，原刊《海光文藝》第八至十期，一九六六年八月至十月。

18 〈香港新文壇的演進與希望〉對《伴侶》的用語是「香港新文壇之第一燕」，〈香港新文化滋長期瑣憶〉裏是「香港新文壇的第一燕」。

19 盧瑋鑾〈香港早期新文學發展初探〉原刊一九八四年一月二十五日及二月四日《星島晚報》，〈統一戰線中的暗湧——抗戰初期香港文藝界的分歧〉原刊一九八六年十一月、十二月及一九八七年一月《香港文學》第二十三、二十四、二十五期。楊國雄〈清末至七七事變的香港文藝期刊〉、黃傲雲（黃康顯）〈從文學期刊看戰前的香港文學〉二文原刊一九八六年一月《香港文學》第十三期。

20 盧瑋鑾〈香港文學研究的幾個問題〉，收錄於鄭樹森、黃繼持、盧瑋鑾編《追跡香港文學》（香港：牛津大學出版社，一九九八），頁五七—七五。

21 黃繼持〈關於「為香港文學寫史」引起的隨想〉，收錄於鄭樹森、黃繼持、盧瑋鑾編《追跡香港文學》（香港：牛津大學出版社，一九九八），頁九十。

22 參忻平《王韜評傳》（上海：華東師範大學出版社，一九九〇），頁七一—七二；李家園《循環日報》

與王韜〉，《香港報業雜談》（香港：三聯書店，一九八九），頁十五—十六。

23 參李少南〈香港的中西報業〉，收錄於王賡武編《香港史新編》下冊（香港：三聯書店，一九九七），頁五〇二—五〇三。

24 李谷城《香港《中國旬報》研究》（香港：華夏書局，二〇一〇），頁三。

25 馮自由〈陳少白時代之中國日報〉，收錄於馮自由《革命逸史・上》（北京：新星出版社，二〇〇九），頁五九。

26 林友蘭《香港報業發展史》（台北：世界書局，一九七七），頁二〇。

27 李谷城《香港《中國旬報》研究》頁七及頁四二均指「一九〇三年三月，《中國旬報》出版第三十七期後停刊」，當中「一九〇三年」應為一九〇一年。另據收錄於羅家倫主編「中華民國史料叢編」之《中國旬報》影本（台北：中國國民黨黨史史料編纂委員會，一九六八），《中國旬報》第三十七期無出版日期，但內容報道一九〇一年之事，可證在該年停刊。

28 〈小說林之趣旨〉原刊一九〇七年出版之《中外小說林》第一期，原文未見，二〇〇〇年由夏菲爾國際出版公司出版之《中外小說林》影印本亦未有收錄該期，此據陳平原、夏曉虹編〈二十世紀中國小說理論資料・第一卷〉（北京：北京大學出版社，一九八九），頁二〇四。又，方志強編著《小說家黃世仲大傳》一書亦有引用〈小說林之趣旨〉一文，見《小說家黃世仲大傳》（香港：夏菲爾國際出版公司，一九九九），頁六九。

29 《繪圖中外小說林》第十七期署出版日期為「丁未年十二月十五出版」，即一九〇八年一月。見夏菲爾國際出版公司出版的《中外小說林》影印本（黃伯耀、黃世仲編著《中外小說林》，香港：夏菲爾國際出版公司，二〇〇〇）頁七七九。

30 史和、姚福申、葉翠娣編《中國近代報刊名錄》（福州：福建人民出版社，一九九一），頁六一。

31 阿英《晚清文藝報刊述略》，《阿英全集》第六冊（合肥：安徽教育出版社，二〇〇三），頁二六〇。按《晚清文藝報刊述略》單行本於一九五八年出版。

32 阿英《晚清文藝報刊述略》，《阿英全集》第六冊（合肥：安徽教育出版社，二〇〇三），頁二六〇。阿英並未得見《小說世界》原書，引文中括號，是阿英引錄自提供資料者來信的說話。《小說世界》未能見，《新小說叢》仍可見於香港中文大學崇基學院牟路思怡圖書館和香港大學孔安道紀念圖書館。

33 《新小說叢》創刊號未能得見，據阿英《晚清文藝報刊述略》所述，創刊號光緒三十三年十二月出版，另據阿英《晚清文學叢鈔》收錄創刊號所載之林文驄〈《新小說叢》祝詞〉，文末署「光緒丁未十月之望，新會林文驄撰」，光緒丁未十月之望，是為光緒三十三年十月十五日，即公元一九〇七年十一月二十日。

34 阿英《晚清文藝報刊述略》，《阿英全集》第六冊（合肥：安徽教育出版社，二〇〇三），頁二六二。

35 阿英《晚清文藝報刊述略》，《阿英全集》第六冊（合肥：安徽教育出版社，二〇〇三），頁二六四。

36 參周啟祥〈河南現代詩歌從二〇年代到三〇年代的發展〉，周啟祥編《三十年代中原詩抄》（重慶：重慶出版社，一九九三），頁五一七—五一八。

37 玄珠（茅盾）〈四面八方的反對白話聲〉，《文學週報》第一〇七期，一九二四年六月二十三日（據上海書店一九八四年影印本）。

38 陳銳鋒〈抗戰時期的貴州文學〉，艾築生、王蔚樺主編《燃燒的希望——中國現當代文學新探》（貴陽：貴州民族出版社，一九九八），頁二一五。

39 五四時期香港文學之相關討論可參黃仲鳴〈文白相抗——五四時期的香港文學〉，《香江文壇》第五期，二〇〇二年五月；陳智德〈五四新文學與香港新詩〉，《三四十年代香港新詩論集》（香港：嶺南大學人文學科研究中心，二〇〇四），頁一五六—一五七。

40 貝茜（侶倫）〈香港新文壇的演進與展望〉，《工商日報・文藝週刊》，一九三六年八月十八日至九月十五日。

41 貝茜（侶倫）〈香港新文壇的演進與展望〉，《工商日報・文藝週刊》，一九三六年八月十八日至九月十五日。

42 由黃之棟、劉前度記錄的〈無聲的中國〉演説辭刊於一九二七年二月二十一日《華僑日報》，收錄於鄭樹森、黃繼持、盧瑋鑾編《早期香港新文學資料選（一九二七——一九四一年）》（香港：天地圖書有限公司，一九九八），有關魯迅來港的其他相關文獻亦可參閱該書。

43 袁水拍〈香港紀念魯迅先生〉，《立報・言林》，一九三九年十月十九日。

44 馮自由〈廣東戲劇家與革命運動〉，《大風》第十期，一九三八年六月五日。

45 小進〈香港清平樂之新劇觀〉，《真相畫報》第一卷第九期，一九一二年。

46 黎錫編訂《黎民偉日記》（香港：香港電影資料館，二〇〇三），頁六。黎民偉在該段日記中提及的「粵吏張鳴歧」時任清廷兩廣總督。

47 可參羅卡、法蘭賓、鄺耀輝編著《從戲台到講台：早期香港戲劇及演藝活動一九〇〇——一九四一》，盧偉力〈香港戲劇遲來的西潮及其美學向度〉，收錄於盧偉力編《香港戲劇學刊》第七期，二〇〇六年，以及張秉權、何杏楓編《香港話劇口述史：三十年代至六十年代》等著作。

48 陸丹林〈續談香港〉，一九三九年八月上海《宇宙風（乙刊）》第十一期。另見盧瑋鑾編《香港的憂鬱》，香港：華風書局，一九八三。

49 陸丹林〈續談香港〉、〈香港的文藝界〉、〈在香港辦刊物〉三文內容略有重複而重點不同，因同具史料價值而收錄在本卷，〈續談香港〉部分內容不涉文學史料，故節錄。又，陸丹林這三篇文章都在香港境外發表，故能顯示當時的違禁字詞。

50 〈「中國作家」出版〉，《立報・言林》，一九三九年八月七日。

51 袁水拍〈詩朗誦——記徐遲「最強音」的朗誦〉，《星島日報・星座》，一九四〇年三月二十二日。關於該次朗誦會尚有仿林中學學生李炳焜的記錄，見李炳焜〈朗誦詩拉雜〉，《星島日報・星座》，一九四〇年三月二十三日。李炳焜是文協香港分會所屬的青年組織「文藝通訊部」成員。據該文記載，徐遲在孔聖堂的朗誦會於一九四〇年三月十七日晚上舉行。

52 袁水拍〈香港的詩運〉，《星島日報・星座》，一九三九年六月六日。

53 豐〈「文協」成立文藝通訊部〉，《立報・言林》，一九三九年八月十一日。

54 本社〈我們的目標——代開頭話〉，《文藝青年》創刊號，一九四〇年九月十六日。

55 有關日治時間的「和平文藝」，可參陳智德〈日佔時期香港文學的兩面：和平文藝作者與戴望舒〉，《東亞現代中文文學國際學報》第二期（香港號），二〇〇六年，頁三二〇—三三三。

56 可參黃秋耘、夏衍、廖沫沙等《秘密大營救》（北京：解放軍出版社，一九八六），以及陳敬堂《香港抗戰英雄譜》（香港：中華書局，二〇一四）。

57 〈創刊獻辭〉，《新東亞》創刊號，一九四二年八月。

58 〈給讀者〉，《華僑日報・文藝週刊》，一九四四年一月三十日。

59 葉靈鳳曾任《新東亞》編輯，而葉靈鳳和戴望舒都曾擔任《華僑日報・文藝週刊》的編輯工作。

60 陳君葆在一九四三至四五年間的日記中，多次提及就工作與圖書館等事務，與神田喜一郎、島田謹二往還之事。可參謝榮滾主編《陳君葆日記全集‧卷一》（香港：商務印書館，二〇〇四）。

61 參〈留港粵文藝作家為檢舉戴望舒附敵向中國全國文藝協會重慶總會建議書〉及戴望舒〈我的辯白〉二文，收錄於盧瑋鑾、鄭樹森主編、熊志琴編校《淪陷時期香港文學作品選：葉靈鳳、戴望舒合集》（香港：天地圖書，二〇一三）。

62 臧克家〈長夜漫漫終有明〉，收錄於臧克家《詩與生活》（香港：三聯書店，一九八二），頁二一八。

63 黃藥眠〈香港文壇的現狀〉，《文藝報》第四期，一九四九年五月二十六日。

64 林煥平〈文藝節在香港〉，《展望》第二卷第三期，一九四八年五月十五日。

65 谷柳〈編者的話〉，收錄於陳殘雲《小團圓》（香港：南方書店，一九四九）。

66 華嘉〈向前跨進一步——一九四七年的香港文藝運動〉，收錄於華嘉《論方言文藝》（香港：人間書屋，一九四九）。

67 文學論爭、作品評論亦涉文學史料，但不入本卷範圍，相關作品另見陳國球編的《評論卷一》及林曼叔編的《評論卷二》。